LIBRI ORO

Silvio Muccino   Carla Vangelista

Parlami d'amore

LIBRI ORO

Rizzoli

ISBN *978-88-486-0361-4*

Prima edizione Libri Oro Rizzoli: settembre 2007

Parlami d'amore

A mio padre che è l'uomo che vorrei diventare
e a mia madre che non si è mai dimenticata di giocare.

Ai due Luca della mia vita.

La vita è quello che ti succede
mentre sei occupato a fare altri programmi.
John Lennon

Si vive per vivere, non per prepararsi a vivere.
Boris Pasternak

La stanza è calda e confortevole. Come la ricordavo. Il candelabro sulla scrivania, le pesanti tende tirate – al di fuori delle quali si affaccia la campagna della Provenza – le due poltrone a fiori scuri, una di fronte all'altra. Su una di queste è seduto lui, grande, bianco, rassicurante come il ritratto di Freud appeso alla parete fra un acquerello e una crocifissione. Ha il sorriso tranquillo e le mani abbandonate in grembo, in attesa. Mi siedo, lo guardo negli occhi. So che non parlerà. So che mi aspetterà, che forse l'ora che abbiamo a disposizione si consumerà nel silenzio se non sarò io a cominciare. Ma a questo punto...

«È da tanto che non ci vediamo» la mia voce è incerta. «Io sono...» mi esce un suono rauco, strozzato. Comincio a tossire. "La tosse dell'analista" la chiama lui. Continua a guardarmi, sorridendo. Non si irrita ma nemmeno mi porge un bicchiere d'acqua. Si può analizzare anche quella tosse.

«Sto per lasciare mio marito. Credo. Ci sono ancora tante cose da capire. Ma forse non ho più voglia di *capire*.»

Faccio un lungo respiro. Lui mi aspetta.

«Dieci anni fa ho lasciato la vita. E poi l'ho sposato. Ho lasciato la vita come ho lasciato questa professione. Lei ricorda quello che...»

Lui annuisce piano, mi risparmia la pena di continuare.

«Ho cominciato a insegnare in una scuola di lingue. Mi sono sposata con Lorenzo. Ho smesso di dormire. Ho iniziato a fumare. Lorenzo è forte, integerrimo, stabile, prevedibile. Mi ha fatto sentire al sicuro. Per dieci anni la mia esistenza mi è sembrata perfetta. Mi sentivo forte e al sicuro. L'ho già detto, vero?» rido amara. «La sicurezza per me è importante. Avere qualcuno che ti tiene stretta e non ti fa cadere. Guardare in basso e vedere che c'è una rete di protezione.»

Mi piacerebbe che dicesse qualcosa, che facesse un cenno con il capo, che mi abbracciasse.

«Per dieci anni mi sono guardata intorno ripetendomi che la mia vita era finalmente come la volevo. Le cene con gli amici, il braccio di Lorenzo intorno alle mie spalle, le giornate cadenzate dagli orari delle lezioni, tutti quei mobili antichi e rassicuranti che popolavano la casa...»

Socchiudo gli occhi, faccio un respiro profondo. E lui mi appare dietro alle palpebre, e sento quel leggero capogiro, e lo stomaco mi si contrae come quando si è davanti a una grande emozione.

«Poi ho incontrato Sasha.»

La sigaretta brucia con avidità.

In sottofondo sento i mugolii di un film porno che nessuno sta guardando.

Il piatto è alto, la parola sta al re. Cinquanta per andare.

La terza carta è servita da Giovanni.

Sul tavolo da teresina la regola è cacciare fuori gli altri. Buttarli fuori il prima possibile. E Giovanni con una donna di cuori e una coperta è l'unico che può bluffare ma rilancia di cinquanta. Non ha ancora imparato. Sette, jack, otto e re. Non ci sono coppie sul tavolo. Ma ora la carta più alta è la mia.

Cazzo. Sì, sì, ancora. Sbattimelo dentro...

Ignazio è troppo attento per fare paura. Luca guarda il porno ma al massimo ha una misera coppia minima.

Ma non è importante quello che hai, è importante quello che potresti avere, a questo tavolo.

Quello che fai credere.

Se ami quello che non sei, sei un vincitore.

Ho sempre voluto essere altro in vita mia.

Da dove vieni?

Del posto da cui vengo si possono dire mille cose. E si può far credere molto di più.

Io sono un re, mi dicevo. Da dove vengo non ci vuole la patente per guidare. Quando voglio montare un cavallo lo posso scegliere tra cinquanta diversi.

Ho ettari ed ettari di terra.

E il cimitero dentro casa.

Allora, sono o non sono un re?

Ma in quel momento lo stomaco si contorce.

Ho fame, mamma...

C'è il pesce di oggi a pranzo.

Non lo voglio.

Mangia. Non voglio che Riccardo ti senta. Avanti mangia.

Mamma, ma io sono o non sono un re?

Sì, Sasha, lo sei. Lo sei. Lo sei.

Mia madre me lo ripeteva in continuazione. E quando la sentivo urlare mi dicevo che ero stato io a punirla. Quando la sentivo piangere era perché ero arrabbiato con lei. Quando la picchiavano era perché voleva farmi del male. Quando non la vedevo mi dicevo che non mi mancava.

Tu sei il re, mi ripeteva Riccardo.

Tua madre starà meglio vedrai.

I miei polmoni iniziano a fischiare. Merda. Me ne devo andare. Non ho il Ventolin con me. E devo andare di corsa a cercare una farmacia.

Tutto sul mio re.

Luca vorrebbe venirmi a vedere.

No, tu non vieni, Luca. Non vedi che hai già perso?

Anche Ignazio passa. Giovanni vorrebbe venire. I soldi per lui non sono una cosa seria, ma perdere sì. Non viene.

Il piatto è mio. Gli restituisco le fiches, mi prendo cinquanta euro a testa e gli spiego che li ho cacciati con niente in mano. Solo con un re di picche. Ma questa è la teresina.

E io sono un re.

Salgo in macchina. Inspiro. Mi siedo nell'abitacolo. Espiro. Conto i soldi che ho intascato stasera, inspiro. Centocinquanta euro, espiro. Centocinquanta euro guadagnati, non vinti. È diverso. Il poker è un lavoro? E da quando? Come bere lo potrebbe essere per un alcolizzato.

Fatto sta che io il poker non lo gioco, lo insegno. Così posso parlare con le carte senza correre il rischio che mi entrino nel sangue. Niente adrenalina da vincita o da perdita, la mia tariffa è fissa: cinquanta euro a partita per imparare con me.

Ora pensa solo a respirare e a dove andrai a dormire stanotte. L'odore di ostello si è attaccato su tutti i miei vestiti. Si è attaccato alla mia pelle. È un odore acido, che sa di sporco e di alcol disinfettante.

È l'odore di pareti squallide e di lenzuola non pulite ma igieniche, di sacchetti di plastica e di assorbenti usati, di treni e di stazioni. Di aria condizionata, fredda e stantia. Di aria fatta in scatola e di aliti pesanti.

Infilo velocemente le chiavi nel bloccasterzo, accendo il motore e mi allontano da quel luogo, da quel marciapiede, da quei pensieri e da quegli odori.

La mia auto viaggia per le strade silenziose di una Roma notturna. Ho bisogno di trovare un altro posto dove dormire. Ho bisogno di soldi e ho bisogno di un lavoro.

Che aspetti a chiamare?

Ma il sibilo sottile e doloroso della mia asma arriva puntualmente per distrarmi da me e dai miei problemi.

Sono ventiquattro anni che a giorni alterni smetto di respirare e vado in ipoventilazione. La mia trachea si gonfia ma prima ancora i miei bronchi si fermano. Non si comprimono né si espandono. Si riempiono di merda, merda che non fa passare aria, che non fa circolare ossigeno, che manda in bisogno i miei polmoni e in paranoia il mio cervello.

La prima volta che ho sentito il fischio provenire da dentro la mia cassa toracica avevo sei anni. Il dottore mi spiegò che quel fischio non era un mostro che si era nascosto dentro di me, no, erano i miei bronchi che si riempivano di muco. Il mio cervello riceve quell'impulso e lo traduce in asfissia. I miei polmoni si gonfiano per ricevere più aria possibile, e io inspiro, avido di ogni particella di ossigeno. Ma i miei polmoni sono saturi come pneumatici pronti a esplodere. E a me sembra di impazzire. Perché non riesco a fermarmi. Continuo a inspirare, senza rilasciare nemmeno un atomo di anidride. Chi ha l'asma crede di non immagazzinare aria, in realtà non riesce a buttarla fuori. Così parlò il mio dottore. Per questo l'asma ti rende avido. Ti insegna a schiacciare quel fischio che hai dentro ma non lo tiri mai fuori, non te ne liberi mai veramente.

Quindi tiro fuori il mio tubetto azzurro, la mia bomboletta di ossigeno e cortisone, il mio spray e con tre colpi veloci me lo sparo in gola. Basterà a farmi rifiatare e forse a far addormentare il mostro dei miei bronchi.

Che aspetti a chiamare?

La vita è fatta di comici che non fanno ridere, di attori spenti sotto maschere luminose, di eroi che nascondono malattie e di porte che è meglio non aprire.

Sotto di me il motore di una vecchia Saab stride e grida, mentre affondo il mio piede sull'acceleratore. Prendo velocità in questa città dove a quest'ora di notte è tutto fermo. Tutto tranne me.

Certe porte è bene non aprirle, vero Sasha?

Avevi cinque anni e sedevi da solo al tavolo di una stazione di servizio. Era molto tardi per te. Avresti già dovuto essere a dormire da molto tempo. Ma quella sera Amanda, la tua mamma, ti aveva promesso un'avventura, un viaggio in luoghi lontani. Mangiavi il tuo panino e aspettavi la mamma. Pensavi a quando avresti incontrato Sherekhan, a quando avresti visto le balene e a quando saresti salito a cavallo di un dragone insieme a lei. Ma ti dispiaceva aver dimenticato il tuo cappello per quell'avventura.

Ma non c'era tempo. In piena notte siete scappati per quei corridoi silenziosi come due moschettieri coraggiosi e avete scavalcato i cancelli di Borgo Fiorito come due ninja. Ad aspettarvi c'era un tipo buffo, ti ricordava Lupin, dentro una vecchia Cinquecento che vi avrebbe portati fino al primo autogrill e da lì avreste proseguito da soli. Tu e la tua mamma.

Avevi sonno. Eri stanco e avevi anche paura. Ti sei alzato e hai chiesto all'inserviente che lavava i pavimenti dove fosse il bagno.

«Ma tu non puoi andare nel bagno delle signore» ti ha risposto gentilmente quel tipo con la scopa.

Non lo hai ascoltato. Stavi per piangere. Iniziavi a pensare che la mamma ti aveva dimenticato lì. Possibile?

La luce al neon sparava i bianchi sporchi delle pareti nella toilette delle donne.

Sei entrato nel bagno e l'hai chiamata. Ma non hai sentito risposta. Non c'era risposta. C'era solo una porta chiusa.

Non la aprire, Sasha... ti ha sussurrato il tuo angelo custode.

Non la aprire...

Ma col tuo esile peso l'hai spinta.

Non la aprire...

Non hai visto Sherekhan, e nemmeno le balene.

Hai visto Amanda riversa sul pavimento.

Un laccio giallo al suo braccio. I suoi occhi socchiusi e le sue mani aperte e vuote.

Quando aveva riaperto gli occhi al pronto soccorso, mi aveva guardato e aveva detto solo: «Scusami».

Vado più veloce. Non voglio pensare, non voglio fermarmi e non voglio chiamare.

Mi sento di nuovo davanti a quella porta. Da quando ho sentito la voce del padre di Benedetta dall'altra parte del telefono chiamarmi e offrirmi un lavoro, mi sento di nuovo di fronte a quella porta. «Mi ha dato il tuo numero Riccardo... Possiamo incontrarci per parlarne?»

Quella voce sconosciuta era la voce che ha parlato a Benedetta in tutti questi anni e in quel momento stava parlando proprio a me. Ma era diversa da come me l'ero immaginata. Era una voce deludente, non quella di un eroe. Ma mi stava offrendo la possibilità di rivederla. Lei. Benedetta. La bambina che veniva da me a Borgo Fiorito. La mia amica, la mia compagna, la mia favola, il mio amore.

Ma quella voce deludente mi terrorizzava. E se deludente lo fossi anch'io? Se lei nel vedermi non mi riconoscesse?

Benedetta è e rimarrà per sempre quella bambina che ho conosciuto. Sarà per sempre la donna che ho immaginato, e il nostro amore sarà così come l'ho sempre sognato.

Ma non vuoi rivederla, Sasha? Non vuoi vedere cosa c'è dietro quella porta?

«Purtroppo non esiste bluff a poker fino al momento in cui non lo vai a vedere.» Le parole di Riccardo risuonano nella mia testa. Lui, il suo coraggio, il suo modo di giocare e i suoi occhi coraggiosi.

Devo andare a vedere?

Non sono pronto per tutto questo. Lo avevo confessato anche a Riccardo il giorno in cui se n'è andato.

«Sono stanco, Sasha» mi aveva detto Riccardo. «Stanco di lottare e di farmi crocifiggere. Ho diritto ad avere una parte di vita. Vattene anche tu. Vai a vedere cosa c'è lì fuori.»

E io gli ho creduto.

E sono andato a vedere.

Mi hai assicurato che ce l'avrei fatta, che mi sarebbe piaciuto vivere in una grande città. Be', vuoi sapere una cosa, mi fa schifo.

Ma io ti avevo creduto. Ti ho sempre creduto.

'Fanculo te e le tue frasi da manuale.

«Non ti interessa vedere cosa c'è dietro quel cancello, Sasha?»

No. Ma ti ho creduto.

«Cos'è? Hai paura?»

'Fanculo, Riccardo, io non ho paura.

'Fanculo te e le tue prediche del cazzo.

Io non ho paura, Riccardo.

È che sono stanco di aprire porte, stanco di raccogliere delusioni, stanco di vedere i tuoi bluff.

Che senso ha tutto questo? So che non sapresti rispondermi nemmeno tu, Riccardo.

So che non c'è un senso in tutto questo. C'è solamente uno stupido e inutile dolore.

Ma bisogna essere coraggiosi nella vita, vero? Me lo hai sempre ripetuto. Ci vuole coraggio per vivere e bisogna avere le spalle larghe, anche se la vita fa schifo. E allora andiamo ad aprire anche la porta numero 1 e scopriamo cosa c'è dietro a Benedetta.

Bravo, Sasha, hai vinto, era un altro bluff.

Premo il piede sull'acceleratore.

Sei contento adesso, figlio di puttana?!

Ma posso fare di meglio. Vuoi sapere cosa c'è dietro la porta numero 2? Vuoi sapere cosa si nasconde dietro la mia asma? E se scopriamo che c'è un bel cancro? Be', bisogna essere coraggiosi nella vita e io lo sono, per cui andiamo a vedere cosa c'è.

Ancora più veloce. Tengo il piede sull'acceleratore.

'Fanculo, Riccardo. Io non ho paura.

Ora te la faccio io una domanda. Cosa c'è dietro la porta numero 3? Cosa c'è dopo la morte? Tu me lo sai dire?

Be', forse è il caso di andare a vedere, perché bisogna essere coraggiosi nella vita. Quindi andiamolo a scoprire.

La mia auto continua a correre. Spingo il piede sull'acceleratore.

E tolgo le mani dal volante.

Andiamo a vedere cosa c'è dietro la porta numero 3.

Su quella curva non girerò lo sterzo. Su quella curva mi schianterò contro quell'albero e scoprirò cosa c'è dopo la morte.

Sei contento, Riccardo?

Sono vicino.

Sono quasi arrivato.

Attenzione, signore e signori. È arrivato il momento della verità.

E dietro la porta numero 3 si nasconde...

Bisogna essere coraggiosi, Sasha.

Non vuoi andare a vedere?

Ci sono, ora sto per schiantarmi.

Hai paura?

Ora dovrei girare, ma non giro.

Hai paura?

'Fanculo, Riccardo.

Un giorno te ne sei andato anche tu, lasciando nella merda tutti quelli che credevano in te a Borgo Fiorito. E lasciando nella merda me.

Hai paura?

Ho paura.

Chiudo gli occhi e inchiodo di colpo sperando che non sia troppo tardi. Sento il fischio degli pneumatici sull'asfalto. Il suono acuto di quello stridio.

E poi il silenzio del motore e l'odore di plastica bruciata.

Sì, cazzo, ho paura.

Ho paura.

Respiro. Le mie mani tremano ancora. 'Fanculo, ammazzati te e poi vienimelo a raccontare, bastardo.

Ora intorno a me solo il silenzio. Riaccendo il motore. Ingrano la retromarcia. Faccio pochi metri poi d'improvviso la luce di due fari mi abbaglia. È un istante. Luce accecante nel buio della notte e un rumore di ferraglia sordo e violento. Non riesco a realizzare. La mia auto viene scaraventata contro un muretto e io schiantato contro la portiera.

Schegge del finestrino luccicano sul tappetino della mia auto.

Cazzo, sono stato investito. Realizzo.

Qualcuno in quella macchina accartocciata dietro di me mi ha travolto.

Ora tutti i rumori e tutti i miei pensieri si fanno lontani. Solo il silenzio è amplificato.

Sento i guaiti di un cane.

Ma non provengono rumori dalla macchina dietro di me.

Scendo per andare a vedere cosa è successo.

E vedo un cane riverso per terra, schiacciato tra le due macchine che respira a fatica e una donna che tra il fumo del motore si fa avanti barcollando.

Sono confuso.

Che ci fa questo cane tra le nostre macchine?

Chi è questa donna?

Chi si nasconde dietro la porta numero 4?

La prima volta che ho incontrato Sasha era notte, faceva freddo e le nostre due macchine erano fuse insieme. Dopo la frenata e lo schianto, solo il sottile e innaturale ronzio della musica che ancora usciva dalla sua macchina. Prima dello scontro i miei occhi avevano registrato l'immagine di qualcosa di piccolo e atterrito di fronte ai miei fari. Adesso era lì, sul ciglio della strada. Un fagotto di peli insanguinato che guaiva piano. E accanto a lui – o lei – un ragazzo biondo, inginocchiato, che l'accarezzava con dolcezza.

«Come cazzo guidi?» erano state le prime parole del ragazzo. E poi: «L'abbiamo ammazzato». Avrei voluto prenderlo a calci. Perché non mi aveva chiesto se mi ero fatta male. Perché mi girava le spalle, ignorandomi. Ma soprattutto per quel "l'abbiamo ammazzato", che sanciva un'immediata e lugubre complicità che alle mie orecchie suonava terrorizzante.

«Non è morto.» E la mia voce mi aveva risucchiata in un incubo lontano.

Il suono di un'ambulanza, freddo, io che corro verso l'ingresso verde e livido di un pronto soccorso, in piena notte, con un golf sopra il pigiama, la morte dentro, quella morte che non voglio accettare. «Non è morto, non è morto» ripeto come un mantra mentre guardo le pantofole che ho ai piedi e penso che i miei genitori avrebbero detto che una persona perbene neanche nei momenti più drammatici si sarebbe dimenticata della propria dignità. «Non è morto.»

«No, ma quasi... Dammi una coperta.» Il ragazzo si era voltato a guardarmi. Occhi accusatori. Perché mi ero addormentata al volante, o perché sapeva che non avevo una coperta? Ma perché avrei dovuto guidare all'una del mattino in tailleur nero con una coperta in macchina? Lui aveva un taglio sulla fronte dal quale colava un sottile rivolo di sangue. Avevo cominciato a tremare.

«Devo avvertire mio marito.» Forse l'enunciazione del mio stato civile doveva servire a farmi sentire meno inadeguata. *Non sono una povera derelitta, ragazzo. Non trattarmi con quella sufficienza. Non ho una coperta ma ho un marito, una casa calda, un tailleur nero.*

Lui aveva sbuffato, si era tolto il golf, aveva avvolto il cane e me l'aveva piazzato fra le braccia. «Dài, andiamo» aveva detto indicandomi la sua macchina.

Io l'avevo guardato confusa, senza muovermi.

«Dobbiamo portarlo da qualcuno, no?» la sua voce era tagliente, sbrigativa, irritata dal mio stato di inebetimento. «Io guido e tu lo tieni in braccio. Forza, sali.»

La sua macchina, miracolosamente, si era messa in moto. I nostri rispettivi parafanghi si erano sganciati con un cigolante lamento e io mi ero voltata a guardare la sagoma schiacciata del cofano della mia auto restare immobile nel buio mentre ci allontanavamo.

«Dov'è un pronto soccorso veterinario? Sono nuovo di qui, non conosco niente.»

Avevo scosso la testa. Perché quel ragazzo doveva farmi solo domande difficili? Guidava veloce. Il cane mi guardava con occhi terrorizzati e rassegnati. Aveva il pelo grigio, una macchia bianca sul muso, respirava a fatica. Mentre il ragazzo si fermava in un bar a chiedere informazioni io lo avevo accarezzato piano, mormorandogli parole consolatorie, che avevo ripescato in un angolo della memoria.

«Siamo fortunati, ce n'è uno qui vicino» aveva detto lui rientrando in macchina. «Come cazzo hai fatto a venirmi addosso in quel modo? Sei ubriaca?» mi aveva chiesto rimettendo in moto.

«Un colpo di sonno» avevo detto continuando a osservare gli occhi del cane.

«Si va in galera per questo, lo sai?» la sua voce era dura. Poi forse si era accorto che non avevo mai smesso di tremare. O che stavo accarezzando il cane. Il suo tono si era ammorbidito. «Hai avuto paura, vero?» e poi, velocemente: «Io mi chiamo Sasha». Come se questo guarisse il mio stato di choc. E poi ancora, a bassa voce: «Comunque il cane l'ho messo sotto io». Come se questo rimettesse a posto tutto.

Io e Sasha, seduti sulla panca scomoda del pronto soccorso veterinario. Stanno operando il cane, hanno detto che sarà una cosa lunga e l'esito è incerto. Ci siamo solo io, lui e il ronzio delle luci al neon. Guardo ostinatamente la punta delle mie scarpe nere cercando di dimenticare dove mi trovo, cercando di non sentire l'odore dei disinfettanti, il rumore degli zoccoli sul pavimento di mattonelle, cercando di non guardare i camici verdi, cercando di non cadere all'indietro.

«In effetti sono belle.»

Alzo gli occhi e vedo lui che sta puntando il dito verso le mie scarpe. Cerco sul suo viso un sorriso ironico ma lui ha l'aria seria e compunta di un commesso che vuole convincere la cliente a effettuare l'acquisto.

«Da dove vieni?» gli chiedo.

«Da una partita a poker» mi risponde tirando fuori un mazzo di carte dalla tasca del giaccone.

«Hai detto che non sei di qui. Da dove vieni?»

«Da una comunità di recupero per drogati. Vuoi un caffè?» Si alza e si avvicina alla macchinetta senza aspettare la risposta. Ha i capelli biondi e lunghi che svolazzano da tutte le parti, il giaccone militare verde che gli pende pesante sui jeans sformati. Non ho visto di che colore ha gli occhi, ero troppo occupata con la punta delle mie scarpe. Ritorna con i due bicchierini di caffè, me ne porge uno. Ha gli occhi azzurri. Azzurri e allungati, con gli angoli che vanno all'ingiù e che gli danno un'aria solenne e sorniona.

«È già passata un'ora» mi dice e il suo sguardo improvvisamente è quello di un bambino preoccupato.

«Hanno detto che sarà una cosa lunga.»

Lui sbuffa impaziente, si toglie il giaccone, si tira su le maniche del golf. Senza rendermene conto cerco sulle sue braccia una testimonianza della sua vita passata. Ma la pelle è bianca e liscia, appena solcata da sottili vene azzurrine, inviolate.

«Non è il tuo cane» gli dico in tono concreto.

«Ma l'ho ammazzato.»

«Non è morto. Starà bene.»

«Tu hai mai ammazzato un cane?»

Che domande stupide fa questo ragazzo.

«No. Ma ne ho guardato uno morire.»

Lui mi fissa per un secondo. Poi si accende una sigaretta.

Domande stupide. E scomode.

Questa donna non è più così forte e sicura come sembrava. Ma non perde sangue, non le gira la testa, non le viene da vomitare e si regge in piedi. Per me sta bene. Ma la paura, sì. Quella c'è. Le sue mani sottili cercano di non tremare, ma il cuore batte troppo veloce. I suoi occhi si agitano nervosi, isterici come quelli di un gatto che ha appena preso un calcio. Ora vogliono fermarsi, vogliono trovare quell'equilibrio infinitesimale che li tiene stabili. E neri.

Nicole parla poco. Ma la sua voce è calma, posata, evidentemente abituata a mostrare tutto l'opposto di quello che prova. E quando parla ti guarda negli occhi. E penso che quando guarda lo fa come i bambini. Fissa. Sono a disagio. Perché mi guarda così, signora? Non so che dire.

Lei cerca di mantenere un contegno, ma il suo tailleur nero è sporco, pieno di peli bianchi, i suoi capelli cadono giù disordinati e ora siede accanto a me in un cazzo di ambulatorio veterinario alle tre di notte. Ed è davvero una bella donna.

«Mio marito sta per venire a prendermi» mi dice come se si vergognasse a lasciarmi là.

Sono stato uno stronzo in macchina. «Comunque il cane l'ho investito io. Facendo retromarcia» ammetto.

Nicole sorride appena. Non dà altri segni. Non replica. Beve il suo bicchier d'acqua, si guarda la punta delle scarpe, mi fa domande da salotto. Ma ha una luce negli occhi che mi fa capire che le interessa davvero sentire le mie risposte.

Ho caldo, mi tolgo il giaccone, so che puzza di cane bagnato e di ostello ma lo appoggio comunque sulla sedia vuota che ci separa. Nicole ha un buon profumo, lo sento da qui. Un profumo che disintossica da tutti gli altri odori. Profumo di donna, di pulito, di foglie, di casa, di caldo. Il mio giaccone è ingombrante, le sfiora il braccio. Magari un po' di quell'odore di foglie pulite gli resterà addosso.

Vorrei dirle qualcosa di intelligente ma sono troppo preoccupato per quel cane.

Lei sembra sentire la mia paura. Mi dice qualcosa di tranquillizzante. Ha una bocca bellissima anche quando sta seria. È bella, cazzo.

In quel momento arriva il marito. Grazie a dio. Fine dell'imbarazzo. Lo guardo e non mi piace. Il classico borghesone che con la cravatta ci va anche a dormire. Ma sarà lui a pagarmi i danni della macchina, penso.

«Allora ti chiamo per sapere come sta il cane...»

«Certo, buona notte.»

Buona notte, Nicole, anche se te ne vai, anche se mi lasci qua, e improvvisamente mi sento solo. Buona notte anche se per me non lo sarà.

Nicole si allontana portando via con sé quel suo profumo che in qualche modo mi distraeva da questa puzza di cane bagnato.

Starà male quando tornerà a casa?

A quarant'anni le donne sono più fragili o più forti di quando ne hanno venti? Rimarrà scioccata a vita? La rivedrai, Sasha?

Chissà se ci tromba ancora con suo marito?

Sembra di stare in una camera a gas e questa puzza di cane è talmente forte che metà basta a farmi cadere tutti i capelli.

Ma forse questa è puzza di cane morto, e non bagnato.

Io l'ho sentita la puzza di un cadavere, quand'ero piccolo,

nella stanza vicino alla mia ed è molto diversa. Se mi concentro la sento ancora. Ma non mi concentro, meglio di no.

Appoggio la testa fra le mani. Ora che quella donna se ne è andata, non so più come riempire quella sedia vuota e il mio cervello scivola lentamente in una spirale di pensieri violenti. La morte di un cane, una lametta sui polsi, la mia morte.

È incredibile come in un momento come questo una persona che non conosci possa già mancarti.

Inizio a sentire freddo, mi rimetto il giaccone e me lo stringo addosso. Ci affondo dentro, nascondendo anche la testa, porto il mento al petto e mi ripeto che ho ammazzato un cane, che sto respirando un cane morto, ma che ora quell'odore non è più così forte, anzi lentamente si fa sempre più lontano.

È la mia giacca che mi protegge. Il tuo braccio profumato ha contagiato le sue pieghe macchiate. Grazie, sconosciuta.

Respiro il suo profumo e penso che sono le tre e mezza e tutto va bene.

Respiro.

Sono le tre e mezza e tutto va bene.

E tra poco andrai a dormire anche tu.

Buonanotte, Nicole.

I miei sogni sono brevi, veloci, privi di senso. I tipici sogni dell'insonne. Mi appisolo a tratti, durante la notte. Ho provato qualunque tipo di rimedio: omeopatia, agopuntura, sonniferi, training autogeno, lettura di libri noiosi da far stramazzare a terra un cavallo, musica, televisione a mezzo volume, dibattiti politici. Poi mi sono rassegnata. E organizzata. E così non sogno più, o quasi.

La notte in cui mi sono scontrata con Sasha, per la prima volta dopo tanti anni, il mio cervello ha registrato un sogno compiuto. Ero un'attrice. Recitavo di fronte a una platea di uomini calvi. Ero vestita come l'eroina di una tragedia greca ma avevo in testa un cilindro. Alla fine della rappresentazione, i calvi applaudivano con facce serie. Ma io non sentivo il rumore che facevano le loro mani, ne vedevo solo il movimento. Mentre mi chinavo per ringraziare, il mio cappello cadeva dentro la buca del suggeritore e io mi accasciavo a terra, come una marionetta con i fili tagliati. Stavo morendo. Gli spettatori sussurravano: «Sta morendo» a conferma della mia sensazione di perdita di peso e di presenza. E aggiungevano, in coro: «Che bella fine per un'attrice».

«Se potessi decidere in che momento morire, non saprei sceglierne uno che mi facesse davvero felice» ho detto quella mattina a Lorenzo, quando è entrato in cucina per fare colazione. Stavo rimescolando il mio caffè in piedi accanto al lavandino. Lui ha aperto il frigo, ha tirato fuori la bottiglia di latte, se n'è versato un bicchiere.

«Ci siamo svegliati in buona, stamattina» mi ha detto dandomi un bacio sul collo.

Io l'ho fissato ostile. Perché era perfettamente sbarbato e vestito mentre io mi aggiravo miseranda con la mia vestaglia blu e i capelli che andavano tutti da una parte. Perché lui poteva bere latte ghiacciato la mattina presto. Perché non aveva la pressione bassa e dormiva sempre otto ore per notte.

«Voglio dire che un'attrice sceglierebbe di morire durante una sua recita, un direttore d'orchestra durante un'esecuzione, uno studioso vorrebbe stramazzare sui suoi libri... io dove potrei morire?»

Lorenzo mi aveva guardata pensieroso. «Mentre ascolti Chet Baker?» aveva suggerito.

«Grazie per non aver detto "mentre spieghi i verbi irregolari ai tuoi alunni".» Poi avevo scosso la testa. «Il fatto è che non c'è niente che ami abbastanza.» L'avevo guardato disorientata. «Non lo trovi orribile?»

«Sei ancora scossa per l'incidente di stanotte.» Aveva bevuto velocemente il secondo bicchiere di latte – il secondo bicchiere di latte ghiacciato alle otto del mattino – mi aveva dato il secondo bacio sul collo ed era uscito. «Passo io dal carrozziere per la macchina» mi aveva gridato dall'ingresso.

Il tonfo attutito della porta che si chiudeva. Il ronzio dell'ascensore che arrivava al piano. Mi ero stretta nella vestaglia.

Passo io dal carrozziere per la macchina.

Le labbra di Lorenzo sul mio collo. Il suo profumo sottile di cedro e dopobarba intorno a me. Il frigorifero pieno, i mobili di legno della mia cucina.

Avevo sorriso confortata... Forse quello sarebbe stato un buon momento per morire.

Al sicuro.

La stanza dove ho dormito stanotte è piccola ma confortevole e sa di tempo passato, di tante generazioni che hanno avuto un nome e un cognome, e il riscaldamento fa schifo. È la stanza singola di una pensione familiare gestita da una vecchia signora. Ma c'era posto solo per stanotte.

Sono randagio, per la prima volta in vita mia. Aggirarmi per questa città senza una fissa dimora mi diverte e mi destabilizza al tempo stesso. Ma per fortuna le mie lezioni di poker mi permettono di lasciare l'ostello e anche se solo per una notte di dormire in un letto pulito e non igienico.

«Pensi che si salverà?» ho chiesto quella notte a Nicole.

«Anche se non si salva ha passato una bella vita» mi ha risposto schiudendo il suo sorriso.

«Un cane randagio lo associ a una bella vita?» le ho chiesto infastidito, e lei, con lo stesso candore di un bambino mi ha guardato e mi ha fatto sentire piccolo piccolo.

«È stato libero, ha corso dei rischi. Credo che basti.»

Quella signora per quanto spaventata sapeva parlare con una calma invidiabile e con la tranquillità di chi sa quello che dice.

È stato libero, ha corso dei rischi. Credo che basti. Da quella notte sono passati due giorni, ora il cane sta meglio e le parole di Nicole mi coccolano ancora nelle deboli ore del mattino in cui non riesco a dormire.

Le sue parole e la sua voce avevano un tono terribilmente dolente e romantico, come una canzone di Tom Waits, e davano a quelle mie giornate da nomade un fascino che non avrei saputo vedere. Sulle note di quella strana canzone di Tom Waits mi guardavo da fuori immaginandomi come un artista di strada, un lanciatore di coltelli triste e solitario che aveva deciso di vivere la sua vita senza nessuna certezza. Avrei portato le mie lame in giro per il mondo cercando la donna che avrebbe accettato di correre il rischio di farsi affettare da me e forse un giorno mi sarei innamorato di una giovane contorsionista parigina che passa le sue giornate sugli Champs Elysées e che non aspetta altro che un buon motivo per morire. Insieme avremmo trovato un camper con cui spostarci per avere un tetto sopra la nostra testa in ogni luogo che avremmo scelto come casa.

Ma anche nei miei sogni sarebbe arrivato il momento in cui deponendo stanco i miei coltelli nella loro custodia mi sarei chiesto: «Perché quel giorno non hai corso quel rischio?».

E di quella canzone che ancora suonerà nella mia testa, Benedetta sarebbe stata la parte più malinconica, la vita non vissuta e il mio rimpianto.

Per cui afferro il telefono e compongo un numero.

Un numero che conosco a memoria fino alla penultima cifra, tante sono le volte che l'ho composto. Poi controllo. 5. 5 è l'ultimo numero.

«Salve, sono Sasha, si ricorda? Mi ha cercato per il parquet...»

«Ah certo, aspettavo la sua telefonata...»

La sua voce da non-eroe oggi suona accogliente e invitante.

«Mi scusi ma sono stato incasinato con un cane...»

«Come scusi?»

«No, è una storia lunga.»

«Senta, le va bene incontrarci domani a mezzogiorno alla villa?»

«Sì, certo.»

Ecco fatto, Sasha.

Visse una bella vita, fu libero e corse dei rischi.

Memorizza la via esatta, Sasha.

Poi finalmente il congedo.

Lentamente riaggancio la cornetta incredulo, ripetendomi ossessivamente l'indirizzo di quell'appuntamento.

Solo l'idea di scoprire come in un diario il nome della via che Benedetta ha imparato da piccola e nella quale è cresciuta mi fa sentire parte di quel suo mondo.

Quell'indirizzo è composto di lettere che Benedetta conosce a memoria e che ora stanno diventando parte del testo della canzone che Nicole ha scritto per me.

Visse una bella vita, fu libero e corse dei rischi.

La particolarità di Camilla – oltre quella di aver annoverato nei suoi cinquantacinque anni un increscioso numero di lifting – è il suo essere chic e scandalosamente noiosa. Come, mi rincresce dirlo, la maggior parte degli amici di Lorenzo. Siamo in sette a tavola. La pedina scompagnata è un ventenne bruno dall'aria tormentata e fragile, figlio di Camilla e Vittorio. Gli altri due non li conosco ma sono un duplicato perfetto dei padroni di casa e di tutte le altre persone che ho conosciuto qui da loro. Credo che scelgano gli amici in base a quanto gli somigliano. In virtù di questo criterio non sono mai stata scelta ma semplicemente accettata come appendice di Lorenzo.

«A chi somiglio io fra tutti i tuoi amici?» avevo chiesto tanti anni prima a mio marito.

«Tu non somigli a nessuno, tu sei Nicole» mi aveva detto lui prendendomi fra le braccia. Dopo qualche giorno però mi aveva chiesto con discrezione di mettermi qualcosa di più formale per la cena successiva. E io avevo adeguato docilmente il mio guardaroba.

Affondo piano la forchetta nel millefoglie mentre la conversazione si concentra sui problemi sentimentali del giovane Fabio. La madre sta raccontando impietosamente della sua ultima cotta infelice per una ragazza che sembra non accorgersi di lui. Fabio ha il viso chiazzato di rosso e l'aria penosamente a disagio mentre ciascuno dei commensali elabora tattiche astute per consigliargli come conquistare la renitente vittima. Fabio ha una giacca grigia e una camicia bianca. Unico particolare concesso alla sua età, un paio di jeans perfettamente stirati. Povero ragazzo, costretto a vestirsi da quarantenne e a sopportare la centrifuga della sua vita privata.

Smetto di mangiare il millefoglie. Ho una vaga nausea che non tollera quel trionfo di zucchero e crema. Ce l'ho avuta spesso nelle ultime due settimane. Insieme a una sensazione di profondo disagio, come quando da piccola scivolavo nel sonno senza aver detto le preghiere, con la esaltante e dolorosa sensazione di aver tradito Gesù.

Non ho più chiamato Sasha, come gli avevo promesso quella notte quando Lorenzo è venuto a recuperarmi dal veterinario. Ci eravamo scambiati due bigliettini con i nostri rispettivi numeri e indirizzi utili per l'assicurazione e io gli avevo detto frettolosamente, troppo sollevata e in colpa per guardarlo in faccia, che lo avrei chiamato il giorno dopo per sapere come stava il cane. Avevo afferrato la mano calda di Lorenzo e avevo voltato le spalle all'odore di disinfettanti, alle luci al neon e a quel ragazzo seduto sulla panca con aria paziente.

«Tu che cosa ne dici, Nicole?» Vittorio mi sta guardando con il suo sorriso assente, aspettandosi una risposta da me.

Appena uscita dal veterinario avevo passato il bigliettino a Lorenzo. Sapevo che avrebbe pensato a tutto lui. E mi ero voluta dimenticare del resto.

Alzo gli occhi dal mio millefoglie smembrato.

«Ho investito un cane, due settimane fa. Non so neanche se è morto o vivo.» All'improvviso mi sento smarrita. Per quello che ho omesso di fare in quelle due settimane e per la mia uscita fuori luogo.

Vittorio si schiarisce piano la gola. I commensali sorridono educatamente a disagio.

Camilla mi guarda con la dolce comprensione che si riserva a un parente scomodo e un po' tardo. «Nicole, cara, noi veramente volevamo sapere cosa deve fare Fabio secondo te per vincere le resistenze di quella ragazza.»

Guardo le chiazze rosse sul viso di Fabio. I due brufoli che ha sulla fronte, i suoi polsi magri che escono dalle maniche dell'impeccabile giacca grigia. Gli sorrido.

«Hai provato a sbatterla contro un muro e baciarla?»

Quando siamo tornati a casa io e Lorenzo abbiamo fatto l'amore. Era un po' di tempo che non capitava. Dopo dieci anni di vita in comune fare l'amore è più rinnovare un caldo sodalizio che esprimere la propria passione.

Perlomeno è così per noi.

Lui mi ha abbracciata in modo un po' goffo, mentre ero in bagno a lavarmi i denti. È stata quella goffaggine a vincere la mia stanchezza, la mia leggera nausea, la mia depressione di quella sera. Due mani che conoscono ogni minima piega o anfratto del tuo corpo e che si posano su di te con l'incerta temerarietà di un adolescente ti lasciano stupita e intenerita. Nella penombra della nostra camera ritrovare il suo corpo massiccio e forte, il profumo familiare della sua pelle, la sua voce, che durante l'amore diventa incredibilmente profonda, mi ha dato un senso di appartenenza. E di gratitudine.

«Domani ti ricordi di darmi il numero di quel ragazzo?» ho mormorato dopo, mentre lui si stava addormentando e io mi preparavo alla mia consueta, insonne battaglia notturna.

«Se preferisci lo chiamo io per chiedere quello che vuoi sapere.»

«No. Lo faccio io.» La mia voce suonava molto più determinata di quanto fossi in realtà. Ho allungato una mano per accarezzargli i capelli. Erano sottili e morbidi e iniziavano a diradarsi un po' sulla fronte.

Lorenzo ha quindici anni più di me.

E io non l'ho mai amato.

Ripasso le battute, i passi e mi schiarisco la gola.

Sto per entrare in scena.

Sei pronto, Sasha.

Controllo la mia maschera d'attore. Il mio volto è ben nascosto dietro al cerone. Metto cajal sui miei occhi e respiro a fondo.

La tua è solo la paura del debutto.

Il tuo pubblico ti attende.

Chi è di scena? mi urla dentro una voce.

Oddio. Improvvisamente realizzo dove sono.

No. Non sono ancora pronto.

Dieci secondi.

Fermi, fermi. Ho bisogno ancora di un po' di tempo.

Cinque secondi.

Salgo le scale.

4-3-2-1.

E finalmente suono il campanello.

Silenzio.

Che si apra il sipario.

Una donna sui sessanta mi apre la porta. Ha i capelli raccolti e tanti nei sul viso.

È brutta. Dio mio, quanto è brutta. Questo non lo avevo previsto. Ma non turba il loro senso estetico?

«Salve ho un appuntamento con l'avvocato.»

«Prego si accomodi. Arriva subito.»

La casa è sontuosa e impolverata. Completamente in disuso. Il legno è morto, vittima dei troppi tarli. E io sono da solo. La signora brutta si allontana lasciando il palco solo per me.

Un palco di circa 150 metri quadrati. Davanti a me un enorme salotto a vetrate sul giardino interno e una grande scala che porta ai piani superiori. Tutto in legno. Solo l'intonaco e dove resiste è stucco che cade a pezzi e qua e là si intravedono tralci di carta da parati. Sono piccoli fiorellini sbiaditi dal tempo.

Il parquet scricchiola sotto il mio peso. Ma intorno a me ci sono solo mobili, tappeti e divani primo Novecento che danno un sapore molto caldo e accogliente alla casa. Mi chino e infilo una mano sotto il tappeto, gratto con le unghie per sentirne la trama. Deve essere molto prezioso. Quando ero a Borgo Fiorito mi hanno insegnato a riconoscere al tatto un tappeto fatto a mano da uno fatto a macchina. Non c'è niente in questa casa che non abbia un valore. Perché proprio io?

Dei passi sicuri provengono dal corridoio alla mia destra, quindi scatto in piedi.

Ecco che entra in scena il Padre.

Un bell'uomo sui cinquanta. Distinto ed elegante dentro il suo completo grigio.

«Ciao, tu devi essere Sasha» mi dice avvicinandosi.

Ma quella voce svela ogni mistero e dietro a quei capelli grigi sulle tempie e a quelle rughe che gli solcano gli occhi riconosco il grande antagonista delle mie avventure. Solo che non è grande e grosso come lo ricordavo. Non porta bende sugli occhi e ha tutte e due le mani. Anzi una la protende generoso verso di me. È liscia e delicata. Importante e aristocratica.

Se fosse vissuto durante la Rivoluzione francese per una mano come questa gli avrebbero tagliato la testa.

«Salve, molto piacere» biascico imbarazzato.

«Prego accomodati, andiamo a parlare nello studio, c'è una

piccola stufetta elettrica e si dovrebbe stare meglio» mi dice facendomi strada lungo il corridoio.

La sua figura si staglia davanti a me. E sospiro pensando che nella penombra di quel corridoio non riesce a vedere la spasmodica curiosità dei miei occhi che si agitano sul suo corpo e lo scrutano.

Il suo è il profumo di dopobarba da uomo perbene e tutto di lui mi aiuta a svelare capitoli sulla sua vita.

Quante volte avrai respirato quella colonia sul suo collo?

«Prego, accomodati» mi ripete. Nello studio fatto di poltrone in pelle e di una larga scrivania in radica il clima è decisamente più tiepido.

Ora controllati, Sasha.

«Io sono un vecchio amico di Riccardo, te l'avrà detto. Mi ha parlato molto bene di te.»

«È un po' che non lo vedo» rispondo attento, cercando di non mostrare il mio astio.

«Mi ha anche detto che a Borgo Fiorito sei tu che hai fatto tutti i lavori di ristrutturazione.»

«Sì, mi piace usare le mani» dico ostentando un sorriso sicuro.

Quante volte ti avranno accarezzato quelle mani? Quello magari è il vestito sul quale hai poggiato la testa quando una sera sei tornata a casa stanca.

Vero?

Avanti, Sasha. Concentrati.

«Il locale che ho ristrutturato era più o meno grande come questo, solo che era ridotto in condizioni ben peggiori.»

«E quanto ci avete messo?»

«Circa quattro mesi. Io lavoro da solo.»

«Non hai nessuno che ti aiuta?»

«No. Mi piace il mio lavoro e mi piace farlo bene. Spero solo che il tempo non sia un problema per lei.»

Le sue labbra si allargano in un sorriso.

«No, non c'è fretta» mi dice.

Sembra che la mia risposta lo abbia reso fiero di me e questo mi nutre come l'apprezzamento di un padre.

«Tu quando potresti cominciare?»

«Appena mi dà il via libera.»

«Questo per me è una specie di magazzino dove tengo le cose che non mi servono. Ho approfittato del nostro appuntamento per venire a portare via qualche ricordo del passato. Così ti sgombro un po' il campo. Ma ai mobili dovresti pensarci tu.»

«Certo. Nessun problema.»

Non la deluderò, signore.

I suoi occhi da uomo perbene mi osservano attratti e benevoli e mi sorridono stringendosi tra le palpebre.

Per quel sorriso dispensato mi sento come un bambino davanti al suo nuovo giocattolo.

Non la deluderò, signore.

Ma una porta si apre... E prima ancora che io possa vedere chi è il mio cuore si ferma e dall'aria che mi investe riesco già a riconoscerla.

È lei.

L'aria che sposta è come un vento che mi entra sotto i vestiti e dentro le vene.

E basta la sua voce per farmi realizzare che sono solo un pianeta che gira intorno a un sole più grande. Lei.

«Papà, guarda che ho trovato in camera di nonna» grida felice portando con sé una vecchia foto in bianco e nero.

Il mio cuore è fermo come i miei occhi che non riescono a trovare il coraggio di voltarsi. E sono come corpi che sfidano la gravità e che per paura vorrebbero volare via. Ma il peso e l'attrazione li riportano a terra. E la sua immagine dietro di me si somma in sovrimpressione con quella di una bambina bionda che le arriva circa alla vita.

Lui, l'aristrocatico, quello con le mani da ghigliottina, ora non esiste più per me. Mi accorgo che tutto il fascino che provavo era solo la luce riflessa di sua figlia. Di lei. Di Benedetta.

E Benedetta si accorge di me.

E per un attimo si arresta sull'uscio.

«Scusatemi, vi ho disturbato?»

«No, amore, figurati. Vieni, ti presento Sasha. Lui è il ragazzo che rimetterà a posto la casa.»

Ora lentamente esce dalla penombra della porta e posa i suoi occhi su di me.

Dio mio, è esattamente lei.

I suoi occhi sono gli stessi, solo che il loro azzurro ora si nasconde dietro ciglia più lunghe e un taglio più sottile.

È perfettamente lei.

Fa un passo verso di me e poi si sporge. Un altro passo avanti la porterebbe troppo vicina. Troppo per me. Mi sorride schiudendo le sue labbra rosse.

Il suo labbro superiore non ha perso la morbidezza che aveva quand'era piccola, ma le sue guance non portano più le fossette. Hanno però lo stesso rossore che la faceva sembrare una bambina viva.

«Ciao» mi dice stringendomi la mano.

«Benedetta.»

Li cercavo sul prato e ora li ho trovati. Eccoli, i tuoi capelli biondi.

«Ciao, Sasha» le dico custodendo geloso la sua mano nella mia. Non le ho ancora viste, ma già sento che il tempo ti ha rubato anche le fossette che portavi sul dorso delle dita.

Ma sei te.

Incredibilmente te.

«Se volete ripasso dopo» dice gentile al padre.

«No, siediti, amore, abbiamo quasi finito.»

Il pubblico è inchiodato alla sedia. Proprio come me.

Ma ora non ricordo le battute. Improvvisamente si è creato il vuoto nella mia mente e non trovo il gobbo sul palco.

Lei si siede alla mia destra e mi guarda sorridente. Sembra voglia mettermi a mio agio.

Sembra voglia suggerirmi la prossima battuta.

Ma il Padre corre in mio soccorso.

«Vogliamo sistemarla, così Benedetta potrà spostarsi a vivere qui, nella vecchia casa dove è cresciuta.»

Le sue parole recitano proprio le battute che avevo immaginato e improvvisamente sono di nuovo dentro la mia commedia.

Così, sorridendo tra me la osservo velocemente e recito: «Allora gliela costruirò addosso come un vestito».

Sento i suoi occhi su di me, così abbasso di nuovo lo sguardo e lascio che i capelli mi coprano la fronte.

Benedetta sorride rassicurandomi.

«Come un bel vestito da sera...» commenta divertita.

Dalle tribune lontane parte un delicato applauso a scena aperta che mi dà coraggio.

Il Padre si alza dalla sua poltrona e mi congeda.

«Allora siamo d'accordo.» E sporgendosi mi dà il doppione della porta di casa.

Stringo la chiave in mano e adesso lo so. Sento che ce l'ho fatta.

«Da domani puoi cominciare.»

«Perfetto.»

Anche Benedetta si alza alla mia destra. E mi sento come davanti a un film visto tanto, troppo tempo fa...

«Se ti dovesse servire qualunque cosa non esitare a chiamarci.»

... che quando lo rivedi non ti chiedi perché ti era piaciuto la prima volta. E improvvisamente ci sei di nuovo dentro.

«Allora buon lavoro» mi dice Benedetta, «è stato un piacere.»

La osservo per pochi istanti, ma abbastanza per offrirle occhi trasparenti e sinceri.

«Tutto mio» le dico consegnandomi.

Sento il trucco colarmi giù dal viso e mostrare i miei occhi oltre la maschera.

Dopodiché la supero muovendomi verso la porta. Prima di imboccare l'uscita mi volto per l'ultima volta e lì sull'uscio consumo la mia battuta finale.

«Ciao.»

Il pubblico esplode in un applauso trionfale. Dalle tribune cadono rose sul palco e io esco di scena.

Infine l'inchino, poi il sipario.

Attraverso il salone esaltato. E a ogni passo sento tutte le mie paure svanire.

Lei non sarà una delusione.

La vita è meravigliosa.

La brutta signora mi aspetta minacciosa sul portone pronta ad aprirmi la porta. Aspetta solo di potermi salutare. Dio mio, quanto è brutta. Ha anche i baffi.

«Arrivederci.»

La osservo e regalandole il mio sorriso migliore le dico: «Lo sa che ha proprio dei begli occhi?».

«Salve, siamo dell'ospedale veterinario Sant'Agostino, la volevamo informare del fatto che il suo cane sta molto meglio e che se vuole può venire a prenderlo. Grazie.» Beep. Una voce elettronica: «Non sono presenti altri messaggi in segreteria».

Grazie a dio, mi verrebbe da aggiungere. Quello basta e avanza e mi risuona in testa mentre attraverso il corridoio del pronto soccorso.

Improvvisamente ho un cane.

Senza averlo chiesto a nessuno sono diventato proprietario di un cane.

Ho un cane, ma non ho un posto per dormire.

Sono praticamente un punkabbestia.

La signora della pensione mi ha gentilmente cacciato a calci in culo e ha lasciato che una giovane coppia venuta per celebrare papa Ratzinger prendesse il mio posto.

Ma mi rendo conto che due fanatici cattolici possono essere più rassicuranti di un giovane capellone che gira con un sacco verde militare e un bastardino nero a chiazze bianche.

«Bastardina, prego» mi ha corretto l'infermiera mentre mi spiegava come avrei dovuto accudire la mia cagnetta.

Quindi senza replicare riempio il modulo per il ritiro del degente e compilo ogni voce.

Nome. Cognome. Luogo e data di nascita. Luogo di residenza.

Bel problema.

Luogo di residenza?

La giovane infermiera mi guarda dall'alto verso il basso e non voglio darle modo di giudicarmi ancora peggio. 'Fanculo signorina non vorrà mica che uno come me dorma sotto i ponti? Lei mi vede vestito così, ma io sono un signore. Semplicemente non ostento la mia ricchezza, ma se proprio me lo chiede le dirò dove abito: io, signorina, risiedo nella villa più bella di Roma. Una palazzina a tre piani un po' rococò e un po' liberty. E scusi se è poco.

Quindi senza pensarci due volte scrivo indirizzo e numero civico della casa di Benedetta e impugnando il guinzaglio del mio quadrupede mi allontano a testa alta.

Bell'idea, Sasha. Chi potrebbe venirlo a sapere?

Mentre apro furtivo il cancello della mia nuova abitazione, penso che in fondo in una casa grande come questa e con tanto di stufetta elettrica non avrò problemi a creare un nido accogliente per me e la mia dolce metà pelosa.

Così spalancando le porte di quella reggia lascio che la cagnetta scodinzoli in giro per il salotto.

Questo è l'inizio di una nuova vita, cara la mia bastardina.

Cammino a passo spedito, un po' per vincere il freddo e un po' perché questo è il mio modo di camminare. È comunque il mio modo di affrontare quasi tutto nella vita. Ti concentri su quello che stai facendo e lo fai, senza perdere tempo, senza divagazioni.

Una volta passeggiavo, credo. Perdevo tempo e divagavo.

Era anche il mio lavoro. Passeggiare per la mente delle persone.

Nella mia vita precedente.

Credo.

Non ha più importanza.

Ho in tasca il foglietto con il numero e l'indirizzo di Sasha. Non lo chiamerò. Il mio stato d'animo della sera prima mi sembra assurdo e lontano, il sole ha spazzato la nausea e le braccia di Lorenzo stanotte hanno ristabilito le sicurezze. Sto andando a ritirare i biglietti per il concerto di Šostakovič. Io lo digerisco male e Lorenzo molto peggio di me, ma è per beneficenza e fa bene alle nostre coscienze.

Mentre passo davanti a Castel Sant'Angelo una turista grassa e infagottata mi chiede di scattare una foto a lei e al figlio davanti al monumento. Il ragazzino è corpulento come la madre e come lei ha un'aria efficiente e pratica mentre mi allunga la macchina fotografica e in un americano dall'accento incomprensibile mi spiega come fare.

Grazie, bambino, so come si scatta una foto.

Una volta qualcuno ha disseminato Parigi di mie fotografie con su scritto "Je t'aime, Nicole" e mi ha costretto ridendo a recuperarle tutte, unica stupita concorrente di quella caccia al tesoro. Poi mi ha tenuta stretta fra le braccia e mi ha baciata per ore mentre la gente ci guardava sorridendo e io non mi vergognavo.

Mi tolgo i guanti per far scattare il pulsante, le loro espressioni si congelano felici nell'inquadratura insieme a Castel Sant'Angelo. Da lassù si è gettata Tosca perché non poteva sopportare l'idea che il suo amato fosse morto. Quand'ero piccola, io e mia madre passavamo qui davanti nella sua Cinquecento bianca e ogni volta io le chiedevo di raccontarmi quella storia. La morte e l'amore si abbracciavano nella mia testa e io sognavo per me un destino altrettanto romantico.

Attenta ai sogni che fai, Nicole. Perché possono avverarsi.

Clic clic clic. Madre e figlio si sciolgono dall'abbraccio felici e riconoscenti. Mi dicono i loro nomi come se fosse un premio. Vengono dal Wyoming e se io dovessi capitare da quelle parti vogliono che li vada a trovare. Li guardo trotterellare via, due salsicciotti in giacca a vento azzurra e rossa di diversa statura ma uniti da un cordone ombelicale che non si spezzerà mai.

Forse è per questo che non ho mai desiderato avere un figlio. L'idea di raddoppiarmi per nove mesi per poi dimezzarmi e non tornare mai più intera mi ha sempre fatto un po' paura. E comunque nei miei geni non è presente l'istinto materno. Sorrido ai bambini, adoro annusare i loro capelli di talco e giocare i loro giochi, ma poi voglio tornare a casa mia.

Intera.

Mi siedo su una panchina. Come se quella sessione fotografica imprevista avesse fiaccato la mia volontà di ascoltare Šostakovič. Guardo dall'altro lato del fiume, mi metto a ridere.

Pesco nella tasca del cappotto il foglietto spiegazzato e controllo. Se attraverso quel ponte inciampo nell'indirizzo di Sasha.

Forse dovrei chiamarlo. Mi sono comportata da incivile.

Guardo di nuovo il ponte.

Poi, quasi senza accorgermene, inizio a camminare.

«Les enfants se promènent sur le pont de la ville.»

La pronuncia di Angela mi irrita quanto la sua persona. Stringo le labbra evitando di fare commenti sarcastici e mi schiarisco la voce con forza. Lei s'interrompe, alza gli occhi dal libro, mi guarda bellicosa, poi riprende a leggere a voce più alta, come per fare paura a me e alla mia lingua. Non le sto simpatica e lei non sta simpatica a me. Ma sono una brava insegnante e lei vuole parlare un francese fluente entro quattro mesi, cioè prima che nasca il bambino. Angela fa la pittrice, è incinta (solo sospetti, nessuna certezza sul padre) e, complice una zia che morendo le ha lasciato una considerevole somma di denaro, ha deciso di trasferirsi a Parigi per sfondare nell'arte («L'unica città dove si respira creatività e non merda» mi ha detto alla prima lezione, schiacciando la sigaretta sotto il tacco scalcagnato dei suoi camperos).

«Les enfants sont glacés parce-que l'air est très froide.»

Anche stamattina l'aria era freddissima quando ho suonato alla porta di Sasha.

Una villa grigia e decadente nel cuore di Roma. Un giardino pieno di erbacce. Ma ci sono anche cespugli di rose. Una porta di quercia massiccia, l'eco dei miei passi che rimbombano sul marmo dei gradini, il mio dito sul campanello.

Non mi sono stupita dell'aria sontuosa che regnava in quel luogo. Non ho fatto associazioni con il giaccone liso di Sasha o con la sua Saab da rottamare anche prima dell'incidente. Il mio cervello era congelato come le mie mani, come gli alberi, come quei gradini polverosi.

Il respiro un po' affannato, lo squillo lungo, perentorio, sicuro come me, una donna sicura, una donna stabile, una donna equilibrata. Questo sono io.

Sasha era in jeans e maglietta. Un marziano atermico. I capelli sugli occhi, una sigaretta penzoloni dalle labbra, mi aveva detto "ciao" con tono tranquillo, come se avessimo avuto un appuntamento.

«Volevo telefonarti ma... ero qui vicino e... volevo scusarmi per essere sparita, scusami, ho avuto molto da fare e poi...» Quella sensazione di leggera nausea che mi aveva perseguitato nei giorni passati si era fatta prepotente, il mio cervello si era sgelato e ora i piccoli rivoli di ghiaccio liquefatto mi precipitavano giù dagli occhi...

Mio Dio, stavo piangendo, anzi no, stavo singhiozzando come una bambina.

«Avevo paura che fosse... morto.» Quella parola era esplosa insieme alla mia voce strozzata liberando altre lacrime e io avevo assistito impotente e stupita allo spettacolo di quella sconosciuta. «Avevo paura che mi dicessi che era morto, e allora ho fatto finta di niente, avevo paura che fosse morto e non sopportavo l'idea di sentirmelo dire, scusami, io...»

«È una femmina» Sasha mi aveva interrotto, tranquillo. «Si chiama Oliva e sta benissimo.» Aveva modulato un lungo fischio, senza aiutarsi con le dita, e da una porta era arrivata scodinzolando la vittima del nostro incidente. Era più piccola di come la ricordavo e aveva la pancia fasciata, ma era decisamente in buona salute. «Oliva, questa è la signora che ti ha quasi accoppato insieme a me» le aveva detto accarezzandola.

Io mi ero chinata tirando su col naso, sentendomi ridicola al punto del suicidio, avevo allungato la mano e le avevo grattato la testa.

«Ho sempre desiderato saper fischiare in quel modo» avevo detto a Sasha rialzandomi. Era l'unica frase dignitosa che mi era venuta in mente.

Lui mi aveva guardato con gli occhi un po' socchiusi, come per mettermi a fuoco. Mi aveva elargito un sorriso lento. «È una dote ereditaria» aveva detto. «È l'ora della passeggiata di Oliva. Aspettami, prendo un golf e usciamo.»

Les enfants se promènent très heureux dans la ville.

Drive my car, Norwegian wood, You won't see me, The word... no, aspetta, prima c'era *Nowhere man*, o era nell'altra facciata? Quando c'erano le facciate dei dischi, quando i vinili erano neri, lucidi e grandi e facevano crack nelle tracce che ascoltavi più spesso. E poi alle feste c'era sempre qualcuno che dava la gomitata al giradischi e ti rigava tutti i brani.

Sono le 3.35, dice l'orologio digitale sul mio comodino, io mi sono svegliata di soprassalto dopo mezz'ora di sonno e non riesco più a dormire. A volte la litania degli album dei Beatles funziona. Il trucco è restare immobile nel letto e snocciolare mentalmente l'ordine delle canzoni come apparivano nel disco, in una specie di rosario profano. Stanotte sono partita da *A hard day's night* – per me lontanissimo nella memoria e quindi in teoria soporifero – ma non serve a niente.

Come together, Something, Maxwell's silver hammer, Oh darling.

Ieri ho pianto di fronte a uno strano ragazzo che fa il parquettista e che è innamorato di una principessa.

Octopus's garden, I want you, Here comes the sun.

Abbey Road è troppo facile.

Io e lo strano ragazzo – stanotte chiamarlo Sasha mi fa fatica – abbiamo passeggiato insieme al cane miracolato lungo le rive del Tevere.

«Riporto in vita i pavimenti di legno» mi ha detto quando gli ho chiesto cosa faceva nella vita.

«Ah, sei un parquettista» ho riassunto pragmatica.

Lui mi ha guardata sinceramente stupito. «No, io riporto in vita il legno.»

«Mi annoiano un po' le perifrasi politicamente corrette» gli ho detto osservando un uomo e una donna che litigavano a bordo di una chiatta. Da dove ero non riuscivo a sentire quello che dicevano, ma il linguaggio dei loro corpi era eloquente.

Lo strano ragazzo mi ha guardato con interesse. «Tu devi sempre ridurre tutto all'osso?»

«Sono una donna pratica.»

«Ah.» Poi ha seguito il mio sguardo fisso sui due litiganti. «Lei gli sta dicendo che non può più vivere su quella chiatta. Che la vita che le aveva promesso era diversa» ha detto.

«Lui è disperatamente innamorato ma non ne può più delle sue recriminazioni. Gli aveva giurato che le sarebbe bastato stargli vicino per essere felice» ho improvvisato io divertita.

«Ma non mi porti mai al cinema. E poi questo posto è umido, mi fa scricchiolare le ossa.»

«Una volta scricchiolavano le molle del nostro letto, adesso vuoi andare al cinema.»

«Io voglio una vita migliore. E tu ogni notte allunghi le mani pensando che mi basti questo per essere felice.»

«L'amore *basta* per essere felici.»

Il ragazzo mi ha guardata. «Non sei una donna pratica.»

Because, You never give me your money.

Le quattro. Non riuscirò più a dormire, lo so.

Facciata B: *Sun King. Polythene...* no, *Mean Mr. Mustard, Polythene Pam.*

«E tu?» mi ha chiesto lui quando ci siamo seduti su un gradino, le facce rivolte verso il sole.

«Io cosa?»

«Tu nella vita.»

«Sono nata in Francia, ho vissuto in Italia, sono tornata in Francia a studiare, ho lavorato, sono tornata in Italia, mi sono sposata.» Finché mi mantengo su pochi riferimenti geografici sono al sicuro.

«E che lavoro facevi?»

È una domanda facile. "Insegno francese" è la risposta che do a tutti. Ma a spiazzarmi è quel passato. Non mi ha chiesto "Cosa fai?" ma "Cosa facevi?". Come se sapesse che poi è stato tutto diverso. Che non ho avuto un figlio ma che comunque non sono più *intera*.

«Facevo la psicanalista.» Erano anni che non lo dicevo. E non so perché lo sto confidando a questo ragazzo del quale ho scelto di dimenticare il nome nel momento in cui mi si è avvicinato troppo. Sono restata immobile con il viso verso il sole. Il mio cuore batteva veloce, stupito quanto me.

«Cioè riportavi in vita cervelli addormentati.»

Non ho aperto gli occhi ma ho sentito dalla sua voce che stava sorridendo. Il rumore di un fiammifero che sfregava, un respiro profondo mentre assaporava la prima boccata. Ho stretto di più gli occhi.

Se la smettesse. Se la smettesse. Perché deve riferire tutto alla vita e alla morte?

«Non ho mai riportato in vita niente» gli ho risposto aprendo gli occhi e guardandolo.

«Allora hai fatto bene a smettere.»

«Chi ti ha detto che ho smesso?» il mio tono era irritato.

Sono stufa di queste schermaglie verbali. Sono stufa di camminare. Stufa di questo cane che corre avanti e indietro. Sono stufa di questi due sconosciuti. Voglio gli amici di Lorenzo, le loro domande neutre, il loro disinteresse, i discorsi annoiati.

«Devo andare» gli ho detto, e mi sono alzata dal gradino.

«Che lavoro fai adesso?» mi ha chiesto imperterrito, tirando un bastone al cane.

L'ho guardato ostile e non ho risposto.

Lui ha fatto una faccia esageratamente sospettosa. «Il killer?»

Che irritazione. Sono scoppiata a ridere. «L'insegnante di francese.»

Lui ha annuito solenne. E poi l'ha detto.

«Io sono innamorato di una principessa. Che non potrò mai conquistare.»

Allora non sapevamo che quella frase avrebbe cambiato le nostre vite.

L'ho guardato sorridendo. Superiore. Sollevata dal fatto che la palla non fosse più nel mio scomodo, doloroso campo. E l'ho detto.

«Non esiste una donna che non si possa conquistare.»

Allora non sapevamo che quella frase mi avrebbe resa sua complice.

Do, re, mi, fa, sol, la, si, do.

Eppure non è così che dovrebbe suonare.

Do, re, mi, fa, sol, sol, sol... è il sol che stona.

Non è così che dovrebbe suonare, cazzo. Anche se non suono il pianoforte lo so da me che dopo il fa questo sol ci sta di merda.

Non suono il piano, non l'ho mai suonato, non so da dove incominciare, ma da quando ho scoperto che in questa casa esiste un pianoforte a coda degli anni Cinquanta ho pensato che fosse questa l'occasione giusta per incominciare.

È il sol che è stonato?

Sol, fa, mi, re, do. Questo però suona bene. Questo potrebbe andare.

Forse non è il sol che è stonato, sono tutti gli altri che stanno suonando male.

E forse ora sto suonando una melodia che solo io e solo questo pianoforte possiamo suonare, perché forse sto suonando delle note che non esistono. Sto creando una musica che non esiste.

Forse sì. Io sono bravo in questo. L'ho sempre fatto.

Sol, sol, sol...

Quando mi sento solo e apparecchio la tavola per gente che non mangerà con me, io suono una musica che non esiste. Quando sparecchio e carico la lavapiatti di stoviglie pulite, quando ho paura e imbastisco una partita a poker di cui sono l'unico giocatore, quando mi guardo allo specchio e vedo me stesso... anche allora io suono una musica che non esiste. Perché so che sono vivo per miracolo. "Sasha il miracolo" mi chiamavano i medici. «Suo figlio, signora, era morto. È incredibile che sia sopravvissuto al parto.» Me lo diceva sempre mia madre. Da allora, quando respiro, suono una musica che non c'è. E la suono anche quando mi voglio spaventare accarezzandomi i polsi con il mio coltello svizzero. La suono perché so che non lo lascerò affondare nella mia carne. Così come so che non tornerò a Borgo Fiorito un'altra volta.

Un'altra volta.

Sol, la, si, do...

Io riesco sempre a trovare la melodia giusta. I miei tasti suonano la musica che vogliono sentire.

Oggi ho rivisto Benedetta.

Dopodiché ho raschiato per terra, raschiato fino a sfinirmi, non conosco i tasti neri perciò non li suonerò.

Mi sono alzato, sono andato in cucina e ho preso dieci bicchieri. *Sol.*

Dieci piatti fondi. *Fa.*

Dieci coltelli. *Mi.*

Dieci forchette. *Re.*

E ho mangiato da solo. *Do.*

Ma lei è la mia musica preferita. Per lei queste note non bastano. Per lei suono quei tasti che non conosco.

E suono quella musica da quando ho otto anni.

Da quando una bambina bionda è entrata nella mia vita con una bambola squarciata a metà.

Un giorno le ho chiesto: «Perché vuoi sempre distruggere tutto?».

«Voglio vedere cosa c'è dentro.»

Benedetta.

Borgo Fiorito era pieno di gente che non lo popolava tutti gli altri giorni dell'anno. "I visitatori", li chiamava Riccardo. E diceva che venivano per solidarietà. Mia madre, invece, li chiamava "stranieri" e diceva che venivano per "guardarci come allo zoo".

Borgo Fiorito quella mattina splendeva di persone sane, di persone normali, di uomini adulti e delle loro figlie bionde.

Di persone che acquistavano quello che il nostro lavoro aveva prodotto quell'inverno. E oltre a tavoli, sedie, letti e piante c'erano anche delle bambole.

Benedetta voleva vedere che c'era dentro quella bambola perciò l'ha squartata.

Non era triste. Mi aveva chiesto di aiutarla. E così ho fatto.

Le ho chiesto perché non era triste.

Lei mi aveva risposto che era una bambina down e le bambine down sono sceme, e non sono mai tristi.

Siamo diventati amici. L'ho portata con me sulla Rupe magica dove andavo e che da quel giorno non ho mai smesso di abitare insieme a lei.

Benedetta non era come le altre bambine che conoscevo. Lei era là solo per quel giorno, ma era curiosa e voleva vedere cosa c'era oltre la mia Rupe, voleva vedere cosa c'era dentro quel fantoccio di pezza e dentro quella mia vita che le sembrava così strana e lontana.

Le piaceva quello che le raccontavo. Le piaceva il mio mondo. Le piaceva il mio laccio rosso, così lo ha preso e se lo è messo nelle mutandine, là lo avrebbe custodito. Là non lo avrebbe perso.

Io e Benedetta abbiamo giocato tutto il giorno. Lei urlava, rideva, mi accarezzava. Diceva che le bambine down non sanno quello che fanno.

Poi mi ha chiesto di sdraiarmi vicino a lei. E di far finta di essere morti.

Mi ha detto che bastava chiudere gli occhi.

Quando sei morto non ti accorgi di niente. Di niente.

Benedetta mi stringeva la mano e io stringevo la sua. Eravamo stesi su quel prato, morti per finta. Insieme.

«Lo vedi? È semplice» mi diceva, «è come dormire e non svegliarsi mai.»

Era la prima volta dopo tanto tempo che dormivo di nuovo con una persona.

Benedetta voleva che le dessi un bacio. Benedetta voleva che le dessi un bacio perché era morta e non se ne sarebbe mai accorta.

Facendo finta di dormire mi ero avvicinato a lei e l'avevo baciata.

Benedetta si era svegliata.

La sera il padre l'aveva portata via e prima di andarsene lei si era sfilata quel laccio dalle gambe e me lo aveva restituito.

Mi ricordo che quella notte non riuscivo a dormire, ma avevo fatto finta di essere morto, così come mi aveva insegnato Benedetta.

Da quel giorno ogni volta che volevo stare con lei correvo in cima alla mia Rupe, mi sdraiavo e facevo finta di essere morto. Dormivo e mi dicevo che anche se non me ne accorgevo lei era là con me. Non potevo accorgermene perché dormivo, ma Benedetta era vicino a me.

Quando non volevo sentire, vedere, o soffrire io facevo finta di essere morto.

E così sono cresciuto aspettando di rivedere Benedetta.

Lei è venuta ancora per tre anni di seguito, sempre lo stesso giorno. Poi mai più.

Ma io so che quel giorno ho imparato a suonare una musica che non esiste.

Sol, fa, mi, re, do.

Se non fosse stato per un litigio probabilmente il gioco della seduzione a sostegno di Sasha non sarebbe mai iniziato.

Ma quella notte avevo dormito meno del solito. E nelle poche ore di limbo fra veglia e sonno avevo sognato Thierry, i corridoi dell'ospedale e sua madre in lacrime che si stringeva a me e mi chiedeva: «Spiegamelo tu perché è successo» mentre io sentivo solo freddo e non riuscivo a piangere. Quando mi ero alzata, davanti allo specchio avevo scoperto altre due sottili rughe che andavano a raggiungere le minuscole incisioni che mi graffiavano il contorno degli occhi. Le avevo guardate con il solito stupore rassegnato. Dopotutto, come diceva una mia amica, l'alternativa a invecchiare è morire giovani.

Saresti stato un magnifico vecchio. Dovevi aspettare.

Avevo iniziato a far scorrere l'acqua della vasca e mi ero tolta la vestaglia. In piedi, davanti allo specchio, come un soldato coraggioso, avevo guardato il mio corpo nudo. Era ancora sottile e forte. Ma nello stesso tempo anche diverso da quello a cui ero abituata. Lì dove c'era stato solo un piacevole avvallamento ora c'era un morbido rigonfiamento, che partiva dall'ombelico e arrivava ai peli pubici. Vi avevo posto sopra la mano e avevo premuto leggermente, come per capire quale corpo estraneo si fosse annidato lì dentro a formare quella tonda sporgenza sconosciuta. Poi la mia mano, sapendo di non trovare risposta, era risalita verso la curva del seno, subito seguita dall'altra mano, chiamata a consulto. Avevo guardato le mie mani saggiare la pesantezza dei due piccoli emisferi che cominciavano ad arrendersi alla forza di gravità. Non c'era più baldanza nei miei seni. Sembravano un po' stanchi e indifesi mentre i capezzoli si ergevano in un moto di orgoglio sotto quelle dita che li stavano esaminando critici. Il calore del getto dell'acqua iniziava ad appannare lo specchio e io avevo visto la nebulosa immagine riflessa girarsi di profilo, mentre le mani dai contorni ora sfocati afferravano saldamente i glutei soppesandone la resistenza. Anche loro facevano parte di un esercito che si stava arrendendo. I miei occhi si erano riempiti di lacrime in un improvviso moto di tenerezza per quella sconosciuta. E di gratitudine per il tempo che passava. Ero scivolata lentamente in ginocchio, di fronte allo specchio appannato dal vapore e dalle mie lacrime, mentre le mani scendevano dolcemente a cercare conforto e riposo in un luogo misterioso e familiare, un luogo buio e caldo dove non c'era bisogno di guardare per sapere. Avevo chiuso gli occhi e avevo cullato con dita gentili ed esperte quel corpo che mi ricordava che avevo un passato. E quando il suo calore era diventato più caldo del vapore caldo che soffocava la stanza, una mano aveva abbandonato quel posto sicuro per aggrapparsi al bordo della vasca, come a cercare un sostegno per non cadere, mentre le mie ginocchia premevano forte sul pavimento di legno, mentre il mio corpo dimenticava dimensione e gravità per tornare a essere semplicemente il mio centro.

Un sospiro spezzato. E poi un respiro lungo.

Il rumore dell'acqua che continuava a scendere.

La mia giornata era iniziata.

Se non fosse stato per un litigio con Angela, forse io e Sasha non ci saremmo più rivisti.

Ma quella notte avevo sognato Thierry. E la mattina mi ero

incamminata verso la mia scuola con le gambe tremanti e in mezzo a loro un piccolo cuore che ancora pulsava. Mi ero dimenticata che la mia alunna di quel giorno sarebbe stata Angela. A ricordarmelo fu il fumo acre e denso che proveniva dall'aula nonostante i divieti.

Capelli ricci e lunghi poco lavati, jeans stinti, golf informe, stivali scalcagnati, giacca da uomo oversize e una costante espressione di sfida stampata in faccia. Angela aveva iniziato a leggere il testo di una canzone di Ferré con la sua voce rauca di Gauloises e il suo accento impossibile mentre io correggevo un suo scritto che di francese aveva solo qualche dittongo con l'accento sbagliato.

L'autre qu'on adorait, qu'on cherchait sous la pluie

L'autre qu'on devinait au détour d'un regard

«Angela» l'avevo interrotta dopo qualche minuto, appoggiando la penna e il suo foglio sul grande tavolo che ci separava.

Entre les mots entre les lignes et sous le fard

«Angela» avevo ripetuto paziente e desiderosa di arrendermi subito a quel braccio di ferro inutile e incomprensibile.

Avec le temps...

Avec le temps, va, tout s'en va

Aveva alzato la testa, mi aveva guardata con i suoi occhi neri esageratamente truccati e si era appoggiata allo schienale della sedia con un sorrisetto ironico, mentre accarezzava la turgida rotondità che ormai le impediva di allacciare i jeans.

«Stai perdendo tempo e soldi» le avevo detto con voce gentile.

«Perché ti sto antipatica?» mi aveva chiesto, incuriosita.

«Non funziona» avevo glissato io. «Tu e il francese. Non ci metti abbastanza impegno. O forse sei semplicemente negata per le lingue. Succede. A Parigi te la caverai benissimo lo stesso con quello che hai imparato finora. Ma non c'è senso ad andare avanti.»

Lei mi aveva fissata per un istante con odio. Poi si era alzata bruscamente. Aveva radunato i libri sparpagliati sul tavolo, aveva afferrato la giacca ed era uscita dalla stanza senza dire una parola.

Visto? È stato facile.

Ero rimasta seduta davanti al suo compito tutto sbagliato con una sensazione di sollievo misto a insoddisfazione. Era stato tutto troppo veloce. La mia intenzione non era solo congedarla. Volevo farle *capire* che la sua vita era sbagliata come il suo francese. Quello doveva essere solo il preambolo di un discorso sensato che mi avrebbe dato sollievo, giustificando ai miei occhi l'antipatia che provavo per lei mentre ne elencavo a voce alta le ragioni. E ora avevo tutte quelle parole dentro di me.

«Io il francese lo imparo, hai capito?» Angela era tornata velocemente sui suoi passi e ora era sulla porta. Mi puntava addosso minacciosa la sua pancia gravida e un dito macchiato di colore. «Io imparo il francese, vado a Parigi, ho successo con i miei quadri e metto al mondo un bambino che sarà felice...» La sua voce tremava leggermente. «Non me ne frega un cazzo della disapprovazione di una bacchettona come te.» Si era girata sui tacchi e se n'era andata. Sul serio, stavolta.

Bacchettona? avevo pensato offesa. *Bacchettona io*?

In un istante il mio cervello si era perduto.

Nicole all'università che faceva comizi, Nicole che si accendeva una canna sotto l'Arco di Trionfo, Nicole che flirtava senza convinzione e che lasciava senza rimpianti, Nicole in un letto sfatto, Nicole in una macchina scoperta che cantava a squarciagola. Nicole che girava nuda per casa mentre Thierry la guardava sorridendo.

Fermati. Non lasciare che una pittrice velleitaria ti porti in quelle stanze.

Nicole che cullava Thierry scosso dai singhiozzi, Nicole che rientrava a casa e trovava la stanza invasa di camelie e di biglietti d'amore...

Fermati. Morditi le labbra, accenditi una sigaretta anche se qui è vietato, conta al contrario.

La sua barba bianca e i suoi occhi che mi fissavano, severi e comprensivi.

«Pensaci bene, Nicole. È pericoloso per te e per lui. Sai bene cosa vuol dire "bipolare".»

«Io lo amo.»

«Non basta. È troppo presto per lui.»

Fermati. Alfa, beta, gamma, epsilon. Troppo facile.

Nicole stretta fra le braccia della madre di Thierry. Nicole paralizzata, senza risposte.

Fermati. Orao, opsomai, eidon, eleluza...

Nicole che corre per i corridoi dell'ospedale con le pantofole ancora ai piedi. Nicole che tiene lontana la morte con un inutile mantra. Il viso bianco di Thierry, i suoi occhi chiusi.

Oh Dio, oh Dio, oh Dio.

Quando il mio cellulare aveva iniziato a squillare mi ero aggrappata a quel suono come chi sta per affogare al suo salvatore. Avevo rovistato nella borsa con mani tremanti, rovesciato metà del suo contenuto – perché mi porto sempre dietro tanta roba – supplicato: «Aspetta, non riattaccare» come se chi era all'altro capo potesse sentirmi. Finalmente l'avevo trovato.

«Pronto.»

Che tu sia benedetta, che tu sia benedetto, chiunque tu sia.

«Non ho ancora capito se mi hai preso in giro o se davvero oltre al francese puoi insegnare a un rospo a conquistare la principessa.»

Due minuti dopo ero su un taxi e stavo correndo da lui.

E stavo scappando da me.

«Come sei messo a esperienza con l'universo femminile?»

La mia voce è più professorale di quello che pensavo. Mi

viene da ridere mentre guardo il suo viso sospettoso e divertito.

«Cioè quante volte ho scopato?»

«Anche, ma non solo. Io parlo di conoscenza. E di coscienza.»

«Allora zero. Mai scopato con coscienza.» Si guarda intorno. «Questi mobili li hai scelti tu o tuo marito?»

«Mio marito.»

«Immaginavo. Non c'è neanche un centimetro di te. Non ce l'hai una stanza che sia più tua?»

«Il mio studio» dico esitante.

Il mio tempio. Il mio nascondiglio. Non so se ho voglia di farti entrare lì.

Ma lui è già in piedi. Prende le mie sigarette, la mia tazza di tè, il braccialetto con cui stavo giocherellando.

«Fammi strada» mi dice con un sorriso e un cenno della testa.

Apro la porta rossa che dà sul corridoio. Rossa. Gentile concessione di Lorenzo.

«Fichissimo» dice a bassa voce guardandosi intorno. Approva con lo sguardo le mie stampe, la foto di Serge Gainsbourg, i cd sparsi in giro, il divano indiano largo e un po' sfondato sul quale si lascia cadere dopo aver poggiato i miei averi – tè, sigarette e bracciale – sul tavolino basso e rigato, di legno biondo. Si toglie le scarpe. Ci appoggia sopra i piedi.

«Questa sei tu» approva sorridendo mentre abbraccia con gli occhi la stanza. «E ora parliamo di Benedetta.»

«No. Benedetta è il K2» gli dico sedendomi all'altro capo del divano, «si comincia col Terminillo. C'è una ragazza che ti piace?»

«Benedetta.»

«Il Terminillo.»

Lui ride. Si accende una delle mie sigarette, s'impossessa del mio bracciale e ci giocherella facendoselo passare fra le dita.

Poi il suo viso torna serio.

«Nicole» mi dice con voce ferma, per fissare bene nella mia mente il concetto che sta per enunciare. «A parte Benedetta non esiste nessuna donna per me. Sono innamorato di lei. Voglio lei. Solo lei.»

«Perciò sei vergine» stabilisco con noncuranza allungandomi verso la mia tazza di tè. Lui mi guarda.

«Quando l'amore è lontano a volte il corpo chiama» ammette sorridendo.

«Benissimo. Allora non fare la mammoletta integerrima quanto ti parlo di Terminillo. C'è una ragazza che ti piace?»

«C'è una carina che lavora nel pub dove vado certe volte la sera.»

«Nome?»

«Nadia.»

«Va bene, cominciamo con Nadia. Hai tre giorni per interessarla, sedurla, conquistarla.»

«Ma non me ne frega niente» obbietta lui.

«Sì, il concetto l'ho capito. Ma al momento la cosa è ininfluente» sto parlando come un uomo d'affari che deve assicurarsi una firma sul contratto.

Mi sto divertendo.

«Non so come conquistare una donna in tre giorni» tergiversa, e il braccialetto gli sfugge dalle dita.

«Esattamente il mio punto. Impara.»

«E Benedetta?»

Questo ragazzo è testardo.

«Dopo» il mio tono è definitivo come il gesto con cui gli tolgo dalle mani il bracciale con il quale ha ricominciato a giocare.

Lui mi guarda sorridendo, soppesando la sfida. «Qualche aiuto?»

«Me li puoi chiedere strada facendo» gli dico alzandomi e avvicinandomi a una pila di cd. «Che musica ti piace?»

«Tutta» mi risponde rilassandosi sul divano. Di nuovo quel sorriso sornione sulle labbra.

«La seduzione comincia dalla musica.» Scelgo alcuni cd, glieli consegno. «Ci vediamo fra tre giorni.»

«... e quando mi ha vista che sorridevo a quel tizio... in Grecia, capito?»

In Grecia, certo, è mezz'ora che mi racconti della Grecia, Nadia. Se la mia scalata verso il K2 comincia così, getto subito la spugna. Dici solo cose noiosissime, Nadia. Dovrei sembrare interessato, giusto? Ti sembro interessato?

«... cioè, gli ho sorriso come avrei sorriso a chiunque...»

Continua a parlare. Sì, devo esserle sembrato interessato.

«... è un fatto di gentilezza.»

No, questa è un tritasassi. Non le interessa se sono interessato. Vuole solo parlare.

«O ce l'hai o non ce l'hai. La gentilezza intendo, capito?»

Sì, ho capito. Questa ragazza deve pensare che sono deficiente, non fa altro che ripetermi se ho capito.

«Ma lui ha pensato che stessi cercando una tresca... Hai...»

«Ho capito» dico prima che lo dica lei.

Mi guarda stupita. Le ho fregato la battuta. È la prima pausa che fa da quando ci siamo seduti al tavolino di questo bar del cazzo. Riesce anche a stare zitta, incredibile.

«E lui...»

No, ha già ripreso.

«... lui sarebbe il mio ragazzo... cioè, ormai ex ragazzo... hai...»

«Ho capito» fregata un'altra volta.

Di nuovo pochi secondi di silenzio. Lei abbassa lo sguardo. È carina. Sì, è molto carina. È più carina al pub, a dire il vero. Forse sono le luci soffuse, forse è la notte. Forse è che non me ne frega un cazzo.

Apre la bocca. Inspira aria. Sta per ricominciare.

«Devo fare una telefonata di lavoro» le dico al volo e mi alzo. «Ci metto un attimo» la guardo. Se volessi infierire le direi: «Hai capito?». Di certo penserebbe che siamo due anime gemelle, che parliamo la stessa lingua.

Mi allontano, compongo il numero.

«Pronto?»

Che bella voce.

«Pronto? Nicole, sono Sasha.»

«Sasha...»

Che bel modo di pronunciare il mio nome.

«Non sopravvivo a questo pomeriggio, Nicole. Sai quella del pub? Mi sta facendo venire l'orchite. Non fa altro che parlare del suo ex e se non la smette ti giuro che la sgozzo. Che devo fare?»

«Vai là e dille che vuoi fare l'amore.»

«Così...?» e rido. Nicole mi fa ridere.

«Uccidi la sua logorrea con un atto che abbia un senso. Imbavagliala con la tua passione.»

«Direi di passare al Gran Sasso» dico con voce decisa.

Sasha è seduto sul mio divano da più di un'ora. Abbiamo parlato della musica che gli avevo prestato e ora per lui esistono solo Chet Baker ed Ella Fitzgerald. Ha esaminato i miei libri, si è impossessato di García Márquez, mi ha chiesto tutto sulla mia vita, sul mio matrimonio, sulla mia scuola. Ha bevuto coca cola, divorato metà della scorta delle mie caramelle preferite – gusto mou – che a me in genere durano mesi, mi ha praticamente costretta a fargli fare il giro della casa per vedere se c'erano altre stanze che mi assomigliavano.

«Tu sei solo qui dentro» ha sentenziato con voce ferma tornando nel mio studio. Poi, un po' apprensivo: «Nicole, non voglio discutere le tue tecniche di seduzione, ma io vorrei entrare in azione con Benedetta. Non me ne frega niente del resto».

«Non hai mai sentito parlare di una parola fantastica che si chiama *anticipazione*?» gli dico sorridendo. «La parte più eccitante di un amplesso è il momento in cui sali le scale.»

Lui mi guarda sorpreso e scoppia a ridere. Oliva, che fino a quel momento è rimasta a dormire accovacciata sul tappeto, balza in piedi, sbadiglia e comincia a scodinzolare.

«Nicole...» Lorenzo appare sulla porta e si ferma interdetto alla vista di Sasha, che si alza in piedi.

«Lui è Sasha, ti ricordi? Il ragazzo del...»

«Certo, ci siamo anche sentiti per telefono. Come va, Sasha?» Lorenzo sorride educato – solo educato – e allunga la mano.

«Siamo sopravvissuti tutti, per fortuna» dice Sasha stringendogliela. Guarda Oliva che gli sta mordicchiando una scarpa. «Lei è Oliva, il corpo del reato. Guarita benissimo» aggiunge sorridendo.

Lorenzo annuisce e la fissa distratto. Poi i suoi occhi si posano su di me, interrogativi.

«Stiamo facendo scuola di seduzione» dico precipitosamente e appena pronuncio quella frase mi rendo conto di quanto suoni stupida.

«Ah» annuisce Lorenzo. «E chi seduce chi?»

Io e Sasha ridacchiamo senza rispondere.

Due cretini.

Ora che mi ha fatto sentire come una ragazzina attempata che vuole giocare i giochi dei grandi, Lorenzo si china su di me e mi sfiora le labbra. Non la fronte, come fa sempre in segno di commiato. Le labbra.

Questa donna è mia.

Lo so... Sto solo giocando, Lorenzo. Vuoi sorridere un pochino? Per me?

«Io scappo. Ci vediamo a cena.» Il sorriso non appare. Fa un cenno di saluto a Sasha. «Sono contento che non ci siano state conseguenze» aggiunge, compitamente sinistro.

«A presto» dice Sasha.

«Certo.»

Sono io o quel "certo" ha un tono canzonatorio?

Passi che si allontanano. Rumore di chiavi infilate in tasca. Porta che si apre. Porta che si chiude.

Io e Sasha ci guardiamo.

«Un uomo molto autorevole» Sasha spezza per primo quel vago imbarazzo, e si butta sul divano.

«Autorevolissimo» aggiungo io solenne sedendomi. Lui mi guarda curioso.

«Per questo ti sei innamorata di lui?»

Domande stupide. E scomode.

«Anche per questo.»

«E sei ancora innamorata?»

«Certo» gli rispondo senza esitazione ma il mio "certo" somiglia in modo inquietante a quello che Lorenzo ha pronunciato poco prima.

«Allora: chi è il Gran Sasso?» mi chiede Sasha dopo una pausa.

«Una che non conosci e che devi rimorchiare a freddo» rispondo rientrando subito nel mio personaggio.

«Sei pazza? Sono timidissimo» mi dice spaventato.

«E vuoi arrivare al K2 fra rossori e insicurezze? Ma per piacere. Quella che sto usando con te si chiama "tecnica di desensibilizzazione". Ti liberi della timidezza attraverso obiettivi non coinvolgenti e poi punti al massiccio centrale.»

Lui mi guarda inclinando di lato la testa. Sostengo il suo sguardo.

«Sei una donna strana, te l'ha mai detto nessuno?» mi dice ridacchiando.

«Tutti» rispondo sbrigativamente. «Per il Gran Sasso hai cinque giorni» guardo l'orologio, «a partire da ora.»

Siamo passati dal Terminillo al Gran Sasso all'Etna al Cervino.

E se, mentre io imparo a scalare, Benedetta stesse sciando verso valle con un aitante maestro?

La ragazza accanto a me non è ancora scesa dalla macchina. E questo è un buon segno. Fuma disinvolta una sigaretta e continua divertita a psicanalizzarmi.

«Sasha, lascia parlare loro e parla il meno possibile di te.» Recitava all'incirca così il dictat di Nicole.

Per tutta la sera mi sono calato nei panni del ragazzo misterioso, e a Carolina questo gioco diverte molto. Io il povero paziente da curare, lei la dottoressa da cui dipendere. «Dottoressa, mi aiuti lei a sciogliere i miei nodi.»

Le ho detto malizioso al secondo brindisi. Lei ha sorriso e ha reagito esattamente come ha previsto Nicole. Ovvero alla grande. Da quel momento mi scruta con i suoi occhi vacui cercando di sembrarmi intelligente e studia ogni mio minimo cenno o segnale dandogli un qualche significato simbolico, e io sorridendo gentile rigiro ogni domanda su di lei. Ma le sue risposte sono così inutili e noiose che non riesco a non distrarmi e a non pensare a come dev'essere affondare tra quelle tette enormi.

Ma la parte più pericolosa deve ancora venire.

E sento che il momento è arrivato.

Deve solo darmi il la. Deve solo darmi la battuta giusta.

Poi finalmente la ragazza mi guarda e sorridendo mi dice: «Ma che hai nella testa tu?».

E io sento che ci siamo.

Oddio ci siamo.

E cazzo, Nicole, me lo sento, questa volta finisce male.

Mi sbilancio verso la ragazza che mi guarda interdetta e lentamente allungo la mia mano sul cavallo dei suoi pantaloni, così come Nicole mi ha detto di fare.

Tu sei pazza, Nicole.

Ora sta per partire lo schiaffo...

Mi avvicino lentamente. Senza togliere gli occhi da lei. E lentamente faccio scivolare la mia mano sulla sua fica. Lei mi guarda incredula. I suoi occhi ora non hanno più quella beota fissità di prima, ma tremano in un misto tra stupore e paura. Tutto il suo corpo scatta all'indietro, ma la mia mano continua a serrare la sua fica e non accenna a lasciarla.

Ora sta per partire la denuncia...

Che cazzo mi stai facendo fare, Nicole?! Ma ormai ci sono. La guardo e...

Quando vi state per salutare mettile una mano proprio là, tra le gambe e dille che quella è la tua ossessione.

«Questa è la mia ossessione» le dico.

Poi portando l'altra mano al suo cuore e senza mai togliere gli occhi da lei mi avvicino e...

Le dici che quella è la tua dannazione.

«Questa è la mia dannazione.»

E infine portando la mano dal cuore alla bocca, sfiorandole le labbra la guardo e...

Le dici che quella bocca è il tuo sogno.

«E questa, questa è il mio sogno.»

La ragazza non sembra dare cenni di vita, però. E mi accorgo che è quasi completamente arrampicata sul suo sedile.

Ma l'ho fatto, penso. E quasi vorrei scendere ora dalla macchina per chiamare Nicole e dirglielo.

Senza fare bruschi movimenti mi allontano da lei. Carolina continua a non avere reazioni.

Di nessun tipo. Non si muove, non parla, non urla e nemmeno vedo reazioni violente.

Forse è troppo sotto choc? Forse resterà muta per tutta la vita? Cosa mi hai fatto fare, Nicole?

E così piano piano allento la presa e lascio andare la mia mano da quel caldo cavallo dei pantaloni. La ragazza mi guarda ancora senza parlare.

Mi sto iniziando a preoccupare.

Così interrogativo e spaventato la guardo cercando rassicurazioni e gentile le chiedo: «Come va?».

«Non ho fatto in tempo a finire di chiederle "come va?" – era una cosa cretina da dire, lo so, ma non sapevo che fare – e lei mi è saltata addosso come un orso affamato. È stata una notte da incubo, non mi voleva più lasciare andare, continuava a dirmi che ero il primo uomo vero che aveva conosciuto e a un certo punto mi ha chiesto di legarla al letto» Sasha prende fiato. Mi guarda torvo. «E smettila di ridere!»

Cerco di ricompormi ma non ce la faccio. E comincio a ridere ancora più forte.

«Non è divertente, Nicole. Quella donna è una pazza. Si deve curare» mi dice lui offeso, ma vedo che gli angoli della sua bocca si stanno ineluttabilmente piegando all'insù e quel leggero tremolio delle sue spalle mi dice che sta per unirsi a me.

E questo mi fa ridere ancora di più. E continuiamo a ridere, incapaci di parlare o di fermarci, mentre Oliva gira intorno al mio divano abbaiando e io comincio a sentire i muscoli dello stomaco che fanno male.

«Io dico che possiamo fermarci qui» dice Sasha appena l'attacco di risa dà segni di cedimento. Fa un lungo respiro per riacquistare il controllo, si asciuga una lacrima, si passa una mano fra i capelli. «Io ora voglio pensare al K2.»

Gli passo un kleenex, ci soffiamo il naso tutti e due. Mi ricompongo anch'io. Annuisco.

«Sì. Credo che tu sia pronto.»

È il mio ringraziamento, Sasha. Per avermi fatto ridere così.

«Non ho ancora capito bene perché mi hai fatto passare attraverso queste forche caudine.»

«Perché la tua sicurezza e autostima è sicuramente cresciuta.»

«Sicura?»

«Tu che dici?» gli chiedo sorridendo.

Ci pensa sopra un po'. «Probabilmente è vero» concede, «ma con Benedetta è diverso. Hai presente quando semplicemente pensare a una persona ti toglie il fiato? Ti fa sentire caldo allo stomaco e poi freddo in tutto il corpo perché lei non c'è?»

I suoi occhi hanno una luce intensa. Quasi bruciante. E di una insicurezza totale. La meravigliosa livella dell'amore, che ci fa diventare tutti principianti assoluti, bambini di fronte a un gioco di prestigio, esploratori di emozioni mai provate ma conosciute con l'intelligenza del nostro istinto.

«Sì. Ho presente» gli dico a voce bassa. Ci guardiamo, tutti e due, persi nei nomi che abbiamo evocato. Il mio, non pronunciato, che sussurra dolore alle mie spalle. Il suo, splendente di vita, che lo invita a seguirlo. «È un po' come tornare a casa» gli dico seguendo il filo dei miei pensieri.

Lui si scuote. Annuisce. «Ti credo sulla fiducia. Io non so veramente cosa sia avere una casa.»

Gli sorrido. «Be', quella dove sei al momento mi sembra un gran bel posto dove vivere.»

Mi sorride. Ma solo con le labbra. I suoi occhi sono bui. «E sa di Benedetta» si alza, prende il suo giaccone. I commiati di Sasha sono repentini come i suoi arrivi. «Ma non è casa mia.»

«Mi chiamo Valeria.»

«Ciao Valeria» giacula il gruppo in coro.

«Ho ventinove anni e non mi faccio da sei mesi e dieci giorni.»

La prima cosa che penso è che Valeria ha un viso bellissimo. Due grandi occhi neri, liquidi, allungati. Il suo corpo è esile al limite dell'inconsistente, i suoi pantaloni scuri sembrano fluttuare intorno ai fianchi sottili. È in piedi in mezzo alla stanza, diafana, fiera, sorridente. Applaudono tutti. Lei si china con grazia, come una ballerina che ha appena eseguito un difficilissimo *plié*. La stanza è umida e un po' polverosa. C'è una grande stufa a gas in un angolo, poster colorati alle pareti e un tavolino pieghevole contro il muro con sopra dei bicchieri di carta e un fornelletto elettrico. Lo squallore regna sovrano. Ma nello stesso tempo nell'aria c'è qualcosa di più forte e tangibile che mi porta a sentirmi rilassata nonostante questa sedia pieghevole mi stia massacrando la schiena. Un senso di solidarietà comune e di calore. La sensazione che in questa stanza fredda e poco accogliente ci si possa liberare dei propri spettri senza ricevere in cambio un giudizio. La percezione di potersi spogliare senza che la tua nudità venga impugnata dagli altri come arma di offesa.

«Hai da fare alle tre?» mi aveva chiesto Sasha al telefono, brusco. Lui non dice mai "buongiorno" o "come stai?" Arriva dritto al punto.

«Non ho lezioni. Ma più tardi devo raggiungere Lorenzo» avevo risposto prudentemente.

«Vorrei portarti a casa mia.»

«Sono già venuta a casa tua.»

«Oggi ti porto nella mia vera casa» aveva risposto asciutto. «Così poi parliamo di Benedetta».

Mi ero ritrovata ad aspettarlo davanti a un portone screpolato. Era arrivato trafelato come sempre, in ritardo come sempre, sorridente come sempre.

Sulla porta un cartello con una scritta a pennarello: SIAMO QUI.

«Quella signora grassa con la borsa viola è una cocainomane. Roba da non crederci, eh?» mi dice Sasha a mezza bocca.

Guardo la donna che mi sta indicando con un cenno della testa. Ha l'aria placida e serena di una vecchia zia. Dalla borsa viola spuntano due ferri da calza e un gomitolo arancione. Tiene in mano due pacchetti di caramelle e, a scadenza ritmata e alternata, le assapora socchiudendo gli occhi. Mi fa pensare a torte di mele e gattini che giocano, non certo a spacciatori e polvere bianca. Probabilmente ha sempre una favola nuova da raccontare ai suoi nipoti. Quando si accorge che la sto guardando mi sorride. Abbasso gli occhi precipitosamente, perché il sorriso che mi ha offerto è sdentato e quel vuoto nero mi ha buttato addosso ciò che non riuscivo a vedere prima. Mi vergogno subito del mio imbarazzo e li rialzo. Lei sta continuando a sorridermi e in silenzio fa cenno di offrirmi le caramelle. Scuoto la testa sillabando un "grazie" muto. Le sue favole e le torte di mele sono svanite dal mio immaginario.

Valeria sta finendo di parlare. C'è un nuovo applauso. Poi l'uomo che ci ha accolti quando siamo entrati e che ha addosso uno sgargiante golf giallo, chiede se c'è qualcun altro che vuole parlare. C'è un momento di sospensione dove il silenzio regna sovrano. Poi sento la sua voce.

«Mi chiamo Sasha e ho ventiquattro anni.»

«Ciao Sasha» la liturgia corale si compie di nuovo.

Mi giro lentamente verso di lui ma non alzo la testa. Sasha è in piedi e miei occhi intercettano solo la sua mano. Bianca, forte, calma, abbandonata lungo la gamba.

«Vengo qui da qualche settimana, ma questa è la prima volta che parlo. Forse mi avrete visto...» sento dalla sua voce che sorride, «sono quello sempre seduto un po' più indietro degli altri.»

Risatine.

«Benvenuto, Sasha.» All'unisono.

«Grazie. Io non mi sono mai fatto.» Alzo la testa, stupita. Adesso non capisco più. Lui si volta per un attimo a guardarmi, mi sorride come per rassicurarmi poi si rivolge di nuovo al gruppo.

«Sono nato nella comunità di Borgo Fiorito.»

Borgo Fiorito. Me l'aveva detto. Ma credevo fosse la frazione di qualche paese.

«Giorgio e Amanda, i miei genitori, si facevano di eroina.»

La sua voce è ferma. Faccio di nuovo scendere i miei occhi sulla sua mano. Una vena azzurrina gli pulsa veloce sul polso.

«Giorgio è morto di overdose quasi subito. Amanda è sparita quando avevo sei anni. E non si è mai ricordata di tornare a prendermi.»

I miei occhi sono fissi su quella vena. Come se non esistesse niente altro. Batte più veloce. Mi mordo le labbra. Vorrei prendergli la mano, premere col pollice su quel sottile filo violetto per nasconderne la sofferenza. Vorrei fare qualcosa. Abbracciarlo. Farlo piangere. O ridere. Ma non posso. Non riesco a staccare gli occhi dalla sua vena.

«Io sono sempre stato lì. Nella comune. Riccardo... Riccardo Cohen, forse lo conoscete...»

Il fruscio che sento mi fa pensare che gli altri stiano annuendo.

«Riccardo per me è stato una specie di padre...»

Lo zio che, mi aveva detto, l'ha cresciuto.

«... un padre da manuale. E la lezione che ho imparato da lui è stata che a questo mondo ognuno pensa per sé e al diavolo gli altri.»

Voce dura. Continuo a fissare la sua vena. Mi accorgo che il mio cuore si è sintonizzato su quell'armonia galoppante. Respiro a fondo.

Tu stai respirando, Sasha?

«Per cui, tecnicamente, non dovrei essere qui. Nel senso che non mi sono mai fatto di niente e che voi... potreste non sentirvi sintonizzati con me. Ma io... io so.» La sua mano ha una contrazione. La nasconde dentro la tasca e io ora non ho più niente da controllare e sono costretta ad alzare gli occhi e guardarlo.

Prendigli la mano, Nicole.

«Voglio dire che... ho visto tutto» la sua voce si incrina in una specie di risatina nervosa. «È come se avessi una laurea ad honorem» fa una pausa. Come se non sapesse più che dire. «Tutte le persone a cui voglio bene sono lì. O sono passate da lì.» Un'altra pausa. Vorrei che tirasse fuori la mano dalla tasca. Vorrei che la sua vena tornasse a parlarmi. «E... a volte Borgo Fiorito mi manca.» Si volta a guardarmi. Solo per un attimo.

È questo il tuo modo di parlarmi di te, Sasha?

«E quindi... spero che per voi vada bene se ogni tanto vengo qui» conclude con un mezzo sorriso timido, incassando la testa fra le spalle.

Non posso prenderti la mano adesso, Sasha. Non me lo perdoneresti.

L'applauso è convinto, spontaneo. L'uomo col golf giallo si alza, lo abbraccia e gli dice che certo, può venire quando vuole. Valeria gli va vicino, gli dà un bacio sulla guancia e gli racconta che sua sorella è da un mese a Borgo Fiorito. «Credo che l'eroina faccia parte del nostro DNA» conclude ridendo. Si mettono a chiacchierare come due che si ritrovano dopo un soggiorno al Mediterranée.

Gli altri si radunano intorno al tavolino da campeggio sul quale ora sono apparse magicamente delle bottiglie di aranciata e di acqua minerale. C'è un'atmosfera da ora di ricreazione. La signora grassa viene da me, la borsa viola a tracolla, brandendo i suoi due pacchetti di caramelle quasi finiti come se fossero strumenti di navigazione.

«Mi chiamo Elide, sono una cocainomane» mi dice, e mi abbraccia come se mi avesse annunciato qualcosa da festeggiare.

«Mi chiamo Nicole» le dico appena riemergo dal suo collo morbido e appena sudato.

«Ho un cugino che si chiama Nicola... ma non è bello come te» mi dice ridacchiando con la sua bocca piena di vuoto.

Io non so bene cosa dirle. Che si dice in questi casi?

I denti li hai persi per colpa della coca? È tanto che non ti fai? O ti spari ancora qualche botta?

Non ho una mia assuefazione di cui parlarle. Credo.

Lei mi offre le caramelle. Ne prendo una anche se non mi va. Entrambi i pacchetti sono dello stesso gusto, al limone, e io so che fra poco mi verrà mal di stomaco. Da piccola me le davano per digerire e io invece subito dopo vomitavo.

Che strana bambina, la nostra Nicole.

«Le uso come surrogato. Ogni volta che voglio fare un tiro, mangio una caramella» mi dice ridacchiando.

Ogni volta? In mezz'ora avrà attinto a quei pacchetti cinque volte.

Lei annuisce ridendo, come se mi avesse letto nel pensiero.

«Ci davo dentro sul serio. Ho avuto tre infarti. Avevo la pressione di un pallone aerostatico. Una volta sono rimasta in coma per una settimana. Mi sono tirata tutti i soldi di mio marito. Una mattina lui è andato in banca perché voleva comprarsi un barchino da pesca. Ha trovato il conto prosciugato, è tornato a casa, mi ha menata, ha fatto la valigia e se n'è andato. I miei figli non mi parlano più da anni. Quando mangiavo, se non stavo attenta gli spaghetti mi uscivano dal naso.» Sospira e si ficca una caramella in bocca. Incredibile, ma sento rumore di *masticazione*. «Ho dovuto smettere. Sono pulita da otto mesi» si guarda intorno con aria da cospiratore, abbassa la voce, «be'... veramente ho avuto una ricadutina tre mesi fa ma non ho avuto il coraggio di dirlo al gruppo. È stato solo un momento di... sai, le caramelle sono buone ma *quella* è un'altra cosa.» I suoi occhi si socchiudono per un attimo, poi ritorna nella realtà. «Ma *quella* mi ha rovinato la vita.» Il suo viso grasso e pacioccoso si tinge di qualcosa che va al di là della disperazione e il suo sguardo mi dice molte più cose della sua bocca sdentata. «Oh be'...» riprende a sorridere, «ora ne sono fuori. Ci sono le mie bambine» agita i due pacchetti, «anche se mi hanno fatto ingrassare di diciotto chili... Non si può avere tutto, no? Dimmi di te.»

Sposto prudentemente la caramella che fino a quel momento ho tenuto premuta contro la guancia per non sentirne il sapore. È enorme e il succo acido del limone mi riempie la bocca.

Non so cosa dire.

Io mi faccio ancora, Elide. Mi faccio di noia, di controllo, di divieti, di compostezza. La mia droga ha ucciso la passione, l'amore, il sonno, l'entusiasmo, l'energia. Tutte le cose che hanno ucciso Thierry. Non ho perso i denti e il mio conto in banca è sempre in attivo. Ma la mia vita no. È una droga speciale, che ti prosciuga dentro e ti lascia intatta fuori. Il mio pusher si chiama Lorenzo e l'ho scelto perché ha la roba migliore e perché mi sorride mentre mi faccio.

«Io...» dovrei liberarmi di questa caramella ma Elide è davanti a me e mi guarda comprensiva, «io non sono ancora pronta a parlarne» le dico cercando con gli occhi Sasha.

«Oh» la sua mano grassa si poggia sulla mia spalla. Sento premere il pacchetto di caramelle che non abbandona mai. «Ti fai ancora, eh?» mi chiede indovinando la verità. «Non preoccuparti, questo gruppo è fantastico. Ce la farai. Ce la farai anche tu, Nicola.» Un altro abbraccio sudato. La borsa viola sbatte contro il mio fianco.

Al di là della sua spalla i miei occhi individuano Sasha. È in fondo alla stanza, appoggiato al muro con un bicchiere di aranciata in mano e mi sta guardando. Con sollievo lo vedo staccarsi dal muro e venire verso di me.

«È ora di andare, Nicole. Hai quell'appuntamento» dice sorridendo.

Elide allarga le braccia e mi lascia libera.

«Allora ci vediamo presto, eh?» fa un passo indietro, ci squadra. «Siete una bella coppia» si china verso Sasha come se dovesse confidargli un segreto. «E tu sei un ragazzo in gamba.» Gli stampa un bacio sulla guancia. «Stalle vicino» bisbiglia.

Io la guardo mentre veleggia verso il tavolino dei rinfreschi con i suoi due timoni stretti fra le mani. Faccio un profondo respiro.

«Sei tutta verde» mi dice Sasha guardandomi in faccia.

«È la caramella al limone» biascico io cercando di rispingerla contro la guancia.

Sasha apre una mano, me la mette sotto il mento. «Sputa.»

Lo guardo atterrita.

Cosa?

«Dài, sputa, sennò fra poco vomiti» ripete paziente, come se parlasse con una bambina, avvicinando di più la mano.

Nicole non vomita mai.

Non ho neanche una cartina dove avvolgerla.

E Nicole non sputa.

Ma la mia lingua sta già spingendo fuori l'appiccicoso oggetto estraneo. Io mi vergogno, ma la mia lingua no, è più intelligente.

Plop.

C'è un bolo giallo e scintillante di saliva nel palmo della mano di Sasha.

Buttala, ti prego.

Sasha chiude la mano.

Oh Dio.

«Andiamo» mi intima guidandomi fuori.

Butta la caramella in un cestino pieno di bicchieri di carta usati. Non si strofina la mano, non se la pulisce. Se la rimette in tasca mentre mi poggia l'altra sulla nuca, pilotandomi verso l'aria fresca.

«Sto meglio» gli dico, respirando a fondo. «Le caramelle al limone mi fanno schifo.»

Sasha scoppia a ridere. «E perché l'hai mangiata, scusa?»

«Non mi sembrava gentile rifiutare.»

Lui mi guarda scuotendo la testa mentre continua a ridere.

«Be', la prossima volta ricordati che hai sempre l'arma dell'espulsione immediata.» Si porta una mano sotto il mento e mima il gesto di sputare fuori qualcosa.

Annuisco.

In effetti non è stato difficile.

Mi metto a ridere. «Vieni, andiamo in quel bar.» Penso che devo tenere d'occhio l'orologio perché Lorenzo non mi perdonerà se manco all'appuntamento. Passiamo davanti a un vecchio cinema d'essai. *Un uomo, una donna* recita il neon un po' appannato.

«L'hai visto?» chiedo a Sasha. Ma lui non mi sente, sta controllando sul cellulare se ci sono chiamate o messaggi. «Non può essere lei a chiamarti, Sasha. Devi cominciare tu» gli dico sorridendo.

«E quando comincio?» Mi guarda apprensivo. «Si sarà già dimenticata che esisto.»

Stacco gli occhi dal manifesto.

Ho sempre pensato che Jean-Louis Trintignant avesse l'aria da pesce lesso.

Lo guardo superiore. «Lo sai cosa vi scordate sempre di fare con noi donne?»

«Cosa, Nicole?»

«Farci giocare.»

Entriamo nel bar. Gli indico un tavolo.

«Tu offrimi un tè. In cambio ti insegno come conquistare una donna facendola sorridere. E poi ti porto al cinema.»

Sono a cena con Lorenzo. Attraverso le finestre del ristorante si intravede il possente buio del Pantheon. La sala è gremita, i camerieri lenti.

Lorenzo mangia in silenzio, gli occhi sul piatto oppure a fissare cupamente un qualunque punto della sala. Mi sta punendo. Oggi alle sei dovevo raggiungerlo in un albergo dove avrebbe parlato del Seicento italiano di fronte alla crema degli antiquari italiani. Crema della quale lui fa parte. Un negozio a Roma, uno a Milano, uno in via di inaugurazione a Losanna.

Lorenzo è un uomo di successo.

Mi sono presentata alle otto, un po' trafelata, con il giaccone di Sasha sopra il mio golf di cachemire e la mia gonna nera. Lorenzo aveva finito di parlare e mi ha accolta con un sorriso freddo e il silenzio. Ha guardato l'assurdo giaccone verde fuori misura che indossavo e non mi ha chiesto niente. Sono io che gli ho fornito delle spiegazioni, odiandomi per le bugie che gli stavo dicendo. Un caffè con Sasha, la pioggia improvvisa – «Poverino, gli ho scippato il giaccone perché il mio cappotto era zuppo» – un taxi che non si trovava, il traffico, io che mi sono persa fra i vicoli arrivando troppo tardi all'indirizzo giusto. Lorenzo mi guardava in silenzio, irritato dalla mia aria colpevole, sordo alle bugie dietro le quali cercavo di nascondermi. Avrei voluto toccarlo, ma le nostre mani, pietrificate sulla tovaglia, a pochi centimetri l'una dall'altra, erano separate da una voragine incolmabile, da un peccato che io mi ostinavo a contrabbandare per veniale, ma che invece Lorenzo giudicava mortale: *avevo dimenticato*.

Avevo dimenticato Lorenzo, la sua orazione sulla solidità priva di riccioli e frivole decorazioni, il suo bisogno di avermi come tramite durante i suoi contatti con il mondo esterno. Invece di applaudirlo ero seduta in un bar con Sasha e un secondo dopo ero chiusa con lui nel cinema d'essai di fronte a guardare *Un uomo, una donna*.

«Davvero non l'hai mai visto?» gli avevo chiesto quando eravamo passati davanti al manifesto.

Lui aveva scosso la testa. «Di cosa parla?»

«Due che avevano perso le speranze si innamorano. Vieni, ti piacerà.» Lo avevo spintonato dentro la sala fredda e maleodorante e per più di un'ora mi ero dimenticata dei miei doveri di moglie mentre guardavo una moglie che non riusciva a dimenticare i suoi, anche se il marito era morto. Verso la fine del film, con un soprassalto, mi era tornato in mente il mio appuntamento con Lorenzo.

«Devo andare, ho fatto tardi» avevo sussurrato a Sasha alzandomi di scatto.

«Se non ti dispiace io resto» mi aveva detto lui senza staccare gli occhi dallo schermo.

Io ero schizzata via e solo nel taxi mi ero accorta di avere addosso il giaccone che Sasha mi aveva ceduto cavallerescamente quando l'umidità della sala aveva cominciato a farmi tremare.

«Vuoi il dolce?» Lorenzo sta fissando il menu con la concentrazione di qualcuno che traduce dal cirillico.

Scuoto la testa ma lui non mi sta guardando. «No, grazie» verbalizzo. Tutto, pur di abbreviare questo supplizio.

Usciti dall'albergo la cosa più ragionevole sarebbe stata quella di tornare a casa e di ritirarci nei nostri rispettivi angoli. Ma sapevo che non me la sarei potuta cavare così a buon mercato. Lorenzo sa che impatto ha su di me il suo silenzio, per questo mi ha trascinata in una cena a due dove avrebbe potuto far penetrare la lama fino in fondo.

Il mio cellulare emette un discreto bip bip.

"Sei riuscita a entrare alla seconda ora?" dice il messaggio di Sasha. Mi viene da sorridere anche se sono in punizione, ripongo il cellulare nella borsa.

Lorenzo sta pagando il conto. A forza di non guardarmi deve essersi dimenticato che sono qui con lui perché si alza e si avvia verso l'uscita senza aspettarmi.

Potrei restare qui. Potrei restare qui e perdermi, e dimenticare il mio indirizzo di casa, e quello della scuola dove insegno, e girovagare per la città con un giaccone verde troppo grande mentre scambio SMS con un ragazzo innamorato di una principessa.

La porta del ristorante si apre e Lorenzo resta fermo lì, a guardarmi con aria severa.

La debolezza del carnefice è quella di non poter fare a meno della sua vittima.

I miei propositi di vagabondaggio muoiono prima ancora di essere nati. Mi alzo lentamente, mi infilo il giaccone, ha una macchia scura sulla manica, chissà se il cameriere se n'è accorto.

Non mi stupisce che sia diventata una barbona. Quando è venuta a cena qui col marito sembrava una signora così perbene, ma quel giaccone macchiato mi ha fatto capire subito quale sarebbe stato il suo destino.

Rabbrividisco mentre faccio i pochi passi che mi ricongiungono a Lorenzo. Non voglio dimenticare il mio indirizzo. Voglio tornare a casa e non perdermi più nei cinema, voglio far ritrovare la voce a Lorenzo, e sentirmi al sicuro nel mio letto privo di sonno.

«Il verde non ti è mai stato bene» mi dice lui guardando oltre le mie spalle. Apre la porta con gesto sicuro, esce in strada.

Io lo seguo. In silenzio.

«È bello. Ma è nero. Ne hai altri tremila neri, no?»

Nicole mi sta guardando con aria dubbiosa tenendo davanti a sé un golf grande e morbido identico a quelli che le ho sempre visto indossare.

«Devi imparare a fare shopping con una donna, Sasha. Scegliere per lei e con lei è sexy. Voi uomini trovate squallido tutto quello che sposta la luce dei riflettori da voi a noi.»

«È un concetto femminista?»

«È un concetto che aiuta a non annoiarsi poi in mezzo alle lenzuola.»

La commessa si agita a disagio, temendo che io demotivi la sua cliente. «Veramente il nero è un classico. Va bene per qualunque occasione» recita con sussiego. Ha la faccia di una che non sorride da dieci anni. «E poi dona all'incarnato.»

Nicole manda indietro la ciocca che le pioveva sugli occhi con un brusco movimento della testa. Dio, quanto mi piace quel movimento che fa. Lo fa sempre un momento prima che la gente provi il desiderio di rimettergliela a posto. E questa sua anticipazione del mio gesto mi fa sentire ancora di più quanto desideravo farlo.

«Tu che dici?» mi chiede voltandosi seria verso di me.

«Anche il rosso» rispondo ingobbendomi dentro la giacca. Non mi piace come mi guarda la commessa. Mi odia perché sa già che non farò comprare a Nicole un altro golf nero.

«Rosso?» Nicole sembra presa in contropiede. Poi sorride. «Il rosso non dona tanto all'*incarnato*» lo dice con la stessa intonazione della commessa, poi si mette a ridere.

«Al tuo, sì» stabilisco deciso.

«Ha qualcosa di rosso?» chiede alla commessa abbandonando definitivamente il fagotto di cachemire nero sul bancone.

E sorridi, stronza, sibilo mentalmente alla donna che si allontana con aria seccata ancheggiando un culone da vergogna. Riporto gli occhi su Nicole per pacificare il mio senso estetico. Lei mi sta guardando con aria sorniona.

«Che c'è?» le chiedo.

«Sasha, dov'è finita tutta la tua fretta di comunicare con Benedetta? Perché ti sei paralizzato?»

M'ingobbisco di nuovo, sulla difensiva.

«Non eravamo venuti qui per comprare un golf?»

«Hai paura» mi dice sorridendo gentile.

«Ma figurati. Non vedo l'ora.»

«Perché hai paura di rischiare, Sasha?»

«Perché hai paura di vestirti di rosso, Nicole?»

Lei si morde le labbra, mi guarda seria.

«Perché mi fa sentire esposta.»

«Anche a me telefonare a Benedetta.»

Ci guardiamo. Lei annuisce, alza le spalle.

«Tanto se non vai tu a trovare la vita è la vita che viene a trovare te.»

«Abbiamo solo questo cardigan» ci interrompe la commessa, rigida, spiegando sul bancone il suo reperto. «È anche in saldo. Il rosso non va molto, quest'anno» aggiunge lanciandomi un'occhiata acida.

«Lo provo.» Nicole lo afferra decisa e si dirige verso il camerino.

Io e la commessa ci guardiamo.

«Ma lei non sorride mai?» le chiedo soave.

Lei arrossisce e serra la bocca, poi si mette a piegare i golf.

«Che dici?» mi chiede Nicole emergendo dal camerino.

Penso che il rosso dona al suo incarnato. Penso che dona ai suoi occhi, ai suoi capelli, al suo corpo morbido e sottile.

Penso che le stia bene tutto.

«È che i cardigan mi annoiano» dice guardandosi critica allo specchio.

«Sei bellissima in rosso. E se ti stufa te lo puoi mettere al contrario. Lo allacci dietro» le rispondo ansioso. Voglio davvero che compri quello stupido cardigan. E credo di volerlo così tanto perché l'ho scelto io. «E poi è in saldo.»

Si specchia ancora per un po'. La ciocca le scende sugli occhi, lei la ributta indietro.

«Va bene, lo prendo» dice sorridendo alla commessa.

«Lo tiene addosso?» chiede lei con riprovazione.

«No» si rifugia in fretta nel camerino, ne esce spettinata, col suo vecchio golf nero. Mentre la commessa si avvia verso la cassa, Nicole mi si avvicina. «Non sono ancora pronta» sussurra.

«Neanch'io» le dico a voce bassa.

Mi guarda inclinando la testa di lato. Il suo sorriso riappare.

«Non importa. Anch'io non ho intenzione di mettermi quel golf. Ma la vita ci verrà a stanare.»

«Brava.»

Benedetta non riesce a stare neanche in ginocchio. Le tengo la fronte con le mani e le scosto i capelli dal viso.

Tanto se non vai tu a trovare la vita è la vita che viene a trovare te.

Sei una strega, Nicole? Dove tieni la tua palla di vetro?

«Brava» le ripeto mentre vomita tutto l'alcol che ha in corpo, spezzata dai conati. Non è riuscita ad arrivare neanche alla tazza del cesso e il suo vomito rimbalza sulla mattonella a sinistra dei miei piedi.

«Brava.»

Benedetta è bella anche quando vomita. È bella anche quando è strafatta.

Ed è bella anche quando è assente.

I suoi occhi si tenevano aperti a fatica e le sue pupille come quelle di una bambola senza anima fissavano il vuoto. Sedeva scomposta sulla poltrona di pelle con la testa riversa sulle spalle. Era una marionetta senza fili. Era un'altra Benedetta. Non quella che mi sorrideva composta alla destra del padre.

Io e Oliva eravamo stati svegliati nel bel mezzo della notte da strani rumori che provenivano da dentro casa e Oliva che è cresciuta per strada non aveva la minima intenzione di andare a vedere chi fosse. Si era nascosta sotto il letto e mi guardava spaventata mentre barcollavo verso la porta, cercando di riprendere conoscenza. Ma quelli che facevano casino al primo piano non erano dei ladri. I ladri non ascoltano *drum and bass* mentre svaligiano appartamenti. Eravamo stati svegliati dai bassi di una musica ossessiva, dalle grida stonate di un gruppo di ragazzi, dalle loro voci impastate e sconnesse, da ubriachi. Dopo essere sceso per le scale senza far rumore, ho spiato attraverso la fessura della porta semiaperta del salotto senza farmi vedere.

Benedetta e tre suoi amici si erano intrufolati in quella casa-cantiere, in quella sorta di terra franca. Si infarinavano seduti intorno al tavolo di cristallo. E Benedetta era lì, quasi priva di conoscenza. Sul tavolino strisce di coca venivano aspirate con avidità dentro banconote da cinquanta euro. Lo stereo era sparato a tutto volume e per terra erano sparsi i cocci di qualche birra andata in pezzi. Il più alto dei ragazzi parlava veloce abbracciato alla sua boccia di Absolut vodka ormai vuota mentre un tipo segaligno alla sua destra tirava su col naso e sembrava essersi incastrato in un trip tutto suo.

Quello stronzo grattava col tappo di una birra sul tavolo in tek su cui mi ero spezzato la schiena.

Poi ancora una botta. I loro visi sudati. I loro capelli fini appiccicati alla fronte. Occhi assenti e accendini che bruciavano sigarette. Il fumo denso di hashish che usciva dalle loro bocche. Le loro risate sguaiate. Le loro parole inutili. E i loro ritmi lenti e veloci al tempo stesso, come la droga che assumevano. Oppiacei mischiati ad anfetamina.

Intanto un terzo ragazzo, il più lucido, si apparecchiava la sua striscia dopo aver riposto la bustina di coca dentro la batteria del cellulare. Il più sudato di tutti alle sue spalle si è alzato barcollando dal divano e si è avvicinato alla finestra, ha lasciato cadere la bottiglia di vodka e si è grattato la fronte con tutte e due le mani.

«Sto troppo fatto» ha ghignato tra sé, poi si è sbottonato i pantaloni e ha iniziato a pisciare sul parquet. Sul mio parquet.

'Fanculo quello è il mio parquet.

«Che cazzo state facendo qua?» sono sbottato entrando nella stanza.

Gli occhi di Benedetta si sono lentamente mossi verso di me. Solo gli occhi.

«E te chi saresti?» mi ha risposto il tipo efficiente facendosi avanti.

«Io sono quello che qua ci lavora, testa di cazzo, perciò fuori.»

«Cosa?» mi ha risposto strafottente fissandomi con le sue pupille dilatate.

«Ho detto fuori, non potete stare qua!»

«Bravo!» ha gridato con voce sgraziata Benedetta dal divano. Benedetta mi guardava con un sorriso ebete.

«Senti, pezzente» ha iniziato l'amico di Benedetta strofinando velocemente le mani innervosito. «Stai molto, molto calmo e non parlarmi in questo modo, perché noi ci mettiamo un attimo a farti un culo così.»

«Bravi!»

Benedetta diceva bravi a tutti. E poi rideva. A fatica, ma rideva.

«Ok, fuori o chiamo la polizia.»

«Bravo! La polizia.»

Grazie, Benedetta.

«Dài, Michele, questo è un testa di cazzo, annamosene» ha detto il segaligno spaventato.

Ma Michele continuava a fissarmi.

«Allora non hai capito» gli ho detto con tono calmo e persuasivo. «Fuori o chiamo immediatamente la polizia!»

Michele mi ha guardato e si è messo a ridere.

«'Fanculo te e la polizia» ha detto in preda a un delirio di onnipotenza. L'arroganza dei cocainomani. La droga dei fascisti, diceva Riccardo. Poi si è voltato di scatto e senza dire una parola ha afferrato il suo cellulare e si è diretto verso la porta.

Benedetta continuava a ridere e a dire: «Bravi andatevene! O chiamo la polizia con le sirene!».

Il tipo secco e segaligno ha provato ad afferrarla ma lei si è ribellata.

«No, lasciatemi qua. Voglio dormire.»

«Lasciala qua» ha risposto l'ubriacone riabbottonandosi i jeans, «è fatta come al solito.» Poi mollandola sul divano mi hanno rivolto due sorrisi strafottenti e se ne sono andati.

Finalmente fuori dai coglioni, lasciando tutt'intorno puzza di alcol e piscia.

Ora Benedetta sta vomitando sulla mattonella alla destra dei miei piedi.

«Brava.»

Gli ultimi colpi di tosse. Poi d'un tratto sento tutto il suo peso sulle mie braccia. Benedetta lentamente si abbandona per terra rivolgendomi un'occhiata smarrita e un sorriso ebete. Attento a non farla sporcare la appoggio contro il muro e le pulisco la bocca con dell'acqua fresca. Le labbra sembrano ritrovare appena un po' di rossore.

Accendo il riscaldamento e apro i rubinetti.

L'acqua inizia a scendere lenta e a scaldare le pareti fredde della vasca. Benedetta è un corpo debole tra le mie mani e assomiglia tanto a una bambina assonnata.

Soprattutto adesso mentre le sfilo la maglietta e mi ripete che ha tanto sonno.

Le sollevo la maglietta come mi ha insegnato Riccardo. Nello stesso modo in cui la levavo a mia madre.

All'inizio facevo molta fatica ma col tempo ho imparato il trucco.

A mamma piaceva tanto quando la spogliavo e la mettevo a dormire. Ridevamo e giocavamo. Io ero il padrone e lei il robottino che doveva esaudire ogni mio desiderio, ma che alla sera andava riposto con dolcezza sotto le coperte. Ne dovevo avere cura altrimenti il giorno dopo non avrebbe funzionato, e a me piaceva occuparmi di mia mamma.

Le sfilo il reggiseno che cinge il suo seno morbido. I suoi capezzoli sono piccoli e rosa, come petali caduti sulle acque calme di un lago che increspano appena la sua superficie. Non voglio che senta freddo così le avvolgo un grande asciugamano intorno alle spalle e la risistemo contro la parete. Mentre le sbottono i pantaloni ricostruisco la mappa dei suoi nei e mi accorgo di quante cose sono cambiate sul suo corpo. Ma non provo attrazione per lei, non ora. Ora Benedetta ha il viso di una bambina malata e febbricitante e mi guarda con la stessa vacuità e devozione che ho visto negli occhi di quelli che passavano per Borgo Fiorito.

Le sfilo i pantaloni. Pantaloni che coprono gambe che non avevo mai visto prima. Snelle e lisce come possono essere quelle di una donna ma che adesso hanno assunto la posizione buffa di una bambina in castigo, si uniscono appena all'altezza delle ginocchia per poi riallontanarsi alle caviglie. Sotto i suoi calzini di cotone le punte dei piedi si sfiorano. Porto la mano a sentire la temperatura dell'acqua che nel frattempo ha riempito la vasca. È calda.

La sollevo lentamente così come si sollevano le sue palpebre pesanti.

«Sono nuda?»

«No, Bene, hai ancora le tue mutandine» le rispondo.

Bene. Il suono di questa parola non è cambiato, ha un timbro diverso, più maschile, ma la mia voce la riconosce e mi rimanda alla prima volta che l'ho pronunciata. Alla prima volta che ho sentito Benedetta come qualcosa di mio e di familiare. Alla prima volta che lei si è girata sentendosi chiamare.

Esattamente come adesso. Adesso che mi guarda sorpresa e felice.

Si lasciavano sempre le mutandine quando facevamo il bagno ai ragazzi.

Le sue gambe si immergono e le lascio qualche secondo per abituarsi alla temperatura.

«Brucia, brucia» mi dice spaventata. Benedetta sembra aver ripreso conoscenza quindi mi piego tenendole sempre una mano sulla schiena, mentre con l'altra le bagno appena le gambe e la pancia.

«Ora non brucia più, vero?»

Benedetta scuote la testa e si immerge lentamente.

Il rubinetto continua a gocciolare e a parte i nostri respiri non si sentono altri rumori in questa casa.

La mia mano scivola sull'acqua e sulla tua pelle confondendo le due superfici in un'unica carezza. Lava i tuoi occhi, lava la tua fronte, lava i tuoi capelli e le tue spalle.

E finalmente chiudi gli occhi.

I suoi capelli sono ancora umidi, ma il riscaldamento in camera da letto è abbastanza alto e il mio maglione le darà sollievo.

Il suo stomaco stanotte le darà fastidio e un maglione caldo aiuterà.

Il golf da ninna, diceva mia madre.

La porto fino al letto e la infilo sotto le coperte.

Anche se ha ritrovato un colore naturale parla ancora a fatica e confusamente.

«Tu sei il mio angelo custode, sì, tu veglierai sempre su di me, vero? Tu devi sempre sapere dove sono per proteggermi. E quindi dammi una penna.»

Afferro il pennarello nero che tengo vicino ai miei attrezzi sul comodino e glielo passo. Lei inizia a scrivermi sul petto il suo numero.

«Ecco. Ora tu mi puoi proteggere e io sono al sicuro.»

«Ok, Bene. Adesso dormi. Sei al sicuro e mi hai anche sporcato l'unica maglietta buona che ho.»

Benedetta sorride e il suo sorriso la accompagna lentamente fino al sonno. Quindi esco dalla stanza chiudendomi la porta alle spalle.

Oliva, che nel frattempo è sgusciata da sotto al letto, mi fissa scodinzolante da davanti alla porta, come fa sempre, quando vuole uscire a fare la pipì.

«Mi dispiace, ma non se ne parla proprio.»

Mi stendo sul divano cercando di ritrovare il mio sonno.

«Se vuoi puoi andare in salotto tanto là c'hanno già pisciato. Buonanotte Oliva.»

Sento gli arti farsi leggeri e abbandonarsi al sonno, e come uno scoppio ritardato un sorriso esplode sul mio viso.

E realizzo che sono io che improvvisamente mi sento leggero e al sicuro.

Benedetta ha i capelli arruffati e la faccia gonfia.

Ha il mio maglione addosso. Ha l'aria di chi si è appena svegliato dopo aver passato la notte a vomitare. Ha tutti i sintomi del post sbronza, ha mal di testa, le occhiaie e si sente brutta.

E dovrebbe esserlo in effetti, ma non lo è.

Lei è bella sempre e io sono nei guai.

Ho alzato gli occhi dall'antico secrétaire che stavo restaurando e l'ho vista affacciarsi pudica alla porta e darmi il buongiorno.

Sì, sono nei guai ho pensato, e ho pensato che avrei voluto drogarla ogni sera per poterla curare ogni notte e per vederla sorridermi così ogni mattina.

Sì, sono proprio nei guai.

Il sole del mattino le fa brillare gli occhi che lentamente si sgonfiano e si aprono per ricevere e restituire luce.

Mi sento inondato da quella luce riflessa mentre facciamo colazione e la osservo sorridere, piccola dentro il mio maglione che le cade sulle spalle come una coperta.

«Mi ha tenuto caldo stanotte. Grazie» dice cercando di ingoiare un altro boccone di pane burro e marmellata.

Ora Benedetta ride di gusto, è di nuovo a suo agio e ha una fame che mangerebbe anche Oliva, se non fosse il mio cane.

I suoi occhi mi guardano incantati, le sue labbra sorridono e divorano panini e le sue orecchie mi ascoltano stupite e divertite mentre le racconto della nostra notte insieme.

Ridiamo come due bambini. Ridiamo come ridevano Sasha e Benedetta. «Ancora» esclama. Sembra una piccola imperatrice.

«Ancora?» mi permetto di domandare, ma dal tono scocciato della sua voce capisco che non bisogna mai contraddire un'imperatrice.

«Ho fame» sentenzia.

Mi dà gusto vederla mangiare, ma ancora di più vederla fare i capricci.

«Fai proprio schifo, lo sai? Ma non ti vergogni?»

«Di solito sì, ma visto che ti ho vomitato addosso, buttato fuori dal letto e mi sono fatta vedere nuda non penso di avere più pudore» dice mentre azzanna l'ultima fetta di pane. «Facciamo un patto. Io non dirò che tu dormi qua e tu non dirai a nessuno di avermi visto in quelle condizioni. Quindi tanto vale che fai finta di continuare a non vedere e mi passi altro pane.»

Afferro il coltello e inizio a tagliare ma un dolore acuto mi fa scattare in piedi.

«Merda!»

Stringo il dito tra le mani cercando di bloccare il sangue che si spande lento su tutta la falange.

Anche lei si alza di scatto e viene verso di me fino a ritrovarsi a pochi centimetri dal mio viso. «Fammi vedere» dice e delicatamente mi afferra la mano e osserva la mia ferita lacrimare. Ma i suoi occhi non sono preoccupati. Sono accesi e incuriositi e guardano troppo, cercano troppo o forse si sono soffermati un istante di troppo.

«È grave?» le sussurro senza staccare i miei occhi dai suoi.

«Guarirà da solo, non è niente» dice con indifferenza quando si accorge che la sto fissando poi si allontana sfilandosi il mio maglione e lasciandolo cadere sul divano.

«Grazie, per stanotte. Se dovessi avere un'emorragia mortale chiamami. Ho un debito con te» mi dice avvicinandosi alla porta.

«Mi sento già molto debole.»

Benedetta mi guarda e sorride.

«Adoro gli uomini fallibili.»

Poi la porta si chiude e lei non c'è più.

Mentre assaporo la mia ferita, sento ancora le sue parole sostare nell'aria.

E poi, un pensiero: adesso cosa faccio?

«Pronto» la mia voce è assonnata e un po' rauca. Sono sospesa nel mondo di mezzo. Nonostante il caffè fumi nella mia tazzina non sono ancora pronta per affrontare la vita.

«Adriana...» l'uomo all'altro capo del filo ha una voce esitante, bassa, melodiosa.

«Mi dispiace, ha sbagliato numero.»

«Mi scusi.» Lo sconosciuto riattacca bruscamente.

Metto giù il telefono, mi siedo sul divano stringendo la mia tazza. Sono le sette e mezzo. Penso subito a un amore clandestino. Non so perché. Forse perché le voci che sbagliano numero in genere sono sgarbate, sbrigative. Perché in sottofondo si sentono brusii di bar, di traffico, di uffici, di televisioni. La voce dell'uomo invece era lenta, composta, profonda. Ed emergeva da un silenzio totale. Il silenzio che creiamo chiudendoci in una stanza e isolandoci dal resto del mondo. Quel silenzio sospeso di cui abbiamo bisogno quando vogliamo parlare d'amore.

Sono una donna romantica. E ora vado a fare la doccia.

Squilli. Di nuovo.

«Pronto.»

Dall'altra parte, un'esitazione imbarazzata.

«Adriana?» Ma sa già la risposta.

«Credo che ci sia un'interferenza. Le ho risposto anche prima» gli dico con voce gentile.

«Mi dispiace. Mi scusi.» Ma non riattacca.

«Ora stacco il ricevitore. Lei riprovi.»

«Grazie.»

Eseguo.

Adriana è sposata e lui la chiama per stabilire insieme dove si vedranno oggi.

Lui è sposato e ieri sera hanno litigato perché lei non vuole più vivere così.

Lui ha lasciato Adriana perché non sopporta più di immaginarla insieme a suo marito.

Lui e Adriana non si vedono da tre mesi ma ora lui non ce la fa più.

Sono le sette e mezzo del mattino. Perché un uomo dovrebbe telefonare a una donna a quest'ora?

Un medico che deve spostare un appuntamento. Un collega d'ufficio. Un superiore. Un fratello. Un marito...

No. Un amante.

Perché Adriana dovrebbe avere un amante? Perché Adriana deve necessariamente avere una vita composta, noiosa, scarna, una vita da evadere?

Una vita come quella di Nicole?

Adriana ha settant'anni e lo sconosciuto è suo genero.

No. Un amante.

Amante nel senso di peccato, trasgressione, rischio, clandestinità, pericolo, camere d'albergo, garçonnières, mani nude, bugie?

Amante nel senso di qualcuno che ama insieme a te.

Rimesto nervosamente il caffè ormai freddo. Ripristino la linea.

Mi alzo di scatto, guardando minacciosamente il telefono come a intimargli di non squillare più.

«Lorenzo!» chiamo ad alta voce uscendo dal salotto. Non mi risponde. Forse non c'è nessun Lorenzo. Forse sono entrata in coma tanti anni fa, e Lorenzo è solo il sogno sognato mentre lottavo fra il tornare e l'andarmene. Ora mi hanno svegliata e non c'è più niente, non c'è Lorenzo, non ci sono le sue camicie impeccabili, non ci sono le sue mani calde, non c'è la sua presenza certa, non c'è il suo corpo che dorme accanto al mio. Attraverso di corsa la casa in preda a un senso di soffocamento, quello che mi viene quando sento che non c'è più una rete sotto di me...

Buongiorno Nicole, lei ha dormito per dieci anni. Non si preoccupi per tutti questi tubi, fra poco glieli togliamo. Lei ora sta bene. Ed è libera.

I tubi sono la mia rete. Non toglietemeli. Non posso respirare.

Il rumore della doccia oltre la porta chiusa. La radio che trasmette il notiziario. Busso con forza.

«Lorenzo!» sono senza fiato.

Apro la porta, vengo investita dal vapore caldo e dal profumo di vetiver. Lorenzo apre la porta scorrevole della doccia, si affaccia con aria stupita, i capelli grondanti.

«Che succede?» mi chiede calmo.

Grazie, Signore.

«Vengo a fare colazione con te.»

Il cantiere è silenzioso. Il mio letto è caldo e provvisorio, come tutto del resto qua dentro. Oliva dorme ai piedi del materasso che ho rimediato e sul quale ormai dormo da giorni. Nel sonno mi agito irrequieto.

E sotto le coperte mi rotolo in cerca di pace. Schiaccio il viso contro il cuscino. La stufa pompa calore e concilia il mio sonno che stanotte mi fa oscillare tra il sogno e la veglia, come un'altalena. Il mio corpo è sudato.

Mi sfilo la maglietta. Ma il caldo che sento è la mia inquietudine. Il mio petto ansima contro le lenzuola e la mia mano scivola sotto il cuscino in cerca di un un po' di fresco.

Sprofondo nel buio del mio inconscio e i miei denti affondano nel labbro inferiore immaginando il sapore del suo corpo.

I suoi capelli bagnati si stringono in filamenti lungo il suo collo sottile. Schiaccio le mie mani sulla sua schiena. Affondo le mie unghie tra i suoi nei, sento il suo ventre premere contro il mio. Lei si piega, stringe, le mie braccia si aggrappano alle sue spalle e la tirano a me. Scivolo sul suo corpo sudato mentre affondo tra le sue gambe.

Apro gli occhi. La luce dell'alba mi dice che non riuscirò più a dormire.

Le sue labbra non hanno perso la morbidezza di quando era bambina.

Come in un delirio mi nascondo il viso tra i miei capelli ormai umidi. Non riuscirò a dormire, lo so. Così sbarro gli occhi verso il soffitto. Se mi concentro bene riesco ancora a sentire la sua voce.

«Non c'è nessuna donna che non si possa conquistare, Sasha, nessuna.»

Nicole si gira e mi sorride.

Il suo profumo che sosta nell'aria quando è ormai lontana.

La pacatezza della sua voce che acuisce i miei sensi.

Il battito del mio cuore che non si stabilizza.

I suoi occhi tagliati che affondano dentro di me.

Nicole ha travolto la mia macchina per un colpo di sonno, piange come una bambina per un cane che non conosce, accarezza la mia fronte per un sorriso che le ho strappato e regala una promessa per la confessione di un ragazzo sconosciuto. Nicole è magia pura.

Ma chi cazzo sei, Nicole? Chi ti autorizza a fare questo con me? Io alle bacchette magiche non ci credo più. E neanche alle fate.

Mi alzo dal letto. No, non riuscirò più a dormire.

«Andiamo a fare due passi, Oliva.»

Oliva scodinzola ma è più assonnata di me. E chissà se anche lei si porta dietro tutti quei pensieri che stanno in bilico tra la veglia e il sonno. Camminiamo piano e io non vedo quello che mi sta intorno. Sono ancora perso nelle mie immagini.

Il suo maglione di cachemire che le accarezza la pelle.

I suoi capelli leggeri e sottili che mi sfiorano le labbra quando ci salutiamo abbracciandoci. Li saluti tutti così i tuoi amici, Nicole?

Le sue palpebre che sbattono lentamente sugli occhi.

La sua attenzione verso ogni mio minimo gesto.

Le tue parole mi mettono in crisi. Ma perché?

Perché la tue parole sono sassi lanciati dentro di me che quando sfondano la mia sottile superficie creano un'eco sempre più forte. Perché la tua voce è così familiare, ecco perché.

Perché forse mi ricordi qualcuno... perché forse mi ricordi me. Perché quando non ci sei i nostri attori sulla banchina smettono di recitare e io smetto di credere.

Per un attimo mi ci hai fatto credere, lo sai Nicole? Ma con tutto il rispetto, che ne sa una signora borghese di quarant'anni di come si conquista una ragazza? Solo perché sei attraente, sensuale e gli uomini devono aver fatto pazzie per averti, pensi di sapere... Quanti uomini, quante storie, quanti orgasmi, quanti pianti, quanto sangue, quanto dolore, quanto calore è passato sul tuo corpo?

Sembri forte, Nicole. Sembri un pozzo profondo che mi sta offrendo la sua saggezza.

Ti stavo guardando mentre facevi parlare i nostri attori, basta poco per accenderti. Ma è una piccola luce quella che ho visto, i muscoli del tuo viso non seguivano quell'istinto, erano congelati. Per l'emozione? Per combattere il tempo che passa? Perché sono stanchi? Perché hanno dimenticato? Ti guardavo e avrei voluto che in quel momento potessero ricordare il loro passato per offrirlo a me e per svelarmi tutto quello che di te non capisco.

Sono io che ti accendo?

Toccata e fuga. Non resti mai più del dovuto e non te ne vai se non mi lasci prima con qualcosa a cui pensare, e ora le tue parole hanno acceso me e una strana curiosità che mi coccola in questa mattina diversa dalle altre.

Torno a casa con Oliva e non riesco a non chiedermi se non sia davvero come dici tu. Ma in questa casa non c'è nessuno con cui parlare. Ci sono fantasmi del passato. Forse. O fantasmi del futuro. Ombre delle persone che hanno abitato o che verranno ad abitare qui. In questa casa magica come Nicole, dove tutto è esposto e in rovina, c'è un'unica porta chiusa, una porta da non oltrepassare, su in alto all'ultimo piano.

«Lì ci sono solo vecchi ricordi di famiglia, non serve che tu intervenga.» La voce da non-eroe del Padre.

La curiosità accesa oggi mi fa compagnia. Forse quella è la porta che separa noi umani dal meraviglioso mondo della follia. Come si dice in francese "follia"? Come si dice "desiderio"? Come si dice "Benedetta, sono pazzo di desiderio per te"?

Mentre salgo quelle scale ripenso alle tue parole, Nicole, e mi chiedo se tu non abbia ragione, se non sia ora di muoversi. Continuo a salire gradino dopo gradino e mi rendo conto che per la prima volta da quando sono arrivato in questa casa mi sto muovendo in un territorio sconosciuto, che fino a oggi non ho mai pensato di esplorare. Mi sto muovendo, Nicole, è questo che intendi?

Il legno usurato scricchiola sotto il mio peso e rende più incerto il mio incedere. Se tu fossi con me forse mi diresti dove mettere i piedi, vero? Il mio battito ricomincia a dare colpi irregolari, è la paura e il desiderio di aprire quella porta.

Rumori di vita oltre quella porta.

Rumori di vita oltre Borgo Fiorito.

Rumori di vita che provengono dall'esterno, dal mondo che mi circonda. Che è esistito o che deve ancora esistere. Il mondo di Benedetta bambina o quello che forse ora posso costruire con lei. Il mondo di Nicole che mi aspetta.

Rumori e nient'altro. Tutto quello che ho.

Ora sento la polvere sotto i miei piedi e sui palmi delle mie mani che si poggiano sulla maniglia di ottone. È fredda e liscia e io non provo a forzarla.

Appoggio il mio orecchio sul legno screziato di rosso per sentire. C'è musica, oltre questa porta. Voci che ridono. Animali che corrono veloci nella notte. Occhi che si cercano. Pianto. E ancora musica.

La mia curiosità, Nicole.

È una musica bellissima quella che sento e che mi parla d'amore.

La mia mano inizia a fare pressione su quel freddo ottone e io fatico a deglutire, no, fatico a respirare, no, fatico ad aprire.

Le porte chiuse non sono fatte per essere aperte, altrimenti a Borgo Fiorito non ci sarebbero tante serrature.

La maniglia si piega lentamente sotto la mia azione.

Mi fermo.

Non voglio guardare in faccia quei rumori. Sono rumori di vita. Passata o futura. Ma io sono qui, nel presente. E non voglio immaginare quei rumori. Quelle grida, quelle risate, quella musica. Io li posso vivere. Io posso diventare quei rumori. E scaldarli, plasmarli, interpretarli. Insieme a Benedetta.

"Ho bisogno di parlarti, dimmi tu dove e quando. Sasha."

Ripongo il mio cellulare. Ho bisogno di parlare con Nicole.

Scendo le scale ma almeno mi muovo.

Ho bisogno di Nicole. Lei forse conosce quei rumori.

Odore di chiuso. Odore di bloc-notes e penne che perdono. Odore di corpi stanchi dopo otto ore di ufficio. Odore di cotolette alla milanese quando è giovedì e la portiera commemora i suoi natali nordici. La scuola dove insegno è un appartamento incuneato in un palazzo borghese. Piano terra, porta a destra. “L'École”, recita pomposamente la targa d'ottone. E sotto: “Laboratorio Multimediale”, definizione ancora più pomposa per la stanza dotata di due computer e qualche cassetta che documenta la vita degli animali o il traffico nell'ora di punta a New York. Ma le persone sono gentili. I miei tre colleghi sorridenti. Ginevra, la direttrice, una donna di settant'anni magrissima e profumata al gelsomino, che indossa estate e inverno preziosissime ed elaborate calze di merletto, ha un debole per me e rende elastici i miei orari. Non ho veramente bisogno dell'assegno che Ginevra mi consegna ogni mese nella busta color crema. Ho venduto l'appartamento di Parigi e il ricavato mi permette di essere ampiamente autosufficiente. I miei genitori me l'hanno lasciato quando sono andati a vivere in Provenza. Due case separate, a venti chilometri l'una dall'altra. Nell'ultimo tratto della loro vita in comune hanno deciso finalmente di separarsi. E così quando ora li vado a trovare – mamma a Cap d'Antibes, papà a Juan-les-Pins – faccio la spola fra l'uno e l'altro, calibrando giorni di permanenza e attenzioni in modo da non scatenare gelosie. Perché anche se ora vivono separati si telefonano due volte al giorno e sono perfettamente al corrente delle rispettive vite. Così possono continuare a litigare, criticarsi, tenersi compagnia. Con il sollievo di riabbassare la cornetta e definire l'altro con soddisfazione rinnovata "il mio ex marito, la mia ex moglie". E avere una noia privata e non più a due.

Odore di quaderni, di linoleum, di pittura polverosa, di penne che perdono. Un assegno mensile in una busta color crema che sa di gelsomino come la mano magra e inanellata che me la porge. Un'apparenza di borghesia benestante immersa nella frittura delle cotolette.

La nuova vita di Nicole.

Odore di Gauloises. Oh Dio, Angela non si è demotivata. Non che me lo aspettassi, ma la speranza c'era.

«Bonjour, Nicole» mi apostrofa con un sorriso serafico appena entro nella stanza.

«On ne peut pas fumer ici, Angela. Tu le sais» le dico gentilmente, come ogni volta.

Come ogni volta.

«On ne peut pas fumer», l'odore di quaderni e penne, le infinite buste crema che ho stretto fra le mani, gli amici di Lorenzo, le mie notti insonni, la calda noia della mia casa, il mio sorriso automatico, il mio cervello paralizzato, il mio cellulare che ha la stessa suoneria da quattro anni.

Angela schiaccia la sigaretta sotto il tacco destro del camperos. Apre il libro, sorride per dimostrarmi che il mio discorso della lezione precedente non l'ha minimamente scalfita, si soffia il naso, si aggiusta la pancia sopra i jeans slacciati, prende una penna e attende.

Il bip bip del mio cellulare.

«Oggi rivediamo i verbi» dico ad Angela mentre prendo il telefono dalla borsa. Leggo il messaggio.

"Ho bisogno di parlarti. Dimmi tu dove e quando. Sasha."

«Apri la pagina al verbo *tuer*, Angela» le dico e digito velocemente la risposta con un sorriso sulle labbra.

"Vivi, Sasha. Vivi."

Spengo il cellulare.

Apro il mio libro. *Tuer. Uccidere.*

Che bella scelta. Complimenti, Nicole.

Vivi, Sasha. Vivi.

Je tue, tu tues, il, elle tue.

Io uccido, tu uccidi, lui, lei uccide.

Il tuo cellulare ha la stessa suoneria da quattro anni e tu stai annegando, Nicole.

Vivi, Sasha. Vivi.

La stessa sensazione che ho provato davanti alla porta di Sasha, la prima volta. Un peso. Nausea. Un peso che vuole uscire.

Davvero non vomiti da quando avevi trent'anni, Nicole?

Un peso che vuole uscire.

«Non sono una bacchettona.»

Angela alza gli occhi e mi guarda.

«Non ti voglio giudicare e la tua vita non mi riguarda però è vero, non mi piaci. Penso che potresti comprarti un paio di jeans più larghi e che potresti smettere di intossicare tuo figlio solo per dimostrare che sei alternativa. Penso che invece di andare a Parigi potresti usare quei soldi per comprarti una casa, per costruirti un presente, per allevare il bambino. Penso che non parlerai mai il francese e che ti stai prendendo in giro per sfidare qualcosa che non so cosa sia. Penso che ti potresti cambiare ogni tanto e rifarti i tacchi dei camperos. Mi infastidisce la tua determinazione nel vivere alla faccia di tutti. È falsa.»

Ho il cuore che batte a mille. Per dire tutte quelle parole mi sono dimenticata di respirare. Angela mi fissa, senza concedermi la soddisfazione del suo stupore. Resta per un attimo in silenzio. Si rosicchia un'unghia. Poi mi rivolge uno sguardo di sfida.

«E il fatto che non so chi è il padre di mio figlio come lo vedi?»

Respiro. Faccio decelerare il cuore.

«Abbiamo tutti diritto a fare un po' di confusione, una volta ogni tanto.»

Storce la bocca. Credo stia sopprimendo un sorriso. Comincio a sorridere io, lei mi segue, le sue labbra scarlatte si allargano, ridacchia.

«Vuoi vedere i miei quadri?»

Scuoto la testa. «No, non particolarmente.»

Adesso mi guarda stupita. Poi scoppia a ridere. Una lunga, rauca risata gutturale. Io mi unisco a lei. Le nostre due voci si mischiano, aumentano di volume. Ridiamo senza riuscire a fermarci, senza sapere perché, come se ci avessero raccontato la barzelletta più divertente del mondo, come se avessimo visto qualcuno cadere per strada, come se avessimo fatto qualcosa di tremendamente, oltraggiosamente, deliziosamente scorretto.

Sono anni che non rido così.

No, non è vero, ti è successo con Sasha.

«Je tue, tu tues, il, elle tue...» comincia a recitare lei quando il nostro attacco isterico sta affievolendosi. È strano, non dovrei essere io la prima a cercare di ricompormi?

«Nous tuons, vous tuez...»

Ricomincio a ridere, sguaiatamente, piegandomi su me stessa, con le lacrime agli occhi, incapace di fermarmi. E lei non riesce a sottrarsi, ride anche lei, più forte di prima, le mani a proteggere la pancia, la bocca spalancata a riprendere fiato, le lacrime che le rotolano giù, nere di matita.

Vivi, Sasha. Vivi.

Come si cambia la suoneria di questo cellulare?

Lunedì: Iniziato programma "Vivi, Sasha. Vivi". Fase di accerchiamento Benedetta. Nicole molto sicura. Io un po' meno. Ho appena digitato il messaggio che mi ha dettato Nicole: "Ho lasciato passare un po' di tempo dal nostro incontro per capire se avevo davvero intenzioni serie. Ora ne sono certo: ti voglio sposare. Hai da fare mercoledì sera? Potremmo cenare insieme e stabilire il tipo di cerimonia".

Mi sudano le mani ma premo lo stesso il tasto "invio".

Martedì: Benedetta non ha risposto. E non aggiungo altro.

Mercoledì: Nicole mi ha chiesto di digitare un altro messaggio: "Se ti sono sembrato troppo precipitoso ricordati di quello che dice il vecchio adagio: Oggi hai vent'anni e quando ti sveglierai domani ne avrai quaranta".

A me più che un vecchio adagio sembra una frase inventata da Nicole per l'occasione. L'ho mandato stamattina alle undici. Ora sono le tre del pomeriggio e ancora non mi ha risposto. In compenso Nadia mi ha chiamato cinquanta volte. Ogni volta che squilla il mio cellulare chiudo gli occhi, conto fino a quattro e guardo il nome sul display.

Che tu sia maledetta, Nadia del cazzo.

Giovedì: Nicole dice che il silenzio ostinato di Benedetta è un buon segno. Secondo me mi sono messo in mano a una pazza. Forse Nicole beve e non me ne sono mai accorto. Mi ha detto di perseverare e di mandare a casa di Benedetta un mazzo di palloncini. Non di fiori, di palloncini colorati. Senza biglietto. Il tizio del baracchino dove li ho comprati mi ha guardato malfidato e prima di staccarli me li ha fatti pagare. Ho camminato per Roma con venticinque palloncini legati al polso vergognandomi come un cane. Il portiere si è rifiutato di recapitarli perché non entravano nell'ascensore. Ho scritto su uno, quello giallo, il più grosso "Per Benedetta", poi li ho attaccati alla maniglia della porta d'ingresso.

La cosa più assurda è che Nicole ordina e io eseguo. È una cosa inquietante.

Venerdì: I palloncini non hanno fatto nessun effetto. Benedetta è sparita. Cioè, non si è mai manifestata. Nicole sorride e dice che se non fosse affascinata da tutto questo mio darmi da fare le sarebbe bastato chiamarmi e dirmi: «Sei molto divertente ma io sono innamorata felicemente di un altro». Dice che questo suo è un silenzio-assenso. Le mie mani sono perennemente sudate e mi sembra di camminare su un cornicione. In compagnia di una ubriacona francese iper-ottimista.

In questi giorni Nadia non si è data pace e mi ha chiamato senza ritegno. L'ho mandata a fare in culo e le ho detto che se non la smette vado a menarla.

Sabato: Benedetta tace.

Domenica: Benedetta tace e io mi sento un cretino che ha tentato di salire sul K2 con una scala a pioli.

Lunedì: Benedetta tace. Ho comprato altri venticinque palloncini, me li sono portati a casa e li ho fatti esplodere tutti. Oliva terrorizzata. Io incazzato. Con me. Con Nicole. Ho alzato un listello del parquet, ho scritto il nome di Benedetta sulla striscia di cemento grigio e sporco che è affiorata, ci ho rimesso sopra il listello e ho spinto forte con i piedi.

Chiuso.

Guardo Lorenzo che dorme. Sono quasi le due, il televisore trasmette solo programmi di serie Z o documentari che mi rifiuto di vedere perché a un certo punto il commentatore pronuncia la fatidica frase «... ma più forte di tutto è la lotta per la sopravvivenza» e tu vieni investito dalle immancabili immagini del leone che divora la gazzella, del cucciolo di foca che non ce la fa a raggiungere il gruppo o della mamma marmotta che viene massacrata dal predatore di turno. Io mi sento male e cambio canale.

«Nicole, questa è la vita. È il loro istinto» mi dice in quei casi il saggio Lorenzo, che è un assiduo spettatore del *National Geographic*.

Lo so. So tutto sugli istinti. Animali e umani. Ma questo non vuole dire che devo sedermi in prima fila e guardare.

O che devo partecipare.

Spengo l'inutile televisore. Chiudo il libro sul quale non riesco a concentrarmi. Va bene. Anche stanotte veglierò il sonno di Lorenzo. Mi pianto su un gomito e osservo la sua bocca semiaperta, la mano abbandonata sul cuscino, le rughe spianate dal sonno. Provo tenerezza. E invidia. Sono sempre quella che guarda gli altri dormire. L'ultima a spegnere la luce. L'ultima a consegnarsi a Morfeo in un riluttante e rabbioso atto di resa.

Qual è il tuo vantaggio di ritorno?

La voce del dottor Beek. Il suo viso severo e gentile, la sua barba bianca, i suoi occhi penetranti.

Scalcio le coperte, volto le spalle al viso di Lorenzo che ora m'innervosisce, m'infilo la vestaglia, mi alzo.

Vantaggi di ritorno non ce ne sono, caro dottore. Vorrei essere capace di chiudere gli occhi, sprofondare fra le braccia di qualcuno e per una volta essere io quella vegliata per tutta la notte. E poi lei è lontano, io non sono più la sua allieva, non sono più quella, non è più la mia vita, non è più la mia storia. Mi lasci in pace, ora devo pulire la cucina.

Straccio, detergente, guanti di gomma. L'estrema risorsa contro la mia insonnia. Mattonelle, lavandino, macchina del gas. Pulisci, strofina, smacchia, fai risplendere.

Ti senti sola?

Tantissimo. Strofina meglio il marmo del lavandino.

Si dice lavello, Nicole.

Lavello, e mi sento sola.

Ti aiuterebbe se Lorenzo per una volta si svegliasse e ti stesse vicino?

No.

Ma ti piacerebbe che accadesse?

Una volta accadeva. Alzava la testa, socchiudeva gli occhi feriti dalla luce, sbadigliava oscenamente e mi chiedeva con voce sepolcrale, mentre la testa già ricadeva di botto sul cuscino: «Vuoi che ti faccia compagnia?».

Uno zombie. No, grazie.

Devi essere comprensiva, Nicole. Lorenzo lavora, è sano, non ha incubi e non soffre d'insonnia.

Sono comprensiva. Non ho mai disturbato il suo sonno.

Ma vorresti che qualcuno ti prendesse fra le braccia.

Il pavimento. Forse potrei dare una passata di straccio sul pavimento.

Da quanto tempo non sprofondi fra le braccia di qualcuno?

No, il pavimento è davvero l'ultima spiaggia. Non sono ancora ridotta così.

Da quanto tempo, Nicole?

Non puoi essere la voce del dottor Beek. Sei troppo stronza.

Sono la tua voce, Nicole.

Sei stronza lo stesso. Finiscila. Finiscila. Finiscila.

Mi siedo esausta sul pavimento che non ho lustrato. Vorrei parlare con qualcuno. Ascolto sorpresa quel bisogno che mi è crepitato dentro all'improvviso. Mi accendo una sigaretta, affascinata e orripilata dall'idea. Parlare con qualcuno. Che follia. Nicole la notte è autosufficiente. Legge, scrive, ascolta la musica, guarda la televisione, fa acquisti su internet, gira per casa, si fa la doccia, beve cioccolata calda. Nicole sa che la gente normale a quell'ora dorme. Nicole veglia da sola. E parla di se stessa in terza persona, il che può essere preoccupante.

Parlare in terza persona vuol dire prendere le distanze da qualcosa che abbiamo paura di comunicarci.

Ricaccio indietro i miei rigurgiti da manuale di psicanalisi. Mi alzo dal pavimento, ho il sedere ghiacciato e il cuore che batte veloce in una eccitazione anticipatoria. Perché sto marciando verso il cordless nero del salotto. So che comporrò un numero e per una volta tanto non veglierò da sola.

Tre notti prima. L'una del mattino.

Il suono del citofono, imperioso, esigente, violento. Avevo fermato il dvd e l'immagine della K del cancello di Foster Kane si era cristallizzata sullo schermo.

La polizia? Un ladro? Un moribondo che cerca aiuto?

Un altro ululato del citofono. Lungo. Spazientito.

Di sicuro non un moribondo.

Avevo premuto cauta il pulsante.

«Sì?»

«Nicole, devo parlarti.»

«Sasha?»

«Puoi scendere un attimo?» La voce gli tremava un po'.

«Ti è successo qualcosa? Stai bene?»

«Sto bene. No, sto male. Scendi, per favore?»

«Lo sai che ore sono?»

«Nicole, ti prego. Non sono venuto per sapere l'ora.»

La situazione era talmente assurda che ero scesa. Non mi era neanche venuto in mente di farlo salire. Mi ero infilata un golf pesante, una giacca, avevo afferrato la tazza fumante che mi stava tenendo compagnia davanti alla televisione ed ero uscita. La successiva mezz'ora l'avevo passata bevendo la mia tisana nella macchina di Sasha, con il riscaldamento al massimo e i vetri appannati. Lui aveva inveito contro di me e le idee che gli avevo messo in testa.

«Non è roba per me. Io non c'entro niente con lei. Sono venuto a dirti che mi fermo qui, che non voglio più sentire i tuoi consigli e le tue belle frasi, che hai sbagliato tutto, che non sono il tipo giusto per questo.»

«Lei fa la preziosa, tu ti senti ridicolo. Hai preso paura, è normale» gli avevo detto piano, guardando le sue mani infilate nei mezzi guanti rossi che tremavano un po'.

«Non ho preso paura!» aveva gridato con voce spaventata, odiandomi. «E non voglio giocare a questo gioco.»

«Questo *gioco* si chiama vita, Sasha. Puoi non essere attrezzato ma non puoi sottrarti.»

«Va bene, ci giocherò a modo mio» aveva detto con aria definitiva.

«Ci giocherai stando chiuso dentro una casa fantasma e coltivando un sogno che hai paura di guardare in faccia? Benedetta non ti ha ancora risposto, e allora? Pensavi che bastasse questo? Un messaggio e via, a sposarvi? Ma chi te la dà tutta questa arroganza?» Avevo aperto lo sportello ed ero scesa senza aspettare una risposta. Sasha era rimasto immobile per un momento poi mi aveva seguito. Teneva una mano dietro alla schiena. Avevo aperto il portone.

«Perché tutto questo interesse per i miei sogni?» mi aveva chiesto.

«Non lo so.»

Perché i tuoi occhi chiedono vita. Perché hai più paura di me e non posso sopportarlo. Perché per te è troppo presto. Perché una volta facevo l'analista. Perché non hai mai ballato con la persona che ami mentre canta Chet Baker.

Gli avevo voltato le spalle. Lui mi aveva fermata mettendomi una mano sul braccio. Una mano delicatissima, esitante. Avvolta da un orribile mezzo guanto rosso.

«Con tutto quel riscaldamento si è fatta un po' una merda» aveva detto porgendomi goffamente quello che stava nascondendo dietro alla schiena. Era una rosa bianca. Sconsolatamente reclinata su se stessa e con i petali asfissiati. «Scusa se ti ho svegliata a quest'ora ma non sapevo dove andare.» Aveva lasciato cadere la mano dal mio braccio. «Sei una tipa in gamba ma le cose che dici sono un po' troppo fuori, per me. Buonanotte.» Si era avviato lentamente verso la macchina.

«La vita può essere appassionante, Sasha» avevo detto guardando la rosa bianca. E avevo sorriso. Non sapevo se mi aveva sentito. Non era importante. Forse non lo stavo dicendo a lui.

Tre tre otto, cinque nove...

C'è una persona che posso chiamare alle due del mattino.

... sette nove tre.

O perlomeno c'è una persona che ho voglia di chiamare.

«Pronto.» Voce assonnatissima.

«Sasha, sono Nicole.»

«Nicole... che è successo? Stai bene?» la sua voce è più sveglia. Sorrido pensando che abbiamo un copione in comune.

«Soffro d'insonnia» gli dico rannicchiandomi sul divano e sentendomi ridicola.

«Io soffro d'asma.» Si accende una sigaretta.

«Quindi non dovresti fumare» voce da maestrina.

Che stai facendo, Nicole?

Ride. «Lo so. E non dormi da molto tempo?»

«Da quasi sempre. E la tua asma?»

«Da sempre.» Sento dei rumori confusi. Immagino che si stia tirando su sul cuscino. «Aspetta, devo accendere la luce sennò non trovo il portacenere.» Altri rumori. Qualcosa che cade. «Per questo hai avuto quel colpo di sonno quando mi sei venuta addosso?»

«Sì. Quando *tu* in retromarcia mi sei venuto addosso.» Mi viene da ridere.

Che stai facendo, Nicole?

«Certo che abbiamo fatto un bel botto.» Ridacchia.

«Stavi dormendo?»

«Sei tu quella che soffre d'insonnia. Io ho solo l'asma, ricordi?» Adesso ride proprio.

«Scusami, hai ragione, io...» Mi sento subito colta in fallo, fuori luogo.

Che stai facendo, Nicole?

«Stavo pensando a Benedetta» mi interrompe serio.

«Mentre dormivi?»

«Che c'entra?» È scandalizzato all'idea che io pensi che il sonno può tenere lontano la sua principessa.

«A proposito di Benedetta e del tuo dietro-front dell'altra sera... possiamo parlarne?»

«Adesso?»

«Sì.» Mi alzo, vado in cucina, accendo la bollitrice.

«Adesso non sono attrezzato per tenerti testa.»

«E quindi è il momento più adatto.» Dall'altra parte sento rumori incomprensibili, un fruscio, l'acqua che scorre. «Che stai facendo?»

«Sto mettendo su il caffè. Sento che ne avrò bisogno.»

«Io mi sto preparando una tisana.» Stiamo compiendo gli stessi movimenti. Lo immagino nella grande cucina verde, in pigiama, a piedi scalzi, i capelli spettinati. «Quando sei pronto, siediti davanti al tavolo e parliamo» gli dico sedendomi al tavolo della mia cucina. Davvero basta così poco per non sentirsi soli alle tre del mattino?

Che stai facendo, Nicole?

Sto parlando con qualcuno invece di rivedere un vecchio film. Sto respirando a pieni polmoni invece di pulire il lavello. Sto tendendo la mano fuori dalla finestra invece di osservarne una anestetizzata dal sonno accanto a me. Sto ascoltando una voce che si è svegliata per me.

Stai chiedendo aiuto.

Sono stanca di non dormire.

O di dormire troppo.

«Sono pronto» la voce di Sasha è divertita. «Tu sei pazza, Nicole.»

Sono d'accordo.

La domenica mattina nel mio quartiere la gente si sveglia per andare a messa, i signori abbinano i loro mocassini più comodi con i pantaloni della tuta, i cani vengono portati a giocare al parco e le famiglie vanno a pranzo fuori. E in tanti vanno a passeggiare in riva al Tevere.

Io mi sveglio stranamente di buon umore, il sole che entra dalla finestra scalda il mio cuscino e decido di adeguarmi ai riti domenicali e di portare Oliva a Villa Borghese.

Nicole mi ha torchiato fino alle cinque, l'altra notte al telefono. Alla fine avevo così tanto sonno e la sua voce era così ottimista e tranquillizzante che mi sono convinto che potevo, dovevo andare avanti. Che dovevo darmi un'altra possibilità.

Entro nella doccia e lascio che l'acqua calda mi lavi e mi pulisca di quel rimasuglio di paure e di pessimismo che Nicole non è riuscita a scrostare del tutto.

Oggi mi concedo più tempo. E guardo i pensieri neri scivolare giù per lo scolo mentre continuo a insaponarmi vigorosamente corpo e cervello.

In fondo non sono che all'inizio.

C'è una strana sicurezza in me che mi dice che questa volta andrò fino in fondo.

Ti sei mai concesso il lusso di cadere, Sasha?

No.

Ti sei mai concesso il lusso di sbagliare?

No.

Forse è ora che tu faccia qualcosa che non hai mai fatto...

Hai ragione, Nicole.

Mi metto a ridere senza motivo mentre chiudo le manopole ed esco avvolto dal vapore.

Mercuzio aveva una risata bellissima. Non avevo mai visto nessuno ridere così. Il suo petto iniziava a vibrare, i suoi occhi – abituati a essere contratti, induriti dall'astinenza – si bagnavano appena, ma non erano lacrime, era acqua salvifica che in quel momento li ammorbidiva. Le labbra gli si aprivano senza pudore e scoprivano orgogliose i denti gialli che vi si nascondevano. Era il sorriso più malinconico che avessi mai visto. Il sorriso più pieno che potessi immaginare. Era il sorriso di chi è sceso agli inferi, ci è sprofondato e poi ne è uscito.

Non sono riuscito a capirlo fino a stamattina.

Lui rideva della sua vittoria, ma soprattutto rideva di tutte le sue sconfitte, perché aveva bruciato vent'anni della sua vita, rideva di tutte le volte che si era fatto del male, di tutte le cazzate che aveva raccontato, di tutti gli amori che aveva perso, di tutte le persone che aveva deluso. Mercuzio rideva pieno di tutto questo.

E quando Mercuzio rideva io mi commuovevo.

Metto il guinzaglio a Oliva, esco e respiro a pieni polmoni. L'ultima volta che l'ho visto avevo diciassette anni e lui non stava più a Borgo Fiorito. Ho preso la corriera e l'ho raggiunto nel luogo dove ormai viveva da più di due mesi, nel reparto malattie infettive del policlinico San Giuliano.

Quando mi ha visto ha sorriso e io l'ho abbracciato forte come non avevo mai fatto.

«Fra un po' di mesi sono fuori» mi diceva. «Gli rompo il culo a questi dottorini, vedrai.»

Le macchie nere che un tempo aveva solo sulla schiena si

erano espanse conquistando altre parti del corpo. Le braccia, le gambe, e anche il suo candido collo bianco erano marchiati.

Era di buon umore quel giorno.

Una settimana dopo è morto.

Ma prima di andar via io e Mercuzio ci siamo salutati, abbiamo ostentato il nostro sorriso migliore e abbiamo mentito. Entrambi.

«Ti prometto che quando esco di qua ti porto nel mio studio e ti faccio vedere gli ultimi quadri che ho fatto.»

«Ok... e io ti prometto che lascio Borgo Fiorito. Mando affanculo Riccardo e me ne vado.»

Non l'ho fatto. Ho aspettato che Riccardo tradisse tutti noi. Ho aspettato di ritrovarmi solo in quelle stanze vuote di lui, ho aspettato che mi abbandonasse come hanno fatto Giorgio e Amanda, ho aspettato di sentirmi senza l'unica casa che avevo conosciuto. E poi me ne sono andato.

Andandotene mi hai buttato fuori, cazzone. Non mi hai dato scelta.

Ho aspettato.

Forse è ora che faccia qualcosa che non ho mai fatto.

C'è solo una cosa che avrei voluto dirti, Mercuzio. Io me ne fregherò. Un giorno me ne fregherò.

Un giorno sarò come Ulisse, prenderò la mia nave e mi perderò.

«Pronto.»

La voce è inequivocabilmente quella della signora coi baffi.

«Buonasera, sono Sasha, potrei parlare con Benedetta?»

Speriamo si ricordi che le ho detto che aveva dei bellissimi occhi.

«Un momento.»

Rumore di passi. Una porta che cigola. Rumore di televisione. Rumore di piatti e di posate.

Nicole ci va pesante, con me. Come se non fosse abbastanza difficile trovare il coraggio di richiamare Benedetta, la pazza mi ha proibito di usare il suo numero di cellulare. Dovevo chiamarla a casa. «Perché?» le ho chiesto spiazzato. «Perché non lo fa più nessuno. E noi vogliamo distinguerci, vero Sasha?» mi ha risposto con il sorriso di chi sa quello che fa.

Beata lei.

Aguzzo l'orecchio. Non sento più nessun rumore. Se è caduta la linea e richiamo è troppo da ortica? E se Benedetta ha appeso in silenzio il microfono e ora sta ridendo di me al cellulare, quel cellulare da cui mi voglio distinguere? E se Benedetta...

«Pronto.»

È venuta. Mi ha risposto. Il sollievo che provo mi spara in circolo una dose di adrenalina che mi fa sentire invincibile. Azzardo.

«Ho voglia di vederti.»

Adesso riaggancia.

No, Benedetta ride.

«Tu sei uno che non molla, vero?»

L'adrenalina si raddoppia. Ora sono onnipotente.

«Non quando voglio qualcosa così tanto.»

Nicole approverebbe.

«Domani sera. Via dell'Orologio 23. Entra e cercami» la sua voce si ammorbidisce e si riempie di buio, «ma non sarà facile trovarmi.»

Quella è una voce da flirt? Benedetta sta flirtando con me? Non ho più sangue, solo adrenalina.

«Ti troverò» prendo in prestito la tracotante sicurezza di Nicole. Tanto poi lei mi spiegherà come fare.

«Non mi troverai mai» la sua voce sorride provocante.

Scherzi, bambina? Stai flirtando con me, non mi ferma più nessuno.

«Ti troverò, Benedetta. Mettimi alla prova.»

Un'esitazione. Poi solo il suono sordo della cornetta riagganciata.

Se adesso tutto si potesse fermare.

Se adesso il mio cuore la smettesse di battere a questa velocità.

Se adesso la smettessi di sentirmi inadeguato.

Se adesso finalmente mi sentissi pronto.

Se potessi essere trasparente.

Se potessi essere invisibile.

Se potessi essere una presenza che esiste solo per te.

Se semplicemente la smettessi di vergognarmi per quello che sono.

Forse adesso io non sarei qui. Chiuso in questo bagno. Circondato da specchi.

Specchi che mi rimandano la mia stessa immagine. I miei occhi che mi guardano. I miei giudizi che si moltiplicano. I miei difetti che si esasperano. I miei profili peggiori e i miei profili migliori che si osservano nudi allo specchio.

Chiuso nel cesso di un mega-attico del centro di Roma mi guardo e mi sento nudo. Ormai incapace di mentire. Incapace di nascondermi e di rimanere nell'ombra.

Troppo avanti per tornare indietro e ancora troppo incerto per aprire questa porta.

Se adesso io potessi aprire questa porta...

Ti accorgeresti che non riesco a confondermi con gli altri.

Ti accorgeresti dei miei occhi smarriti.

Vedresti un'anima pesante, schiacciata da troppe paure.

Ali che non sanno volare.

Una melodia che non ha ritmo.

Un atleta che arranca.

Un corpo nudo del quale ridere.

Sentiresti pensieri che si contraddicono.

E convinzioni che si smontano.

Ascolteresti una voce stonata.

La voce di un vecchio che vuole tornare bambino.

E di un bambino che si sente vecchio.

E se io adesso aprissi questa porta avresti voglia di vedere tutto questo?

La musica che viene da fuori è talmente forte che assorda i miei pensieri e della gente dall'altra parte della porta preme per entrare.

Non mi troverai mai.

Ti troverò.

E dall'altra parte ci sei tu. Tu che vedi senza essere vista.

Non so dove sei ma verrei a cercarti in capo al mondo se dovessi.

Me lo ripetevo mentre salivo le scale di un antico androne. Gradino dopo gradino mi avvicinavo alla porta di un lussuoso appartamento. Mi incoraggiavo a farmi avanti mentre, solo, nel buio di quelle scale iniziavo a capire che sarei dovuto venire a prenderti proprio lì dove non so stare. Nel bel mezzo della vita.

Sentivo la vita, il rumore, il frastuono. La musica. La gente. La sentivo ancor prima di varcare quella porta. Sentivo le loro facce, la loro massa, il loro peso, i loro occhi ancor prima di averli intorno. Ma nel buio di quelle scale io sapevo che ti avrei trovato.

La porta era accostata. Era di legno pesante, importante. Nemmeno la porta era una porta qualunque. E dava su un piccolo ingresso chiuso dove c'era solo un uomo in livrea con una maschera scura sugli occhi che si preoccupava di appendere il mio giaccone. Sotto quella maschera il suo sorriso era cordiale e mi ha indicato il corridoio dal quale proveniva la musica.

Non mi troverai mai.

Stavo iniziando a capire.

Lungo quel corridoio scuro e buio intravedevo persone e corpi nascosti dietro maschere barocche e costumi veneziani.

Non mi troverai mai.

Sentivo le loro voci, voci di ragazzi ubriachi, echi di volti divertiti, nascosti e irriconoscibili.

Man mano che arrivavo più vicino al salone mi sfilavano intorno gonne di raso, merletti, occhi nascosti dietro al trucco, trucchi nascosti dietro parrucche, parrucche che imbelliscono maschere, maschere che impreziosiscono costumi, costumi ottocenteschi che vestono corpi e corpi che sotto ad abiti preziosi da nobili veneziani si muovevano nel buio di un salone ancor più nobile e prezioso dove la musica, che pompava a tutto volume dalle casse, confondeva ancora di più i miei sensi.

E tu persa dentro quella casa.

Come un incidente, come la macchina di Nicole che si schianta sulla mia, come la violenza di un urlo, come un'onda quando non sai nuotare, quella dimensione mi stava investendo.

Apnea.

Sasha e la vita.

La vita, quella vera, quella normale, emozioni, tante, tutte insieme, troppe, il mondo grande, invadente e quello mio, piccolo. Il mondo fuori e quello dentro.

Nella penombra vedevo baci di forma e baci con la lingua, lingue che si intrecciavano, lingue che si intingevano nei bicchieri, che si intingevano in altre bocche e mani che si toccavano, che si sfioravano, che si strappavano.

Sentivo i bassi della musica e quelli del mio cuore, ossessivi, incessanti, ma diversi, lontani, come me.

E sentivo che io ero fuori e loro dentro. Io fuori e lei dentro. Da qualche parte. Occhi di Benedetta dietro quale maschera vi nascondete? Quelle maschere sembravano animarsi intorno a me ed erano come occhi invisibili che mi guardavano e volti sconosciuti che mi studiavano.

Dov'è la tua maschera, Sasha?

Tu non hai nessuna maschera.

Ero nudo.

E non mi sentivo nudo perché non avevo quella maschera, o quel vestito, ma perché non avevo quel loro stesso sorriso, così superficiale e prezioso. Quel sorriso sarebbe sicuramente costato più del mio. Ero nudo perché sentivo di non assomigliare a nessuno di loro. Non avevo i loro sorrisi e non avevo i loro occhi, tanto leggeri da cancellarti.

I miei occhi erano spenti e non così luminosi. Avanzavo lentamente tra la gente nascondendomi nella penombra della sala. Avevo gli stessi occhi che aveva Oliva quando da terra, ferita, mi ringhiava. E con quegli stessi occhi spaventati e minacciosi tenevo lontane le persone, cercavo Benedetta. Mi guardavo intorno ma lei non c'era. Lei non si vedeva. Solo io ero perfettamente riconoscibile.

E mi sentivo nudo in quella casa piena di putti, demoni e puttane. Conti e nobildonne.

Ora capisco perché eri così sicura. Ora che mi guardo allo specchio, rintanato in questo bagno, e mi trovo faccia a faccia con i miei mostri.

Gli occhi delle persone normali.

Quelli che ti giudicano e che ti spogliano.

Respiro e inspiro profondamente e lascio che i suoni si facciano lontani e che gli occhi di Nicole mi tornino alla mente per cullarmi. Li vedo, mi sorridono leggermente piegati all'ingiù. Gli occhi di Nicole. Lei sapeva cosa mi sarebbe successo.

Io no.

«È assurdo, mi sento come se andassi in battaglia.»

«Attento a non farti disarmare dalla paura.»

Nicole mi osservava e sapeva.

Io ancora no.

«Rivediamo un attimo il piano?» le avevo detto mentre mi alzavo dal suo divano già in preda alla tachicardia.

«Nessun piano. Vai, trovala e quando l'avrai trovata dille che hai seguito il suo odore.»

«E se non la trovo?»

«Se non la trovi non è amore.»

Gli occhi di Nicole mi riscaldano e le sue parole mi placano. Le riascolto come un disco rotto nella mia testa.

Ancora e ancora.

Così finalmente mi muovo verso la porta.

Io ti troverò.

Non mi troverai.

Mettimi alla prova.

Avanti, Sasha, mettiti alla prova. E se...

Ancora i miei se...

... e se adesso aprissi questa porta...

Se adesso la aprissi tu vedresti una persona che ti ama come non ti ha mai amato nessuno.

La porta si spalanca sulla festa e in un attimo ritorno a sentirmi su quel cornicione dal quale immobile osservo la vita sotto di me.

Un ragazzo e una ragazza si baciano con foga davanti alla porta. Senza neanche guardarmi mi scansano ed entrano di furia nel bagno. Scivolano contro la porta continuando a baciarsi. Lei si inginocchia davanti a lui, gli sbottona i pantaloni, si sfila la maschera e la fa cadere per terra. Poi la porta che si chiude.

E io ancora lì fermo su quel cornicione. Mi chino per raccogliere quella maschera nera e anonima. Me la infilo come fossero un paio d'ali. Il mio viso sparisce e improvvisamente guardando da quel cornicione mi rendo conto che non ho più paura.

Ora ho ali per buttarmi.

Un passo e poi il vuoto.

Non sto precipitando. Sto volando, mentre fendo la folla.

Finalmente vedo senza essere visto e quei mostri, quelle persone che intorno a me sembravano giganti diventano una macchia informe e fuori fuoco. Colori che si mischiano, gesti che si confondono e anime che come acqua scivolano sul mio corpo.

Cammino cercando in quel quadro astratto un gesto, un profumo, una nota, una risata. Qualcosa che mi parli di lei, di Benedetta.

Devo avvicinarmi per vedere meglio, devo entrare dentro quel quadro e mischiarmi.

Destra, sinistra, avanti, dietro, poi, tra quei tanti colori, finalmente il dettaglio che cercavo.

Una mano che delicatamente accarezza un collo lungo e snello. La punta delle dita che scivolano su quella superficie. Un gesto che è carezza e protezione. Lo stesso gesto che Benedetta ha fatto quando entrando nella stanza del padre si è accorta di me, lo stesso gesto che quella mattina ha fatto quando si è accorta che la guardavo troppo a lungo.

Sopra quel gesto, le sue labbra morbide e i suoi occhi sono celati da una maschera pesante e bianca priva di espressioni.

Ma sei tu.

Non mi troverai mai.

Ti ho già trovato.

Ora che sono dietro di te sento e riconosco anche il tuo odore.

Lo sento, Nicole.

Adesso tutto si è fermato.

Adesso il mio cuore ha smesso di battere veloce.

Adesso mi sento pronto.

«Benedetta...»

Il suo viso si volta di scatto, ma riconoscendo la mia voce si impone un controllo. Quella maschera non mi impedisce di percepire la sua emozione, e dentro i due fori riesco a vedere i suoi occhi. Sorpresi e incantati, come lo sono i miei.

Poi in un gesto lento ma di resa la sua maschera che era sostenuta dalla sua mano cade leggermente scoprendo il suo viso emozionato.

«Come hai fatto?»

E la sua voce trema.

«Ho seguito il tuo odore.»

I suoi occhi brillano e mi sorridono riconoscendomi la vittoria.

«Domani parto per Londra. Riuscirai a sentirlo anche fin lì?»

... se tu potessi vedermi. Ma non mi toglierò la maschera. Non adesso.

«Mettimi alla prova.»

Benedetta mi osserva in silenzio. E i suoi occhi sono l'unica cosa che vedo a fuoco. Solo lei.

E a lei mi inchino per salutarla.

Poi con le mie ali legate alla testa mi allontano tra la gente e volo via.

Non lo trovo. Sono le otto del mattino, devo essere a scuola fra un'ora e non trovo più il mio golf preferito. Quello che volevo mettermi. Quello senza il quale stamattina non posso proprio uscire. Divento pazza quando non trovo le cose.

«Hai visto per caso il mio golf nero? Quello a V?» chiedo a Lorenzo raggiungendolo in bagno dove si sta annodando frettolosamente la cravatta.

Domanda inutile. Di certo lui non può averlo visto. E anche se l'avesse visto se ne sarebbe dimenticato. Quale essere umano normale terrebbe a mente l'ubicazione di un golf della moglie? Ma io glielo chiedo lo stesso. Con la maligna gioia di sapere che la sua risposta mi irriterà ancora di più. Che me ne andrò borbottando qualcosa a mezza bocca. Che forse ci scapperà una lite. Ed è proprio quello che voglio. Una bella lite per sfogare tutta questa rabbia che stamattina sento in corpo.

Ora, Lorenzo può rispondere in due modi. Con un "no" distratto, e questo mi priverà di un alibi per un'eventuale colluttazione. Oppure con una battuta di spirito: «L'ho usato per pulire la macchina e poi l'ho buttato» o «Credo di averlo visto ieri addosso al portiere». E questo darà il via alle ostilità.

Ma stamattina Lorenzo mi vuole stupire. Da un po' di tempo a questa parte sembra che il mondo mi voglia stupire. Termina di farsi il nodo, mi guarda sorridendo.

«No. Sono un po' di corsa ma se vuoi ti aiuto a cercarlo.»

So che non parla sul serio. Che se gli rispondessi di sì sgattaiolerebbe via dicendo che non si era reso conto che era *così* tardi. Ma lui sa cosa dirò. E siccome almeno io non ho nessuna intenzione di stupire nessuno, glielo dico: «Grazie, non fa niente. Solo io posso sapere dove l'ho messo».

Sollievo tangibile sul suo viso rasato. Non capisco come faccia a non avere mai la barba lunga di un giorno. All'inizio del nostro matrimonio gli chiedevo se la notte si alzava per farsela di nascosto. Poi ho capito che la sua pelle è così. Ha una barba invisibile. Anche appena sveglio sembra già rasato. Ma lui si rade lo stesso. E questo mi irrita. E stamattina mi irrita ancora di più.

Apro per l'ennesima volta l'armadio e rovisto dove ho già rovistato.

«È il mio golf preferito» mormoro appena sento che Lorenzo entra in camera. Voglio solidarietà.

«Ma non era quello viola il tuo preferito?»

Mi volto. Sta trasferendo portafogli e chiavi.

«Stai dicendo che sono irragionevole?» Il mio tono è bellicoso.

Lui alza le mani in segno di resa e scuote la testa. «Io scappo. Ci vediamo stasera.»

Mi tuffo di nuovo dentro l'armadio. Conto quattro golf neri. Ma nessuno di loro è quello che voglio. Mi siedo sul bordo del letto, vinta. Mi prendo il viso fra le mani, annientata da quella che mi appare come una tragedia assoluta.

«C'è qualcosa che non va?» Lorenzo è tornato sui suoi passi e mi sta guardando dalla porta.

Alzo piano il viso.

«Non fa niente. È solo che...»

«Cosa?» Si siede accanto a me. Guarda l'orologio.

«Niente. A volte mi sento vecchia» ho una voce talmente drammatica che mi metto a ridere.

«E il nero aiuta?»

«Il nero dona a qualunque incarnato» e il viso arcigno di una commessa che non sorride mai mi si affaccia alla mente, insieme a quello di Sasha.

Mi sento vecchia stamattina, Lorenzo. Di' qualcosa.

«Hai dormito un po' stanotte?»

«Come al solito.» Mi alzo. Il golf nero non è più importante.

«Non sei neanche lontanamente vecchia» mi dice alzandosi anche lui e prendendomi fra le braccia.

Chissà se dietro alle mie spalle sta controllando l'ora?

Mi pento subito di quel pensiero cattivo.

Mi perdoni, padre. Ho fatto pensieri impuri.

Non è impuro, solo cattivo.

Forse potresti buttarmi sul letto e poi scoparmi come se fosse la prima volta. Potresti dirmi: «Nessuno lavora stamattina» e impedirmi di vestirmi per tutto il giorno. Potresti tagliare a pezzettini tutti i miei golf e costringermi a comprarne di nuovi, che sceglierai tu. Potresti obbligarmi a sputare questa caramella sulla tua mano aperta.

Mi stacco da lui.

«Sai, quel ragazzo... Sasha» gli dico con voce esitante. «Le cose stanno andando bene per lui» sorrido. «Le mie lezioni di seduzione.»

«È questo che stamattina ti fa sentire vecchia? Vedere un ragazzo e una ragazza che si innamorano?»

No. Mi fa temere di essere contagiata.

Lorenzo fraintende il mio silenzio. Mi abbraccia di nuovo.

«C'è un momento per tutto, Nicole.»

È vero. Solo che forse il mio è durato troppo poco.

Vorrei dirgli che improvvisamente ho paura. E che improvvisamente mi sento coraggiosa. Forse una cosa è la conseguenza dell'altra, vai a capire l'ordine. Ma non riesco a dire tutto a Lorenzo. Non ci sono mai riuscita. Guardo il suo viso serio e familiare. È buffo. Sappiamo quasi tutto l'uno dell'altra. Possiamo condividere parole tabù come "emorroidi", "scorregge", "prostata" ma non sappiamo parlarci fino in fondo. Tutta la nostra intimità si arresta di fronte a dei semplici, primitivi segreti che non abbiamo il coraggio di dividere. Siamo amici, ma non complici. Siamo marito e moglie ma non amanti. Siamo legati da un atto di volontà e di affetto. Ma la passione è stata esclusa da questo contratto.

A forza di non desiderarlo, sento il bisogno di fare l'amore con lui. Lo stringo forte. Faccio aderire il mio corpo al suo.

«Adesso?» mormora lui meravigliato.

Mi bacia. La sua bocca sa di caffè e dentifricio. Apro gli occhi. Lui li tiene chiusi, ha le palpebre contratte, come se si stesse concentrando. O se stesse soffrendo. Sento le sue mani che mi sganciano il reggiseno. Vista così da vicino, la pelle del suo viso non è poi tanto liscia. Non dovrei essere così presente a me stessa. Dovrei perdermi. Chiudere gli occhi. Lasciarmi travolgere. Ora mi sta toccando. E io non gli ho neanche allentato la cravatta. Lo prendo per mano, lo trascino verso il letto. Lo spingo giù.

«Aspetta» boccheggia lui tentando di togliersi la giacca.

«No» gli sbottono velocemente i pantaloni, accolgo fra le mani quel soldato obbediente che è già pronto per la battaglia, mi arrampico su di lui, lo guido dentro di me.

Lorenzo emette un gemito e chiude gli occhi.

«Aprili» gli ordino. Sono il generale e comando io questo plotone. Lui obbedisce. Inizio a muovermi. Lo guardo negli occhi mentre il mio corpo compie di nuovo, valorosamente, le antiche azioni che mi hanno fatto guadagnare queste mostrine.

Sono io che comando. E questo mi piace.

Nicole non dorme, Nicole non chiude gli occhi, Nicole non si abbandona, Nicole non prova piacere.

Non è vero. So benissimo come procurarmi il piacere. Lo sto facendo adesso.

Lascia che lo faccia lui.

Le mani di Lorenzo si aggrappano ai miei fianchi, come se volessero fermarmi. Me ne libero con un gesto secco. Mi muovo più veloce. Lorenzo sospira rassegnato e consenziente e chiude gli occhi.

Dove te ne stai andando, Lorenzo? Torna qui da me. Guardami.

C'è qualcosa di inquietante in un amante che non riesce a scoparti guardandoti negli occhi. Che ha bisogno di buio e di concentrazione per darti quello che gli chiedi.

Non è il tuo amante. È tuo marito.

Mi muovo più in fretta mentre i capelli mi piovono sugli occhi, mentre accarezzo le labbra semiaperte di Lorenzo, la sua fronte sudata.

Io ti prendo per conoscerti e amarti. Io ti prendo per averti come compagno. Ti prendo per quello che sei, a patto che tu mi faccia rimanere quella che sono.

Io ti prendo, Lorenzo, nella buona e cattiva sorte. Ti prendo perché tu non veglierai il mio sonno, ti prendo perché tu mi darai il tuo silenzio quando avrò bisogno di parole, la tua amicizia quando vorrò passione, il tuo abbandono quando vorrò essere guidata.

Più in fretta.

Ti prendo per non sentirmi troppo sola nella mia vita priva di ossigeno. Ti prendo per non sbagliare ancora.

Più in fretta.

Ti prendo perché tu regoli la mia temperatura. Ti prendo perché tu capisci che non voglio tornare indietro. E non voglio andare avanti. Ti prendo per non vivere. E per non uccidere. Ti prendo perché i tuoi occhi sono chiusi.

Guardami.

Più in fretta.

Nel bene e nel male.

Più in fretta.

In ricchezza e povertà.

Più in fretta.

Guardami.

«Nicole...» Lorenzo apre gli occhi, mi guarda spaventato, come chi chiede aiuto. Io annuisco fissandolo seria.

È la strada giusta. Tu puoi perderti.

Più in fretta.

Chiama ancora il mio nome. In un lungo, rauco bisbiglio. Il suo corpo trema, si irrigidisce, si contrae, si inarca contro il mio. Per un attimo smette di respirare.

In silenzio e nella pace.

«Ti amo» esala ed è subito privo di forze, morbido e umido sotto di me. Mi prende per la nuca e mi avvicina a sé.

Nell'assenza di grida.

Appoggio la testa sul suo petto. Mi lascio coccolare dal battito del suo cuore e dalle sue mani che mi accarezzano i capelli.

Per onorarti e servirti.

Amen.

Lunedì: Ma quanti cazzo di chilometri separano Londra da Roma? Ho bisogno di Benedetta. L'ho chiamata. Non mi ha risposto. Comincio ad abituarmi a questo suo tenermi fuori. Forse ha ragione Nicole, le faccio paura. Mi guardo allo specchio: ma a chi voglio darla a bere? Sto riparando un vecchio cassettone che ha tre cassetti che non si aprono. Se ce la faccio a finirlo per domani, Benedetta mi chiamerà.

Martedì: Benedetta mi ha chiamato stamattina alle otto. Il sortilegio-cassettone è riuscito, ho le mani da buttare ma chi se ne frega. La sua voce era assonnata e calda. Sono pazzo di lei.

Mercoledì: Non si è fatta sentire. Nicole mi ha detto di mandarle un mio golf con un biglietto: "A Londra fa freddo. Fai finta che sia lì e che ti stia abbracciando". L'ho chiamata due volte ma non mi ha risposto. Sto affrontando un armadio di ciliegio a due ante. Se lo rimetto a nuovo per stanotte, domani Benedetta mi chiama.

Giovedì: L'armadio è perfetto. Benedetta non si sente. Il sortilegio stavolta non ha funzionato e io ho quattro schegge di ciliegio conficcate nel pollice. Ho anche un paletto nel cuore. Il golf deve essere arrivato – corriere espresso – e io sono sul punto del suicidio. Ho già chiamato quattro volte Nicole e l'ultima volta la sua voce aveva un tono un filo seccato. Mi odia anche lei. Sto insaponando la corda per impiccarmi.

Venerdì: Gaudio. Benedetta mi ha mandato un messaggio mentre stavo adocchiando l'ennesimo mobile-fioretto-sortilegio: "Ma da che pianeta arrivi tu? Chi sei?". L'ho letto quaranta volte, poi, mentre mi guardavo nello specchio con aria beatamente imbecille, mi ha telefonato. Dodici minuti di conversazione ininterrotta. A ridere come cretini. Sono un uomo felice.

Sabato: Non so quanti giorni mancano alla fine di questo cazzo di corso d'inglese di Benedetta. Ma stanotte siamo stati al telefono per più di un'ora. Mi ha detto che aveva addosso il mio golf. Nicole mi dice che sembra che abbia ingoiato una lampadina accesa. Ho lavato i pavimenti di due stanze e ho comprato una confezione di würstel per Oliva. Il mondo è bello.

L'albergo è raffinato e vecchiotto. I miei piedi affondano nel tappeto che ricopre la piccola hall.

«La signora Van Thiersen, per favore» dico quel nome con cautela, come se potesse farmi male. Non sono abituata a pronunciarlo. Ma è sempre stato qui. L'ho sillabato dentro di me migliaia, milioni di volte, sperando che prima o poi, con la costante, noiosa ripetizione, perdesse ogni valenza emotiva, diventasse un cognome come tanti.

Ma non è successo.

Il concierge mi indica un divano bordeaux e mi dice che la signora sta scendendo.

Mi sento stranamente calma. Sto facendo la cosa giusta. Quando lei mi ha telefonato e mi ha detto che era a Roma per qualche giorno, il mio primo impulso è stato quello di riagganciare e scappare. So che lei avrebbe capito e non avrebbe richiamato se non quando fosse stata di nuovo a distanza di sicurezza. La sua voce mi è familiare. In questi anni le sue telefonate, anche se non frequenti, sono state regolari. Ma una voce non è un viso. Una voce non sono braccia da stringere. Una voce non sono occhi da guardare. Nei quali riconoscersi e riconoscere qualcuno.

L'ascensore si apre e io sento il cuore precipitare nello stomaco. Ne esce solo un uomo grasso, con una cartella sottobraccio e l'aria indaffarata. Mi lancia uno sguardo di apprezzamento mentre mi passa davanti e si rivolge al concierge in tono seccato. Il mio cuore si risistema faticosamente al suo posto. Anche se il mio tedesco non è molto buono mi sembra di capire che l'uomo ha trovato un verme sul lavandino. «Piccolo o grande?» chiede il concierge come se la cosa facesse la differenza.

L'ascensore viene richiamato. Il mio cellulare, come a sottolineare la solennità del momento, squilla appena le porte d'ottone si congiungono con un sibilo soffocato.

«Pronto?»

«Nicole, ci dobbiamo vedere, io non so se riesco a reggere questa separazione. E se Benedetta si scorda di me?»

Cerco di avere una voce normale mentre tengo d'occhio l'ascensore.

«Come fa a scordarsi di te se vi parlate ogni giorno?» Ormai mi sono sintonizzata sulla lunghezza d'onda di Sasha e non tento nemmeno i convenevoli d'inizio conversazione.

«Magari non si scorda ma a forza di telefonate si annoia, no? Senti, possiamo vederci fra mezz'ora?»

«No, Sasha. Oggi non posso.»

«Oggi? Cioè per tutto il giorno? Stai scherzando?»

L'ascensore ha ripreso a muoversi.

«No» mi stupisco del tono duro di quel monosillabo.

«Dove sei?» mi chiede serio, captando le mie vibrazioni.

«A un appuntamento.»

L'ascensore si è fermato di nuovo a un piano.

«Di quelli facili o difficili?»

Smetto di guardare l'ascensore. Sorrido all'effetto che mi fanno le domande di Sasha. «Difficile.»

«Tipo un dottore che ti deve dare una risposta sui tuoi esami?»

«Tipo un esame che non hai mai fatto e che non sai quanto male ti farà.»

Silenzio. Sta cercando di capire. «Sei da un medico?» Ora è preoccupato.

Rido. «No. Sono nella hall di un albergo.»

Silenzio. «Nicole, non è che hai una doppia vita?»

«Ti chiamo dopo.»

«Vuoi che venga lì?»

Sento una mano calda che mi accarezza lo stomaco contratto.

Sì, Sasha. Sì. Sì.

«No.»

Il sibilo delle porte di ottone che si aprono.

«Ti chiamo dopo» interrompo la comunicazione e spengo il telefono mentre mi alzo. Guardo apprensiva l'ascensore.

«Nicole...»

La voce, bassa e morbida, arriva alle mie spalle, a tradimento. Mi ero dimenticata che lei odia gli spazi angusti. Mi giro. Ora so che il mio cuore non riprenderà più i suoi battiti normali.

Lei mi sorride. Gli occhi di suo figlio. La bocca di suo figlio. Le dicevo sempre che l'aveva fatto a sua immagine e somiglianza. Le mani che ora stanno stringendo le mie sono le stesse mani lunghe e sottili, da pianista, di Thierry...

«Amélie» mormoro piano.

Ci guardiamo un attimo, senza sapere cosa fare. Poi lei mi lascia le mani, impaziente, come se quel contatto non fosse sufficiente, e mi abbraccia.

«Sono felice di vederti, Nicole.» Il suono della sua voce, il suo francese morbido e caldo mi avvolgono più delle sue braccia.

«Anch'io» mi stacco dolcemente da lei, la guardo. «È passato tantissimo tempo.»

Aggrappati alle banalità fino a quando capisci cosa provi.

«E tu sei ancora più bella. La mia Nicole» un sorriso luminoso e poi di nuovo le sue braccia intorno a me, la stretta delicata, appena troppo protratta.

Signore, fa' che non si metta a piangere.

«Mi porti a prendere un tè?» mi chiede allentando l'abbraccio. Noto con sollievo che i suoi occhi azzurri non hanno tracce di lacrime.

Mentre passiamo davanti alla conciergerie vedo due impiegati in livrea e il signore grasso chini a osservare qualcosa dentro un portasapone di plastica. Evidentemente il cliente ha esibito lo strisciante corpo del reato.

«Quel signore ha trovato un verme nel lavandino. Stai attenta» dico sorridendo ad Amélie. Le apro la porta e il sole di quel primo pomeriggio di dicembre ci investe.

«Lo sai come sono. Se trovassi un verme nel lavandino probabilmente lo porterei alla protezione animali» ride lei e mi prende sottobraccio.

Amélie era un veterinario. Ha smesso di esercitare da qualche anno ma la casa di campagna dove si è trasferita con il marito è piena di randagi che lei raccoglie con lo scopo di trovargli una casa e dai quali poi non riesce a staccarsi. Mi ha mandato delle fotografie. Della loro casa e degli animali. Le ho buttate tutte. Ma non per mancanza d'amore.

Piazza di Spagna è come al solito inondata di turisti e di colori. La guido fino alla mia sala da tè preferita. Amélie sbircia dentro attraverso la porta a vetri.

«È così scuro lì dentro. Ti va se ci sediamo un po' al sole?»

I gradini della scalinata sono freddi e duri. Ma Amélie sembra non accorgersene. Guarda con curiosità due ragazzi che si stanno abbracciando. Sono giovanissimi. Lui indossa un giaccone verde e ride come Sasha. Lei lo guarda adorante e cerca di baciarlo, ma lui si vergogna. Lottano.

«Ah, l'amore...» sorride Amélie tirando fuori dalla sua enorme borsa marrone un pacchetto di biscotti che inizia a sbocconcellare deliziata.

Amélie e le sue borse piene di viveri. Amélie e la sua ipoglicemia, Amélie che s'infila un cucciolo di gatto spelacchiato dentro il cappotto, Amélie che prende in giro Thierry perché non smette mai di guardarmi, Amélie che brinda a noi due. Amélie e il suo sorriso perenne.

«Sto insegnando l'amore a un ragazzo di ventiquattro anni» le dico d'impulso guardando la giovane coppia.

Lei si volta a guardarmi con gli occhi spalancati. Mi metto a ridere.

«Non pensare subito male.»

«Male? Sarebbe magnifico, Nicole!»

«Lui... è uno strano ragazzo, ti piacerebbe. Le nostre due macchine si sono scontrate una notte. Abbiamo messo sotto un cane. Poi... non mi ricordo più perché ci siamo rivisti. Lui è solo e... be', ha avuto una vita un po' complicata.» Non so perché le sto dicendo queste cose, ma all'improvviso sento il bisogno di farle sapere che Sasha è nella mia vita. «Comunque, è innamorato di una ragazza che pensa di non poter avere. E io lo aiuto a conquistarla.» Adesso mi sento un po' nervosa. E stupida. Prendo un biscotto, anche se non ho voglia di mangiare.

«E il cane come sta?» chiede preoccupata.

«Benissimo. Ora vive con lui» sbriciolo nervosamente il biscotto, pentita di aver iniziato quel discorso. «Mio marito sta aprendo un negozio a Losanna. Il nostro è un matrimonio felice.»

L'ho detto troppo in fretta.

Lei mi guarda con gli occhi di Thierry. Io giro il viso, non lo posso sopportare.

«E Serge come sta?» chiedo con tono mondano mentre noto che il ragazzo ha deposto le armi e si sta lasciando baciare.

«Oh, bene. Zappa l'orto, pianta ulivi e continua a dare consigli finanziari a tutti i nostri amici, anche se non li chiedono. Siamo stati due mesi in India. Lui si è preso la dissenteria e ha giurato che quello era l'ultimo viaggio che faceva, che era troppo vecchio eccetera. Non sa ancora che per l'estate saremo in Giappone. Lì non ci sono problemi di acqua potabile» ridacchia, poi cambia tono di voce, diventa seria, «e poi non voglio che abbia troppo tempo per pensare.» La frase successiva si abbatte su di me senza preavviso. «È diventato molto silenzioso, da quando Thierry è morto.»

Mi volto di scatto, come se fossi stata colpita da una frustata. Non erano questi i patti. Mi sento pugnalata a tradimento. La guardo con stupore e rabbia.

Come osa?

Amélie mi guarda, calma. Abbasso gli occhi per non mostrarle la mia furia. Vorrei schiaffeggiarla. Vorrei prenderla per i capelli. Vorrei ucciderla.

Lei mi prende la mano. Io l'abbandono fra le sue. Inerte, fredda. Faccio finta che quella mano non sia mia.

«Nicole... Thierry *è* morto. È morto dodici anni e otto mesi fa.»

Perché mi stai facendo questo?

«Lui è morto e noi siamo sopravvissuti.» Arrotola lentamente quella parola come per farmene sentire tutto il peso. O la leggerezza. «La prepotenza della vita è crudele, Nicole. Io e Serge a volte ci divertiamo. A volte ridiamo. Dobbiamo perdonarci di essere vivi. Altrimenti tutto questo...» fa un gesto piccolo, ma è come se comprendesse il cosmo, «non avrebbe senso.»

Perché mi stai facendo questo?

«Thierry era meravigliosamente innamorato della vita. Ma era malato. Era solo con il suo male. E con il suo spasmodico, esagerato, disperato amore per la vita. Le pillole stavano uccidendo quella che lui considerava la sua parte migliore. Sapeva cosa rischiava quando ha deciso di non prenderle più. Sapeva cosa faceva rischiare a noi.» Mi stringe più forte la mano. Io sto fissando ostinatamente le crepe sotto le mie scarpe. «Nicole, guardami.»

No.

«Guardami, ti prego.»

Con uno sforzo sovrumano ordino al mio corpo di obbedirle.

Oh Dio. Gli occhi di Thierry.

«Questi sono gli occhi di Thierry, lo so. E la bocca di Thierry» sorride, facendo comparire due rughe più profonde agli angoli delle labbra.

Il sorriso di Thierry.

«Dicevi sempre che l'avevo fatto a mia immagine e somiglianza.» La sua mano si serra ancora più forte intorno alla mia. «Ma Thierry non c'è più, Nicole. Si è ucciso perché non voleva che i medici e quelle pillole gli togliessero la vita. Lui amava la vita. Tu da dodici anni e otto mesi la stai rifiutando.»

Ho freddo. Ma la mano di Amélie è così calda intorno alla mia. Dalle sue dita parte un filo che sta iniziando a cucire insieme le due Nicole. Sono confusa, disorientata. Amélie è qui. È vera, reale. E questo rende vera e reale anche la Nicole che le sta davanti. Se Amélie era nel mio passato e ora è nel mio presente, anch'io ho vissuto quel passato e ora vivo questo presente. Il mio sdoppiamento, le due Nicole del "prima" e del "dopo" stanno sfumando in un'immagine priva di contorni. Ma intera.

La Nicole in camice bianco. La Nicole seduta dall'altra parte della scrivania che diceva "ci vediamo giovedì prossimo, alla stessa ora", la Nicole che faceva l'amore con Thierry, che si perdeva nel suo corpo e nei suoi pensieri. La Nicole che fissava la parola "bipolare" sulla cartella clinica di Thierry e lo supplicava di prendere le pillole, la Nicole che lo cullava quando piangeva, la Nicole che rideva con lui quando la portava sulla luna, la Nicole per cui era tutto possibile, che aveva giurato che l'avrebbe condotto in salvo, la Nicole che una notte è stata svegliata dal telefono ed è corsa in un ospedale in pantofole, incredula, la Nicole che ha stretto Amélie fra le braccia mentre lei piangeva e chiedeva "perché", la Nicole che ha guardato Thierry pallido, immobile, che ha poggiato la sua mano su quei polsi gelidi, vulnerabili, ricuciti di nero, la Nicole che ha indossato il vestito che lui preferiva e si è chiusa in una stanza mentre lui volava via per sempre nel tramonto.

È la stessa che ora è seduta accanto ad Amélie.

Non era un'altra vita. Ero io.

Noi abbiamo continuato a vivere.

Solo Thierry è morto.

Questa è la scena del film dove Nicole dice: «È stata colpa mia» e si aggrappa ad Amélie singhiozzando. Questa è la scena del film dove Amélie piange insieme a lei, cullandola e ripetendole: «Non è vero. Nessuno ha avuto colpa». Questa è la scena del film dove le nuvole oscurano il sole e le due donne si guardano con dolore e gratitudine reciproca. Questa è la scena del film dove Amélie dice a Nicole: «Dovevo venire. So che la tua vita è solo uno spettacolo malmesso che non chiama più pubblico, so che non sei felice, che sei sdoppiata, che il tuo tremendo dolore per Thierry è la mancanza di qualcosa che ti scaldi. So che rimani aggrappata al suo ricordo perché ti fa orrore quello che ti sei imposta di essere, e che non ce la fai più».

Questa è la scena del film dove Nicole dice: «Ora ho capito» e poi si alza e comincia a camminare senza meta. Con un esile sorriso sulle labbra. Che si fa via via più sicuro. Questa è la scena dove il pubblico guarda scorrere i titoli di coda sollevato e pensa che lei ce la farà a rimettere insieme i suoi pezzi.

Questa è la famosa scena finale.

Ma Amélie non piange. E nemmeno io. Solo la mia mano si è animata, e ora sta stringendo quella di lei con la stessa forza. E la sto guardando. Ho amato quegli occhi, ho amato quella bocca, ho amato quel sorriso, ho amato tutto di suo figlio. Tutto di Thierry. E il dolore che provo è così insopportabile da diventare fisico mentre riconsegno quei lineamenti ad Amélie e li riconosco come suoi.

Non ci diciamo niente. Nessun atto di autoaccusa, nessuna parola di perdono. Nessun lavaggio di coscienza, nessuna sensazione di miracolo avvenuto.

Restiamo sedute sui gradini di Piazza di Spagna. Sapendo che non ci vedremo più.

Restiamo sedute in silenzio.

In una specie di pace.

"Il Centro Culturale Francese è lieto di invitarLa alla serata di letture che si terrà il 23/11 in via della Conciliazione 54. Seguirà una cena e una piccola asta i cui proventi verranno devoluti all'Associazione Bambini del Congo. Come da precedenti accordi, il signor Carné attende una sua telefonata per concertare insieme a Lei il discorso d'apertura che Lei pronuncerà."

Sto guardando il pesante cartoncino beige con aria terrorizzata e orripilata, come se stringessi fra le mani un boa constrictor pronto a ingoiarmi.

Discorso d'apertura?

L'ultima volta che, forzatamente, mi sono esibita in pubblico avevo otto anni e impersonavo la Madonna del Biancospino nella recita natalizia delle suore di Nevers. Avevo vomitato prima e subito dopo, mi ero dimenticata tutte le battute, avevo fatto cadere inavvertitamente una bambina che da quel giorno mi aveva negato la sua amicizia ed ero rimasta così traumatizzata da giurare che mai più, mai più sarei stata in piedi su un palco di fronte a una platea di qualunque tipo.

Vuoi leggere tu la Lettera di San Paolo ai Filippesi alla messa di stamattina, Nicole?

No, ma mère Maria, mi dispiace, ho un forte mal di stomaco.

Vuoi alzarti in piedi e leggere il tuo tema di fronte alla classe, Nicole?

No, professoressa, mi scusi, ma sono completamente senza voce.

Vuoi recitare per le mie amiche la poesia che hai imparato a scuola, Nicole?

Non ricordo più neanche un verso, mamma, scusami, scusami.

La recita era stata un increscioso e non preventivabile incidente di percorso. Mi avevano designata come sostituta di Claudine, la bambina dai capelli biondi e gli occhi cerulei che doveva impersonare la Madonna. Mia madre era molto fiera. Io ero disperata ma confidavo nella salute di ferro di Claudine che, nonostante il suo aspetto angelico, era una specie di vanitosa iena di otto anni, non si ammalava mai e che, pur di esibirsi davanti al pubblico indossando quel meraviglioso velo azzurro intessuto di perle di plastica, avrebbe recitato anche se avesse avuto il colera.

Ma la sera prima Claudine si era messa a giocare alla lotta con il fratello al piano superiore dei loro letti a castello, era caduta e si era fratturata un braccio.

Io avevo passato la notte a occhi spalancati snocciolando il rosario e pregando fervidamente perché un miracolo risanasse quell'osso prima dell'alba, ma le mie preghiere non erano state esaudite e mi ero ritrovata tremante e terrorizzata a vomitare nel bagno del refettorio, mentre mia madre teneva indietro con aria protettiva il velo azzurro e mormorava parole d'incoraggiamento.

Mai più.

Guardo con ansia la porta. Angela oggi è stranamente in ritardo, noto con rammarico, desiderando di avere vicino a me un qualunque essere umano che svii la mia attenzione da quel maligno cartoncino.

"Come da precedenti accordi il signor Carné..."

Quali precedenti accordi? Quando mi sono accordata con il signor Carné per tenere un discorso in pubblico? Ero drogata? Impasticcata? Ubriaca?

E chi è il signor Carné?

Prendo la busta e controllo l'intestazione, sicura dell'ovvio errore di destinatario.

No. Di fronte a me, vergate con un elegante inchiostro nero e una scrittura antica, le lettere che compongono il mio nome e cognome.

Rovisto nella mia memoria e finalmente estraggo il frammento di una serata al Centro Culturale, dopo un concerto per archi. Un omino sottile e canuto, con degli improbabili occhiali dalla montatura rossa, mi si era avvicinato presentandosi come il direttore del Centro e dicendomi che era stato un grande amico dei miei genitori. Era felicissimo di conoscermi e sperava che io fossi disponibile per le eventuali serate di beneficenza che si sarebbero tenute. Io ero rimasta affascinata dal fatto che gli mancava la prima falange dell'indice della mano che continuava ad agitarmi davanti agli occhi e avevo risposto distrattamente sì, ovviamente sì, e gli avevo dato con noncuranza il mio numero e il mio indirizzo.

Discorso di apertura, Nicole.

Non se ne parla neanche.

Gli occhi di tutti quei bambini del Congo ti stanno guardando, Nicole. È per una buona causa.

Perdonatemi, bambini. Comprerò tutti gli oggetti che sono all'asta. Servirò ai tavoli. Verrò in Congo a piedi a portarvi tutto quello di cui avete bisogno. Ma questo no.

«Scusami. Ho fatto tardi.» Angela si materializza dal nulla, avvolta nel fumo della Gauloise appena spenta. Mi guarda stranita. «Stai bene?»

Evidentemente no, se lo nota anche lei. Agito il cartoncino.

«Devo parlare in pubblico» annuncio tetra.

«E allora?» Sbatte con malagrazia i libri sul tavolo, sbuffa, si libera della giacca e di una orrenda sciarpa verde mela a righe fucsia, si cala pesantemente sulla sedia.

«Allora la cosa mi terrorizza» lascio cadere il cartoncino nella mia borsa, mi strofino le mani come se avessi toccato un merluzzo andato a male.

Angela mi osserva con curiosità. «Quindi ti hanno dato in dotazione anche sentimenti umani?»

La guardo. Anche lei non sembra stare bene. È pallida, ha gli occhi cerchiati e arrossati.

Bip bip. Leggo il messaggio.

"Chiamami! È urgentissimo!"

Sasha.

Lo ignoro.

«La cosa ti stupisce? Mi vedi come una specie di replicante?»

«Ti vedo come una piena di certezze, priva di dubbi, priva di tentennamenti, priva di paure.»

«Una stronza, insomma.»

«Abbastanza.» Si soffia il naso.

«Non hai idea, Angela» le dico con voce sommessa.

Lei mi guarda per un attimo. Poi comincia a sfogliare il libro. «Cosa facciamo? Dettato o grammatica?»

Dettato o grammatica? Lettura o verbi irregolari? Le mie lezioni sono così prevedibili? Prevedibili come me?

Improvvisamente mi sento satura. «Non, on va parler.»

«Parliamo?» I suoi occhi bistrati si spalancano di genuina sorpresa.

«On va faire de la conversation. Dis-moi qu'est-ce-que ne va pas aujourd'hui.»

Occhi ulteriormente spalancati. Silenzio.

«Angela, i replicanti hanno spirito di osservazione. Oggi non sei la solita... Cos'è successo?»

Lei scuote la testa ma un'ombra di sollievo le attraversa velocemente il viso.

Bip bip. Altro messaggio di Sasha.

"Nicole, ho bisogno di chiederti una cosa. Chiamami!"

Spengo il cellulare.

«Allora?»

Le si riempiono gli occhi di lacrime. «In francese non so dirlo.»

«Va bene, dillo in italiano.»

«Ma a te che te ne frega?» mi chiede con ostilità.

«Assolutamente niente. Tanto per passare il tempo» le sorrido.

Lei si sta mordendo le labbra e il suo sorriso esce un po' incerto. Ma è sempre un sorriso. «Ho avuto una notte difficile. È una storia di merda, trita e ritrita. E io ci sono in mezzo.»

Improvvisamente il tavolo che ci separa diventa la vecchia scrivania del mio studio di analista e io ritrovo i gesti che servono per ascoltare.

Annuisco. La guardo negli occhi. Non dico niente.

Angela cincischia le pagine del libro. «La solita storia del cazzo. Lui è sposato, io una cogliona. Lui dice che lascerà la moglie. Io rimango incinta. Lui vuole farmi abortire, io tengo il bambino. Lui non lascia la moglie e molla me. Fine.»

So che non è finita.

«Ieri sera è venuto a casa. Gli avevo telefonato per chiedergli se quando entravo in ospedale poteva stare con me. Solo durante il parto. Tanto per avere...» deglutisce e non va avanti. «Ha cominciato a gridare che io gli voglio rovinare la vita, che non sa cosa ho in testa ma che se mi azzardo ad avvicinarmi alla moglie mi manda in galera, mi ammazza, che ne so...» tira su col naso. «Mi ha offerto dei soldi...» la voce le si spezza e comincia a singhiozzare. «Dei soldi per fare che? Eh? Non mi servono i suoi soldi. Io ho chiuso con lui quando mi ha mandato a fare in culo perché non volevo abortire. L'ho chiamato solo perché l'idea di partorire sola come un cane...» Piange più forte ora.

Tiro fuori dalla borsa un pacchetto di kleenex. Glieli passo.

«Non ci sono due padri incerti, allora...» le dico piano.

«Macché! Me lo sono inventata perché questa storia è talmente schifosa, talmente banale... Perché non volevo fare la figura della cretina, perché sono un'artista e volevo restare nel personaggio.» Scoppia a ridere continuando a piangere.

«E la tua famiglia?»

«La mia famiglia mi ha mollata tanto di quel tempo fa.» Scuote la testa. Sospira, si soffia il naso, si accarezza la pancia. «Ma a me non me ne frega niente. Io vado a Parigi, io ho successo, io tiro su mio figlio da sola.» Mi guarda con aria di sfida. È così vulnerabile con quegli occhi gonfi, il nero che le solca le guance, la sua pancia esposta. «E sai qual è la cosa di cui mi vergogno di più?» mi chiede rabbiosa. «Che quello stronzo è un impiegato di banca» scoppia a ridere. «Hai mai sentito niente di più squallido?»

Le sorrido. «Per una pittrice? Effettivamente no» sorrido di nuovo. Le passo un altro pacchetto di kleenex. «Ma se te ne sei innamorata, qualcosa di buono l'avrà avuto.»

«Seh...» mormora lei sarcastica, «il suo seme ultra-fertile.» Afferra i kleenex. «Questi domani te li ricompro.» Si soffia il naso, respira profondamente. Mi sorride. «Mi sento meglio.» Occhi gonfi che mi guardano con gratitudine.

Non ti ricordavi più com'era, vero Nicole?

«Come insegnante sei un'agonia, però sei brava a far parlare la gente.»

Un leggero bussare alla porta.

Guardo Angela. Lei fa cenno di sì con la testa.

«Avanti.»

Non posso crederci. Sulla porta appare Sasha. Spettinato, col fiato corto e Oliva in braccio.

«Scusami, Nicole, ma non rispondevi ai miei messaggi...» Si accorge di Angela. «Ciao» le dice in fretta, poi mi piazza Oliva sulle gambe. «Non ho molto tempo. Fra mezz'ora esatta iniziano a reagire gli acidi. Oliva non può restare, la casa è tossica e se la chiudo da qualche parte si mette a ululare.»

Io non ho ancora proferito verbo. Ma sento che sta arrivando un problema per Nicole.

«Per quanto la devo tenere?» chiedo prudente. Oliva mi lecca la mano.

«Oh... solo per poco. Due giorni... forse tre.»

«Tre giorni?! Sasha non se ne parla neanche, io...»

«Va bene, tienila adesso. Io devo scappare sennò gli acidi...» mi dà un rapido bacio sulla guancia, mi mette il guinzaglio di Oliva intorno al collo. «Ti chiamo stasera, se è proprio un problema cerchiamo un'altra soluzione.»

È quel plurale che mi preoccupa.

«Stai bene col rossetto» mi dice sorridendo. «Grazie, Nicole, sei una santa.» Si china verso Angela, le tende la mano. «Scusami, io mi chiamo Sasha.»

«Angela» lei gliela stringe con un sorrisino.

«Hai una bravissima insegnante, Angela. Scusatemi, eh? Ti chiamo dopo, Nicole» e scompare oltre la porta.

Io guardo Oliva che mi si è già addormentata in braccio.

Abbiamo un bel problema, cane.

«È carino» dice Angela.

«Si chiama Oliva» le dico alzando la testa, ma lei sta indicando con gli occhi la porta.

«Lui...» comincio imbarazzata, «le nostre due macchine si sono...»

Davvero vuoi raccontare di nuovo tutta quella storia?

Quando la finirai di giustificarti?

Apro il libro con aria decisa.

«Dài, cerchiamo di dare un senso al nostro pomeriggio.»

Oliva mi tira un paio di calci e ricomincia a ronfare.

Angela apre obbediente il libro. «Per me l'ha già avuto» mi dice sottovoce, senza guardarmi.

Sei camicie bianche perfettamente stirate, due golf a V grigio scuro, uno blu, uno grigio chiaro.

Sto preparando la valigia di Lorenzo mentre ascolto un concerto per piano di Beethoven che non sentivo da anni. Da dodici anni e otto mesi, per l'esattezza. Beethoven. Un golf rosso chiuso nell'armadio. I miei pensieri che si stanno animando di vita propria. Non sono sicura di stare facendo la cosa giusta.

«Come fai? Come fai a dire e sapere sempre la cosa giusta?»

Ne sei sicuro, Sasha?

Un vestito grigio, una giacca blu, una giacca sportiva.

Lorenzo si aggira per casa tetro e silenzioso. L'oggetto della crisi è Oliva e la sua permanenza in casa nostra e lui ha fatto di nuovo scendere il silenzio della sua disapprovazione.

Il fatto che non mi rivolga la parola non mi esime dal preparargli la valigia.

«Se dovessi farmela da solo probabilmente partirei per il polo con il costume, l'olio solare e la tavola del windsurf» mi aveva detto una volta, tanti anni prima. E avevamo sigillato l'accordo che vedeva Nicole vestale dei suoi bagagli.

Otto paia di calze grigio scure. Un pigiama azzurro.

Anche mia madre faceva sempre la valigia di mio padre. La faceva a muso duro, gettando irosamente gli indumenti in ordine sparso. La faceva anche se sapeva che il "viaggio di lavoro" di papà si sarebbe svolto in compagnia della giovane amante di turno. La faceva maledicendolo, con disprezzo e amore. Con passione e gelosia. Con la rabbiosa e impotente consapevolezza di chi sta scegliendo il proprio destino senza desiderarlo.

Facevi la valigia a un uomo che ti tradiva, mamma.

E tu la stai facendo a un uomo che non ti parla da due giorni perché hai portato in casa un cane.

Tre t-shirt bianche, la vestaglia, il rasoio elettrico.

Guardo Oliva che dorme ai piedi del letto.

Concerto per piano *L'Imperatore*. Secondo movimento.

Il preferito di Thierry.

Mi mordo le labbra, lascio che la musica mi invada.

È anche il mio preferito. Nicole è viva.

«Come fai a sapere sempre qual è la cosa giusta da dire, da fare a una donna, Nicole?»

Perché sono una donna. E l'uomo perfetto è una donna.

Oliva si stiracchia, mi guarda, si alza, scodinzola, si acciambella pigramente ai miei piedi.

Sei paia di boxer, un pigiama di riserva, a righine blu, il libro che sta leggendo.

«Che cos'è?» mi aveva chiesto Lorenzo la sera che ero tornata a casa con Oliva, guardandola con aria severa e ostile. Mi ero imposta di non dare la risposta sarcastica che mi era subito salita alle labbra e gli avevo spiegato brevemente perché il cane doveva stare qualche giorno da noi. Oliva gli era andata vicino facendogli le feste. Lui era uscito dalla stanza intimandomi di trovarle un'altra sistemazione.

«Lorenzo...» lo avevo seguito sfoggiando il mio sorriso più comprensivo e il mio tono di voce più ragionevole, «se avessimo potuto fare altrimenti sai che...»

«*Avessimo*?» aveva detto guardandomi duro. «Tu e quel ragazzo siete diventati un *noi*?»

Adesso, guardando indietro, mi rendo conto che il mio lapsus avrebbe dovuto far scattare un campanello d'allarme dentro di me. Adesso. Ma quel giorno mi ero solo sentita ferita e offesa da quella che vedevo come un'irragionevole esplosione di egoismo.

«È incredibile che tu possa covare tanta ostilità per un ragazzo che hai visto sì e no due volte» gli avevo detto secca.

«È sempre presente in questa casa. Non importa quante volte l'abbia visto.» Mi aveva guardato rabbioso. Poi aveva abbassato la voce. «Comunque non è per questo. Lo sai. E mi stupisce che non ci abbia pensato da sola» aveva detto guardando Oliva.

Lo sapevo. Sì, lo sapevo.

Quando io e Lorenzo ci eravamo sposati, per un periodo avevamo vissuto un piacevole ménage à trois. Con noi viveva Ariosto, il suo setter adorato, vecchio, sordo e un po' rimbambito. Mi ero innamorata subito di Ariosto e della sua aria pigra e vaga. Poi Ariosto si era ammalato di cuore. E si era verificato un repentino cambio della guardia emotivo. Lorenzo, terrorizzato all'idea che il suo cane morisse all'improvviso, lo aveva abbandonato prima che Ariosto abbandonasse lui. Lo aveva virtualmente deposto fra le mie braccia e io avevo indovinato il suo mostruoso pensiero – "Io non ho familiarità con la morte, lei sì" – nel momento in cui avevo visto i suoi sensi di colpa nascondersi dietro a un improvviso incremento delle sue ore lavorative. E un pomeriggio mi ero trovata da sola ad accarezzare Ariosto e a mormorargli parole di conforto in un ambulatorio veterinario buio e silenzioso, mentre lui mi guardava con amore e gratitudine e i suoi occhi appannati dalla cataratta si allontanavano sempre più da me. Io piangevo e gli sorridevo mentre gli dicevo le parole che non avevo potuto dire a Thierry. Mentre gli davo il conforto che Thierry, con il suo gesto solitario e disperato, non mi aveva permesso di dargli. La sera avevo telefonato a Lorenzo, che da due giorni aveva deciso prudentemente di andare a Londra per lavoro, e gli avevo dato la notizia. Dall'altra parte del filo un silenzio, un "grazie" e una descrizione precisa del cassettone trovato al mercato di Camden Town.

Io ti prendo, Lorenzo, perché tu mi farai sempre restare al riparo dalle emozioni. Perché la tua vigliaccheria mi farà sentire coraggiosa e nasconderà la mia. Perché avrò sempre un alibi per non amare.

Quella notte, da sola nel nostro letto matrimoniale, con il guinzaglio di Ariosto stretto nel pugno come un orsacchiotto di pezza, mi ero permessa di percorrere il viale dei Ricordi insieme a Thierry per l'ultima volta.

E per la prima volta, avevo passato una notte in bianco.

Portargli Oliva a casa ti ha dato un sottile piacere.

Nicole la vendicatrice.

Deodorante, saponetta, spazzolino, dentifricio.

Dicono che solo un grande amore giustifica un grande odio.

Schiuma da barba, rasoio a mano, dopobarba.

Non è vero. Si può non amare qualcuno e odiarlo con l'intensità assoluta di un amante.

Basta viverci insieme.

Caricabatterie del cellulare. Mi pare che ci sia tutto.

Lorenzo mi sta guardando. I suoi occhi sono talmente freddi e la sua mancanza di parole così opprimente che il suo viso mi appare brutto. Di una bruttezza sbagliata, ridicola, volgare come il suo silenzio.

La maestra mi ha detto che non ti applichi come dovresti, Nicole. Per punizione la mamma non ti parlerà per due settimane.

Ti prego mamma, no.

E non ti accarezzerà, e non ti bacerà. E tu non potrai avvicinarti a me né toccarmi.

Ti prego.

I criteri educativi di mia madre infiltrati in tanti piccoli filamenti nel DNA di Lorenzo. A formare un codice che io potessi riconoscere. E al quale obbedire.

Per due settimane, Nicole. Ora va' in camera a imparare la poesia.

«Hai finito?» la voce di Lorenzo è distante e un po' seccata. Scavalca Oliva senza guardarla e mi si avvicina per scavalcare anche me e chiudere la valigia.

E poi succede tutto in un attimo.

Alzo un braccio, fermando il movimento di Lorenzo, sento la mia mano che urta contro la sua spalla, lo vedo fare un passo indietro, e solo attraverso il suo stupore mi rendo conto di averlo spinto. Il secondo dopo sono in piedi e sto afferrando la valigia, la sto afferrando con una forza e una determinazione che non credevo di possedere, e la sollevo in alto, sopra il letto, sopra la mia testa. Poi la scaravento violentemente dall'altra parte della stanza.

Sei camicie, otto paia di calze grigie, le giacche e i pantaloni, i pigiami e le mutande, la vita di Lorenzo sta planando al rallentatore sul parquet lucido. Tanti piccoli paracaduti che non riescono più ad attutire la nostra caduta e che si disfano in ordine sparso sul pavimento mentre Oliva scappa spaventata in un'altra stanza.

E Nicole guarda Lorenzo ansimando. Nicole ha i muscoli delle braccia che le fanno male perché non ha mai fatto ginnastica seriamente, Nicole sente il sangue che le pulsa veloce nelle vene, Nicole ha il cuore che batte troppo in fretta e che forse si fermerà, ma adesso non le importa, è troppo viva per pensare alla morte, Nicole ha sollevato una valigia e ora guarda quell'uomo bello che ora è brutto e volgare con quell'espressione di stupore scandalizzato sul viso, brutto e volgare come chi non è amato, brutto e volgare come il suo silenzio, quel silenzio che Nicole non vuole più sopportare ed è per questo che adesso grida, e grida con tutta l'aria che ha nei polmoni, e chi se ne frega se dopo esploderanno, almeno sarà morta mentre era viva.

Grida, Nicole.

«Tu mi hai lasciata sola mentre il tuo cane stava morendo!»

Il fenomeno sismico si è verificato poco prima delle cinque del pomeriggio ora locale. Numerosi edifici sono crollati ma ancora non si conosce il numero preciso delle vittime.

Il silenzio, dopo il tragico terremoto, era totale.

«Benedetta mi sfugge.»

Io e Sasha seduti al tavolino di un bar di Trastevere, al sole. Oliva scondinzola a un gatto appollaiato sopra una macchina. La musica che arriva dalla radio accesa all'interno del bar, a tutto volume, canta di amori e di camere a gas. Sasha si volta infastidito a guardare il bancone.

«Le canzoni vecchie mi fanno venire i nervi.» Si accende una sigaretta prendendola dal mio pacchetto e usando il mio accendino, che poi si mette in tasca. Giocherella con i miei guanti appoggiati sul tavolo. Se li prova. A volte, mentre lo guardo quando viene a casa mia, a chiedere consigli, a sfogarsi o semplicemente ad annusare l'aria che respiro, penso che se potesse ingoierebbe tutto – i miei libri, i miei cd, i miei quadri, i miei mobili – pur di impossessarsi di me. Nella mia veste di Caronte festoso che lo guida alla vita, gli appartengo per sempre, e completamente. Alcune volte questa smania di possesso mi lusinga. Altre mi intenerisce. Altre ancora – come in questo momento – mi irrita.

Allunga una mano verso la mia tazza di tè, dà una lunga sorsata.

«Buono. Che cos'è?»

«Un normalissimo tè. Lo vuoi anche tu?» gli chiedo acida.

Lui guarda la sua tazzina di caffè intatta, scuote la testa.

«Me li sformi» gli tolgo i guanti dalle mani, «e tira fuori il mio accendino. È il quarto che compro in due giorni. Dovresti esserne provvisto.»

«Perché sei così ostile oggi?» mi chiede con sincera curiosità.

Perché ho rovesciato una valigia. Perché ho gridato contro Lorenzo. Perché so che non mi fermerò qui. Perché alzi il telefono e mi chiami in continuazione. Perché rubi tutti i miei accendini. Perché la metà dei miei cd sono a casa tua. Perché l'altra sera volevo leggere García Márquez e invece l'avevi tu. Perché ho parlato al telefono con mia madre che mi ha ricordato che non la vado a trovare da un anno. Perché ho riagganciato il telefono e ho chiamato subito mio padre scusandomi per non essere andata a trovarlo per un anno. Perché i tuoi occhi scintillanti d'amore per Benedetta fanno sembrare più appannati i miei. Perché mi sono scoperta un altro capello bianco. Perché non ho più consigli da darti. Perché nonostante tutto questo ho voglia di ridere.

«Non sono ostile» prendo una sigaretta e apro la borsa cercando l'accendino, dimenticandomi che ha cambiato proprietario. Lui, con gesto cavalleresco, mi fa accendere. Gli prendo l'accendino, lo faccio sparire in borsa con aria determinata. «Mi devi restituire *L'amore ai tempi del colera*. L'altra sera lo volevo leggere.»

«Potevi chiamarmi. Te l'avrei portato.»

«Erano le tre.»

«Te l'avrei portato lo stesso» mi sorride socchiudendo gli occhi. «Lo sai che sono al tuo servizio.»

L'idea che "lui" sia al "mio" servizio è assolutamente irresistibile. Mi metto a ridere. Oliva mi guarda contenta, poi torna a corteggiare il gatto.

«Perché ridi?»

«Perché l'altra sera mentre ero a cena con Lorenzo e i suoi amici, mi hai chiamato al ristorante dicendomi che dovevi assolutamente parlarmi. Perché quando sono uscita, visto che con quel casino non riuscivo a sentirti, eri lì fuori che mi piantonavi. Perché mi hai fatto restare per mezz'ora al freddo, in camicetta di seta, a spiegarti cosa intendeva Benedetta quando ti ha detto che le dai l'idea di uno che bacia come un cowboy e accarezza come Lancillotto. Perché il tuo atteggiamento nei miei confronti, Sasha, non è esattamente da servitore. Lo definirei da padrone delle ferriere.»

Ride soddisfatto. «Però quella camicetta ti stava bene.»

Lo incenerisco con un'occhiata.

«La chiamo?» mi chiede sperando in un assenso.

«No, lasciala respirare. Ma falle sapere che la stai pensando.»

«E come?»

«Mandale delle creme profumate. Una per il corpo, una per il viso, una per i capelli. E un biglietto: "Lancillotto muore dalla voglia di accarezzarti. Nel frattempo devi accontentarti di loro".»

Ci pensa un po' su. Poi il suo viso si illumina.

«Fico. Come fai a sapere sempre qual è la cosa giusta da fare?» mi chiede grato. Si allunga per abbracciarmi, il suo gomito urta contro la tazzina di caffè piena che si rovescia sul suo giaccone verde e la sua camicia. «Cazzo» mormora alzandosi di scatto e iniziando a pulirsi.

Oliva abbaia. Una turista giapponese abbassa il giornale guardandoci con curiosità. Accarezzo Oliva cercando di calmarla.

«Forse dovrei imparare a essere più composto. Vado in bagno a cercare di rimediare.»

Lo guardo allontanarsi a testa china, mentre si strofina la macchia. Prendo in braccio Oliva, tuffo il naso fra il suo pelo che sa sempre di talco. Poi chiudo gli occhi e rivolgo il viso verso il sole che sta impallidendo. Mi concedo il lusso di non pensare a niente. Solo le mie dita che accarezzano pigre Oliva, il suo ronfare sommesso che somiglia a delle fusa, la voce del commentatore che legge le ultime notizie alla radio.

Poi andrò a trovare mia madre. Poi andrò a trovare mio padre. Poi tornerà Lorenzo. Poi prenderò appuntamento con quel medico specializzato in disturbi del sonno. Poi smetterò di fumare. Poi penserò alla mia vita.

Adesso sono solo una donna pigra che si sta appisolando sotto un sole tiepido.

«Signora... può venire, per favore?» la voce roca del cameriere mi fa aprire gli occhi di scatto. Sta indicando il bar.

Mi volto, vedo un paio di persone che si agitano e sento delle grida soffocate. «Che succede?» chiedo, e sono già in piedi, e già sto seguendo il cameriere.

«Il suo amico è rimasto chiuso in bagno. La serratura ogni tanto s'incastra. Lo calmi lei finché riusciamo ad aprirla, quello ci sta sfondando la porta.»

Il proprietario del bar è inginocchiato e sta armeggiando con un cacciavite sulla serratura, mentre la moglie cerca di rendersi utile, irritandolo ancora più dei calci che Sasha sta tirando.

«Tiratemi fuori di qui!» la voce di Sasha è rabbiosamente disperata.

«Sta' buono! È inutile che ti agiti, ci vuole il tempo che ci vuole!» dice il proprietario, poi si volta verso di me. «Guardi che se la sfascia, la ripagate.»

«Sasha, sono qui» gli dico avvicinandomi alla porta.

«Nicole! Fagli aprire questa porta del cazzo!»

«Sasha, stai calmo. Stanno svitando la serratura, fra due minuti sei fuori. Respira.»

«Non posso respirare! Porca puttana, non posso respirare qui non c'è neanche una finestra. Nicole, ti prego, ti prego, apri la porta.» Un'altra scarica di pugni e calci fanno vibrare il legno.

«Oh! La pianti, stronzo?» il proprietario butta via il cacciavite sbuffando, ne prende un altro.

«Nicole! Apri la porta!» nella sua voce c'è panico e disperazione.

«Guardi che qui i cani non possono entrare» mi dice la moglie del proprietario, indicando Oliva, in braccio a me. Non la degno di uno sguardo.

«Sasha, ce l'hai con te il cellulare?» I colpi si interrompono per un secondo.

«Sì» la voce è piccola, colta di sopresa.

«Chiamami. Fai il mio numero, adesso.»

La donna e il cameriere si guardano e si stringono nelle spalle di fronte alla mia evidente pazzia.

«Ma che cazzo dici, Nicole? Io voglio uscire di qui!» Altro calcio.

«Sasha, fai come ti dico, chiamami, porca puttana!»

Ora mi guardano tutti con più rispetto. Non so se è stato il mio tono o l'imprecazione, ma Sasha non protesta e dopo qualche secondo il mio cellulare trilla. La sua voce mi giunge sdoppiata. Una dietro la porta, una vicina al mio orecchio.

«Sasha...»

«Mi sento male, Nicole.»

«Lo so. Ma io sono qui. E c'è un signore arrabbiato che ha quasi finito di smontare la serratura. Quindi fra pochissimo passa tutto.»

«Ho paura.»

«Ascoltami. E mentre mi ascolti respira. Tieni gli occhi aperti. Non fare nessun viaggio dentro di te. Sei in un bar di infimo ordine di Trastevere» ignoro l'occhiata omicida della moglie del proprietario, «chiuso in un gabinetto perché la serratura non funziona bene. Fuori ci siamo io e Oliva e fra un minuto la porta si aprirà. Nessuno ti ha chiuso dentro. Nessuno ti sta tenendo chiuso dentro. Hai gli occhi aperti?»

«Sì» la voce è tremante ma più calma.

«Dimmi cosa vedi.»

«Ma tu dimmi se 'sta merda di serratura...» dice il proprietario continuando ad accanircisi sopra furiosamente.

«Una scritta.»

«Che dice?»

«"Ho il cazzo che mi fuma. Chiamami. 334907814. Gilberto".»

Mi metto a ridere. «Segnati il numero. Magari una sera lo chiamo.»

Anche Sasha fa una risatina. Che si spegne subito. «Fammi uscire da qui! Fammi uscire da qui!» una scarica di calci.

La serratura, finalmente, si arrende alla disperazione di Sasha e cede. La maniglia si stacca con un rumore sordo. Il proprietario infila un gancio nel buco e apre la porta. Sasha esce come una catapulta. Sudato, pallido, tremante. Il proprietario lo ferma, prendendolo per le spalle per calmarlo. La reazione di Sasha è immediata. Lo afferra per il colletto della camicia. Ha gli occhi stravolti da una furia omicida mentre alza il pugno per colpirlo. Gli siamo tutti addosso. Il cameriere lo blocca.

Io grido: «Sasha!» e guardo sconvolta una persona che non conosco.

Il gesto di Sasha si ferma a mezz'aria. Si guarda intorno stupito, come prendendo contatto con la realtà.

Gli appoggio una mano sul braccio.

«Mi... mi dispiace» dice Sasha guardandomi. «Mi dispiace» ripete, rivolto agli altri.

«Te sei tutto matto. Smamma, che è meglio» gli dice il proprietario scuotendo la testa e andando a riporre gli attrezzi.

Metto Oliva per terra, butto in fretta una manciata di soldi sul bancone. Lo prendo per una manica. «Andiamo via» gli dico piano.

Usciamo dal bar seguiti dai borbottii dei proprietari. Con la coda dell'occhio vedo il cameriere che sta studiando la porta di legno bisunto per controllare gli eventuali danni.

All'aperto, Sasha finalmente respira. Camminiamo lentamente. Gli prendo una mano. Lui me la stringe.

Silenzio.

«Mia madre la tenevano rinchiusa anche per delle ore. Succedeva quando non ce la faceva più senza la roba.»

Non lo guardo. Gli stringo solo un po' di più la mano.

«Io stavo seduto lì fuori.»

Annuisco. Lui si ferma, mi guarda.

«Grazie per avermi tenuto stretto.» E, all'improvviso, mi abbraccia. In maniera goffa, calda, ruvida. Anche attraverso le nostre giacche pesanti sento il suo cuore che batte ancora troppo veloce. «Nicole...» mormora dopo un attimo di silenzio, fra i miei capelli, «te l'ho preso.»

La sua barba mi fa un leggero solletico sulla guancia.

«Cosa?»

«Il numero di Gilberto-col-cazzo-che-fuma.»

«Grazie.»

Ci mettiamo a ridere tutti e due, sciogliendoci in fretta dall'abbraccio.

«Sai cosa ti ci vuole adesso? Un controchoc» gli dico spostandogli una ciocca dagli occhi.

«Cioè?»

«Qualcosa di così traumatizzante che sostituisca e superi il trauma che hai appena vissuto.»

«Tipo?» mi chiede cauto.

«Sei mai stato all'opera?»

«No.» Aria orripilata.

«Bene. Il *Dongiovanni*. Stasera alle nove. Teatro dell'Opera. Ci vediamo lì.»

Tra Brando e Dean è più fico Dean.

Tra Bob Dylan e Sid Vicious preferisco Sid.

E tra le All Star e un paio di mocassini, tutta la vita le All Star.

Mi fa cagare vestirmi così. Mi sento un deficiente, in giacca.

E secondo me Di Caprio in Titanic stava molto meglio con le camicie usate che con lo smoking.

Ma se tirassi fuori la camicia dai pantaloni sarebbe un errore?

Forse sì, forse Nicole si aspetta che io rispetti le regole.

Però io stono dentro le regole. Posso anche provare a mettermi la cravatta, ma tanto i miei capelli non stanno bene sui vestiti perbene. I miei capelli sono un casino, io sono fatto per vestirmi come mi vesto.

Mi sa che sono l'unico uomo sulla terra che da elegante è più brutto che da scaciato.

E poi non posso tenere i capelli all'indietro. Perché sulla tempia destra ho una vena che quando sorrido si gonfia. Non mi piace, e quindi la tengo sempre coperta.

Non so perché ma la fronte è la parte più intima che ho. Ed è quella di cui mi vergogno di più. Potrei stare in mutande, davanti a Nicole. Ma con la fronte scoperta, no.

Vorrei sapere che ne penserebbe uno psicanalista di questo.

Ricordati che Nicole era una psicanalista.

Di cosa mi vergogno?

Della vena sulla tempia destra, del fatto che ho la fronte alta o del fatto che quando penso ho paura che mi appaia sulla fronte, in sovraimpressione, una pallina che rimbalza sui pensieri che mi si stanno formando e li mette in evidenza, facendoli vedere tutti? Come succede in televisione con le parole delle canzoni dello *Zecchino d'oro*. L'idea che la gente si metta a cantare i miei pensieri è tremenda.

A cosa stai pensando adesso, Sasha?

Che la mia pelle è liscia come quella del culo di un bambino.

E che i miei capelli un po' sporchi mi danno un'aria più vissuta.

Il rossetto me lo tolgo. Invecchia.

Sasha arriverà con i jeans e un maglione, lasciamo perdere il nero.

È che con il nero mi sento a mio agio e poi, com'è che dicono? Che se hai una giacca nera e un paio di pantaloni neri puoi non comprare altri vestiti.

Io mi metto la giacca nera. E chi se ne frega del maglione di Sasha.

Non so se è stata una buona idea. Si annoierà a morte. Rimpiangerà il cinema e i pop-corn. Si sentirà a disagio e si agiterà. Io m'innervosirò davanti alla sua noia e alla fine del primo atto gli dirò: «Senti, Sasha, non restare fino alla fine, ci sentiamo domani» e lo lascerò libero. Lui avrà un'espressione sollevata e io rimpiangerò Lorenzo che all'opera non si annoia mai.

Ma perché mi preoccupo di queste cose? Non lo porto all'opera per intrattenerlo, ma per educarlo all'amore.

Detto così sembra un po' da cortigiana.

T-shirt bianca, giacca nera. Gonna di pelle nera. Al ginocchio.

Mi sento una cretina.

E lui si sentirà fuori posto.

Ho la faccia sbattuta senza rossetto.

Sembra che mi sia appena svegliata.

Ma il rossetto no. Invecchia.

È la terza sigaretta in dieci minuti. Sono le 9.12. Che sta facendo Nicole? Perché non arriva?

Ho freddo, cazzo.

Se avessi avuto il mio maglione sarei stato più al caldo.

Abiti lunghi, cappotti, cravatte, papillon, capelli grigi, chignon.

Sono il più giovane di tutti. Sono a disagio.

Ti prego, Nicole, arriva. Sbrigati. Tanto sei bella comunque. Stai bene comunque.

Un altro taxi.

Ancora un altro.

Niente.

E se l'aspettassi dentro?

Sei un cafone, Sasha.

Sii uomo, respira e sopporta il freddo.

Mi siedo sui gradini. Dove sta scritto che devo aspettare in piedi?

Ennesimo taxi.

Ce l'abbiamo fatta, finalmente.

Ho trovato l'unico tassista che è arrivato a Roma da una settimana. Ci abbiamo messo una vita.

Scendo in fretta, gli allungo i soldi mentre cerco con gli occhi Sasha fra l'infinità di persone che stanno entrando all'Opera. Non c'è. Avrà pensato che non venivo più.

L'inutile tassista non ha da darmi il resto. Gli lascio una mancia esagerata.

Mi avvio verso l'ingresso. Mi guardo intorno. Il tacco della scarpa mi si incastra in una fessura del marciapiede. Lotto per qualche secondo, poi un signore brizzolato mi si avvicina e mi chiede se può aiutarmi.

In quel momento il mio tacco si sblocca e vedo Sasha.

Sorrido. Il signore brizzolato mi guarda compiaciuto, lo interpreta come un segnale.

Sasha è elegantissimo. Ha la camicia, la giacca ed è chiaro che ha cercato di domare i suoi capelli perennemente scomposti.

Non mi ha ancora vista, resto per un momento a guardarlo.

Ha l'aria di avere molto freddo. Ha l'aria adulta. Ha l'aria molto padrona di sé mentre si accende la sigaretta.

È così diverso dal solito.

Dalla mia bocca esce fumo e condensa. Ho freddo fin dentro le ossa.

Una volta quando ero piccolo mia madre mi aveva beccato che giocavo fuori senza maglietta di lana e mi aveva riempito di botte. Ma la maglietta di lana è tremenda. È triste. Ed è da piselloni.

Ennesimo taxi.

Nemmeno stavolta è Nicole.

In effetti quella non è Nicole.

Nicole è quell'altra.

Nicole è distante.

Nicole è ferma e mi sorride.

Nicole è arrivata.

Nicole è elegantissima.

Ma lei è come James Dean. Ha un meraviglioso cappotto nero che sembra una vestaglia, i capelli biondi lisci e senza ordine. Sembra che si sia messa la prima cosa che ha trovato. Ed è bella per questo. Sembra che abbia appena finito di scopare col suo uomo. Poi si è ricordata che aveva un appuntamento con me, si è messa un cappotto nero ed è arrivata. È bella come una donna che ha appena finito di fare l'amore. E che non ha pensato di doversi ricomporre dopo.

Nicole si avvicina a me. Mi sorride e si avvicina, ma non dice una parola. Nicole è bellissima.

«Mamma mia, quanto sei bello, Sasha.»

Grazie, Nicole.

«Grazie, Nicole. Anche tu.»

«Perché mi guardi così? A che pensi?»

«Penso che sei fichissima. Se fossi arrivato io col taxi e ti avessi vista seduta qui, avrei cominciato a sbracciarmi, a gridare "ciao" e poi sarei corso verso di te. Tu invece hai solo sorriso. Sei venuta qui, lentamente, in silenzio e solo quando ti sono stato davanti mi hai parlato. È stato molto bello.»

Non è vero, Sasha, fortuna che hai i capelli davanti alla fronte. Non stavi pensando a questo. Non so perché ma tu stavi pensando al martirio di Sant'Agata. Pensi a una donna legata a un palo che guarda con adorazione il suo carnefice che le stringe i capezzoli nella morsa di una tenaglia. Pensi alle Stagioni del Bronzino. E a un ragazzino che stringe i capezzoli di una Venere e si sporge per baciarla. Non so perché ma tu pensi alla caccia alle streghe. E pensi al porno che hai visto l'altra sera giocando a poker. Per fortuna hai i capelli davanti agli occhi.

Sasha è diverso.

Mi sta guardando in modo diverso.

E quando gli ho chiesto “a che pensi?” mi ha dato una risposta assurda.

Che c’è di fico nel non sbracciarsi per strada?

Questo ragazzo è strano.

E in questo momento non è più un ragazzo. Mi sta guardando come un uomo guarda una donna.

Per questo è diverso.

Ma io non sono Benedetta, Sasha. Sono Nicole.

Allungo una mano. Gli tiro fuori un lembo della camicia dai pantaloni.

«Così è meglio.»

La mano di Nicole mi sfiora inavvertitamente la pelle quando mi tira fuori un lembo della camicia.

Per un attimo resto senza fiato. La guardo.

La mia pelle è più calda là dove si sono posate le sue dita.

Cerco di darmi un contegno mentre la prendo sottobraccio e, in tono mondano, le dico: «Entriamo?».

Sasha mi guarda sorridente e trionfante mentre se ne sta allungato sul divano a fiori del mio studio. «Benedetta mi ha mandato il seguente messaggio, dopo aver ricevuto tutte quelle creme: "Ma da che pianeta arrivi, tu? Mi manchi".» La sua voce è soddisfatta quasi quanto la sua faccia.

«E a te basta?» gli chiedo ironica.

Mi guarda perplesso. Sospira. «So che stai per dirmi qualcosa.»

«Non credevo ti accontentassi di suscitare il suo stupore. Credevo volessi il suo cuore.»

Si passa una mano nei capelli spettinandoli ancora di più. Tuffa l'altra nella ciotola piena di caramelle che tiene poggiata sulle ginocchia. Ne scarta due e se le infila in bocca. Agita i piedi nudi. Le sue scarpe giacciono sul pavimento, Oliva ci dorme sopra.

«Dimmi. Sono tutto orecchi.» Gli occhi azzurri gli brillano. Stringe in mano il cellulare con il messaggio di Benedetta come se fosse una reliquia. Mi siedo sul divano, nell'esiguo spazio che mi ha lasciato libero.

«Hai dei bei piedi.»

«Dici?» se li guarda critico. «Qual è la cosa che ti piace di più di me?»

«Oliva.»

«Divertente.» Mi guarda ironico sgranocchiando le caramelle. «Io adoro i tuoi occhi. L'ho pensato appena ti ho vista:

tu hai gli occhi di un bambino. Occhi che non guardano. Fissano. Hai presente?»

«Più o meno.» Sasha dice sempre cose che agli altri non verrebbero in mente. «Fra quanto torna Benedetta?»

«Ancora cinque giorni. Non so se resisterò» risponde in tono lugubre. «Lorenzo?»

«Fra sei» la mia voce è piatta.

Lui mi guarda corrugando le sopracciglia. «C'è qualcosa che non va?»

«Pare che l'inaugurazione del negozio di Losanna sia stato un successo» guardo l'orologio, mi alzo, spengo il lettore del cd. «È tardi, devo prepararmi» gli dico, un po' irritata dalla sua percettività.

«Esci?» il suo tono è sinceramente stupito.

Mi metto a ridere. «Sì, Sasha.»

«Con chi?» Mi guarda sospettoso.

Vengo colta da un impulso irresistibile. «Con uno.»

«Non è vero.»

«Sì, invece.»

I suoi occhi mi scrutano soppesando la mia affermazione. Mi crede. «Brava» sorride senza convinzione. Prende il cellulare. «Allora faccio un paio di telefonate. Pensavo che stasera... ma visto che mi molli, mi organizzo.»

Il suo improvviso malumore mi mette di buonumore. «Io intanto vado a prepararmi» gli dico allegra e mi eclisso in bagno seguita da Oliva.

Luce. Specchio. Occhi critici. Acqua gelata sul viso. Viso che affonda nella spugna bianca. Crema nutriente. Crema idratante. Contorno occhi. Occhi critici.

Non importa quanta crema mi metta. La valigia di Lorenzo ha fatto nascere altri due segni. Proprio qui.

Scatola del trucco.

«Nicole!»

«Sono qui.»

«Posso?»

Certo.

«Certo.»

L'immagine di Sasha accanto alla mia nello specchio. È un po' più alto di me. È dimagrito.

L'amore.

Fondotinta. Fard.

Vedo il suo viso riflesso che mi guarda ipnotizzato. Si siede lentamente sullo sgabello di legno.

«Posso restare a guardarti?»

Annuisco.

Ombretto grigio. Ombretto beige.

«E insomma, chi è questo tizio?»

Una mia amica che vuole un figlio mentre il suo uomo non lo vuole. Una che soffre in silenzio ma non lo lascia.

«Un architetto. L'ho conosciuto qualche giorno fa.»

«Simpatico?»

Nonostante la sofferenza, sì, è simpatica.

«È affascinante.»

«E dove andate stasera?»

In un ristorante cinese che mi lascia addosso l'odore degli spring-rolls per due giorni.

«Non abbiamo ancora deciso.»

Matita nera. Mano ferma. Tratto sottile.

Vedo Sasha che appoggia la testa all'indietro, contro il muro. Mi fissa.

«Ti annoierai.»

Sorrido. Ma torno subito seria, concentrandomi sulla mia palpebra.

«È difficile?» gli occhi di Sasha stanno seguendo il movimento della mia mano.

«Solo la prima volta.»

«Come l'amore?» mi sorride.

Ripongo la matita. Gli sorrido.

«Come il non-amore. Poi ti ci abitui.»

Mascara viola. Occhio sinistro.

Silenzio. Getto una rapida occhiata all'immagine di Sasha. Segue i miei movimenti con faccia seria e rapita, la bocca semiaperta, come se io fossi un prestigiatore che sta eseguendo un numero di abilità straordinaria.

Occhio destro.

Silenzio. Il respiro di Sasha. Il ronzio dello scaldabagno. I suoi occhi ipnotizzati.

Matita per le labbra. Con decisione.

«Non avevo mai visto una donna truccarsi.»

«È un duro lavoro.»

Rossetto. Rouge Intense. Sfacciato.

« È uno spettacolo meraviglioso» ha la voce un po' rauca.

Mi volto a guardarlo. Gli sorrido.

Ti senti a disagio, Nicole?

No.

Neanche un po'?

No.

«Devo andare» gli dico, a disagio.

Lui resta immobile, la testa all'indietro, contro il muro. «Fallo anche a me.»

«Cosa?»

«Quella roba che ti sei messa sulle ciglia. Mettila anche a me.»

Scoppio a ridere. «Sei pazzo?»

«Voglio sentire cosa provi.»

Quell'affermazione suona talmente complice che uso un tono quasi sgarbato. «E ai tuoi amici cosa racconti?»

«I miei amici hanno già fatto i loro programmi. Mi hanno dato buca anche loro.»

Rido ancora, stupidamente. La sua voce pigra e quella sua immobilità abbandonata sono così nuove. Tuffo la mano nella scatola del trucco, brandisco il mascara viola davanti a lui come un'arma.

«Guarda che poi toglierlo fa male.»

«Sono pronto» sorride lento, guardandomi.

Sembra che stia dilatando il tempo di proposito. Lui, che si muove sempre a scatti, che alza la voce anche quando non ce n'è bisogno, che si agita, e ride, e fa rumore sempre e comunque, ora è perfettamente calmo. Pigro. Passivo. Abbandonato.

Mi chino su di lui in modo che il mio viso sia all'altezza del suo. «Guarda in alto.»

Lui obbedisce, docile.

Inizio a passargli il mascara sulle ciglia. Sono lunghe. Hanno le punte bionde, per questo non sembrano così lunghe. Sasha non ha scatti, non chiude le palpebre, non fa nessuno dei movimenti automatici che mi sarei aspettata. Mi sposto per effettuare l'operazione sull'altro occhio. La mia mano gli sfiora il naso, sento il suo alito caldo sul mio polso, odora delle mie caramelle mou, vedo tutti i pori della sua pelle, c'è un po' di peluria lì dove la barba finisce. Mi sta guardando. Ha tre piccole macchie dorate sulla pupilla dell'occhio sinistro, non me n'ero mai accorta, non gli ero mai stata così vicina.

«Guarda in alto.»

Esegue. Rilassato.

«Non avevo mai truccato un uomo.»

«Mi piace essere la tua prima volta.»

Sasha dice sempre cose che agli altri non verrebbero in mente.

Concludo l'operazione, adesso ho fretta. Butto il mascara nella scatola, mi alzo. Lui sbatte le palpebre, fa una smorfia, ci guardiamo allo specchio. È un po' più alto di me. E i suoi occhi sembrano più grandi e più azzurri.

«Allora? Che ne dici?»

«Ti somiglio» risponde sorridendo alle nostre immagini. «Ora ho gli occhi di Nicole.»

Mi scosto bruscamente, esco dal bagno. «Mi hai fatto fare tardi. Devo andare.»

Borsa, chiavi, guanti. Lui mi segue. Oliva segue noi.

Mi infilo il cappotto.

«Posso restare qui mentre non ci sei?»

Lo guardo interdetta.

«A casa non ho niente da mangiare. I pavimenti puzzano di mordente. Tu e i miei amici mi avete abbandonato. Ho l'ombretto viola sulle ciglia e sono solo.» Mi guarda ironico. «Così quando torni mi racconti della tua serata.»

Apro la porta.

«Non toccare i libri antichi di Lorenzo. E non finire tutto quello che c'è in frigo.»

Sbatte languidamente le ciglia viola mentre si mette una mano sul cuore. «Promesso.»

Faccio un passo verso il pianerottolo. Mi fermo. «Manda dei fiori a Benedetta.»

«Dei fiori?» Ciglia viola scettiche.

«Cinque rose bianche domani. Quattro dopodomani. E così via. Un conto alla rovescia. Tante quanti sono i giorni che vi separano.» Sta per parlare, lo blocco subito. «Non è da moscio e non è sdolcinato. E poi sai una cosa? A noi donne piace quando non fate i cinici.»

Annuisce in silenzio, lentamente. Il suo tempo mantiene ancora quel ritmo pigro di poco prima. Che mi fa venire voglia di avere ancora più fretta.

«Fai il bravo.»

Mi tiro la porta alle spalle. Entro nell'ascensore.

La porta si riapre.

Ciglia viola sarcastiche. Sulle labbra di nuovo quel sorriso pigro. E sfottente.

«Non fare tardi.»

Gia si soffia il naso rumorosamente, abbandonando per un momento il riso alla cantonese e il maiale in agrodolce che sta divorando come se fosse il suo ultimo pasto.

«Ti avverto che sono incazzata come un toro» mi aveva detto sedendosi a tavola. «Lo sai dov'è lo stronzo? Lo sai?» aveva fatto una pausa per verificare che non conoscessi la risposta. «Nella sua casa al mare con la moglie e i tre figli. Passa lì tutto il weekend! L'unico weekend che io ho libero dopo un mese di turni in ospedale! E sai perché?» nuova pausa di verifica. «Perché i "bambini" ancora non si sono abituati all'idea della separazione e hanno bisogno della presenza del padre. I due maschi hanno diciotto e diciannove anni. Loredana ne ha sedici ma siccome è una gran troia è come se ne avesse trenta. Ormai sono passati tre anni dalla separazione. E i "bambini" si devono abituare? Se vuole un bambino perché non lo fa fare a me? Perché continua a glissare, a rimandare, a prendermi per il culo? Che vuole lei?» si era rivolta rabbiosa alla ragazza cinese in piedi accanto al nostro tavolo.

«Oldinale» era stata la compunta risposta. Aveva i capelli fermati da un cerchietto con due lucciole rosse montate su una molla. Quando muoveva la testa le lucciole si agitavano e si accendevano.

«Io sto con uno stronzo» le aveva detto Gia fissandola minacciosamente.

La ragazza aveva annuito impassibile facendo brillare le lucciole. «Oldinale» aveva ripetuto.

Gia si era messa a ridere, aveva ordinato quasi tutto quello che c'era nel menu e mi aveva costretta a brindare alle donne single.

«Come va fra te e Lorenzo?» mi chiede ora, finendo di ripulire il suo piatto.

«Così» rispondo laconica.

«Così "male" o così "bene"?»

«Nella terra di mezzo.»

«Ah. Il solito, insomma» conclude lei, «quand'è che ti libererai di quel fardello in giacca e cravatta?»

«E dài, Gia» le dico ridendo.

Gia non ha mai sopportato Lorenzo. Totalmente ricambiata da lui che l'ha sempre definita "un inopportuno regalo di nozze" riferendosi al fatto che il nostro matrimonio l'aveva fatta entrare anche nella sua vita.

«E con quel ragazzo come va? Quello dell'incidente.»

«Sasha» le suggerisco chiedendomi perché si rifiutano tutti di chiamarlo per nome.

Lo facevi anche tu, ti ricordi, Nicole?

Sì, ma prima. Ora è diverso.

Perché, Nicole?

Perché ora lo conosco.

Risposta sbagliata.

Perché ora mi è familiare.

Ritenta.

Perché ora è entrato nella mia vita.

«Allora?»

«Allora cosa?» le chiedo distratta.

Gia mi guarda con un mezzo sorrisetto. Si appoggia all'indietro sulla sedia soppesandomi con aria da donna di mondo. «Te lo scopi.»

Un fulmine che squarcia l'aria.

«Ma sei pazza?» le chiedo sbalordita.

Un tuono che assorda gli stolti.

Lei si mette a ridere e fa l'occhietto alla cameriera che si è avvicinata al nostro tavolo.

«Flutta?» chiede la ragazza inespressiva. Solo le lucciole si agitano.

«Non vuole ammettere che scopa con un ragazzo» le dice Gia indicandomi.

La ucciderò.

«Flutta?» ripete pazientemente il gentile totem cinese.

Lentamente, per farla soffrire.

«Piantala» sibilo seccata a Gia. «Niente frutta grazie. Solo due caffè.»

«E due sakè!» le grida dietro Gia ridendo. Poi mi guarda. «E scopa bene?»

Mi agito sulla sedia. Dovrei ridere. Dire qualcosa. Non sentirmi come un tempio profanato. Questa serpe velenosa ha fatto colare la parola "lascivia" sui muri del nostro tempio.

«Nostro? Tu e quel ragazzo siete già diventati un noi?»

Dovrei ridere.

«Sei una povera pazza» dico legnosa. Oddio, che tono ridicolmente indignato.

Dovrei ridere.

«Ma smettila, Nicole. Credi che mi beva il fatto che una bella donna e un ragazzo di vent'anni passino insieme l'ottanta per cento del loro tempo parlando di seduzione e non finiscano a letto?» scuote la testa. «E poi ricordati che sono una pediatra.»

«Che c'entra questo?»

«I neonati che arrivano al pronto soccorso non snocciolano i loro sintomi con dovizia di particolari. Se li vuoi salvare devi sviluppare un terzo occhio» dice, picchiettandosi con un dito in mezzo alla fronte.

«E il tuo terzo occhio, oltre che come salvare un neonato, ti parla anche della mia vita sessuale?»

Brava.

Allontanati dal tempio.

«Non serve. Basta guardarti. Per chi ti sei truccata così?»

So che dirle la verità mi metterebbe ancora più nei guai.

Molte sono, e perniciose, le paludi che circondano il tempio.

«Gia» uso il mio tono più fermo e la mia espressione più decisa mentre la guardo negli occhi, «fra me e Sasha non è mai, mai successo niente.»

Lei si sporge lentamente verso di me socchiudendo gli occhi. Mi scruta. Mi studia. Cerca di capire. «Davvero?»

«Davvero.»

Annuisce lentamente mentre il suo sguardo si appanna perdendo la vista a raggi X che mi ha trafitto un secondo prima. Si butta all'indietro contro la sedia. «Siete due pazzi» dice con voce improvvisamente stanca. «Sai cosa diceva mia nonna? Ogni lasciata è persa.» Si guarda intorno annoiata.

Accanto alla cassa c'è una giovane donna che parla con la proprietaria. Ha i capelli legati stretti a coda di cavallo, jeans oversize e una giacca di pelle che nasconde a malapena il ventre tondo e gonfio. Gia la guarda con occhi famelicamente tristi, come se potesse impossessarsi di quella gravidanza e farla sua con la semplice forza di volontà.

C'è qualcosa di familiare in quella coda di cavallo, penso. In quella giacca di pelle che le tira sui fianchi, in quegli stivali marroni. Camperos scalcagnati.

«Angela» chiamo sorpresa.

Lei si volta, mi riconosce. «Nicole...» si avvicina lentamente al nostro tavolo con un sorriso esitante.

«Che ci fai qui?» ci chiediamo a vicenda, all'unisono.

Poi scoppiamo a ridere. Gia mi sta guardando offesa dal fatto che conosca una donna incinta e che gliel'abbia tenuto segreto. Faccio sbrigativamente le presentazioni, chiedo ad Angela se vuole sedersi con noi mentre aspettiamo il conto.

«Grazie. Stanno preparando la mia cena take away» ci dice sedendosi con la cautela di chi sa che sta trasportando merce preziosa. «Io abito proprio qui sopra.»

«Di quanti mesi sei?» domanda Gia avida.

«Quasi sette.» Angela si accarezza la pancia. «Visto?» mi chiede scostandosi la giacca e mostrandomi fiera i jeans premaman con l'elastico in vita. «Volevo farti una sorpresa alla nostra prossima lezione» dice ridendo.

«Angela è una mia allieva» spiego a Gia che agita la mano come se scacciasse una mosca fastidiosa. In questo momento non le interessa di che natura sia la mia relazione con Angela.

«Maschio o femmina?» chiede fissandole la pancia.

«Non lo so. Non lo voglio sapere fino alla fine.»

«A giudicare dalla forma, direi femmina» sentenzia Gia. «Ma non dovresti mangiare queste porcherie cinesi. Pochi carboidrati, molte proteine, frutta e verdura» continua senza staccare gli occhi dal ventre di Angela, che mi guarda con un sorriso un po' imbarazzato.

«Gia è una pediatra» le spiego.

«Davvero?» si illumina lei.

Gia annuisce e le sorride. Poi si volta verso di me. «Lo sai cosa mi è successo l'altro giorno, quando ero di turno? Arriva una mamma con il figlio di un anno. Difficoltà respiratorie. Io lo guardo e capisco subito che è il suo cuore ad avere problemi. Visitano il bambino. Valvola mitralica danneggiata. L'unica soluzione è un trapianto. Vado nella sala d'aspetto a dare la notizia alla madre, che fino a quel momento pensava che il figlio avesse una banale polmonite. Lei mi ascolta. Si mette a ridere, mi guarda come se fossi pazza. Mi dice: "No, aspetti, lei si sta sbagliando. Oggi è il mio compleanno. È il mio compleanno e lei mi sta dicendo che mio figlio morirà se non gli trapiantate il cuore? È il mio compleanno, ha capito? Non può accadere una cosa del genere".» I grandi occhi verdi di Gia sono pieni di lacrime mentre fissa i miei. «E io mi ritrovo in quella cazzo di sala d'aspetto con quegli schifosi divani di plastica marrone insieme a una donna che mi piange davanti disperata, una donna alla quale come regalo di compleanno ho annunciato la probabile morte di suo figlio e che in quel momento è schiantata dallo choc e dal dolore e sai cosa provo?» Due lacrime le rotolano giù mentre fa una risatina roca, stonata e piena di amarezza. «Io provo *invidia*, Nicole. Invidia. Provo invidia per il suo dolore. Perché lei ha un figlio per cui piangere. Invidio quel tremendo e disgraziato cordone ombelicale che io non ho mai sentito dolere. La stringo fra le braccia e penso che lei forse perderà qualcosa che io non ho mai avuto. E che desidero più della mia vita. Ti rendi conto a che punto sono arrivata? Sono un mostro, vero?» tuffa il naso nel fazzoletto di carta che le porgo, se lo soffia rumorosamente.

Io guardo Angela che ha lo sguardo spaventato e le mani serrate in grembo, a proteggere il suo carico prezioso.

Gia si volta finalmente a guardarla, le sorride. «Comunque, il bambino sta benissimo. Il trapianto è riuscito e camperà altri cento anni» ride, «cosa che non auguro a quello stronzo di uomo che mi ritrovo e che non vuole figli con me» si soffia di nuovo il naso. «Porca puttana» mormora rabbiosa.

«Questo invece è il prodotto di uno stronzo che non voleva che lo tenessi e che mi ha piantata» le dice Angela con voce gentile.

Gia la guarda. Le fa l'occhietto. «Che vadano a fare in culo tutti quanti. Io avrò un figlio con la fecondazione assistita prima che i miei ovuli si rinsecchiscano e tu avrai una bambina bellissima. Lo so. Lo vedo col mio terzo occhio.» Socchiude una palpebra come un astronomo col suo cannocchiale e si avvicina all'ombelico di Angela.

Ci mettiamo a ridere tutte e tre. La cameriera porta il conto.

Gia mette una banconota sulla tavola, si alza. «Sono stanca morta e domani mattina sono di turno.» Mi abbraccia stretta. «Mi raccomando, Nicole. Non fare la brava.» Si volta verso Angela. Fa un passo verso di lei. All'improvviso sembra timida e goffa come quando eravamo al liceo. «Posso... toccare?» chiede sottovoce tendendo una mano verso il ventre di Angela.

E Angela, Angela la ribelle di Montmartre, la donna dai camperos incazzati, Angela la dura, Angela la scostante, Angela Nostra Signora delle Gauloises le prende le mani con una delicatezza infinita e se le porta al ventre coprendole con le sue. Poi le dice: «Gia è un nome bellissimo. Se davvero è una femmina posso chiamarla come te?».

E poi si abbracciano. E ridono. E maledicono tutti gli stronzi del mondo.

E io le guardo. Guardo una donna raddoppiata dalla gravidanza e una dimezzata dalla privazione di essa. Le guardo sentendomi intera.

E interamente vuota.

«Cena» annuncia la cameriera poggiando la busta di Angela sul tavolo.

Angela saluta un'ultima volta con la mano Gia che si sta allontanando e si siede di nuovo davanti a me. Sorride contenta sbirciando dentro l'involto. «Sto morendo di fame. Come dicevo... abito proprio qui sopra.» Infila una mano nella busta, ne estrae un pezzo di pollo, se lo ficca in bocca e si accende una Gauloise prima ancora di deglutirlo. «Vuoi venire a vedere i miei quadri?»

Ho gli occhi chiusi. Non riesco ad aprirli ma non ho paura. So che Thierry è vicino a me perché sento la sua voce canticchiare una canzoncina. Non riesco a capire le parole perché il rumore delle onde che si infrangono è assordante. Sono in riva al mare e la sabbia sotto al mio corpo è calda e morbida. Thierry si china su di me, vedo il suo viso anche se non posso aprire gli occhi.

«I viaggi bizzarri che ci spinge a fare la vita sono lezioni di danza impartite da Dio» mi dice.

Ora stiamo ballando il valzer. Tutto intorno è buio e io e lui siamo nudi.

«Non è così male» dico io e lui si mette a ridere. Poi mi prende per mano e mi spinge in basso, sempre più in basso, facendomi passare attraverso il pavimento, sempre più giù. Io non ho paura perché c'è lui. Ora sono su una barca a vela. Il mare è agitato e ci sono delle enormi nuvole nere sospese sopra di me.

Buio.

Sto sognando, penso confusamente riprendendo contatto con la realtà.

Questo cuscino è scomodo e io non voglio aprire gli occhi.

Signore, ti ringrazio. Se sto sognando vuole dire che sto dormendo.

Buio.

Giro la chiave nella toppa. Dal mio studio arriva la luce di decine di candele accese e il profumo dei bastoncini d'incenso che bruciano.

«Ho letto che le persone che soffrono d'insonnia devono trovare un ambiente caldo e riposante ad accoglierle» mi dice Sasha porgendomi un bicchiere di vino bianco.

Ora non sto sognando. Il mio studio era così ieri sera, quando sono tornata a casa dopo aver cenato con Gia. E nel mio studio c'era Sasha.

Io e lui seduti sul divano, a sorseggiare vino bianco, le sue ciglia ancora viola, la luce gialla delle candele, il profumo dell'incenso.

Buio.

Sono sul pulpito di una chiesa e centinaia di fedeli mi guardano sospesi, aspettando che inizi la mia omelia. Abbasso gli occhi e vedo un pesante libro marrone. Lo afferro, lo avvicino agli occhi e mi accorgo che non è una Bibbia ma *Le relazioni pericolose*. Il mio cuore inizia a battere velocemente mentre penso che dovrei scappare ma sono come incollata al pavimento e tutte quelle persone continuano a guardarmi. Sento il suono di una voce che ride. Guardo in quella direzione e vedo Thierry, con il viso truccato come quello di una maschera greca, che sta percorrendo la navata della chiesa muovendo degli eleganti passi di tip-tap.

Sono una peccatrice, e ho paura.

Buio.

Muovo pigramente le dita della mano. Sono sveglia, ma non completamente.

Questo cuscino è scomodo e caldo e io non voglio aprire gli occhi.

Ieri sera ho mostrato a Sasha l'elegante cartoncino beige che mi era arrivato dal Centro francese.

«Non terrò nessun discorso. Il solo pensiero di parlare davanti a una platea mi fa sprofondare nel panico, mi fa sudare freddo.»

Il profumo d'incenso è più tenue. Alcune candele si sono spente, altre sono semplicemente più corte. Sasha ha ancora i miei piedi fra le mani e mi sta guardando fisso.

«Le recite scolastiche per me erano un incubo. E mio padre che non veniva mai. Io sapevo che se l'avessi avuto lì, davanti a me, ce l'avrei fatta. Avrei recitato per lui. Mi avrebbe applaudita. Come gli altri padri applaudivano le mie amiche. Mi diceva sempre che sarebbe venuto. E io me ne stavo lì, nel mio ridicolo costume, a lottare contro la nausea e a spiare una porta dalla quale lui non entrava mai.»

Gli occhi di Sasha fissi nei miei. Il suo sorriso.

«Tu quel discorso lo fai, invece. Io sarò lì, in prima fila e non ti lascerò cadere. Lo farai guardando me, parlerai solo per me. E io ti applaudirò. In culo le recite scolastiche.»

Buio.

Oliva sta correndo avanti e indietro per una strada bagnata dalla pioggia. Ha un guinzaglio viola lunghissimo, tenuto da Lorenzo, che nell'altra mano regge un aquilone. Ha il viso serio, molto serio e io non capisco come faccia a non sorridere guardando Oliva che scodinzola felice. Sento una campana che suona e guardo una coppia che sta volteggiando in mezzo alla strada, seguendo il ritmo di quei rintocchi mentre danza verso di me. Quando i due mi passano accanto, mi accorgo che lei è una bambola a grandezza naturale. Lui è Thierry. Ha le ciglia viola. Mi fa l'occhietto e mi dice: «I viaggi bizzarri che ci invita a fare la vita sono lezioni di danza impartite da Dio» poi tutti e due spariscono nel buio. Mi volto a cercare Oliva, ma vedo solo un guinzaglio viola.

I rintocchi delle campane continuano.

Io rido.

Buio.

Sento un orologio che batte le ore.

È qui, nella stanza.

Premo la testa contro il cuscino che non asseconda il mio movimento e che sembra dotato di un calore proprio.

Nella mia camera da letto non c'è un orologio.

Conto ancora due rintocchi, poi sento un lontano odore d'incenso.

Sono sveglia ora, e so che non riuscirò più a dormire, né a sognare.

Sono sveglia.

Apro gli occhi. Lentamente, metto a fuoco la stanza, illuminata dalla luce del giorno. Sono sdraiata sul divano, ancora vestita, e il mio cuscino sono le gambe di Sasha. Sbatto le palpebre, stupita, alzo lo sguardo. Lui mi sta guardando. Ha la faccia stanca e assonnata. Mi sorride.

«Lo sai quanto hai dormito? Nove ore suonate.»

Non so cosa dire. Quindi faccio una domanda stupida. «E tu hai dormito?»

«No. Ho guardato il tuo sonno» mi dice spostandomi una ciocca di capelli dalla fronte. «Mi è sembrato uno spettacolo da non perdere.»

Chiudo gli occhi.

Io e Sasha sul divano, la sera prima. Il cartoncino beige che sanciva la mia condanna a parlare in pubblico era diventato un aeroplanino che lui aveva fatto planare lontano da noi. Io mi ero appoggiata sulla sua spalla mentre lui mi raccontava la favola di un bambino miracoloso che aveva così tanta voglia di vivere da riuscire a non morire. La mia testa sempre più pesante contro di lui, la sua voce profonda, che faceva vibrare la mia tempia, l'odore di incenso, l'ombra tremolante delle candele sul muro. E poi il buio.

Buio.

Ho dormito nove ore filate. Sulla spalla e poi in grembo a un ragazzo che mi racconta favole e che mi dice che non mi lascerà cadere. Ho dormito nove ore filate sognando Thierry, senza piangere. Ho dormito nove ore filate mentre qualcuno vegliava il mio sonno. Ho chiuso gli occhi e ho cercato il buio davanti a uno sconosciuto con le ciglia viola e i calzini rossi con Mickey Mouse disegnato sopra. Lo noto adesso che guardo i suoi piedi appoggiati sul tavolo. Ho accettato il buio vicino a un marziano che si mangia le pellicine intorno alle unghie, lo noto adesso che guardo le sue mani un po' da pianista e un po' da contadino che sono accanto al mio viso.

Mi tiro su, appoggiandomi su un gomito. Mi sento imbarazzata e felice.

«Hai tutto il trucco sbavato» gli dico.

«Anche tu.»

Mi metto a ridere. Guardando le candele sciolte, guardando la cenere dei bastoncini d'incenso sparsa dappertutto, guardando Mickey Mouse che mi fa una smorfia dal suo tappeto rosso riempito dai piedi di Sasha.

«I viaggi bizzarri che ci spinge a fare la vita sono lezioni di danza impartite da Dio» gli dico senza smettere di ridere.

Lui mi guarda vagamente interrogativo. Scuote la testa. «Donna, tu sei pazza.»

Raccolgo le mie scarpe. Respiro a pieni polmoni.

Mi vergogno.

E ricomincio a ridere.

Ore 19.00.

Strada. Esterno. Notte.

Soprappensiero cammino salendo e scendendo da marciapiedi che a quest'ora sono pieni di persone. Non ho voglia di rallentare, non ho voglia di urtare e di essere urtato. Non ho voglia di essere visto. Se ci fosse una strada secondaria la farei.

Devo sbrigarmi ad arrivare, anche se non ne ho nessuna voglia. Ma non posso mancare, lo facevamo anche a Borgo Fiorito. Gli Alcolisti Anonimi oggi si festeggiano, si scambiano regali e complimenti per gloriarsi delle vittorie e perdonarsi le cadute.

Non ho un regalo. E so che loro avranno qualcosa per me.

Dribblo ancor più velocemente i pedoni che mi camminano incontro e mi arresto davanti a un chiosco di fiori. Afferro il fascio di lilium che l'uomo mi consegna e riprendo a camminare stringendolo in mano come se fosse una clava.

Mi vergogno come un cane a camminare per strada con un mazzo di fiori. Come ti è venuto in mente, Sasha?

Giro l'angolo e finalmente, oltre le sbarre che circondano il cortile esterno dell'associazione, vedo un gruppetto di persone e riconosco i volti degli ex tossici vestiti a festa. Si salutano si abbracciano, fumano sigarette e aspettano che arrivino i ritardatari per entrare e incominciare la festa. Il cortile è illuminato da luci e festoni. Accelero il passo, scendo nuovamente dal marciapiede e mi appresto ad attraversarlo. Valeria da lontano mi vede e mi riconosce. D'altronde come non notare un ragazzo che trascina un vistoso mazzo di fiori con l'aria da condannato a morte? Mi sento un bambino vestito a carnevale. Mi sento addosso gli occhi delle persone. Il saluto sbracciato di Valeria mi imbarazza. Questa strada non l'avevo mai vista piena e gremita come stasera. Le macchine corrono e mi impediscono il passaggio. La tortura non è ancora finita. Devo prima aspettare il verde fermo al semaforo.

Rosso. Rosso. Ancora rosso. Mi giro e risalgo sul marciapiede per non sentirmi una bella statuina. Mi muovo intorno al palo. Mi volto dall'altra parte dell'incrocio, e osservo il semaforo verde che non vuole far scattare il giallo. Mi chiedo se mi converrebbe attraversarlo. E così far passare il tempo. Mi volto di nuovo verso Valeria che continua a sbracciarsi nella mia direzione aspettandosi che io ricambi il saluto, alzo il mazzo di fiori in segno di risposta. Ancora rosso. Maledetti i fiori e quando li ho comprati. L'unico modo che ho per sottrarmi al saluto di Valeria è quello di attraversare l'altro semaforo. Mi muovo a testa bassa.

Alzo gli occhi dalle strisce pedonali e di fronte a me vedo camminare Benedetta. Mi paralizzo, preso in contropiede. Benedetta. A Roma e non a Londra. Per un secondo penso che per quasi un mese mi abbia preso in giro e non si sia mai mossa da qui. Poi mi ricordo delle creme che le ho mandato. Della volta che l'ho chiamata al campus dove alloggiava. Mi tranquillizzo. La gente si muove più veloce intorno a me e io continuo a restare lì imbambolato, felice di vedermela davanti, disperato perché ho in mano questo cazzo di mazzo di fiori e gli Alcolisti Anonimi davanti e non voglio che...

L'unica è scappare prima che si accorga di me. Sta guardando da un'altra parte, forse ce la faccio. Ho appena finito di formulare questo pensiero che il giallo scatta. Lei volta la testa e mi vede. Adesso non posso più dileguarmi fra la gente, lei mi sta fissando sorridendo sorpresa e mi aspetta ferma al semaforo.

Attraverso.

Non adesso, porca puttana. Non davanti agli Alcolisti Anonimi.

Vorrei tornare indietro, ma non posso, sarebbe troppo, mi muovo verso il marciapiede opposto. Benedetta mi aspetta ferma al semaforo.

«Mi stavi seguendo?»

Sono così imbarazzato che mi dimentico di avere voglia di abbracciarla.

«Che ci fai qui? Credevo tornassi domani» le dico a disagio e mi rendo conto che il mio tono è quasi brusco.

«Ho anticipato, sono tornata ieri sera» dice lei fissandomi, un po' spiazzata dalla mia mancanza di entusiasmo. Poi guarda i fiori, fa un sorrisino ironico. «Volevo farti una sorpresa, invece a quanto pare sei tu che hai sorpreso me» indica il mazzo che pende mesto dalla mia mano. «Per chi sono?»

Mi sto facendo un film tutto mio o la sua voce ha una punta di gelosia? Possibile?

«Sono per...»

Per chi sono Sasha? Sono per tua madre? Per tua nonna? Per una donna? Per un tuo amico morto che stai andando a trovare al cimitero? Per chi sono? Ti vergogni a dirlo, Sasha?

Mi vergogno a dirlo. Esito. E la mia esitazione la fa insospettire ancora di più. I suoi occhi non abbandonano i miei mentre aspetta la mia risposta.

«... sono per gli Alcolisti Anonimi» dico io.

Silenzio.

Benedetta sorride lentamente. Forse non capisce. Forse non sa se credermi o no. Forse le piace vedermi in difficoltà. Mi giro d'istinto verso Marta e la vedo salutare persone e scambiarsi regali con gli ultimi arrivati.

«Io dovrei andare mi stanno aspettando.»

Benedetta non sa cosa dire, mi guarda spiazzata.

«Forse sarebbe ora che ci andassi anch'io» dice ridendo.

E io ho netta l'impressione che voglia sincerarsi di quello che le sto dicendo.

Benedetta gelosa? Un sogno.

Abbasso gli occhi, vorrei spiegarle che non sono un alcolizzato, che non sono un drogato, che ci vado per sentirmi meno solo, ma lei non è Nicole. E io mi sento piccolo e scoperto.

«Non è male, conosco posti peggiori» le dico dandomi una parvenza di normalità.

Benedetta ha un'altra luce negli occhi. Una luce che mi fa sentire nudo e che mi inquieta.

«Non ci sono mai stata, posso venire con te?»

Aiuto, questo no. Questo no.

«Non penso ti piacerebbe.»

«Ti imbarazza che venga anch'io?»

«Sì.»

«Allora andiamo.»

«Ok... vieni» le dico muovendomi verso il marciapiede.

So che questa sarà la mia morte. Io la cavia, lei lo scienziato. Io il circo, lei il pubblico pagante, io il pagliaccio, lei il bambino che non ride. Valeria mi viene incontro. Mi sorride mostrandomi in maniera pura e innocente la sua malattia. Benedetta la osserva e io avrei voglia di nasconderla.

Benedetta la osserva come osserva me.

Ma io non sono come loro vorrei dirle. In questo momento io mi vergogno di loro. Marta mi abbraccia e mi stampa un bacio sulla guancia. Ricambio quel bacio. Il bacio di Giuda penso. Le do i fiori e le presento Benedetta.

«Marta, lei è Benedetta. Benedetta, Marta.»

Marta sbrigativa ci fa entrare.

«Tu perché vieni qua?» mi chiede Benedetta.

«Ora te lo dico» prendo tempo.

Lo so cosa pensi. È così scontato vero? Pensi che sono un drogato, un alcolizzato. Lo so che ne sei sicura. Vuoi sapere qual è esattamente la mia droga, Benedetta? Tu non sai chi sono io. Ancora non mi riconosci vero?

La stanza è illuminata. È fredda. Squallidamente vestita a festa. E le persone sono già tutte sedute in circolo. Io e Benedetta prendiamo posto sulle nostre sedie di legno.

Benedetta si guarda intorno, osserva lo squallore di quel posto e osserva me.

Michele inizia a parlare.

Mi volto verso Benedetta e finalmente glielo chiedo.

«Tu non ti ricordi di me, vero?»

Lei mi guarda interrogativa. So cosa sta pensando. *Dovrei?*

No, non puoi ricordarti.

Michele fa il solito discorso introduttivo e tutti quanti battiamo le mani per Alex che ha smesso di farsi da sei mesi.

La stanza ora si raccoglie in un silenzio di tomba. Benedetta mi chiede cosa stia succedendo.

«Si aspetta in silenzio che qualcuno rompa il ghiaccio» le rispondo.

Mentre osservo Benedetta e i suoi occhi divertiti penso che la sua presenza suona come l'invasione di un turista nell'ultimo girone dell'inferno. Non è una visita guidata questa.

Mi sento a disagio.

Mi manca la timida discrezione di Nicole.

Ho fatto male a portare qua Benedetta.

Me ne devo andare.

Per la prima volta da quando vengo a questo appuntamento settimanale mi sento fuori posto.

Mi sento un traditore.

Questa non è nemmeno la tua vita.

Mi sento colpevole.

Ma ormai si deve andare avanti.

Rompo il mio silenzio. Mi alzo in piedi.

Il suono delle gambe della sedia che scivolano sulle piastrelle del pavimento.

Un suono acido. Graffiante.

«Dicci, Sasha.» Parla Michele.

Ora sento gli occhi delle persone su di me.

Buttati.

Buttati.

Buttati, Sasha, una volta per tutte.

«Sono un po' emozionato, perché oggi sono qua con una persona di cui vi ho parlato spesso. Anche se lei nemmeno si ricorda di me. Vero?»

Guardo Benedetta. Lei scuote la testa incuriosita.

È solo Benedetta, Sasha, penso. È lei, è Benedetta. La tua Benedetta.

Buttati, Sasha. Buttati.

Sono già in volo, lo sento. Mi sto buttando, Nicole, guardami!

«D'altronde non può ricordarsi... non può perché era troppo viva e troppo piccola per ricordarsi. Ma dove sono cresciuto io quando qualcuno riceve visite, anche se solo per un pomeriggio l'anno, quelle visite sono la cosa più bella e strana che ti può capitare e quando ero piccolo, in quei pomeriggi per me Borgo Fiorito si trasformava in un porto dove approdavano tanti marinai. Lei era una di quei marinai. Che a fine giornata ripartiva, mentre io rimanevo là, fermo al porto. Ed è ovvio che un marinaio non può ricordarsi di tutte le persone che incontra, ma quelli che vivono tutta la vita su una banchina sì, quelli sì.»

Intorno a Benedetta anche la luce della stanza si trasforma. Lei stessa ha un'altra luce, adesso.

E io sto volando, guardami, Nicole.

«Quando Benedetta arrivava, aveva con sé tutto quello che non potevo vedere e così la portavo con me sulla rupe dove passavo tutte le mie giornate e lì lei mi faceva immaginare come sarebbe stata la mia vita fuori da Borgo Fiorito. Lei è stata un marinaio che non ho più dimenticato e ora lavoro come parquettista nella casa del padre. Strano, eh? Volevo dire solo questo. Grazie.»

Mi siedo composto. Il cuore batte forte. Ma forte come non potevo nemmeno immaginare, solo cinque minuti fa. Mi volto a guardare Benedetta.

È arrossita. È emozionata. È improvvisamente la Benedetta che mi ricordavo.

«Ora ti ricordi di me?»

Benedetta sorride appena. Non l'avevo mai vista sorridere così. La guardo e per la prima volta in vita mia mi sento anch'io un marinaio, un marinaio che ha viaggiato a lungo ma che alla fine è approdato a casa. Sono un marinaio anch'io, penso.

Benedetta mi guarda dalla banchina e mi dice:

«Ciao, Sasha».

Sento il sibilo di una fiamma che si accende.

Sento il gas, debole, che fuoriesce da un fornello ormai consumato e affaticato.

Sento il tegame di metallo che lentamente si riscalda.

Sento la luce calda e bassa che avvolge la cucina e che timidamente nasconde il suo squallore.

Sento il silenzio che pudico nasconde la mia emozione.

Sento e ascolto il silenzio dietro di me.

Quello di Benedetta che mi guarda con la testa leggermente china verso il basso. Immobile sull'uscio della cucina.

Sento e sento il nulla fuori da quella stanza.

Sento la lentezza e l'attenzione dei miei movimenti mentre rovisto nella credenza in cerca di due tazze per il tè.

Ma soprattutto sento i suoi passi muoversi delicatamente verso di me. Li sento scanditi su quel legno che conosco come l'aria che respiro.

Sento il peso e l'assenza, improvvisa, di ogni mio pensiero. Mi stanno abbandonando le proiezioni della mia immaginazione. Silenziose le mie fantasie e i miei sogni si allontanano per fare spazio a quel momento fatto di carne, ossa e sangue, sangue rosso, scuro.

Sento la forza e la dolcezza di Benedetta a otto anni.

La sento mentre il suo profilo si staglia nella penombra alle mie spalle.

Sento i miei sensi risvegliarsi e tendersi, ora.

Il suo respiro sulla mia schiena. Il suo profumo velenoso sulle mie labbra. E la sua voce sussurrata al mio orecchio.

«Dimmi com'ero quando ero piccola, Sasha...»

Il mio viso si volta lentamente attratto dal suono di quelle parole. Ma Benedetta è troppo vicina. Troppo per essere guardata.

Tengo gli occhi chiusi e lascio che i miei sensi continuino a parlarmi di quel momento.

Fatto di carne, ossa e sangue, scuro. Scuro come quello di una ferita mai aperta.

Ora, ora sento tutti i battiti del mio cuore, tutti, e li sento scanditi dalla mia voglia di venire finalmente alla luce e dalla mia paura di lasciare il buio che mi ha cullato fin da quando sono nato.

Sento la mia mano sul viso di Benedetta, la mia avidità, il mio desiderio, la mia incertezza.

Sento il petto creparsi e aprirsi in due. Mentre le mie dita come quelle di un cieco vibrano sui suoi occhi, i miei sensi si riscaldano e bruciano. Il tatto è una dose di eroina troppo forte che corre veloce per le mie vene e arriva come un bisturi sul mio cuore aperto.

Le mie mani scivolano sulle sue labbra. Millimetro per millimetro le mie dita violano ogni segreto di quella bocca, il suo calore, la sua saliva, la generosità di quella carne. E al tempo stesso strappano e fanno a brandelli il dipinto rarefatto che avevo curato e immaginato giorno dopo giorno. Ora, morbose, stuprano quella superficie fatta di carne e sangue.

«Com'ero, Sasha?»

Come un cieco, toccandoti, sto ricostruendo la tua immagine.

Ci sei.

È un'altra dose di eroina che si schianta dentro di me. Le mie dita, le mie mani ora si perdono disperate nell'intrecciarsi dei suoi capelli. E lì si aggrappano. Benedetta reclina appena indietro la testa scoprendo il suo collo.

Scivolo dolcemente sulla sua superficie.

La mia mano l'accarezza incantata. I miei occhi più veri percepiscono la sua pelle tendersi, il calore del sangue che scorre, il bianco candido che si curva solo per me e la sua emozione emergere a fior di pelle.

Continuo a tenere gli occhi bassi. Continuo a non guardare.

Sotto la camicia sento il suo seno. Bottone dopo bottone le mie dita si fanno strada e la mettono a nudo.

Stringo la gola, trattengo il respiro. Ho paura di quello che potrei dire.

Di quello che potrei fare.

Sono di fronte al mio dipinto.

Sono in piedi e sto accarezzando la bambina che non ha mai smesso di parlare con me.

Sono di fronte a lei e non l'ho ancora baciata.

Non conosco quel bacio. Non l'ho mai conosciuto, ma quando finalmente lo rubo, lo riconosco. Sento il gusto di quel bacio. Come corde di violino si spezzano i miei sensi davanti a quel gusto, a quel sapore. A quel bacio.

Quel bacio mi parla di me e di tutto quello che non sapevo di essere.

Quel bacio mi parla di lei.

Quel bacio.

Poi un altro. E un altro ancora. Le nostre mani ci strappano a vicenda.

Il suo corpo si aggrappa al mio e tutte le pulsazioni del suo cuore risuonano dentro di me. Sono tante, sono veloci, sono potenti.

Con il peso del mio corpo spingo Benedetta contro il tavolo.

Il suo cuore non la fa respirare. Benedetta si piega all'indietro e mi tira a sé.

Scivola per terra, spinta dal peso del mio corpo.

Il mio corpo che si nutre del suo.

Non mi spoglio. Non la spoglio.

Affondo la mia testa tra le sue gambe, sotto la gonna, e stringo le sue cosce a me. Le stringo forte. Benedetta forte mi trascina da lei e mi sbottona i jeans e mi spinge con ancora più forza e desiderio dentro di lei.

Gusto, profumo, sapore, udito, tatto esplodono dentro di me e dentro di lei.

Spingo e con dolcezza e gelosia sfondo il suo corpo che anche quando non c'è stato era già mio.

Naufrago tra le sue gambe, le mie mani si ancorano alla sua schiena e i miei denti affondano nel suo collo.

Serro le mascelle lentamente sentendo sempre di più il brivido di quel dolore passare da lei a me.

Esco ed entro in lei. E ogni volta è un piacere nascosto. Mi sciolgo in quel deliquio di saliva, sudore e lacrime.

Apro gli occhi, finalmente lascio che la vista si sazi del suo senso e nella penombra scopro Benedetta che col respiro in gola mi stringe sempre più forte, mentre i suoi occhi continuano a versare lacrime.

«Dimmi com'ero, Sasha. Dimmi come eravamo.»

Non smetto di muovermi dentro di lei e la guardo ansimare mentre il mio fiato si confonde col suo.

«Esattamente come adesso» le dico.

Lo capisco prima ancora che lui lo dica. Lo capisco dai passi lunghi con i quali si avvicina alla panchina. Dai suoi occhi scintillanti, da quel sorriso che sembra abbracciare tutto il mondo. Dalla sua aria "intera".

«Nicole» e mi è subito addosso, mi tira su a forza, mi abbraccia fino a togliermi il fiato, mi fa fare un giro di valzer poi mi lascia e arretra di un passo. I suoi occhi. È quella luce che ha negli occhi a commuovermi.

«È successo. È successo. È successo.»

Si lascia cadere sulla panchina. Ci mettiamo a ridere. Gli stringo la mano a suggellare la riuscita della nostra impresa.

«Complimenti, socio.»

«Complimenti, socia» e poi mi abbraccia di nuovo. «Ho in mano il mondo.» Si volta verso gli alberi, il parco, il sole. «Ho in mano il mondo!» grida a pieni polmoni.

Sono talmente felice che non capisco che cazzo mi sta dicendo Nicole, mentre mi guarda con quel sorriso enigmatico, seduta sulla nostra panchina. Per cui glielo faccio ripetere: «Come scusa?».

«Adesso puoi volare da solo.»

Questa frase suona come una fregatura, un po' come uno di quei detti popolari che tira fuori dal cassetto.

Mi sento preso alla sprovvista ma continuo a sorridere beota, sento che sotto c'è qualcosa che Nicole non mi sta ancora dicendo. Oppure che è già stato detto con quella frase.

«Che vuol dire?»

Il sorriso di Nicole adesso si allarga ancora di più. «Siamo arrivati al K2, no? Adesso non c'è più niente da scalare ed è giusto che il panorama te lo goda da solo.»

«Cioè io e te non parliamo più, non ci vediamo più, tu scompari dalla mia vita? Sei pazza?»

«Sto solo dicendo» adesso il sorriso di Nicole è quello di una maestra paziente con uno scolaro un po' tardo, «che è la tua storia e che devi viverla da solo. Il gioco è finito. Adesso si fa sul serio.»

Nicole mi sta scaricando. Non posso crederci.

«Ma io non voglio che...»

«Sasha, non vorrai venirmi a raccontare di tutte le volte che fai l'amore con lei.»

La guardo sorpreso. Per un momento mi è sembrato di vedere nei suoi occhi una luce rabbiosa e la sua voce ha un tono che non avevo mai sentito. Ma lei mi sta sorridendo di nuovo e il suo viso è sereno.

«Una storia d'amore si vive in due, soltanto in due» dice piano. Poi si mette a ridere, ma io sento ancora quel senso di gelo che mi hanno regalato i suoi occhi. Forse ho visto qualcosa che non esisteva. Lei mi appoggia una mano sul braccio e mi dice lenta: «Vivi, Sasha. Vivi».

Sono una stronza. Una stronza inacidita. Una che non vuole guardare l'amore negli occhi degli altri. Mi agito a disagio sulla panchina, mi odio, gli sorrido di nuovo, con dolcezza, mentre mi odio.

«Vivi, Sasha. Vivi.»

Visto che io non riesco a farlo.

Lui mi guarda un po' smarrito. E io mi sto vendicando del suo non avere più bisogno di me. Lo sto mettendo alla porta.

Una stronza perfetta.

«Senti» gli dico alzandomi e controllando l'interno della mia borsa con una concentrazione non necessaria, «non fare caso a quello che dico oggi. Ho avuto una mattinata faticosa.» Inspiro profondamente. Non so neanch'io perché ho così poca voglia di sorridere ma tiro fuori dal mio cappello a cilindro un altro sorriso. «Tutto quello che volevo dire è che ora non c'è più posto per la voce di Cyrano. Ora siete tu e lei.»

«Io e lei, giusto.» Una pausa. «E io e te.» Il suo sguardo è serio.

«Certo. Non ti sto mica scaricando.»

«Allora va bene» conclude frettoloso.

«Io vado. Lorenzo mi sta aspettando. Devo fargli da interprete con due clienti tedeschi» dico alzando gli occhi al cielo.

«Ma quante lingue parli, tu?»

«Tre.»

«Più il linguaggio dell'amore» mi dice ironicamente enfatico.

«Quello è internazionale.» Gli faccio una carezza sui capelli. «Ci vediamo, socio» giro le spalle e comincio a camminare.

«Nicole...» mi ferma lui.

Mi volto.

«Ti chiamo stasera» Sasha ha un tono incerto.

Una stronza inacidita.

«Certo» gli sorrido rassicurante, poi gli faccio ciao con la mano e riprendo a camminare.

«Cyrano non aveva il tuo naso» mi grida dietro lui.

Continuo a camminare. Ora posso smettere di sorridere.

Una stronza gelosa.

Oliva cammina pochi metri avanti a me. Si sposta a sinistra, poi a destra. Ancheggia morbidamente per il marciapiede sgombro e pulito, fermandosi ad annusare ogni albero e cespuglio.

La luce gialla dei lampioni si riflette nei suoi occhi e la notte accoglie silenziosa tutti i miei pensieri. Sono le tre meno un quarto di notte e Sasha non riesce a dormire.

Troppa felicità?

La mia camminata è stanca e lenta come se portassi il peso di troppe paure e ansie.

Troppa paura.

Il leggero fischio dell'asma mi fa compagnia e il rumore dei miei passi si alterna a quello delle mie domande. Dove sei? Perché non sei con me?

Cazzo, prima era perfetto, eri solo nella mia immaginazione e mi bastavi, poi il mio desiderio ti ha spinto oltre. Ho voluto di più e adesso ho paura di questa fame che mi anima e mi muove. Sei diventata carne e ossa. Sei diventata quello che ho desiderato, sei diventata respiri, sangue, un corpo caldo, vivo. Mi hai riempito, mi hai colmato e mi hai reso intero. Poi sei tornata aria, facendomi sentire un vuoto che fino ad adesso ero riuscito a sopportare.

Sasha non pensa e non sa stare fermo. Si inala due botte di ventolin, poi afferra il cellulare e compone un numero. Dopo poco il segnale di libero.

Un'attesa lenta ed estenuante.

Ancora libero. Poi finalmente la sua voce.

«Pronto?» la voce di Nicole.

La sua voce è sempre presente. Anche alle tre di notte. Calda e accogliente.

Ancora «Pronto?» sussurra a bassa voce.

Poi attacco.

Perché se vuoi sentire Benedetta chiami Nicole? Per dirle cosa?

«Ciao Nicole, stai dormendo?»

«No, Sasha, sto leggendo, ma grazie per averlo chiesto.»

Nicole non dorme mai, lo sai.

Poi con tono dolce mi chiederebbe se ho l'asma.

«No, è solo che non riesco a dormire.»

Non dovrei mentire. Nicole lo sa. Sa sempre tutto e mi pacificherebbe.

«Stai tranquillo Sasha. Le emozioni troppo forti fanno paura e lei si sentirà come te se non peggio.»

Parlami, Nicole, parlami ancora.

La sua voce mi scalderebbe, le sue pause calme e generose mi farebbero parlare e mi darebbero la pace che cerco.

Sarebbe leggera nell'insinuarsi dentro di me. Sarebbe incantevole nel fare ordine tra i miei pensieri.

E non ci sarebbe ansia che non saprebbe domare.

Perché, Nicole, ho così bisogno di Benedetta?

Perché sei un bambino famelico, mi risponderebbe. Perché hai bisogno di divorare la vita che non ti sei mai preso. O forse perché non c'è niente di più dolce e crudele che assecondare i propri istinti. Ma qualunque cosa dovesse rispondermi sono sicuro che mi farebbe sentire al sicuro, protetto. Mi farebbe sentire un essere normale. Anzi, un essere speciale.

Come è lei.

Nicole custodisce le mie debolezze e come un'alchimista le rende oro. Le rende qualcosa di speciale che ha bisogno di essere nutrito.

Ma le mie debolezze in mano ad altri diventerebbero armi, coltelli capaci di tagliarmi in due.

Ero nudo di fronte a Benedetta. Come lei lo era di fronte a me. A occhi chiusi ci siamo riconosciuti e a occhi chiusi abbiamo sentito tutto questo desiderio.

C'era tutto questo desiderio, Nicole, mentre ci riconoscevamo, mentre ci spogliavamo e mentre abbiamo tremato davanti alla nostra nudità.

Ho sentito tutto il suo dolore e la sua paura e lei ha sentito il mio.

È per questo che ora non c'è.

Troppo dolore? Vero, Nicole? Il dolore che uno si porta dentro può fare paura, vero?

A volte quando non sono con te, mi chiedo se saprei essere leggero. Alle persone piace ridere, scherzare, giocare. E se non fossi capace?

«Con me lo sei, Sasha» mi direbbe.

Con te, Nicole, mi dimentico chi sono e mi diverto. Con te non ho vergogna o pudore. Con te io gioco.

«Nicole, perché io mi diverto di più a fare piani di seduzione con te che quando scopo con le donne?» le ho chiesto un po' di tempo fa steso sul suo divano.

«Perché la parte più bella di una scopata è salire le scale» mi ha risposto ridendo.

Sarei capace di ridere con Benedetta? Il nostro non è un peso troppo grande? A questo punto forse Nicole riderebbe appena.

«Dovrei chiamarla.»

«No. Non forzarla. Se lei è spaventata come te, ha bisogno di stare da sola.»

Allora sparire.

E se non dovesse più tornare?

«Tornerà, perché quella paura è troppo attraente per farla scappare via. E tu sapresti trasformare questa paura in oro.»

Grazie, Nicole.

Afferro il cellulare e compongo di nuovo il numero. Ancora un attimo di silenzio poi il segnale di libero.

Ecco la sua voce. «Pronto?»

«Ciao, Nicole.»

«Ciao, Sasha.»

«Stai dormendo?»

«No, sto leggendo. E tu che fai?»

«Niente, sto portando a spasso Oliva.»

«A quest'ora?»

«Sì.»

«Ma stai male? Hai l'asma?»

«No. Volevo solo darti la buonanotte.»

Io e Camilla camminiamo per le strade del centro. Il suo passo è lungo e felino, in perfetta armonia con le sue unghie laccate di rosso Chanel e la sua anima da predatore pigro.

«Sei stata un tesoro ad accompagnarmi» mi sussurra con voce da cinquantenne attraverso due labbra da ventenne, mentre ci infiliamo dentro il piccolo ed esclusivo negozio.

Io sospiro piano e le sorrido, preparandomi al supplizio intriso di noia che mi aspetta.

«Camilla mi ha chiesto se la puoi accompagnare a scegliere le stoffe per il loro casale in campagna» mi aveva detto Lorenzo il giorno prima. L'aveva fatto con gentilezza. «Il fatto che lei e Vittorio abbiano deciso di affidare a me l'arredamento della casa in Toscana non vuol dire che ti debba sentire in dovere» aveva aggiunto in fretta, quasi rabbrividendo all'idea che io potessi pensarlo, e di conseguenza abbassarlo al ruolo di mercante che svendeva il tempo della moglie insieme alla dormeuse o al cassettone.

«Lo faccio volentieri» avevo mentito io con altrettanta gentilezza.

Da quando Lorenzo era tornato da Losanna la gentilezza regnava sovrana fra di noi. Era entrato, aveva appoggiato per terra la valigia della discordia, aveva velocemente e discretamente ispezionato la casa per accertarsi che non ci fossero tracce del cane e mi aveva raccontato in fretta i suoi successi svizzeri. Io lo guardavo e pensavo che avremmo dovuto parlare.

Che non potevamo più esimerci dal parlare. Ma quando mi ero decisa a interrompere il suo torrente di parole che aveva l'unico, impaurito scopo di non far uscire le mie, lui mi era venuto vicino e mi aveva abbracciata.

«Mi dispiace» aveva detto. Con voce rigida ed educata, come quell'abbraccio necessario ma non sentito.

Sapevo che non mi aveva perdonato.

Ti dispiace per cosa? Per il nostro matrimonio che non è più fra noi?

«Anche a me» avevo risposto con altrettanta educazione. Con il rammarico di chi non ha niente da perdonare.

Mi aveva sfiorato le labbra con gentilezza. Gli avevo sorriso con gentilezza. E quella gentilezza era rimasta sospesa su di noi, proteggendoci dalle parole che avremmo dovuto dire, come un ombrello largo e carico di pioggia che ci avrebbe tenuto all'asciutto ma non ci avrebbe impedito di sentire il rumore dei tuoni. Tutti e due avevamo capito che quella gentilezza ci avrebbe tenuto lontano dal pericolo.

E da veri professionisti del non-amore, l'avevamo amorosamente coltivata.

«Sono un tantino spenti. Tu che ne dici, Nicole?» Camilla sta sfogliando i campioni di stoffa rilegati in una custodia di pesante cuoio scuro. Potrebbe essere un volume antico. Potrebbe contenere le lettere di Abelardo ed Eloisa. Invece raccoglie solo inutili ritagli di stoffa stropicciati dalle mani delle signore bene come Camilla.

Come te e Camilla.

Scuoto la testa con aria decisa, anche se in realtà li trovo piuttosto belli. La mia piccola vendetta è rendere a Camilla le cose più difficili.

Nicole la vendicatrice.

«Mi fido completamente di te, visti i tuoi natali» mi dice Camilla allontanando il campionario e gettando un'occhiata severa alla commessa.

I tuoi natali.

Mi verrebbe da ridere se la cosa non fosse così stupida e offensiva. L'ho capito solo adesso. Camilla mi ha voluto con sé perché, avendo vissuto parte della mia vita in Provenza, sono la persona più adatta per scegliere dei tessuti *provenzali.*

«Mi porta qualcos'altro da vedere? Questi non ci piacciono. E vorremmo anche un tè, per favore» ordina Camilla con il tono di voce di chi è abituato all'ubbidienza. Un marito politico ti concede questa e altre sicurezze. «Fabio sta per partire per Yale» mi annuncia sottovoce come se stessimo dividendo un segreto e non parlando di suo figlio. Sospira. «Trovo che la cosa sia un po' banale ma era quello che lui voleva.» Ringrazia appena la commessa che appoggia sul prezioso tavolo davanti a noi altri campionari, poi li spinge verso di me. «Ti prego, scegli tu, io sono un po' confusa oggi.» La sua voce è annoiata.

«I divani sono i tuoi, Camilla.»

«Ma i mobili sono di tuo marito» esala soavemente minacciosa, guardandomi con i suoi occhi di ghiaccio che, dopo il terzo lifting, cominciano ad avere un taglio orientaleggiantemente stupito.

La fisso.

«Voglio dire» aggiunge in fretta «che tu conosci benissimo il modo in cui Lorenzo arrederà la mia casa, per cui mi inchino davanti al tuo giudizio.»

Sfoglio le pagine di stoffa, professionale e concentrata, desiderosa solo di abbreviare i tempi.

«Questo per i divani, questo per le poltrone. E questo per le tende.»

Camilla guarda i campioni che le sto indicando.

«Rubino. Magnifica idea. E trovi che questo disegno sia tipicamente provenzale?»

«Assolutamente» mi alzo a indicare che il tempo è scaduto.

«Molto bene. Passerà il mio architetto per stabilire le metrature» dice alla commessa che sta appoggiando davanti a noi un vassoio d'argento con due tazze di porcellana. «Nicole, siediti un momento. Beviamo il nostro tè ora che abbiamo sbrigato le faccende noiose.»

«Non ho molto tempo.»

«Solo cinque minuti. Ho bisogno di chiederti un consiglio.» Accarezza con la mano priva di anelli il posto accanto al suo.

Mi siedo.

«Vorrei che mio figlio avesse una vita sentimentale felice» sospira sorseggiando lenta il suo tè, «invece Fabio si innamora solo delle persone sbagliate. Se una ragazza non lo vuole, diventa immediatamente l'oggetto del suo amore. Ti ricordi? Ne parlavamo quella sera a cena.»

Ricordo.

La sera prima che attraversassi il ponte con l'indirizzo di Sasha stretto nel pugno.

«Intravedo una piccola perversione in tutto questo. Ma il suo analista mi tranquillizza dicendo che è una fase normale. Il fatto è che lui è talmente goffo... insicuro. Cosa pensi si possa fare per aiutarlo?»

«Devi solo lasciarlo crescere. È la normale zavorra che ci si porta sulle spalle a vent'anni» le rispondo, annoiata dall'argomento.

«Forse potresti parlargli tu. Hai sicuramente più esperienza di me con i giovani.»

Le sorrido mentre un sottile senso di disagio mi si annida dentro. «Camilla, io insegno in una scuola per adulti.»

«Oh! Non mi riferivo ai tuoi alunni. Ma a quel ragazzo che si vede in giro con te.»

Un colpo allo stomaco. Non riesco a nascondere la mia sorpresa.

Camilla ride. «Tesoro» questa parola sulle sue labbra assume il suono di un insulto, «ti sei dimenticata che Ginevra gioca a burraco ogni domenica a casa mia?»

Ginevra. La signora Pascali. Profumo di gelsomino. Le sue calze di merletto pesante anche d'estate. La sua mano inanellata che ogni mese mi porge una busta con dentro il mio assegno.

«È da un po' che non vedo il suo giovane amico ad aspettarla davanti alla scuola, Nicole. Quel ragazzo ha un viso così carino. Gli dà lezioni private?»

Devo licenziarmi da quella scuola.

«Abbiamo delle amicizie in comune, lo sa? Ogni domenica vado a giocare a carte a casa della sua amica Camilla. È una persona squisita.»

Devo licenziarmi da questa vita.

La capacità che ha la gente di sporcare tutto quello che non conosce mi lascia sempre senza parole.

Il mio nome unito a quello di Sasha che rimbalza maliziosamente sulle loro bocche siliconate, fra una mano di carte e un bicchiere di prosecco.

Non ci avevi mai pensato, Nicole? Credevi di essere invisibile?

Sei così ingenua, Nicole. Troppo sensibile e troppo ingenua.

Lo so, mamma.

Camilla mi sta guardando, gusta ogni momento. Io mi odio per il mio silenzio.

«E poi io e Serena vi abbiamo visti all'Opera. Nel foyer. Eravate deliziosamente romantici» mi sorride complice.

Il foyer dove io e Sasha ci siamo volutamente persi.

«Facciamo un po' di pratica. Io ora mi allontano, tu resti qui. Mi devi sedurre.»

«A distanza?»

«Altrimenti è troppo facile.»

«Stai tranquilla, non mi sono mai sognata di dire qualcosa a Lorenzo.» Il sorriso di Camilla ora è volgare. Come le mazzette che prende sottobanco suo marito.

Il mio cellulare che squilla nel foyer pieno di gente. La voce di Sasha.

«Sei bellissima.»

Io che mi alzo in punta di piedi cercando di trovare il suo viso oltre quell'oceano di teste.

«Dove sei?»

«Qui.»

«Non ti vedo.»

«Non stai guardando dalla parte giusta.»

E poi Sasha che cammina verso di me. E io verso di lui.

È solo un gioco.

«Lorenzo è al corrente di quella sera all'Opera. E di Sasha. Mi dispiace deluderti, non c'è niente di torbido fra noi.» Appoggio la mia tazza piena a metà di tè ormai freddo. Mi chino a baciare la guancia tesa di Camilla. «Devo proprio andare.»

Lei mi sorride maliziosa. Vorrei schiaffeggiarla.

«Allora martedì siamo a cena da voi?»

Metterò dell'arsenico nel tuo bicchiere, strega.

«Certo. Non vedo l'ora.»

Esco velocemente dal negozio. Ho bisogno di respirare aria. Ho bisogno di pulito.

Compongo il numero di Lorenzo. «Sono appena stata con Camilla. Le ho fatto comprare delle bellissime stoffe per i suoi divani.»

«L'hai fatto davvero? Non so come ringraziarti» la sua voce è *gentile*.

«Figurati. Non è stato così tremendo» rido io. *Gentilmente*.

«Allora... ci vediamo dopo a casa.»

«Certo.»

Comincio a camminare piano. Fissando la punta delle mie scarpe.

Ho bisogno di pulito. Ho bisogno di qualcosa di vero.

Alzo il braccio per fermare un taxi.

Non so dove andare.

Sono stanco. Sono stanchissimo. Per tutto il giorno le mie gambe, le mie braccia e la mia mente hanno lavorato per non pensare.

Lavora, Sasha, lavora.

Ho sudato, ho strappato i miei muscoli per riportare la vita e la luce su pezzi di legno che la morte aveva reso opachi e spenti come arti in cancrena.

Non riuscivo a capire il perché, non afferravo il senso di quell'assenza.

Non mi sono mai fermato. Non ho mangiato, non ho dormito, non ho avuto pace fino a quando il mio corpo non si è arreso in ginocchio di fronte all'unico pensiero che ho cercato inutilmente di fuggire. Benedetta non c'è.

Da quella notte lei non c'è più stata. È arrivata come vento ed è passata portando tutto via con sé. Era vento che ha investito le mie emozioni. Era il dolce soffio delle prime luci del mattino e la tempesta che travolge furiosa, esalta e distrugge.

Dopo di lei solo il silenzio delle mie macerie.

Anche la mia musica, quella che per anni ho costruito nota dopo nota e che ho inciso su i miei fogli di carta è stata spazzata via da una folata di vento. Persa, lontana. E non ricordo più la melodia.

Nicole mi dice di stare calmo. Nicole mi dice di aspettare immobile un segnale.

Ma davanti a me vedo solo un enorme muro e non una porta, non una via d'uscita.

I colpi del mio martello incessanti per tutto il giorno hanno percosso travi senza riuscire veramente a scalfirle. A ogni colpo vedevo Benedetta e la poesia e le carezze di quella notte. Dopo aver fatto l'amore lei si è abbandonata tra le mie braccia e ha pianto come una bambina. Non le ho chiesto il perché, non le ho chiesto scusa, e non le ho detto grazie, l'ho solamente cullata fino all'alba, fino al sonno. Il giorno in cui ci eravamo conosciuti, mentre guardavamo un puledrino nascere nella stalla di Borgo Fiorito, Benedetta mi aveva detto che piangeva solo quand'era felice.

E io l'ho fatta piangere, l'ho fatta ridere, e strozzare di piacere. Quella notte io ho cullato per lei le sue lacrime. Il suo dolore.

Quella notte è iniziato il mio viaggio.

Mio il suo dolore, mia Benedetta.

E ora non ne posso più fare a meno. Vorrei succhiarglielo via fino all'ultimo. Vederla finalmente in salvo e una volta gonfio del suo male vorrei inghiottirlo e perdonarlo.

So che mi nutrirebbe.

Quella mattina dopo aver lasciato sul mio corpo il suo sudore e le sue lacrime se n'è andata silenziosamente. L'ho sentita alzarsi. L'ho sentita mentre mi guardava e l'ho sentita mentre i suoi passi la portavano lontano da me. E non ho fatto niente.

Da quel giorno non una parola.

Guardo il cellulare per l'ultima volta, mi dico.

Squilla, squilla, squilla, ti prego squilla. Se lo ripeto sei volte forse squillerà.

Mi fa paura vedermi così. Mi sento disabitato, come se qualcuno avesse derubato nel profondo la gioia e l'illusione che avevo gelosamente nascosto. Sono un corpo vuoto e rabbioso. Sono un musicista che ha perso il suo spartito. E senza musica io non vivo. Cazzo, Nicole, se non t'avessi dato retta, ora...

È il distacco, è ancora il distacco che ti frega, il salto senza rete. Tu e le tue belle favolette, Sasha del cazzo. Non sei mai stato l'eroe che pensavi, eri e rimani un cavaliere asmatico incapace di salire sul suo destriero. Perciò guardati, Sasha, guardati adesso. Guardati in faccia. Lo specchio dell'armadio in camera da letto, vecchio e consumato mi restituisce un'immagine deformata ma non faccio in tempo a riconoscermi che il suono del campanello di casa mi proietta fuori da quella stanza. Afferro una maglietta e mi fiondo ad aprire.

Improvvisamente muoiono le mie nuove convinzioni.

Speranza. Sono di nuovo sull'altalena. Da lontano individuo la porta di casa e a ogni passo l'altalena delle mie emozioni mi spinge sempre più in alto.

Riecco la mia musica. Sento il cuore precedermi mentre avanzo per il salone. A ogni passo la sua immagine, a ogni passo la mia speranza si alimenta. Finalmente arrivo davanti alla maniglia d'ottone e lentamente la piego. In quel gesto tutti i miei pensieri si fondono con un'unica certezza. È lei, lo so, me lo sento. Spalanco la porta e Benedetta si para di fronte a me. Tutta la fatica, il dolore e il desiderio di quella giornata si sciolgono dentro di me in un calore che mi avvampa il corpo e arrossa il mio viso.

Velocemente Benedetta mi sorpassa e chiude la porta alle sue spalle. Il suo viso è rabbioso i suoi occhi incavati e lontani. Mi fissano ma non mi stanno guardando. Prima che io riesca a dire qualcosa Benedetta mi ferma e vomita parole come in trance:

«Avanti, abbassati i pantaloni che ti faccio un pompino».

«Cosa?» la mia voce si spezza.

«Avanti, abbassati i pantaloni. Vuoi che ti faccia un pompino? Vuoi mettermelo in bocca? Vuoi che ingoio? Avanti fallo.»

Si avvicina a me.

«Io faccio questo e molto di più se me lo chiedi. Vuoi mettermelo nel culo? Fallo. Sono abituata. Una volta ho preso tre cazzi tutti insieme. Sai dove vanno tre cazzi? Uno in bocca, uno nella fica e uno nel culo.»

Le sue mani si allungano sulla patta dei miei pantaloni. E il suo viso si avvicina ancora di più al mio. I suoi occhi rossi, gonfi d'alcol, mi fissano.

«Fermati, Benedetta.»

«Perché fermarmi? Non vuoi farmi male, Sasha? Non vuoi mettermi una banana nel culo e ammanettarmi al tuo letto? Avanti togliti questi pantaloni.»

«Fermati cazzo! Ma che c'hai?!»

Benedetta non accenna a mollare la presa. E mi guarda furiosa. È la tempesta che si scatena dentro di lei e dentro di me.

«Perché Sasha? Non ti si alza? Eh? Non riesci a fartelo diventare duro?»

La sua rabbia schianta dentro di me e libera l'odio che ho nutrito per quei giorni.

Odio, rancore e desiderio.

«Ma perché cazzo stai facendo tutto questo?»

Benedetta non si ferma. E non mi ascolta.

«Se non mi scopi tu, andrò a farmi scopare da qualcun altro.»

La afferro per il collo e la trascino verso il muro.

«Ah sì? Che vuoi fare? Pensi che a quell'altro farai più pena? Eh, pensi che gli farai più schifo?»

Poi con un colpo violento la spingo contro la parete. Le mani che hanno raschiato rabbiosamente tutto il giorno sembrano sfuggire al mio controllo e liberare i loro istinti.

Tengono Benedetta stretta in un angolo. Strappano le sue calze e aprono le sue gambe. Ma lei oppone resistenza e si dimena sotto di me.

«Ma non c'è nessuno in questo momento che ti possa volere più di me.»

Ti odio, Benedetta. Dio, quanto ti odio e ti amo. Le mie mani fuori dal mio controllo la afferrano per i capelli e la risbattono contro la parete. Stavolta faccia avanti. Sento il rumore sordo della sua testa contro il muro.

Lei cerca invano di ribellarsi, ma il mio corpo posseduto la blocca e la sovrasta.

Sasha le abbassa le mutande e con i piedi le allarga le gambe. La piega davanti a lui e schianta dentro di lei tutto il suo amore in un gesto forte e rabbioso. Benedetta spinge, sembra un animale in gabbia. Le sue mani grattano contro la superficie liscia della parete.

Ancora e ancora mi animo dentro di lei tenendola forte stretta a me. Non riesco a fermarmi. Avido come un tossico mi prendo la mia dose e la inietto nelle vene fino a sentire la botta esplodere dentro di me.

E solo allora lascio delicatamente cadere le mie mani dal suo corpo e mi accascio per terra. Come un corpo vuoto e impotente.

Sasha il tossico.

Benedetta dolorante scivola con me sul legno e si piega in posizione fetale davanti ai miei occhi. Poi reclina la testa sul mio petto e finalmente pacificata si abbandona.

I suoi occhi si chiudono e si perdono.

Il suo respiro affannato lentamente rallenta e si calma sciogliendo il suo rancore in un sonno liberatorio.

Sento le mie palpebre farsi pesanti.

Sfoca l'immagine davanti a me.

E infine il buio.

Nero.

Nella penombra della mia stanza lei è stesa sul letto, davanti a me.

Ricordo quando siamo scivolati affamati in camera da letto.

Di nuovo buio. Nero.

La sua schiena nuda si scopre sotto le lenzuola, vestita solo dai suoi capelli che le cadono sulle spalle.

Ancora buio. Nero.

Sento il caldo dei nostri corpi, l'aria viziata di fumo e i nostri respiri lenti e profondi. Solo il faticoso aprirsi e chiudersi delle mie palpebre scandisce il tempo che passa.

Il mio sonno veglia sul suo.

Come quello del piccolo Sasha su sua madre.

Poi la sua voce, bassa e impastata. «Cosa vuoi da me, Sasha?» mi sussurra senza guardarmi.

La studio mentre si nasconde tra le spalle e mi mostra la schiena. «Che tu viva dentro di me.»

Poi dolcemente ruota il viso verso il soffitto. «Non ti conviene» afferma sicura, ma i suoi occhi rivolti verso l'alto sembrano ancora più smarriti.

«Pensi davvero che basti così poco a spaventarmi?»

Benedetta si volta di scatto mostrandomi tutta la sua paura. «Io faccio a pezzi tutto quello che tocco.»

«Allora fammi a pezzi. Non c'è nessun male che non abbia già visto o conosciuto, che non possa amare. Ma ti prego scivola dentro di me, abitami, vivimi. Io non ho più niente da proteggere.»

Benedetta abbassa gli occhi. «Io non so amare.»

«Tu sei come me, Benedetta. E io ho bisogno del tuo dolore... ne ho bisogno per perdonare il mio.»

«Tu non sai un cazzo di me. Adesso parli così, ma un giorno tu...» Benedetta nasconde ancora lo sguardo, e ingoia le parole che l'avrebbero tradita.

«Io so solo che cullerò per te le tue debolezze. Che le nutrirò come fossero le mie. E che amerò i tuoi mostri perché saranno anche i miei.»

Benedetta alza la voce, ma è rotta e le si spezza in gola e i suoi occhi si ammorbidiscono sotto l'incedere dell'emozione. «Ma hai sentito quello che ho detto, Sasha? Io sono brava solo a scopare. Hai capito?!»

Ora.

Ora che è così scoperta e vulnerabile la osservo per un

istante incantato e improvvisamente vedo in lei gli occhi di mia madre, di tutte le ragazze che sono passate per Borgo Fiorito. Ora la vedo. Le sorrido appena e tutto dentro di me mi parla di lei. Ora io ti sposo.

«E io ti voglio. Ti prendo anche così... con i tre cazzi nel culo, le banane, le manette... non mi interessa.»

Solo un piccolo, piccolissimo sorriso che illumina i suoi occhi verdi.

«Ti farai del male, Sasha.»

L'immagine sgrana e dissolve in bianco. Un bianco accecante.

E la mia vita
per i tuoi occhi
lentamente
si avvelena.

Inchiodo sotto casa di Nicole.

Dio quanto mi è mancata.

Il portiere che ormai mi riconosce la smetterà di guardarmi storto e mi lascerà passare senza farmi le solite domande. Non sono un ladro, un testimone di Geova, l'idraulico o un rappresentante di Folletto. Io sono amico della bella signora del quarto piano. Mi rendo conto che le sembra assurdo che frequenti uno come me, ma che vuole fare? È una donna piena di sorprese...

Nicole.

Che fine ha fatto Nicole?

Mi sono svegliato stamattina dopo un lungo sonno.

Un sonno che è durato giorni. Un sonno che mi ha portato fuori dalla mia vita.

Oggi mi sono risvegliato e i miei capelli sono lunghi e sporchi. La mia faccia è spianata e sembra che il debole sole invernale si sia acceso solo per lei. Ha un altro colore. E soprattutto un altro aspetto. La mia barba incolta, i miei occhi liquidi e stanchi, la mia bocca rossa e il mio sguardo lontano e disattento sono i segni di una nuova vita che si è posata su di me brusca e invadente. Sono stato rapito.

In punta di piedi il sorriso di una ragazza, l'odore del suo sesso, la luce scura dei suoi occhi mi hanno sradicato dal terreno. Ho perso le zavorre e mi sono innalzato sempre di più.

E in punta di piedi Nicole si è fatta indietro. Non una telefonata di più non una di meno.

La sua voce mi ha salutato quel lunedì notte quando Benedetta dormiva nel mio letto.

Quel lunedì notte ho chiamato Nicole.

La sua voce si era fatta da parte per ascoltare quello che mi era successo. Mi aveva sentito mentre le raccontavo la meraviglia del sesso, il gioco e l'amore tra me e Benedetta.

L'avevo sentita farsi piccola e lontana di fronte al mio entusiasmo e poi tornare dolce quando salutandomi mi ha detto: «Ama e sii felice».

Da quella notte Nicole si è silenziosamente fatta da parte e io non ho sentito la sua mancanza. Non fino a stamattina.

Fino a stamattina il tempo non ha avuto un senso, una forma, una sostanza. È scivolato gentile in quella stanza dove io e Benedetta ci siamo nascosti.

«Quanto tempo è che siamo chiusi in questa stanza?» mi aveva chiesto stamattina rotolandosi tra le lenzuola.

«Due giorni, forse tre» le ho detto incerto.

«Io ho fame.»

«Anch'io.»

«Forse dovremmo pensare a mangiare qualcosa.»

In quel tempo senza tempo ci siamo nutriti di quel poco che offriva la mia dispensa. A parte le ultime scatole di Simmenthal, l'avanzo di latte in precedenza destinato a Oliva, pane e biscotti siamo rimasti praticamente a digiuno. E a digiuno ci siamo annusati, sentiti, sporcati, guardati e scoperti.

La sopravvivenza ci ha spinto fuori da quella casa, ci ha spinto a separarci e a riprendere possesso di quei corpi ormai senza identità.

Stamattina ho afferrato il telefono e composto il suo numero. Il numero di Nicole. Ho voglia di vederla, ho voglia del mio posto sul suo divano, ho ancora voglia di giocare insieme a lei, ma il cliente non è al momento raggiungibile.

Nessun problema. Sono montato in macchina e ho messo Oliva nel portabagagli.

Mentre mi avvicino a passi rapidi al portone di Nicole mi proietto qualche minuto avanti. Mi immagino salire velocemente due per volta i gradini del suo palazzo. Oliva correrà insieme a me e si inchioderà ad annusare la porta di Nicole.

Non bisogna essere un cane per riconoscere il suo profumo.

Busserò alla porta.

Nicole appena sveglia mi aprirà con indosso la sua vestaglia cinese...

Sembra una geisha.

... e il suo viso si allargherà in un sorriso aperto e sorpreso.

Dio, quanto è bello vederla sorridere così.

La vorrei abbracciare forte, sollevandola come una bambina.

Oliva invaderà la sua casa abbaiando come al solito.

Ambra. È ambra il suo profumo.

«Ciao, me lo fai un caffè?» le dirò sorridente entrando a casa sua.

E lei mi guarderà e...

Come un blackout il portiere interrompe il mio entusiasmo. Non mi lascia passare neanche questa volta.

«Chi cerca?»

«Nicole...»

«La signora non c'è. Sono usciti poco fa. Sono andati fuori.»

Quanto mi stai sul cazzo portiere di merda.

«E quando tornano?»

«Non saprei. Arrivederci.»

Il portiere taglia corto. Come se lo stessi infastidendo.

Ma vaffanculo. Rimango immobile. Davanti a quel cancello. Per un attimo penso a come mi piacerebbe uccidere quell'uomo.

Sono andati fuori...

Ma chi è andato fuori? Chi sono loro? Adesso Nicole e Lorenzo sono una cosa sola? E perché sono usciti di domenica mattina? Ce l'hai con me Nicole? Per un attimo mi assale il dubbio che se la possa essere presa.

In fondo sono giorni che non ti fai sentire, Sasha.

Il portiere ritorna ad annaffiare le sue piante e sembra quasi soddisfatto nel vedermi andare via. Mi allontano silenzioso per le strade di Trastevere e mi lascio coccolare e spaventare dai pensieri che mi affollano la testa, ingobbito dentro al mio giaccone. Ma non voglio sentirmi colpevole.

Nicole è gelosa e ora si sta vendicando. Era a casa da sola ma ha voluto prendersi una rivincita. Nicole è solo una bambina orgogliosa e capricciosa. Nicole è una donna. È egoista, egocentrica, è cattiva e scopa, come tutte le altre. Nicole è lussuriosa, è invidiosa e vendicativa e riesco perfettamente a immaginarla mentre appoggiata alla finestra mi guarda andare via e si compiace dei suoi giochi di potere.

Nicole.

Forse semplicemente non c'eri.

Anche Nicole non sarà per sempre.

Fra molti anni lei e il marito seduti sul loro divano davanti a un film di Paul Newman in bianco e nero ricorderanno quel periodo della loro vita in cui un giovane spiantato gli ha invaso il salotto e si baceranno con tenerezza.

La loro vita.

Sei proprio una stronza, Nicole. La parentesi di Sasha si è

già chiusa, vero? Be', nemmeno io ho bisogno di te e spero che questo possa ferirti. Io non ho bisogno di nessuno.

Avanzo a testa bassa per vicoli di una Trastevere decadente.

Finalmente sono arrivato.

La gente si affolla, i marciapiedi si riempiono, voci e parole si intromettono tra i miei pensieri e per la strada si susseguono banchi vecchi pieni di oggetti inutili.

Me ne hai parlato tempo fa.

Mentre attraverso Porta Portese mi rendo conto che i miei pensieri sono un po' come le cose che vedo intorno a me.

Niente di nuovo. Sei sempre lo stesso, Sasha. C'è qualcosa in te che non muore mai e i tuoi pensieri si ripropongono come roba vecchia dentro nuove case, dentro nuovi salotti e con altre persone. Ma i tuoi pensieri sono sempre gli stessi, solo più usati. Sono ammaccati e impolverati come questa lampada, sbiaditi e laceri come questa maglietta e puzzano come questa poltrona, ma non ne posso fare a meno. E come malati narcolettici si addormentano sorpresi da un dolore profondo. Sembrano sparire ma sotto la polvere si rigenerano e scavano un varco per poi riuscire.

Scivolo inosservato tra l'ombra e la luce di questo mercatino in cerca di qualcosa che non so nemmeno io cos'è. Un tappeto, un giaccone, un paio di jeans...

Un carillon.

«Posso, signora?»

«Quello viene solo cinque euro» mi risponde distratta.

La scatola è ancora molto bella. Sotto la polvere si nascondono vecchie incisioni e intarsi in madreperla. Lentamente la apro. Le rotelle iniziano a girare e, anche se schiacciata dal trambusto intorno, la melodia flebile e metallica si aziona e inizia a suonare prima ancora che io possa vedere cosa c'è dentro quella scatola. Un omino in smoking e una donna in abito da sera girano e si muovono come in una danza. Lui sembra volerla abbracciare, ma lei si ritrae in quel moto continuo e ripetitivo.

Perché sta scappando? Non lo ama?

Solo ora un piccolo riflesso sulla mano dell'uomo cattura la mia attenzione. Un piccolissimo coltellino d'argento.

La musica continua a diffondersi e loro a ballare. Ma il mio stupore cambia. E quella dolce litania assume colori più torbidi e passionali. È una struggente cantilena quella che sento e lei non sta scappando, lei si sta affidando all'uomo che cerca di accoltellarla.

Perché lei lo ama.

Perché lui la vuole ammazzare.

Perché sono vestiti come due giovani sposi.

È questo l'amore, Nicole?

Afferro dieci euro dal portafoglio e li do alla signora, poi richiudo la scatola e la tengo stretta tra le mie mani.

L'uomo accanto a lei si fruga nelle tasche e si allunga verso di me per darmi il resto. Ma si ferma. Mi osserva per quasi tre secondi in silenzio. Poi si allarga in un sorriso incredulo e ripete il mio nome due volte.

«Sasha. Sasha, non ti ricordi? Sono io, Fabrizio.»

Mia madre.

I suoi capelli sono lunghi e lisci. Le cadono davanti al viso. I suoi occhi guardano altrove. Ma non sta posando. Riconosco quel suo modo di guardare. Quando pensava, quando si perdeva, quando ascoltava Patty Smith, quando era malinconica, quando era sola. Non so come, ma questa foto ha rubato tutti quei "quando" fermandoli in questo scatto. Come sei bella, mamma.

La foto è rovinata.

Le foto in bianco e nero col tempo si usurano ma diventano più preziose. Sono gemme preziose quelle che lentamente scorro con gli occhi davanti a me. Sono foto senza cornice appoggiate al muro e quasi tutte ritraggono mia madre. Foto di una donna che non ho mai conosciuto. I suoi tratti sono ancora acerbi, il suo sorriso è leggero, diverso, i suoi denti sono bianchissimi e il suo corpo è esile. Mamma con i capelli lunghi, mamma con una strana camicia a fiori, mamma quando ancora non era mamma, mamma e i suoi occhi tristi e severi. Mamma con altre persone, mamma che regge in braccio un neonato. Mamma che regge in braccio me.

«Puoi tenerla se ti va» mi dice Fabrizio versandosi un altro goccio di vino rosso. «Vuoi un goccetto?»

«Ok, ti faccio compagnia.»

«Bravo. Dài, siediti, ti prendo un bicchiere. Zia dovrebbe arrivare da un momento all'altro. Le piglierà un colpo quando ti vede.» Fabrizio si agita emozionato per la stanza e mi parla con un rispetto che mi mette quasi in imbarazzo, come la sua accoglienza. I suoi occhi e i suoi sorrisi ostentano naturalezza, ma i suoi gesti sono goffi e imbarazzati, stretti dentro quelle quattro mura squallide di un appartamento fuori Roma.

Torna in fretta e furia stringendo il bicchiere tra le mani. Sembra un bambino dentro il corpo di un quarantenne. I suoi occhi sono piccoli dietro spessi occhiali da vista, e mi comunicano solamente disperazione. La miseria si mischia alla sua vergogna in quel monolocale affollato di vecchia roba. Il suo viso è sudato, la pelle è rovinata dal fumo, i denti sono neri e parla veloce, come se stesse cercando di distogliere la mia attenzione da quella realtà precaria. Ma il suono della sua T è debole e aspirato, fragile come i suoi denti e cattura la mia attenzione come una richiesta d'aiuto.

«Ti fai ancora?» gli chiedo.

«No. Ma stai scherzando?» il suo sorriso è duro, duro e marcio come una lastra di ferro ossidata. «È solo che è difficile trovare lavoro, quando scoprono che esci da una comunità è peggio che dire di essere stati in galera... lo sai com'è. Anche tua mamma ci è passata quando è uscita da Borgo Fiorito.»

Mi sembra impossibile e fastidioso insieme dover associare l'immagine di mia madre a quella di mio cugino.

«Però io m'arrangio. Un po' a Porta Portese la domenica, un po' a via Sannio... è quello che è, ma è quello che ho trovato. E così facendo posso aiutare mamma, ma non basta.» Fabrizio mi guarda con le lacrime agli occhi. «Ti sei fatto proprio un bel ragazzo, Sasha, poi lavori, fai quello che ti piace. Tua mamma sarebbe proprio orgogliosa di te.» Così dicendo mi tiene la mano stretta tra le sue, come in un impacciato gesto d'affetto. Ma è troppo, troppo per me.

Sì, sono un egoista. Devo andarmene. Non sto bene. Sento una morsa allo stomaco. L'asfissia stringermi alla gola. Perché quell'uomo mi sta portando così violentemente dentro la sua vita?

Perché è anche la mia.

Le foto di mia madre, quelle di mia zia. Fabrizio e improvvisamente anche Sasha. Improvvisamente anch'io mi compongo sugli squallidi muri e trovo posto tra quelle foto di famiglia in bianco e nero. La mia famiglia.

Scivolo via da quella stretta e cambio discorso. «Vabbe', dài, facciamo che una di queste sere vi invito a cena e stiamo un po' insieme, anche perché si è fatto tardi e io dovrei davvero andare.»

«Zia sta arrivando, le ho detto che c'eri tu e ci teneva tantissimo a salutarti, aspetta ancora cinque minuti, ti prego.»

«D'accordo» gli rispondo. È la prima volta che qualcuno mi prega.

«Ti farà un po' effetto. È diventata una bella vecchietta e si metterà a piangere quando ti vedrà.»

«Sono almeno quindici anni che non la vedo. Da prima che mamma andasse via.»

Fabrizio non risponde, è lontano, sembra essersi distratto.

«Tutto bene?» gli chiedo.

«Sì, sì, scusami.»

Ma non riesce a guardarmi.

«Sicuro?»

Fabrizio si gira verso di me. Poi scoppia a ridere, imbarazzato. Ma i suoi occhi non ridono. «Sasha, ho bisogno di soldi.

Anche un prestito. Ma sono disperato e non so a chi chiederli.» Fabrizio cerca di ridere per non piangere.

«Quanto ti serve?»

Fabrizio mi guarda finalmente con i suoi occhi, rossi e disperati. «Settemila euro.»

«Per che sono?»

I suoi occhi si muovono nervosi. «Affitti arretrati, medicine, debiti.»

Lo guardo mentre finalmente riconosco una vecchia pantomima vista e rivista. Strofina le mani nervosamente. Lo osservo riproponendogli la stessa domanda di prima.

«Ti fai ancora?» gli chiedo.

«No...»

Ancora un déjà vu.

«Dimmi la verità, Fabrizio.»

La stessa pantomima.

«Se non mi dici la verità non ti posso aiutare.»

«Ti ho detto di no, cazzo!» esplode alzandosi di scatto.

Lo osservo per pochi istanti, ma quelli bastano per farmi ripiombare in uno squallido cliché. Io, quelle foto, il mio sangue, la mia famiglia, finalmente riconosco il suo minimo comune denominatore e lascio che si impossessi di me come un mare di merda e di sporcizia. Mi alzo e mi avvio di nuovo verso la porta.

«Come vuoi tu. Ciao. Salutami zia.»

Fabrizio mi raggiunge. Mette una mano sulla porta, a bloccarla. I suoi occhi sono duri adesso. «Sasha, tu non c'eri quando tua madre è uscita da Borgo Fiorito. Io c'ero. Tu non puoi sapere quanto è stata dura per lei. Io e zia l'abbiamo aiutata. Amanda venne a stare un po' da noi. Ma lei lo sai com'era. Non riusciva a stare ferma più di due giorni, doveva andare, fare, disfare. Aveva fretta di sistemarsi e se n'è andata. E poi s'è persa. Ma noi le siamo sempre stati vicini.»

Il suo ricatto morale mi fa piegare le gambe.

«Ti sto chiedendo aiuto. Quei soldi mi servono per chiudere un debito. Io sono da solo e c'è zia e... senza un sostegno io non ce la faccio. Se stiamo insieme noi... noi dobbiamo poter contare su di noi.»

Respiro lento. Non voglio che le sue parole mi arrivino al cuore come sono arrivate alle mie ginocchia. Spingo la voce in basso e ingoio a forza l'emozione che mi pungola gli occhi. «Era con te quando ha ricominciato a farsi?»

«No. Era da sola. La solitudine è una brutta bestia, Sasha. Lei aveva fretta di venirti a prendere... ma poi non ce l'ha fatta. E s'è persa. Lo sai com'era, no?»

«Sì, lo so com'era. Lo so com'era, Fabrizio.»

Era mia madre, pensi che non lo sappia com'era? Ma Fabrizio ripetendolo di continuo era riuscito a farmi sentire come uno sconosciuto. Sembrava che lui la conoscesse meglio di me.

«Era come te, Sasha, aveva il tuo stesso sangue. Ed era come me, con la mia stessa fame.»

Bravo, Fabrizio. Colpito e affondato.

«Non ce li ho settemila euro. Non ne ho neanche la metà. Non ne ho neanche mille.» La mia voce sale di tono insieme alla mia incazzatura perché so che da questo ring non mi rialzerò più.

«Li puoi trovare.»

Mi guarda e sappiamo tutti e due di cosa stiamo parlando. Ha ragione lui, abbiamo lo stesso sangue e ci capiamo al volo.

«Non lo faccio, Fabrizio. Neanche per te.»

«Allora fallo per lei.»

Quella notte non so se ho sognato, se ho dormito, se ho pensato. La mia veglia notturna mi ha portato avanti e indietro nel tempo e in quella notte che sembrava non finire mai ho sfogliato nella mia mente foto e momenti sopiti da troppo tempo, come cenere sul fondo dell'anima. Fabrizio era entrato di prepotenza in quel castello di ricordi silenziosi e aveva squarciato la quiete del loro sonno con il suo grido, la sua bestemmia.

«Allora fallo per lei.»

Ripenso agli occhi di mia madre, vuoti e bruciati dall'eroina, alla scimmia che la sventrava. E vedo gli occhi di Fabrizio. E i miei. Gli stessi occhi. Lo stesso sangue.

Ma Sasha è diverso. Per tutta la vita ha provato ad essere diverso.

Io non sarò come mio padre, non sarò come mia madre. Sasha è il miracolo, Sasha è buono, Sasha è giusto, Sasha è colui che aiuta a guarire. Sasha è sano. Sasha lava il culo ai malati. Sasha è sopravvissuto a un parto maledetto, Sasha il miracolo, Sasha che non sarebbe mai e poi mai dipeso da niente e da nessuno. Sasha senza vizi. Sasha senza demoni.

Non gioca, l'ha giurato, non si farà prendere dall'unico demone che potrebbe lusingarlo.

Lui ci flirta solo con quel demone, come una puttana col suo cliente. Insegna a giocare, ma non gioca. Impara a vivere ma non vive. Così può accarezzare quella fica senza scoparsela mai. Ma la voce di Fabrizio suona come la campana che annuncia la fine della messa e con la stessa sacralità mi comunica che è il mio momento. Quella voce è l'invito di una donna che non so rifiutare. È un profumo troppo accogliente. E se è vero che il male si nasconde dietro a un piacere al quale non sappiamo resistere, il mio ha il viso candido di mia madre, ha gli occhi di un drogato e il mio stesso sangue.

Quella notte ho chiamato Benedetta e le ho chiesto aiuto.

«Settemila euro. Mi servono tutti e mi servono alla svelta. Ho bisogno di organizzare una partita con persone che hanno un po' di soldi da buttare.»

Quando ho attaccato il telefono mi ripetevo che non era troppo tardi per tornare indietro, ma stavo continuando a flirtare con quella donna, e una fiamma lenta e silenziosa già sibilava dentro di me infiammando i miei freni inibitori.

Ora dei pensieri di quella notte resta solo cenere e di quella donna inizio a sentire il calore.

Ora sono qui, seduto davanti a un tavolo rotondo alle tre di notte. Il verde del suo manto si riflette nei miei occhi e in quelli dei tre giocatori che mi circondano. Marco, Stefano e Tancredi in senso orario e accanto a ognuna delle nostre sedie si trova un tavolino più piccolo che sostiene un vassoio d'argento dove sono apparecchiate tre strisce di coca. Benedetta, seduta sul divano, mi osserva in silenzio. Fabrizio invece è giù in macchina che aspetta. Non ci sono altre luci accese se non quella che serve a illuminare le nostre carte e lo stereo diffonde a basso volume la musica dei Portishead.

Fine. Da questo momento, Sasha, scordati di Sasha.

Cinque carte a testa.

Il corpo di quella donna mi viene finalmente offerto e da adesso in poi è seduzione. Liscio, sottile, prezioso. È un corpo vanitoso che si mostra lentamente. È un corpo vergine che ora stringo tra le mani.

E già sento il suo carattere.

Jack di cuori.

Scopriti.

Dieci di picche.

Mi sorride promettendo. Scopriti.

Il re. È un re nero, di picche.

È il corpo fiero e lussurioso di quella vergine.

Scopriti.

È il caldo di quelle gambe che si schiudono davanti a me.

Sette di fiori.

Forti e dominanti. È un corpo che non si piega, che ancora non si vuole abbandonare a me.

Avanti scopriti. E piegati, per me.

È un corpo rosso.

È un corpo di cuori.

È un corpo invitante.

È un corpo eccitante.

È lei.

È un corpo di donna.

È la donna di cuori. È Benedetta. È Nicole. La donna che mi invita a farmi avanti, che maliziosa allarga le sue gambe e mi chiede di dominarla.

Sei in grado, Sasha?

Marco, Stefano e Tancredi tirano su la loro prima botta e sezionano le loro donne come macellai.

Sei in grado, Sasha?

Marco si sente tranquillo, ma la coca già gli fa tremare le gambe e sotto pressione si tradirà. Stefano si guarda intorno e gioca con le carte, ci gioca perché non sa tenerle, perché la sua mano è moscia e non ha carattere. È qui per la coca. La osserva come se gli stesse scappando e Tancredi osserva me, come se gli stessi sfuggendo.

«Cosa fai?» mi chiede gentile.

Sei in grado, Sasha?

La mia prima carta scivola sul tavolo verde, come scivolerebbe la mia mano tra i suoi capelli. «Una». Ora quella donna non è più una chimera. È la mia scopata. La scopata che aspettavo da una vita. Una carta nuova scivola sotto la mia mano, come il suo corpo sotto di me. Con le dita la piego al mio volere. Ora quella donna mi guarda chiedendomi ancora se sarò in grado di scoparmela. Se saprò giocare. Se saprò farla godere. Nove. È un nove di quadri la carta che ha sostituito il mio sette. I muscoli del mio corpo che si sciolgono, la mia mente si libera e finalmente il mio corpo inizia a possedere quelle carte.

È la mia prima mano. È la mia partita. Scala. È la mia scala. È la mia donna. È la mia scopata. Ed è la mia notte. Improvvisamente nella mia testa tutto si fa chiaro.

Io la farò innamorare, quella donna sarà mia.

Le carte scivolano, arrivano, mi seducono, mi vogliono. E i

miei occhi sanno già quello che vedranno. Mano dopo mano, mi muovo su quel tavolo come se non avessi fatto altro in vita mia. Per troppo tempo ho aspettato di farmi. Non c'è più nessun Sasha, ci sono solo i miei sensi, le mie mani e quelle carte. Sono un corpo in ricezione, la mia mente sa cosa cambiare, sa quando bluffare, sa parlare e sa ascoltare e le marionette intorno a me ormai seguono il mio gioco.

Carte. Carte. E ancora carte.

E mentre alcol e coca riempiono i corpi vuoti delle marionette che mi siedono intorno, Benedetta dietro di me partecipa alla mia vittoria e gode della mia scopata.

Le sue mani sul mio corpo mi esaltano. Non sento la stanchezza. E più cresce la posta, più si alza il piatto, più la mia adrenalina pompa ed esplode nel mio cuore, invade il mio sistema nervoso come un fiume, straripa dai miei occhi e colora le mie labbra. È il mio cartone animato. Il mio videogioco. Il mio mondo. La mia botta. La mia droga.

Non ci sono inciampi. Poi il suono del campanello di casa. Non ci devono essere inciampi, penso. Benedetta va ad aprire la porta e Fabrizio, stanco e sudato, entra veloce nella stanza. Chiede scusa, sta male. Sta a rota. Si proietta dritto verso di me.

«Come va, eh? Come andiamo?»

Non usare il plurale. Questa è roba mia.

«Ci sono i soldi?»

«Sì, ci sono» gli rispondo sottovoce.

«Allora andiamo» mi dice Fabrizio afferrandomi per un braccio.

Delicatamente allento la sua presa. Stai calmo, Sasha. Non ti permettere mai più figlio di puttana. Non provare mai più a intrometterti.

«Non ora. Lasciami in pace» gli dico composto.

Fabrizio mi si agita intorno, poi la sua attenzione è attratta dal vassoio d'argento.

«Posso?» mi chiede sottovoce.

«Non me ne frega un cazzo di questa roba, pigliala e lasciami stare.» La sua voce inizia a essere troppo fastidiosa. Dio come mi sta sul cazzo.

Il suo naso aspira rapidamente la coca dal vassoio e se la spara in circolo. È un naso grosso e rosso quello di Fabrizio che ora si colora di bianco.

«Vatti a sedere adesso.»

Ubbidiente esegue. Ma ha ancora fame. I suoi occhi sono sgranati e la spia al lato delle sue pupille indica che è in riserva. Il suo corpo è vuoto come un tronco infestato da tarli e ha bisogno di essere riempito. Quindi scatta in piedi portando di nuovo il suo alito pesante a un palmo dal mio orecchio.

«Ti prego, Sasha, andiamo, dài, i soldi ce li abbiamo. Che vuoi di più?»

Quanto sei stupido e tracotante, uomo. Quanto ancora vuoi mettere alla prova la mia pazienza?

«Te lo dico per l'ultima volta. Vatti a sedere.»

Il sudore continua a colargli giù dalla fronte.

Caldo, freddo, cosa senti Fabrizio?

Al tavolo i giocatori iniziano a innervosirsi.

E io non posso fermarmi, cazzo, non ora.

Siediti.

Ma Fabrizio non trova pace. È un'anima in pena nel circolo dei viziosi.

Si agita intorno al tavolo, intorno alle nostre carte, ai nostri soldi in cerca di altro sangue da succhiare, come una zanzara. Infine si rivolge a Tancredi. «Scusa non è che ci sarebbe altra di quella roba?»

Ma non segue risposta alla domanda. Solo il silenzio e il suo odore acre che aleggia per la stanza.

«Avanti» dico io cercando di riportare l'attenzione sul nuovo giro di carte, ma questa volta Fabrizio si avventa come una furia sul mio braccio e in un istante mi ritrovo a fissare i suoi occhi vuoti e bucati.

«Dài, Sasha, andiamo ti prego, non è il momento di stravincere...»

È un secondo e quella esile fiamma che dolcemente mi scaldava si gonfia fino ad avvampare ed esplode dentro di me.

È un secondo e la rabbia è tale che potrei ammazzarlo.

È un secondo e Fabrizio si ritrova steso sul pavimento.

E l'attimo dopo sono di nuovo seduto al mio tavolo.

«Sto giocando.»

Anche Marco esplode e infierisce su mio cugino che ora sembra un orso ferito. «Senti, mi fai un piacere, te ne vai affanculo fuori di qua?»

Quell'uomo grande e grosso che ora giace per terra si alza lentamente raccogliendo il suo imbarazzo e in silenzio esce dalla casa.

Altri centocinquanta per venire a vedermi.

L'alba non è lontana. La sua luce debole inizia a rischiarare appena il cielo sopra di noi. La notte, invece, continua ad avvolgere la strada e a proteggere i nostri occhi vivi e stanchi mentre usciamo ridendo da casa di Tancredi.

Gli occhi di Benedetta brillano e si accendono ogni volta che incontrano i miei e sono stanchi di essere solo spettatori. Quel sesso, quella partita, quell'adrenalina hanno acceso il suo desiderio.

E quel suo modo di guardarmi mi fa sentire un dio.

«Ho voglia di scoparti, Sasha, e ne ho voglia adesso.»

... Era dell'usignolo, non dell'allodola il cinguettio che ha ferito poc'anzi il tuo trepidante orecchio.

Un usignolo. È lui che canta di notte sul melograno...

Questa notte. Non riusciamo nemmeno ad arrivare alla macchina, perché i nostri corpi affamati si mischiano e si odorano drogati dal nostro entusiasmo.

«Io sono pazza!! Pazza di quest'uomo!!!» grida la voce di

Benedetta, gridano i suoi occhi, grida la sua adorazione, grida la sua gioia, gridano le nostre risate, grida la nostra vittoria, e in questa notte silenziosa queste grida si propagano nel mio corpo come il suono di un concerto rock.

È il mio cuore che si sta svegliando e si sta nutrendo di nuovi input, nuovi dati, sono i miei occhi che scoprono un'altra realtà, nuovo ossigeno per i miei polmoni, sono i decibel di una nuova vita che mi trapassa e mi assorda.

La luce intanto avanza sopra di noi e porta via la notte dal marciapiede.

... No, era l'araldo del mattino, l'allodola e in punta di piedi si affaccia il nuovo giorno...

Sì, è l'allodola che annuncia l'arrivo di una nuova alba, l'inizio di un nuovo giorno, il parto di una nuova vita.

Fabrizio si rialza dal cofano della macchina e mi viene incontro gonfio d'ansia.

Settemila euro in contanti dalle mie alle sue mani.

«Non ti voglio più vedere.»

Fabrizio non replica. Tiene gli occhi bassi sui soldi. Ha troppa vergogna per guardarmi. Lo supero e tiro dritto verso la macchina lasciandomi Fabrizio immobile alle spalle.

Mentre mi allontano da lui, mi sembra di allontanarmi da un vecchio Sasha. Via i pesi, vie le zavorre, via i fantasmi, via i ricordi. Ora ho solamente voglia di lasciarmi tutto alle spalle.

Entro in macchina senza provare il minimo senso di colpa o il minimo rimorso.

«Eri bellissimo, Sasha, eri il padrone, eri incredibile. Eri il re.»

Allora mamma sono o non sono un re?

Sì, lo sei, Sasha, lo sei.

È questa la vita che mi spetta?

«Vieni, qua, vieni dal tuo re.»

Benedetta scivola silenziosa con la testa tra le mie gambe, mentre le prime luci del mattino iniziano a ferire dolcemente le nostre retine.

... Ora devo andarmene e seguitare a vivere o restare e morire...
«Inizia a guidare e vai a casa mia. Voglio farti impazzire oggi.»
Resto.

«Stavo ripensando all'altra sera. Non voglio rivincite. Voglio che entriamo in affari. Sei bravissimo, Sasha, non ho mai visto nessuno parlare con le carte come fai tu. È stato incredibile vederti giocare.»

Quella telefonata lo aveva svegliato. Aveva dormito tutta la mattina, per poi svegliarsi solo per fare l'amore con Benedetta, per poi riaddormentarsi subito dopo. Quel giorno Sasha voleva dormire. Ma la telefonata di Tancredi lo aveva svegliato e in silenzio lo ascoltava.

«I soldi li mettiamo noi, tu metti le mani.»

Sasha rimaneva in silenzio. Pensava che la voce di quel ragazzo era cordiale e traditrice come quella di Mattias, un eroinomane che era passato per Borgo Fiorito.

«Potremmo fare un sacco di soldi.»

Sasha non si fidava. «Lasciamici pensare» gli disse.

«Pensaci sul serio. Il quindici per cento è tuo.»

Silenzio.

«Il venti.»

«Lasciamici pensare.» Poi Sasha riattaccò il telefono.

Deciso. Turbato.

Lui non era sicuro di volerlo fare, forse lui non ci credeva, ma quella telefonata aveva svegliato anche Benedetta, che da un angolo del letto si era accesa una sigaretta e fissava Sasha aspettando il momento giusto per parlare.

«Hai mai legato una donna al letto?»

«Sì» rispose il ragazzo.

«Davvero? E ti è piaciuto?»

«Molto» disse Sasha con un mezzo sorriso imbarazzato.

«E perché ti è piaciuto?»

«Perché mi piaceva vederla sotto di me, perché avevo il controllo. Perché potevo decidere cosa fare e se farlo oppure no.»

«E che facevi, la picchiavi?»

«No.»

«Perché no?» disse Benedetta alzando le sopracciglia e illuminandosi di un candido stupore.

Ma Sasha sapeva esattamente il perché. «Perché mi bastava sapere che avrei potuto farlo.»

Benedetta fissò Sasha per qualche istante. «O forse perché pensi che a tutto c'è un limite. Però non ha senso esplorare un piacere se poi hai paura ad averlo fino in fondo.»

Sasha guardava Benedetta rannicchiarsi come una gatta nell'angolo del letto. I suoi occhi erano aghi sottili che lo avrebbero infilato.

«A volte quei limiti sono punti di non ritorno.»

«E da cosa?» insisteva Benedetta ma Sasha non sapeva più rispondere, o forse non voleva rispondere. Quel silenzio lo stava tradendo e Benedetta ne approfittò per affondare lentamente dentro di lui. «Da Sasha il bravo ragazzo, quello nato e cresciuto per curare gli altri, quello che evita gli eccessi perché gli hanno insegnato che fanno male. Ma tu non sei così. Quando facciamo l'amore, quando scopiamo, quando litighiamo, quando giochi a poker, quando bevi insieme a me io vedo un altro Sasha che ha voglia di venire fuori e di gridare, di superare ogni limite, di esagerare e di liberarsi di un peso che tiene dentro da troppo tempo. Io voglio che quel Sasha sia libero, perché è meraviglioso, e voglio dargli quello che non ha mai avuto, la follia.»

Sasha sentiva che quella frase gli stava entrando dentro come la lama di un chirurgo, come un bisturi che voleva estirpargli un male peggiore. «Va bene, adesso basta. Mi sono rotto il cazzo di essere psicanalizzato» esplose.

«Perché hai paura di perdere il controllo?»

L'insistenza di Benedetta lo stava spingendo sempre più in

alto mare. Sasha cercava di non reagire, ma lei non accennava a smettere.

«Potrebbe anche piacerti, lo sai.»

Ma quel tono saccente non riusciva a sopportarlo e cercò di rispondere con un sorriso tra i denti. «Troppo, probabilmente.»

«Non esiste il troppo.»

«Esiste invece. Come esiste la dipendenza.»

«E chi l'ha detto che la dipendenza è una brutta cosa?»

«Tu non sai un cazzo, Benedetta.»

«E l'amore, Sasha? Quello anche dà dipendenza. Io so che l'amore significa dipendere da qualcuno. E non esiste troppo quando si ama.» Benedetta cambiò luce ai suoi occhi. «Se ti dicessi che ho intenzione di scoparmi un ragazzo che ci sta provando con me da giorni. Mi piace. Ha la tua età. Ti assomiglia anche un po'.»

«Ti ammazzerei» disse. Serio.

«No, non lo faresti, Sasha, quello vuol dire superare il limite. E tu non hai certi impulsi, vero?»

Benedetta si era accorta del respiro affannato che proveniva dai bronchi del ragazzo. Lui tentò di sporgersi fino al pavimento per raccogliere la sua bomboletta ma Benedetta lo anticipò e se la nascose dietro la schiena.

«Se solo lasciassi liberi i tuoi istinti, guarirebbe da sola anche la tua asma. Dimostrami che mi vuoi, che mi desideri davvero e io sarò tua. Ma dimostrami che non puoi fare a meno di me, che sono io la tua droga.»

Lentamente muore chi diventa schiavo dell'abitudine...

«Io non dipendo da niente e da nessuno» rispose Sasha, cercando di contenere il suo respiro.

Lentamente muore chi evita una passione...

Benedetta si alzò velocemente dal letto, afferrò i suoi vestiti e cominciò a prepararsi.

Lentamente muore chi non capovolge il tavolo...

«Dove vai?» le chiese Sasha.

«Te l'ho detto. Da lui.»

Chi non rischia la certezza per l'incertezza...

L'asma intanto aumentava e il ragazzo non aveva la forza di gridare, né di arrabbiarsi.

Chi non si permette almeno una volta di fuggire ai consigli sensati...

«Non riesci a respirare, Sasha?»

Lentamente muore chi non trova grazia in se stesso...

Lei si passò velocemente il rossetto guardandosi allo specchio. Poi si avviò verso la porta.

Sasha era debole e non riusciva più a respirare ma si alzò di scatto dal letto, corse fino alla porta e la chiuse con un calcio. Poi afferrò Benedetta e la allontanò dalla porta.

Chi distrugge l'amor proprio, chi non si lascia aiutare...

«Non t'azzardare» disse sottovoce.

«Levati, Sasha.»

Benedetta era riuscita a fargli superare il limite e Sasha, con tutta la forza che aveva nel braccio, le allungò uno schiaffo in pieno viso così forte da far rotolare Benedetta sul pavimento. Lei si portò una mano sulla guancia arrossata e sorrise.

«Come ti senti adesso?»

Anche lui si accasciò per terra. «Non farlo, non giocare con me...» disse abbassando la testa.

Benedetta scivolò dolcemente verso di lui, poi estrasse il ventolin dalla sua tasca e glielo sparò in bocca. «Ti amo» gli disse.

Sasha la guardò per qualche istante mentre in silenzio tratteneva il respiro. Poi rilasciò l'aria che aveva in corpo e la baciò. «Anch'io ti amo.»

... evitiamo la morte a piccole dosi,
ricordando sempre che essere vivo
richiede uno sforzo di gran lunga maggiore
del semplice fatto di respirare...

Non si passa indenni attraverso l'ammissione del proprio dolore. Non si passa indenni attraverso i corridoi del proprio passato, delle scelte forzate, delle strade sbagliate, delle canzoni mai cantate o – peggio – interrotte proprio quando sentivi che la tua voce avrebbe potuto tentare quella nota alta, irraggiungibile, estrema.

C'è stata un'Ultima Cena nella vita di Nicole. Un'Ultima Cena drammatica, crudele, rivelatrice. C'erano solo apostoli e nessun Illuminato. Solo qualcuno che cercava la luce, forse. E una vittima sacrificale. Di nome Sasha.

Era stata l'Ultima Cena di Nicole in quel mondo che si stava sgretolando sotto i suoi occhi. L'Ultima Recita sul palcoscenico sbagliato. L'Ultima Recita con quel copione sbagliato. L'Ultima Recita con gli attori sbagliati. Se avessi saputo che quella sarebbe stata la mia ultima apparizione nel ruolo di padrona di casa più o meno felice che apriva la porta agli amici di Lorenzo, l'ultima volta che avrei fatto finta che fossero anche miei amici, l'ultima volta che avrei apparecchiato la tavola per dieci con un sorriso bugiardo sulle labbra, l'ultima volta che avrei guardato quei visi estranei senza riconoscerli, l'ultima volta che li avrei odiati, forse avrei cercato di ritenere nella mia memoria alcune immagini da portare via con me. Non so: Camilla che mangiava cauta forchettate del mio sartù di riso per non rovinare il gonfio risultato del suo ultimo intervento al silicone, il marito di Flavia che sezionava il filetto in crosta con la sua abilità da cardiochirurgo e mi guardava con quegli occhi di ghiaccio che tante volte mi avevano fatto domandare come potesse un uomo con degli occhi così crudeli risanare il cuore della gente, Lorenzo e i suoi movimenti esitanti, insicuri, le occhiate interrogative che rivolgeva a me e ai miei jeans neri e al mio cardigan rosso indossato al contrario, con l'abbottonatura sul dorso, al mio viso privo di trucco, alla mia ribellione manifestata con un abbigliamento che i presenti avrebbero poi etichettato come "inappropriato".

Non si passa indenni attraverso l'ammissione del proprio dolore.

Avrei dovuto saperlo.

Io il mio dolore l'avevo guardato in faccia e riconosciuto il giorno in cui avevo lasciato Camilla in compagnia delle sue allusioni da taverna in un negozio di stoffe provenzali e avevo camminato per ore senza sapere dove andare. E poi l'avevo finalmente ammesso quando, dopo essere arrivata grondante di pioggia davanti a una porta che diceva "Noi Siamo Qui", in una stanza che sapeva di Sasha, di aranciate e di confessioni collettive, mi ero alzata in piedi davanti a un gruppo di sconosciuti sapendo che loro – a differenza di me – non mi avrebbero giudicata.

«Mi chiamo Nicole e sono una tossicodipendente» avevo detto con una voce che finalmente riconoscevo come mia. «Mi faccio da più di dieci anni. Quotidianamente e senza interruzioni. Mi faccio di dolore, di rimpianti, di indolenza, di vigliaccheria, di controllo, di paura. Tanti anni fa ho amato. Disperatamente, visceralmente, incondizionatamente. Ho amato la vita prima ancora di Thierry. Quando lui è morto, io ho abbandonato la vita. Mi sono sentita in colpa per averlo intossicato con quello che tutti chiamavano amore e che a me all'improvviso è sembrato un veleno. Io ero un medico. Avrei dovuto curarlo invece che amarlo. Thierry si è ucciso. Per troppo amore.

Per troppo veleno. E io ho iniziato a drogarmi. Sono qui perché non ne posso più. La droga non mi è più amica. Non riesco più a indossare il lutto. Non riesco più a credere che quello che provavo per Thierry fosse veleno. Non riesco più a non avere voglia di vivere. E tutto questo è tremendamente doloroso. E io sto morendo di paura.»

Se quel giorno avessi saputo quali sarebbero state le conseguenze della mia confessione pubblica, la sera dell'Ultima Cena avrei avuto in dotazione una consapevolezza che mi avrebbe resa più misericordiosa. E che mi avrebbe fatto incasellare nel cassetto dei ricordi qualcosa di quella serata che fosse buono, sorridente, confortante.

Ma non sapevo. Non immaginavo. In dotazione avevo solo una me stessa pericolosamente priva di barriere.

E quindi la responsabilità, signori giurati, la responsabilità di quella Nicole struccata, distratta, con il suo ribelle golf al contrario, la colpa di quella serata sbagliata, crudele, sincera, scandalosamente vera, la colpa delle parole che furono dette e di quelle che furono negate, risiede in una nota. Quella nota alta, cristallina, pericolosamente chiara, che almeno una volta nella vita sentiamo tutti. Una nota che per un breve momento, se gli dèi e gli astri sono con noi, sappiamo di poter raggiungere, cantare, agguantare, far entrare nella nostra gola per poi esplodere con lei.

La mia colpa, signori giurati, è stata ascoltare quella nota. Correrle dietro. E danzarla con Sasha.

Non me ne ero reso conto, ma ero salito sulla mia nave. Stavo fendendo le acque col vento in poppa. Stavo vivendo.

Le previsioni continuavano a dare maltempo, ma le giornate di pioggia stavano passando e timidamente si stava affacciando il primo sole.

Le pareti della mia stanza si stavano arricchendo e accanto alla foto di mia madre da giovane ne erano apparse di nuove a colori.

In quella casa stava ritornando ad abitare la vita riportando il colore sui legni ingrigiti e la luce nei miei occhi spenti. I miei capelli sempre più lunghi avevano smesso di nascondermi e, come tende al mattino, si erano aperti sul mio viso per lasciare entrare il sole.

Stavo cambiando. Me ne stavo rendendo conto. Mi stavo scoprendo giorno dopo giorno, osservando la mia trasformazione.

Nelle ultime due settimane io, Benedetta e Tancredi abbiamo viaggiato, abbiamo giocato e abbiamo vinto. Il giorno e la notte non scandiscono più le mie giornate, solo il sonno e la veglia che ormai non hanno più orari.

E in questo mare in tempesta scopro lati nascosti di me, in quel mare in tempesta lascio che la mia bussola sia la follia, come dice Benedetta, e da lei mi lascio condurre.

Ma alle volte, quando mi guardo indietro, mi rendo conto

che non so più da dove sono partito, dove sono e non so nemmeno più chi sono.

Quando mi sono preparato per venire a prenderti Benedetta dormiva ancora nel mio letto, il mio portafoglio era pieno di soldi facili, avevo una macchina nuova, prestata da Tancredi, sulla pelle avevo ancora l'odore del sesso e dopo tanto tempo avevo voglia di scendere dalla mia nave e tornare a casa.

Dio, Nicole, quanto mi sei mancata. Tu e il tuo ridere di gusto. Quanto mi sei mancata. Non te l'ho ancora detto e non credo te lo dirò mai.

Ma stasera tirava tramontana, io avevo freddo, e ho sentito il bisogno di vederti. Ora sei qui e mentre camminiamo avvolti dentro i nostri cappotti io non sento più freddo.

«Come stai?» mi hai chiesto quando sei entrata nella mia macchina allargando il tuo sorriso solo per me.

«Alla grande» ti ho risposto. Perché è cosi. È così che dovrebbe essere, no? «Alla grande.»

Mi sono seduto davanti a te al tavolo di un ristorante e il mio vero nutrimento è stato solo guardarti sorridere.

«Come stai?» mi chiedi ancora.

«Te l'ho detto Nicole, alla grande.» I suoi occhi mi fissano cercando verità. Come se quello che le ho detto non le bastasse, come se il mio sorriso non la convincesse.

Oppure come se quella risposta non le piacesse.

«Non pensavo che il sesso potesse essere così intenso, violento, divertente, eccitante, eccessivo.»

Ti piace questa risposta, Nicole?

«È un gioco che non è solo di testa, è un gioco che piglia anche l'anima...»

Guardami Nicole, guardami adesso e dimmi cosa provi.

«... e dopo ridiamo, ridiamo tantissimo, ridiamo da morire...»

Non esagerare, Sasha.

«... e il sesso con lei è meraviglioso.»

Nicole annuisce, ascolta e sorride.

«Sono felice per te, Sasha» mi dice con calore.

No. Risposta sbagliata.

Non è questo quello che mi aspetto da lei.

E cosa ti aspetti da Nicole?

Cosa penserebbe lei se le dicessi la verità?

Mentre usciamo dal ristorante e ci perdiamo per i vicoli del centro, ripenso all'ultima volta che ho litigato con Benedetta.

«È un segno di follia quando si incomincia a parlare di se stessi in terza persona?»

«Finora hai parlato in prima» dice ridendo.

«Perché ci sei tu.»

Siamo fermi in una piazzetta deserta con una fontana in mezzo. Ci guardiamo.

Nicole diventa seria e mi rivolge di nuovo il suo sguardo trasparente. «È il segnale che vogliamo prendere le distanze da quello che stiamo facendo, perché ci fa paura. C'è qualcosa che vuoi dirmi?»

Esito. Vorrei. Non ce la faccio.

È difficile. Così difficile.

«Dài, fammi sentire il discorso che devi fare» le dico cercando di riprendere il controllo.

Così metto Nicole sui gradini della fontana, al centro della piazza, a venti metri da me davanti a due avvinazzati presi da dentro un bar. Nicole mi guarda e inizia a parlare. I suoi occhi da lontano fissano solo me. E i venti metri che ci separano ci tengono più stretti.

Ora che sei lontana riesco a guardarti.

Da qui è facile confessarmi quanto sei bella mentre davanti a quei due ubriaconi reciti il tuo discorso come una bambina composta, dirmi quanto vorrei toccare quei tuoi occhi che ridono emozionati e dirmi che mi sei mancata.

Perché per me a volte è più facile se c'è una distanza che ci separa?

Tu lì. Intera. Distante. Felice. Ricevi i tuoi applausi.

Io qui. Incompiuto. Frammentato. Incantato. Applaudo.

Nicole ride e ringrazia imbarazzata.

Dio, com'è bella.

Nicole arriva piena di gioia, entusiasta e io le dico che è stata bravissima, ma ho le ginocchia deboli.

Poi di colpo si blocca. «Senti?» esclama.

Sono note lontane quelle che percepisco, note che volano alte sopra di noi.

«È Chet!» mi dice ancora più eccitata e si infila di corsa dentro un portone.

Fermo Sasha, non andare.

Non avevamo mai cenato insieme in un locale pubblico, come due amici, come una coppia, come due amanti. Sasha era stato stranamente tranquillo e silenzioso, quella sera, al ristorante. Poi, all'improvviso, mi aveva mitragliato di informazioni su Benedetta, mi aveva descritto senza esclusione di dettagli il letto perennemente occupato dai loro due corpi, del suo non essere mai sazio di lei, della capacità di Benedetta di spingerlo sempre oltre ogni limite. Ma dietro al sorriso che gli fioriva sulle labbra mi era sembrato che si nascondessero altre emozioni. Gli leggevo la provocazione negli occhi. E forse un desiderio di ferirmi. O di ferire se stesso attraverso me. A tratti mi ero sentita a disagio.

E forse mi aveva letto negli occhi le mie emozioni. Mi aveva guardato un po' smarrito. Con una luce strana.

Ma poi aveva sorriso e l'imbarazzo era scomparso come per incanto. Eravamo usciti dal ristorante ridendo, Sasha era di nuovo se stesso. E io ero di nuovo me stessa.

Mentre camminavamo per le strade vuote, mi aveva chiesto di provare con lui il discorso che avrei dovuto fare al Centro Culturale Francese il mese successivo. Svoltando da un vicolo, eravamo arrivati a una piazzetta deserta, con una fontana nel mezzo.

Sasha si era bloccato, come colpito da un'idea improvvisa. «Aspettami qui» mi aveva detto, ed era entrato in un piccolo bar con la saracinesca mezza abbassata. L'avevo visto parlare con l'uomo che stava dietro al bancone e con un vecchietto che indossava un cappello da alpino. Poi, erano usciti. Lui, il canuto alpino e il proprietario del bar, un uomo grosso e rubizzo con un grembiule bianco legato intorno alla vita. Il vecchietto serrava la mano nodosa intorno a un bicchierino di sambuca.

«Prova generale» mi aveva detto Sasha. Mi aveva preso per mano e fatto salire i tre gradini che circondavano la fontana.

«Che stai facendo?» gli avevo chiesto con l'angosciosa certezza di saperlo già.

«Prova generale» aveva ripetuto lui sorridendo. Poi aveva indicato i due uomini che ci guardavano con curiosità. «Quello è il tuo pubblico.» Si era voltato per raggiungerli.

Io l'avevo agguantato per la manica. «Tu sei pazzo» avevo sibilato, «dovrei fare il mio discorso adesso? Qui?» Mi stava già venendo da piangere e sentivo il cuore accelerare i battiti.

«Certo» aveva riso lui. Poi aveva visto la luce terrorizzata nei miei occhi. «Nicole...» mi aveva sussurrato in tono più morbido, «ti ricordi cosa mi hai detto una volta? "Vivi, Sasha".»

«Ho freddo» avevo brontolato nascondendo la faccia nel collo del cappotto.

«Vivi, Nicole.»

«Sono in piena digestione.»

«Vivi, Nicole.»

«Mi sento ridicola.»

«Che facciamo noi?» aveva gridato il padrone del bar spazientito.

«Tu non sei mai ridicola» i suoi occhi azzurri piantati nei miei. «Non hai più dieci anni, non sei più a scuola. Tuo padre non verrà perché non è stato invitato. Hai invitato me. E io sono qui» mi aveva sorriso ancora e aveva raggiunto il vecchio con il bicchierino di sambuca in mano e il padrone del bar.

«Ma che è, un'attrice?» gli aveva chiesto il vecchio.

Era tutto talmente assurdo che avrei dovuto ridere. Ma il nodo alla gola era troppo stretto. Avevo chiuso gli occhi e avevo iniziato a parlare.

Mi viene da vomitare, mamma.

Sei sempre talmente emotiva, Nicole.

Avevo aperto gli occhi incespicando in una parola. Il cuore martellava. Lo sguardo di Sasha era fisso nel mio, un leggero, fiero sorriso sulle labbra. Avevo ripreso a parlare. Gli altri due mi guardavano, leggermente confusi. La mia orazione era in francese.

Gli occhi di Sasha nei miei.

Adesso le mie parole fluivano facili e leggere nell'aria.

Non sono più a scuola.

Le sue labbra piegate all'insù.

Sto parlando di fronte alla gente.

Il suo giaccone verde pieno di lui.

Sembra che anche le sue labbra mi stiano guardando.

Il lampione come un riflettore su di me.

Non ho paura.

Non tanta.

Avevo terminato con un senso di eccitazione e di trionfo. Il mio pubblico aveva applaudito, avevano anche esagerato gridando un «Brava». Mi ero chinata sorridendo, come un'attrice consumata. Sasha, senza staccare gli occhi dai miei, era venuto a prendermi e mi aveva fatto scendere dal palcoscenico.

«Fichissima. Sei stata fichissima» aveva detto esultante.

Il padrone del bar ci aveva offerto un bicchiere di vino, il vecchietto aveva voluto un autografo. Avevamo brindato e riso nel piccolo locale semichiuso e poi mi ero accomiatata da loro.

«L'ho fatto!» avevo gridato a Sasha mentre camminavamo per tornare alla macchina.

«L'hai fatto» aveva annuito lui sorridendo.

Avevo piroettato in mezzo al vicolo. Mi sentivo elettrizzata. Mi sentivo invincibile.

E poi era arrivata la Nota.

Pura. Altissima. Cristallina. Una nota impossibile da raggiungere. Ma in quel meraviglioso momento di vittoria e stordimento felice, io sapevo che l'avrei potuta cantare.

«Senti?» avevo chiesto a Sasha arrestando di botto le mie piroette. Lui mi aveva guardato interrogativo. Poi la voce ovattata della tromba era arrivata anche a lui. «È Chet!» avevo esclamato eccitata e mi ero infilata correndo nel portone da cui usciva la musica.

Sasha aveva esitato, poi mi era venuto dietro. Seguendo la voce di Chet Baker avevamo attraversato un androne scuro che sfociava in un piccolo cortile. C'era una finestra aperta, ed era da lì che arrivava la musica. Mi ero voltata felice verso Sasha. Era fermo, in piedi in mezzo al cortile. Anche nel buio i suoi occhi non avevano abbandonato i miei.

La Nota suonava alta. Volava sopra i motorini parcheggiati intorno a noi, sopra i due gatti che dormivano, sopra il cortile, sopra le finestre, sopra la voce di Chet, sopra i tetti, sopra il cielo. E io non potevo lasciarla andare.

«Hai mai ballato con Benedetta mentre suona *lui*?» avevo chiesto a Sasha.

Aveva scosso la testa, fissandomi.

Io avevo proteso le mani. «Prova generale» avevo detto sorridendo.

Sasha si era mosso verso di me, incerto. Portando con sé la Nota. Mi aveva preso fra le braccia, con un movimento esageratamente delicato. Avevo allacciato le mani intorno al suo collo, avvicinando il viso alla sua spalla. Le sue mani si erano fatte più sicure sulla stoffa del mio cappotto, avevo sentito i palmi che si rilassavano e si aprivano. Avevo appoggiato la testa sulla sua spalla. Il suo giaccone era freddo e sapeva di aria pulita.

Il leggero solletico della barba non rasata di Sasha contro i miei capelli. Il suo fiato caldo sulla mia tempia. La sorpresa di sentirmi perfettamente al sicuro, incastrata fra le sue braccia.

La vaga consapevolezza di essere in un luogo sconosciuto e pericoloso. Il turbamento nell'ascoltare la risposta dei nostri due corpi ingabbiati nei cappotti e grazie a loro resi più liberi e nudi.

Everytime we say goodbye I die a little, sussurrava l'esile voce di Chet Baker. Io avevo chiuso gli occhi e mi ero lasciata andare. La Nota era lì, fra le mie mani, e io la stavo cantando. Sasha mi aveva impercettibilmente stretta un po' di più, premendo col suo palmo aperto e caldo contro la mia schiena. Aveva appoggiato la bocca sui miei capelli, e aveva accolto la mia Nota nella sua canzone.

E ora la stavamo cantando insieme.

Everytime we say goodbye I wonder why a little.

I nostri piedi sfioravano la ghiaia facendola scricchiolare. Io premevo la mia faccia contro il giaccone di Sasha provando un misto di dolore e sollievo all'idea che di lì a poco la voce di Chet si sarebbe spenta e la mia Nota sarebbe finita.

E che tutto sarebbe tornato come prima.

La musica era sbiadita. Era arrivato il silenzio. I piedi di Sasha avevano obbedito ai miei, fermandosi. Aveva continuato a tenermi stretta. Io non avevo aperto gli occhi.

Poi, con cautela, come per non farci male, avevamo allentato il nostro abbraccio. Insieme. Ci eravamo guardati. La Nota trillava alta sopra di noi.

La puoi raggiungere, Nicole.

Gli occhi azzurri di Sasha scintillavano nel buio rischiarato dalla luce di qualche finestra. Le sue mani erano ancora intorno alla mia vita, le mie aggrappate al suo collo.

La possiamo raggiungere, Sasha.

I suoi occhi avevano abbandonato i miei, si erano fermati sulle mie labbra. Io avevo guardato la sua bocca. Lentamente, come in una nebbia, avevo intuito il suo viso che si avvicinava al mio, avevo sentito il mio viso alzarsi verso di lui.

Solo un millimetro.

La Nota aveva sorriso. E poi aveva trillato. Perfetta.

Mi potete raggiungere.

Mi ero allontanata da lui di scatto. Avevo freddo, avevo caldo.

Mi sentivo ridicola.

Tu non sei mai ridicola, Nicole.

«Se al mio posto ci fosse stata Benedetta sarebbe stato perfetto» avevo scherzato per difendermi.

Sasha aveva avuto una reazione inaspettata. Non si era mosso bruscamente, non aveva detto niente di spiritoso, non aveva riso a voce alta. La sua mano si era serrata per un secondo sulla stoffa del mio cappotto, come a non lasciarmi andare. E io avevo avuto voglia di tornare da lui.

Ma poi la mano si era aperta, io ero tornata libera e lui aveva sorriso dicendo: «Mi devi prestare questo cd».

Avevo raccolto la borsa, lui si era acceso una sigaretta.

«Riportami a casa» gli avevo detto con voce breve. E avevamo voltato le spalle ai gatti, ai motorini che sonnecchiavano, alla Nota, alle finestre accese, a quel cortile.

E a noi.

Non si passa indenni attraverso l'ammissione del dolore. Era questo che mi ripetevo mentre girovagavo per casa con i miei jeans e il mio golf al contrario, mentre odiavo i miei ospiti, mio marito, la mia casa, me stessa. La recita di quella sera si intitolava L'Ultima Cena e sarebbe stato un encomiabile esperimento teatrale nel quale tutti i personaggi sarebbero stati autori del testo e nessuno di loro sarebbe stato consapevole di averlo scritto.

Un Happening.

Una Tragedia in tre atti.

Una Farsa.

I personaggi avevano preso posto intorno al tavolo. Avevano conversato le loro piccole conversazioni. Il personaggio Nicole aveva smaniato, annoiata e di malumore. Aveva rovesciato il vino. Aveva riso con voce troppo squillante e si era lisciata nervosamente i capelli guardando l'orologio. Il personaggio Lorenzo aveva scrutato la moglie individuando le parole non pronunciate sulle sue labbra tirate in un sorriso fasullo. Aveva pensato che era bella.

I personaggi Commensali avevano celebrato la loro vita priva di sale come il filetto in crosta che il personaggio Nicole si era dimenticata di insaporire. Dietro al palco, un leggero brontolio di tuoni costruito con la carta stagnola. Alla fine del primo atto il personaggio Nicole si era scusata e si era ritirata nel suo luogo preferito e consolatorio. Nel suo bagno aveva fatto scorrere l'acqua, si era rimessa il rossetto, spruzzata un po' di profumo sui polsi. In questo breve spazio di tempo si era trasformata nel commediografo, e aveva deciso di movimentare la recita. Il commediografo Nicole aveva guardato il cellulare che, se fosse esistito un copione avrebbe dovuto trovarsi dentro la sua borsa, e che invece, nel corso dell'Happening era stato dimenticato lì, l'aveva afferrato e aveva composto il numero di Sasha. Il quale si era trasformato in un personaggio, entrando ufficialmente a far parte del cast della serata. Il commediografo Nicole gli aveva detto che si annoiava, che la cena era interminabile. Il personaggio Sasha era turbato e di malumore, il commediografo si era irritato. Il personaggio Sasha si era offerto di raggiungerla e salvarla.

Un momento, aveva pensato il commediografo Nicole. Valutiamo prima le emozioni della donna vestita col golf a rovescio.

Rabbia, noia, confusione.

Irrequietezza, insoddisfazione.

Senso di soffocamento, il bisogno di abbattere gli schemi.

Ribellione.

Desiderio di non proteggere più nessuno, neanche se stessa.

La mia commedia ha bisogno di un secondo atto.

E di un terzo atto a sorpresa.

Il commediografo Nicole aveva scritto velocemente la battuta per il personaggio della donna con il golf a rovescio. Che l'aveva pronunciata.

«Certo. Vieni, ti aspetto.»

Il commediografo Nicole era tornata fra i suoi ospiti abbandonando la penna e rientrando nei panni del personaggio. Si era seduta composta aspettando l'inizio del secondo atto. Che era cominciato con una scampanellata.

Il personaggio Nicole si era alzato, aveva sussurrato al marito che Sasha era venuto per recuperare un libro che gli serviva, aveva aperto la porta della sua casa allo Straniero. Il personaggio Lorenzo l'aveva salutato affabile, senza sorridere, con la schiena un po' rigida. I personaggi Commensali si erano scambiati veloci occhiatine, avevano un po' esagerato coi sorrisi, gli avevano offerto del vino, gli avevano consigliato una fetta della meravigliosa charlotte che stavano assaporando.

Il personaggio Nicole l'aveva lasciato solo.

Voleva dimostrare a tutti che non avevano niente da nascondere. Voleva dimostrare a se stessa che non aveva niente da nascondere. Voleva metterli in difficoltà. Voleva metterlo in difficoltà. Voleva fargli capire che lì non c'era posto per lui. Voleva mostrare agli altri che nel mondo suo e di Sasha non c'era posto per nessuno. Voleva essere smentita. Non voleva più proteggere nessuno.

Il branco aveva annusato il personaggio Sasha. L'odore che emanava non era familiare e quindi gli si era scagliato addosso. Durante l'Ultima Cena il personaggio Nicole aveva indicato la Vittima Sacrificale e i Commensali l'avevano azzannata, obbedienti.

Dietro le quinte qualcuno aveva agitato la stagnola con più veemenza, il temporale aveva fatto spalancare una finestra, il personaggio Lorenzo l'aveva chiusa restando in piedi lì, distaccato dal resto. Il personaggio Nicole si era rilassata contro lo schienale della sedia, senza guardare nessuno, in attesa. Aveva ascoltato i personaggi Commensali ringhiare intorno al personaggio Sasha. Era un marziano nelle loro mani, e loro dovevano dissezionarlo per amore verso la scienza, e poi abbandonare il suo cadavere estraneo con il sollievo di chi ha capito che non c'è niente da temere. Il personaggio Sasha sorrideva a Nicole, rispondeva a tutti, sciorinava velocemente le sue battute contrapponendo al passato del grande cardiochirurgo il suo breve passato di povero orfano, restituendo al politico in ascesa il suo lavoro di parquettista, mangiando la charlotte con le mani, ridendo senza reticenze, accogliendo quei musi feroci e quelle occhiate di sufficienza con la felice rassegnazione di chi ha già vinto perché non pensava che ci fosse una gara. Ora il personaggio Sasha era diventato il commediografo e scriveva per gli altri battute insipide e banali di cui conosceva già le risposte.

E quando il personaggio Camilla, con gli occhi un po' appannati dal vino, irritata e spazientita per quel massacro che non riusciva a compiersi, per quel soldato che non si decideva a morire, aveva pronunciato la battuta più stupida della serata: «Ma insomma, tu lo sai perché sei qui? Sai cosa vuoi fare della tua vita?».

Lui si era alzato con calma. Aveva guardato tutti. Poi aveva fermato il suo sguardo su Nicole.

«Posso solo dirvi perché sono qui stasera. Perché volevo prendere un libro. E perché Nicole è bella.»

E se n'era andato senza assaporare l'eco della sua frase.

I personaggi Commensali erano rimasti inchiodati ai loro posti. Scandalizzati e offesi da chi si era denudato facendogli sentire tutto il peso dei loro cappotti fuori stagione.

Il personaggio Lorenzo aveva guardato il personaggio Nicole con occhi di fuoco, intimandole di trovare un modo di ricucire quelle coscienze sbrindellate.

Il personaggio Nicole si era alzata, anche lei con calma. Aveva radunato tutti i piatti formando una pila ben ordinata. Si era fermata sulla porta che dava nel corridoio.

«Siete stati maleducati e volgari con un mio amico. Ma d'altra parte voi siete persone maleducate e volgari. Non ho più voglia di avervi dentro casa mia. Andatevene, per favore.»

E si era ritirata in cucina a caricare la lavapiatti.

Il chiacchiericcio lontano degli ospiti che salutano. Alcune risatine imbarazzate. Un colpo di tosse. La porta dell'appartamento che si chiude. I passi di Lorenzo.

Terzo Atto.
Sipario.

I due personaggi si aggirano fra fondali di cartapesta e colonne di gesso.

Lorenzo	(*voce tesa, occhi colmi di una fredda ira*) Non farlo mai più. Non ti azzardare più a renderci ridicoli di fronte ai miei amici.
Nicole	Non ho mai assistito a una scena più nauseante. Tu e quei patetici manichini contro un ragazzino. Che tristezza.
Lorenzo	(*spogliandosi con gesti rabbiosi*) Il ragazzino mi è sembrato perfettamente in grado di difendersi da solo.
Nicole	(*alzando la voce*) Infatti è questo il punto. Perché avrebbe dovuto difendersi? Qui, a casa mia?
Lorenzo	Perché questa è casa *nostra*, Nicole. E lui l'invade. Con le sue scarpe puzzolenti seminate in giro. Con quel suo stupido cane. Con la sua aria da bambino famelico. Con le sue risate fuori luogo. Con la sua presenza costante.

Un fondale che ritrae la veduta del Partenone inizia a scricchiolare mentre profonde crepe ne intaccano la facciata.

Nicole Sasha è un invasore. Ho capito. E io cosa sono, Lorenzo? (*gli si pianta davanti*) Cosa sono?

Lorenzo (*la prende per le spalle, la fa girare verso lo specchio*) Sei una donna di quarant'anni che si mette un golf al contrario sentendo di aver dimostrato qualcosa. (*lascia cadere le mani. Si volta, si infila a letto*)

Nicole (*lo guarda, poi scivola a terra sedendosi sul pavimento. Ride*) Sbagliato. Sono una donna infelice.

Il Partenone di cartapesta comincia a sgretolarsi.

Lorenzo E la colpa è mia, vero? (*guarda l'orologio*) Domani mi devo svegliare presto. Buonanotte. (*appoggia la testa sul cuscino, chiude con decisione gli occhi*)

Nicole Perché devi sempre dormire, Lorenzo? Dormire, o rintanarti dietro al silenzio, o scappare. Come facciamo a continuare così? Me lo dici? (*si alza in piedi, grida*) Perché non vuoi parlare con me?

Lorenzo (*tirandosi su a sedere, grida anche lui*) Perché ho paura!

La veduta del Partenone crolla con uno schianto. Rivelando le travi e i cavi che prima celava.

I due personaggi si guardano. Nicole si siede sull'angolo del letto.

Nicole (*a voce bassa*) Anch'io ho paura. Ma non posso più fare finta che questo sia un matrimonio. Tu vivi con una donna che la notte non dorme e non ti sei mai chiesto sul serio perché. Tutte le mie verità le hai accettate e prese per buone senza discutere. Tu non ti poni mai domande, non obietti mai, non perdi mai il controllo. Il tuo controllo su di me. Sai spingere i bottoni giusti, sai farmi obbedire, sai farmi sorridere, sai farmi vivere come tu vuoi che viva. (*scuote la testa*) Ma io voglio qualcos'altro. Ti sei sempre tenuto così distante da me che a volte mi sorprendo sentendoti muovere per casa. Mi sorprendo che ci sia qualcun altro con me.

Il fondale di cartapesta con la veduta dei grattacieli di New York comincia a perdere pezzi.

Lorenzo *Io* mi sono tenuto distante da te? E chi ha mai potuto avvicinarsi, Nicole? Hai sempre vissuto con un braccio teso davanti per non accorciare le distanze fra te e gli altri. Fra te e me. Il fantasma di Thierry, il tuo passato, le tue notti insonni che hai sempre difeso a spada tratta. Non mi hai mai permesso di penetrare la tua solitudine. Ho dovuto seguire il tuo passo, adattarmi al tuo ritmo, ai tuoi tempi. Ogni volta che provavo a infrangere le tue regole ti irrigidivi e mi facevi capire che ti stavo tradendo. Mi guardavi offesa e ferita, e io tornavo al mio posto.

La punta dell'Empire State Building rotola ai piedi di Nicole. Il palcoscenico è invaso da una polvere bianca.

Nicole Ti faceva comodo, Lorenzo. Perché non proviamo a dire un po' di verità difficili? Ti faceva comodo avere accanto una persona che non ti chiedeva di sforzarti un po' di più. Che non reclamava domande. Che non ti faceva fare fatica. Ma l'errore è stato credere che a me bastasse quello. Io volevo le tue domande. Io *volevo* che tu creassi il disordine per farmi uscire dal mio ordine e aiutarmi a crearne uno nuovo insieme a te. Volevo che non ti accontentassi di sorrisi preconfezionati. Non buttare la croce addosso al mio desiderio di non essere toccata. Mi hai scelta perché sapevi che ti avrei dato esattamente quello che ti aspettavi.

Lorenzo Avremmo potuto avere quel figlio, Nicole.

Nicole alza la testa di scatto. Un boato fa tremare quello che resta dei grattacieli. Grossi brandelli di cartapesta franano intorno al letto. I due personaggi non si riparano.

Nicole (*con voce tremante di rabbia*) Non ci provare. Avevamo deciso che non avremmo avuto figli. Era quello che volevi anche tu!

Lorenzo Certo. Ma poi è successo. Sei venuta da me con una provetta in mano e hai detto: «Abbiamo fatto un errore». Cosa dovevo dire io?

Nicole Per esempio "teniamolo". Potevi provare. Magari ti avrei stupito.

Lorenzo Te ne stavi davanti a me con quella faccia pallida e l'aria accusatoria. Hai detto: «Non posso» e hai chiuso la questione. Eri tu che dovevi decidere.

Nicole Certo. Sono sempre stata io quella che doveva decidere. Il passo, il ritmo, i tempi. Ai quali tu potevi adeguarti senza assumerti nessuna responsabilità. Non volevo quel bambino, è vero. Ma forse avrei avuto bisogno di non dover decidere da sola. Forse avrei avuto bisogno di un complice nel crimine. Ma tu le banche me le hai sempre lasciate rapinare da sola. Guardando da fuori. E io tutto questo adesso non lo sopporto più.

Il pavimento del palcoscenico viene scosso da una sottile vibrazione. Le colonne di gesso iniziano a tremare. Intorno ai due personaggi lo scheletro delle scenografie ormai in rovina.

Lorenzo (*afferra una mano di Nicole*) Verità difficili, hai detto. Verità scomode. Vuoi sapere perché non sopporti più la nostra vita? Vuoi davvero sapere perché odi tutto quello che ti circonda, la nostra casa, i miei gesti, i nostri amici, il nostro passato? Vuoi sapere perché improvvisamente sei diventata piena di nemici che attentano alla tua vita, e io sono il tuo carnefice? Se questa è la notte delle verità scomode, ce n'è una pronta sul piatto per te. Così scomoda e patetica e squallida e facile e scontata che tu ti rifiuti di vederla. Sei pronta per la Regina delle Verità, per quella più scomoda di tutte, Nicole? Vuoi che ti dica io come si chiama?

Una scossa più forte delle altre. Uno scricchiolio sinistro, poi le colonne di gesso franano con un boato. Grossi pezzi di intonaco si staccano rimbalzando sul letto dove i due personaggi sono seduti. Lorenzo si copre il viso con le coperte, Nicole abbassa la testa proteggendola con le braccia. Il palcoscenico trema sempre più forte. La luce si spegne, poi si riaccende, poi si spegne definitivamente sui due personaggi soli in mezzo alle rovine.

La battuta finale si è persa nel fragore del terremoto.

Buio.

Sipario.

Si racconta che nei tempi antichi gli uomini e le donne che erano sospesi tra la vita e la morte, affinché non contagiassero il resto dell'umanità con la loro malattia, venivano rinchiusi dagli dèi in una grande grotta che non era né buia né luminosa, lontana dal mondo popolato. In questa grotta gli dèi avevano aperto due porte. Una conduceva alla vita. Una alla morte. La grotta era l'anticamera della loro scelta definitiva.

Avvenne che un giorno uno di quegli uomini e una di quelle donne concepirono un figlio. Il bambino era spaccato a metà. Un lato era di luce pura, e tendeva alla porta della vita, l'altro lato era buio, e tendeva alla porta della morte.

Gli dèi non sapevano come comportarsi con questo bambino che non aveva le colpe dei suoi genitori e alla fine, come spesso succede agli dèi, in questa indecisione non fecero nulla e lo abbandonarono al suo destino.

Il bambino, mentre cresceva in quel regno di mezzo, si accorse che i suoi genitori e tutti gli altri abitanti della grotta non avevano un lato luminoso e uno oscuro, come lui. Erano semplicemente grigi, sbiaditi. Come la grotta. E così imparò, per scaldarli e illuminarli, a dar voce a quella sua metà più solare e a nascondere la sua metà buia, fino a dimenticarsene.

La notte, da sotto la porta dell'aldilà, filtravano gli incubi e le sofferenze dei morti, che tormentavano i suoi genitori. Allora il bambino si metteva tra loro e quegli incubi e cantava con una voce angelica, sfruttando la propria luce. E le note pure che emetteva trasformavano gli incubi in sogni. Il giorno, spossato da quella lotta col buio, il bambino andava vicino alla porta della vita e ancora cantava, assorbendo la poca luce che filtrava e riflettendola moltiplicata per i suoi genitori e tutti gli altri abitanti della grotta.

Dall'alto della loro dimora Ipnos, il dio della notte, del sonno e dell'oblio, e Luce, la dea del giorno, della veglia e della vita, lo osservavano ammirati. E ognuno dei due avrebbe voluto averlo con sé.

«È mio» diceva Ipnos, «sa trasformare gli incubi in sogni.»

«No, appartiene a me» replicava Luce. «Sa infondere vita anche a quel che non ha vita.»

La discussione non arrivava mai a una soluzione e così i due dèi, separatamente, l'uno di nascosto dall'altro, avvicinarono il bambino.

«Tieni questa chiave» gli disse Ipnos. «Apre la porta della morte. Tu hai il dono di addolcirla. È per questo che sei nato.»

«Tieni questa chiave» gli disse Luce. «Apre la porta della vita. Tu hai il dono allungare il giorno. È per questo che sei nato.»

Il bambino si mise la chiave della morte nella tasca del suo lato buio e la chiave della vita nella tasca del lato luminoso. La sua natura gli diceva di usare la chiave della vita ma nello stesso tempo non voleva abbandonare i suoi genitori e tutti quegli altri uomini e donne che aveva imparato ad accudire. E un po' aveva paura dell'ignoto. Passò molto tempo in questa indecisione finché un giorno aprì la porta della vita, al tramonto, per paura d'essere accecato dalla luce, e uscì dalla grotta.

Si trovava su una rupe altissima, che dominava l'intero creato. E sulla rupe vide una bellissima bambina che piangeva disperata.

«Perché piangi?» le chiese.

«Perché il re, mio padre» rispose la bambina tra i singhiozzi, «appena viene notte fa accendere tutte le luci del castello e io non so cosa sia il buio.»

Il bambino le si avvicinò. «Perché vuoi conoscere il buio?» le chiese.

La bambina si aprì il vestito e gli mostrò il proprio corpo nudo. Il corpo della bambina era buio. I raggi del sole che stava tramontando non riuscivano a illuminarlo. Allora anche il bambino si denudò e mostrò alla principessa il proprio corpo, che era ormai quasi tutto luminoso e solo per una piccola parte buio. La bambina non degnò di uno sguardo la parte luminosa. Fece sdraiare il bambino accanto a sé e gli accarezzò a lungo la parte buia. Quando fu ora di salutarsi la parte buia del bambino era cresciuta, mangiandosi una gran fetta di quella luminosa.

Ma il bambino non se ne curava perché ormai era innamorato della bambina. Rivestendosi gli caddero dalla tasca le due chiavi.

«Cosa sono?» chiese curiosa la bambina.

«Questa è la chiave della vita e della luce» disse il bambino. «E questa è la chiave della morte e del buio.»

«Lascia che le riponga io nelle tue tasche» disse premurosa la bambina prendendogliele di mano. Poi infilò la chiave della vita nella tasca luminosa e finse soltanto di infilare la chiave della morte nella tasca buia. «Fammi vedere la tua casa» gli disse poi.

Il bambino non sapeva che fare ma alla fine cedette alle insistenze della bambina. E così con la chiave della vita aprì la porta della grotta.

«Com'è bello qui!» esclamò la bambina appena vide quel regno che non era né luminoso né buio.

Il bambino non riusciva a comprendere quell'entusiasmo ma poi, mentre la bambina si avvicinava alla porta della morte, la vide risplendere di una luce nera e ne rimase abbagliato.

La bambina infilò la chiave che aveva rubato al bambino

nella serratura della morte. La girò. Ma la porta non si sbloccava.

«Posso aprirla solo io» le disse il bambino, riprendendosi la chiave.

La bambina lo guardò infuriata. «Aprila!» gli ordinò.

Il bambino aveva la chiave della morte in una mano e la chiave della vita nell'altra. Una buia, una luminosa.

«Aprila!» ordinò di nuovo la bambina.

In quel momento il bambino si accorse che ora tutti gli uomini e le donne che non sapevano scegliere tra la vita e la morte gli erano intorno. E anche Ipnos e Luce erano lì. E tutti lo guardavano.

«Devi scegliere» dissero all'unisono Ipnos e Luce. «È arrivato il momento della scelta.»

«Ti amo, aprila» disse la bambina, suadente, e la sua luce nera si fece più vivida, più affascinante, come un gorgo nel quale perdersi.

Il bambino si guardò il petto. La metà buia stava avanzando, cancellando la metà luminosa.

«Devi scegliere» ripeterono Ipnos e Luce.

«Devi scegliere» dissero gli uomini e le donne della grotta sospesa tra la vita e la morte.

Il bambino ora guardava le due chiavi. Ognuna in una mano. Una fresca e luminosa. Una bruciante e buia.

«Vieni con me...» disse la bambina, pigiando il proprio corpo alla porta della morte. «Vieni...»

Il bambino la osservò e...

Il bambino si voltò e...

Il bambino non si voltò...

No.

Cazzo.

Non so più come andare avanti.

Ma è il momento della scelta, Sasha.

«Bruciori di stomaco, impossibilità di digerire anche un grissino, senso di soffocamento se dormo sdraiata, capelli che si sporcano in continuazione, gambe tipo tubo da stufa.» Angela entra nella classe sbuffando. «Dimenticavo: non riesco più a vedermi la punta delle scarpe.» Si lascia cadere pesantemente sulla sedia di fronte alla mia. Mi elargisce il suo solito ghigno che ora so interpretare come un brusco tentativo di sorriso. «Buongiorno.»

Los ojos porque suspiras,
sábelo bien,
los ojos en que te miras
son ojos porque te ven.

Ormai quando la guardo non riesco a non pensare a questa poesia impressa dal pennello di Angela a caratteri rossi e rotondi sul margine inferiore di una delle sue tele, quelle che mi hanno sorpreso la sera in cui sono salita a casa sua dopo il ristorante cinese, quelle che mi hanno commossa, turbata, quelle tele che mi hanno fatto vedere un nuovo lato di quella ragazza burberamente incinta che sfidava il mondo ad accettare la sua pancia e il suo malumore perenne.

«Buongiorno» le rispondo sorridendo.

Cinque paia d'occhi su una tela grigio sabbia. Occhi larghi, occhi disperati, occhi felici, occhi bui, occhi senza tempo, occhi che ti guardavano e che ti rimandavano la loro vita, come un mistero, come un indovinello. E sotto, una delle mie poesie preferite.

Gli occhi per i quali sospiri,
sappilo,
gli occhi nei quali ti specchi
sono occhi perché ti vedono.

«Vuoi leggere un po' di Simenon?» le chiedo porgendole un libro.

«Vorrei che qualcuno mi portasse a spasso la pancia per un po' di tempo» borbotta lei, ma prende il libro, lo apre alla prima pagina e comincia a storpiare parole e congiunzioni.

«Lo stronzo vuole tornare con me» mi aveva detto quella sera, a casa sua, stringendo fra le mani una tazza di tisana fumante e dondolando nervosamente una gamba. Mi ero seduta davanti a lei per terra, contro un cuscino viola e mi ero disposta ad ascoltarla. Conoscevo quello sguardo, quel ripetuto movimento della gamba, quel tono di voce basso e ineluttabile, conoscevo il gesto stizzoso con cui cercava di ravviare una ciocca di capelli in mezzo a quel groviglio scomposto. Conoscevo quel linguaggio del corpo che somigliava così tanto a quello dei miei pazienti di un tempo seduti sulla poltrona di fronte alla mia. Era il muto linguaggio di chi non ce la faceva più a restare in silenzio.

Avevo sorseggiato la tisana alla cannella e l'avevo guardata, aspettando che parlasse.

«Dice che vuole tornare con me. Dice che mi ama, e che vuole prendersi cura del bambino, e che vuole che siamo una famiglia.» Aveva abbassato gli occhi sul liquido biondo e si era morsa le labbra.

«E qual è il problema?» le avevo chiesto piano.

Angela aveva fatto una risata strappata, iniziata dal niente e conclusa frettolosamente con un pentimento rabbioso. «Lo stronzo si è fatto mollare dalla moglie» di nuovo la risata strappata, «e sai per chi lo ha lasciato? Per la sua insegnante di yoga» stavolta ride di gusto, «una tipa tutta meditazione e silenzio che fra un incenso e un rilassamento le ha fatto scoprire che non era poi così etero come credeva» continua a sghignazzare, «e adesso la moglie dice che si è innamorata di Maria, che va a vivere con lei e che gli molla il figlio sedicenne che ascolta musica tecno tutto il giorno e che ogni volta che passa davanti al padre gli dice "stronzo fallito".» Aveva bevuto un lungo sorso e aveva smesso di ridere. «E io non so cosa fare. Lui dice che ha scoperto di amarmi davvero. Io non ci credo. Ma forse è vero. E io forse lo amo ancora. Forse. E poi c'è il bambino. Dice che si pente di come mi ha trattata. Non ci credo. Io credo che lui voglia rimettere in sesto la sua virilità maciullata e credo di essere l'unica spiaggia spelacchiata che ha sottomano. E a me fa schifo tornare da lui solo perché ha quasi cinquant'anni ed è rimasto solo con la sua onta.»

Aveva parlato per più di un'ora. E alla fine, quando mi aveva accompagnato alla porta mi aveva quasi abbracciata.

«Grazie. Mi ha fatto bene parlare con te.»

Avevo indicato i quadri che ci circondavano. «A me hanno fatto bene i tuoi quadri» le avevo detto, «e quello» avevo fatto un cenno col mento in direzione delle cinque paia d'occhi, «è il mio preferito.»

«È questo il fatto» aveva detto lei seria, «io voglio qualcuno che mi *veda.*»

«Prenderai la decisione giusta, Angela.»

«Speriamo.» Mi aveva accompagnato sul pianerottolo.

«Prendi il tuo tempo.»

«Certo» aveva biascicato in mezzo al suo ghigno, «che fretta c'è, giusto?»

«Giusto» le avevo detto scendendo le scale e lasciandola

davanti alla porta aperta con il suo pancione, la tazza vuota in mano e gli occhi che chiedevano risposte che non le potevo dare.

Mi accorgo che Angela ha smesso di leggere e che mi sta guardando.

«Perché non continui?»

«Perché non mi stavi ascoltando. Non ti stai guadagnando il pane, oggi» butta il libro sul tavolo.

«Però stavo pensando a te» sorrido.

«Ah sì?» Guarda l'orologio, alza gli occhi al cielo. «È tardi. Lo so, sono io a essere arrivata in ritardo, ma è tardi comunque. Devo fare un'ecografia» si alza in piedi lentamente, come una montagna che sorge dalle acque.

«Hai preso la tua decisione?»

Scuote la testa. Fa una smorfia. «Non ancora. Non ancora» sbotta a ridere, all'improvviso, «la moglie dello stronzo va a vivere con Maria in Maremma. Lui mi viene a trovare ogni sera. E piange. E più piange più lo odio.» Pausa. «Ma poi se ne va, io resto sola lì, e non so più.» Raduna le sue cose in fretta. «Devo andare. Ci vediamo venerdì.»

«Non questo venerdì. Devo andare in Francia.»

Si blocca sulla porta.

«Per quanto tempo?»

«Ancora non lo so. Un paio di settimane.»

«E io?»

«Tu sarai affidata a Michel.»

Mi guarda orripilata. «Quello col pizzetto e il papillon? Non se ne parla.»

«Solo per due settimane, Angela.»

«Michel puzza sempre di aceto.»

«Tu tieni duro.»

«Perché te ne vai?»

Perché devo.

«Vado a trovare i miei.»

Annuisce. Scuote la testa sconsolata. Mi gira le spalle, agita una mano in segno di saluto. «Buon divertimento» e si allontana con passo pesante per il corridoio.

«Non ce la facciamo, Nicole, lo perdi sicuro.»

«Sei arrivato in ritardo.»

«Mi avevi detto che partiva alle dodici.»

«Ho detto alle undici e mezza.»

«Alle dodici.»

«Come vuoi. Tu comunque corri.»

Io e Sasha in macchina. A combattere nel traffico dell'ora di punta. Le mie due sacche sul sedile posteriore. Oliva con aria seria che fa la guardia seduta sul mio beauty-case.

«Vuoi guidare tu?»

«Sei tu lo spericolato dei due.»

Le nostre voci sono brusche. Parliamo senza guardarci. È da un po' di tempo che la voce di Sasha è brusca. E che i suoi occhi sono bui. E che la sua bocca ha un taglio severo che non conoscevo. È da un po' che io e lui non ci parliamo, anche se non smettiamo di telefonarci. È da un po' che non ci vediamo, anche se ci incontriamo spesso. È come se avessimo iniziato ad avere dei segreti che nessuno dei due vuole penetrare. È come se dividessimo un imbarazzo del quale nessuno dei due si vuole occupare. Da quando abbiamo ballato insieme. O da quando si è seduto da padrone alla mia tavola. O da quando ho smesso di fare domande su Benedetta. O da quando la mia vita è franata come un fondale di cartapesta. Sicuramente da prima che gli annunciassi la mia partenza.

«Di chi è questa macchina?» gli chiedo accarezzando la pelle morbida dei sedili, così diversi da quelli screpolati e impolverati della sua.

«Di un amico di Benedetta. Formaggia è dal meccanico.»

Sorridiamo tutti e due, separatamente, senza mischiare il nostro improvviso buonumore. Nella macchina di Sasha, già abbastanza repellente, una sera si era rotto un cartone di latte. Lui aveva pulito alla meglio e quando il giorno dopo mi era venuto a prendere avevo sentito un nauseante odore di latte cagliato che non se n'era mai più andato.

«Sembra di stare in un caseificio» gli avevo detto tirando giù il finestrino.

«Odore di pecorino» aveva riso lui.

«Di caciotta stagionata.»

«La potremmo chiamare Caciotta. Tu dici sempre che bisogna dare un nome alle cose.»

«Per ricordarcele meglio. Ma Caciotta è troppo specifico.» Avevo assunto un atteggiamento solenne. «Io ti battezzo Formaggia. Da questo momento e per sempre» avevo annunciato aspergendo un po' d'acqua minerale dalla bottiglia che tenevo in mano.

«Se questo cretino si leva di mezzo forse ce la facciamo» bofonchia ora Sasha suonando con forza il clacson. Oliva ulula, cosa che fa sempre quando sente un rumore prolungato. Mi giro e le accarezzo la testa.

«Mordila, Oliva. La signora ci lascia» sibila Sasha tagliando la strada a un motorino che non si decide a muoversi.

«Smettila. Sto via solo qualche settimana.»

«Dicono tutti così.»

Lo guardo. I suoi occhi sono ancora più bui. È vero. Quello che mi sta vicino è un ex bambino abbandonato.

Ma ora è passata, Sasha. Devi crescere.

«Come va con Benedetta?»

«Benissimo. E con tuo marito?»

«Malissimo.»

Sono già cresciuto, Nicole. Per questo scappi.

«Non sto scappando» dico ad alta voce, anche se lui non ha parlato.

«No? Mettere una distanza fra te e Lorenzo non è scappare?»

«Ancora cinque minuti e poi ho perso il treno. Sbrigati.»

«Ci siamo quasi.»

«Non vedo i miei genitori da un anno. Mi è sembrato il momento adatto.»

Inchioda. Si gira a guardarmi. Ha la barba lunga e l'aria adulta. «Non raccontarmi cazzate, Nicole.»

«Lì! Si sta liberando un posto» esclamo indicandogli una macchina che sta miracolosamente concedendoci un'inaspettata opportunità. Scendo velocemente afferrando una delle due sacche. Sasha parcheggia, agguanta il resto dei miei bagagli, fa una carezza a Oliva intimandole di stare buona e sbatte con forza lo sportello.

«Forse ce la faccio. Dài, muoviti» esclamo cominciando a camminare a passo veloce verso la stazione.

«Se lo perdi era destino» ghigna lui accordando il suo passo al mio.

L'odore di fumo e di barboni addormentati ci assale appena entriamo in quella Babilonia che confina con il nulla. Controllo il binario di partenza. Comincio a correre. Con la coda dell'occhio vedo Sasha che va a sbattere contro una signora impellicciata.

«Sbrigati!» gli grido percorrendo di corsa il binario.

Sasha corre dietro a me, trascinando la mia sacca e il mio beauty azzurro che in mano a lui sembra un bauletto di Barbie. Improvvisamente per me è diventata questione di vita o di morte. Non m'importa che ci siano altri treni da prendere, io voglio questo. Adesso.

«Nicole!» la voce di Sasha mi fa fermare.

Mi volto. Ha lasciato cadere i bagagli ed è piegato in due, le mani appoggiate sulle ginocchia. Torno indietro, gli vado vicino.

«Cosa c'è?» gli chiedo preoccupata e un po' spazientita. Sento il sibilo che tante volte mi ha descritto ancora prima di vedere la sua faccia pallida e la sua mano che ora si sta portando al petto.

«Aspetta... non respiro» mi dice con voce spezzata mentre rovista nelle tasche del cappotto.

Non adesso, Sasha. Non voglio un attacco di asma adesso.

Mi volto a guardare il treno. Consulto l'orologio. Merda.

«Sasha...» gli dico prendendo la sacca che ha lasciato cadere a terra.

Lui alza una mano facendomi segno di aspettare mentre con l'altra si porta l'inalatore alla bocca. Mi guarda con occhi larghi. Spaventati. Tira un respiro profondo. Il sibilo non c'è più.

«Va meglio?» gli chiedo cercando di non voltarmi verso il treno.

Lui annuisce. Il suo respiro è più regolare.

«Non hai scelto un buon momento per dividere la tua asma con me per la prima volta» cerco di scherzare.

«Nicole, non lo prendere questo cazzo di treno.» La sua voce è ancora spezzata, i suoi occhi spaventati come prima mentre si premeva in bocca l'inalatore.

Ma l'asma ora non c'è più.

«Mia madre si farebbe venire un attacco di pressione alta» gli dico afferrando di nuovo la sacca. «Ce la fai?»

«Non lo so» mi dice mordendosi le labbra e guardandomi, ma anche lui prende la sacca e inizia a muoversi.

Il fischio del treno. Non c'è più tempo. Percorriamo gli ultimi metri correndo. Un facchino mi aiuta a issare i bagagli. Mi volto verso Sasha. Sta guardando da un'altra parte. Velocemente, mi sfilo la sciarpa e gliel'annodo intorno al collo.

«Due settimane passano subito» gli dico, poi salgo sulla carrozza.

«Dicono tutti così!» grida lui mentre il capotreno chiude lo sportello.

Un sussulto. Una vibrazione. Un sottile ronzio. Poi il treno si mette in marcia. Mi avvicino al primo finestrino e guardo fuori. Sasha è lì. Muove qualche passo costeggiando il treno, apre la bocca come per gridarmi ancora qualcosa. Poi si ferma.

Le braccia lungo i fianchi, la mia sciarpa a fiori che penzola civettuola sul suo cappotto grigio. I capelli sugli occhi.

Mi sono dimenticata di chiedergli che fine ha fatto il suo giaccone verde. Mi sono dimenticata di chiedergli quando ha comprato quel cappotto. Mi sono dimenticata di chiedergli perché parla sempre di meno.

È che avevo fretta.

Diventiamo molto egoisti quando vogliamo salvarci la vita. O dannarci.

Spengo con determinazione il mio cellulare e mi dirigo lentamente al mio posto.

Sono libera.

Da sempre, fin da bambina, il treno ha avuto per me un sapore magico. Una via di mezzo fra un castello incantato e un circo itinerante che offriva il suo spettacolo solo a chi era capace di immaginare. Una fuga di vagoni non circoscritti nello spazio. Quello che appariva a chi viaggiava – sedili scomodi, bagni impossibili, cestini pieni di panini di stoppa da consumare frugalmente mentre il signore seduto accanto a te russava – era solo il contenitore di qualcosa di più segreto e mirabolante, riservato a chi sapeva aprire le sue porte nascoste. Io mi sedevo composta accanto a mia madre. Aprivo il mio libro da colorare, o quello di figurine da incollare, facevo finta di essere concentratissima sui capelli di Biancaneve o sulle macchie di Peggy o Pongo, e cominciavo ad aprire porte e a esplorare vagoni. Immaginavo che oltre la carrozza ristorante – già miracolosa in sé perché ti permetteva di assaporare un pasto *vero*, primo, secondo e frutta mentre ti trasportava verso luoghi sconosciuti – ci fosse un enorme vagone a più piani dove un esercito di cuochi in mezzo a scintillanti batterie di pentole cucinavano quei meravigliosi piatti raffinati che poi venivano serviti al tavolo. Immaginavo che oltre quel vagone ce ne fosse un altro, dove in una grandissima lavanderia centinaia di donne felici, perché potevano lavorare guardando il panorama che cambiava costantemente davanti ai loro occhi, lavavano, stiravano e profumavano le lenzuola che poi avrei trovato nella mia cabina per la notte dove – meraviglia della realtà, una *vera* scaletta mi avrebbe permesso di raggiungere il mio letto all'ultimo piano. Immaginavo un enorme scompartimento dove un pianista in smoking sedeva dietro a un enorme pianoforte a coda mentre la gente vestita in abito da sera danzava e chiacchierava brindando con calici d'argento. C'era anche un cinema, sul treno. E un teatro dove ogni giorno veniva rappresentata una commedia diversa. E un salone per la musica, dove l'orchestra cambiava repertorio ogni volta che il treno toccava la stazione di un nuovo paese. La prima volta che avevo viaggiato in aereo («Vedrai come ti piacerà Nicole» mi aveva detto mia madre, «volerai sopra le nuvole») ero rimasta malissimo. «Non ci sono vagoni» avevo esclamato delusa e smarrita mentre sentivo il mio stomaco combattere contro la pressione del decollo. Quello stupido aereo iniziava e finiva lì. C'era una punta, c'eravamo noi, e poi c'era la coda. Era tutto davanti ai miei occhi, non c'era niente da immaginare. E il miracolo di quelle nuvole bianche che galleggiavano sotto di me non poteva certo uguagliare la misteriosa magia del serpentone di vagoni che restava in bilico sulle rotaie come un'abile pattinatrice sul ghiaccio, e che prometteva sorprese a non finire.

Sei proprio una bambina strana, Nicole.

Nella carrozza ristorante pago il conto lasciando una lauta mancia che spero il cameriere divida con le donne felici che stanno facendo il bucato nel vagone accanto. Supero un rumoroso diaframma pieno di spifferi e torno al mio posto numerato, accanto alla signora anziana che ha cercato di attaccare discorso appena siamo partiti e che ora mi saluta felice come se fossi una figlia prodiga che torna da lei. Non sono mai stata un'entusiasta delle chiacchiere fra compagni di viaggio – i segreti inconfessabili confessati fra una stazione e un'altra, le foto di nipoti che si vanno a conoscere per la prima volta, una tavoletta di cioccolato da dividere in segno di amicizia, lo scambio di numeri di telefono che si perderanno prima ancora di rientrare in possesso dei propri bagagli. Mi volto verso il finestrino e chiudo gli occhi per scoraggiare qualunque tentativo di conversazione.

Non so perché non ho avvertito i miei genitori di questo mio viaggio improvviso. A me piacciono le sorprese, ma a loro no.

Mia madre mi aprirà la porta e dopo aver spalancato gli occhi mi abbraccerà un po' rigida pensando che se l'avesse saputo avrebbe arieggiato meglio la camera degli ospiti.

«Sei pallida. Sciupata. Tuo padre ti ha già vista?» chiederà in un moto di gelosia, esigendo di essere, come al solito, la prima. Non aspetterà risposta, prenderà le sue pillole per la pressione («Lo sai che le sorprese improvvise me la fanno alzare»), mi dirà che bisogna fare la spesa perché in casa non c'è niente, si agiterà, chiederà senza ascoltare le mie repliche, mi ripeterà che sono pallida, accenderà la televisione scusandosi ma «a quest'ora c'è il mio telefilm preferito. A forza di vivere soli si diventa abitudinari».

Sottotesto: tu mi hai lasciata sola, Nicole.

Mio padre aprirà il cancello del suo giardino. Mi guarderà con la sua aria distratta e vaga, ripescherà in un angolo della memoria un brandello di attenzione che gli farà dare un nome al mio viso, mi terrà stretta per un momento chiamandomi "tesoro mio", mi dirà che sono bella, che sono luminosa, mi mostrerà la fioritura fuori stagione delle sue rose.

«Tua madre ti ha già vista?» mi chiederà rabbuiandosi all'idea che io abbia privilegiato l'altra parte della coppia, ripeterà che è felice di avermi lì, mi domanderà della mia vita distraendosi in continuazione e annuendo senza sentire una parola, si offrirà di aiutarmi a preparare il divano letto e poi resterà a guardarmi a braccia conserte mentre spiego le lenzuola e infilo il cuscino nella federa profumata confessandomi che è molto preoccupato per mia madre, che secondo lui si sta avviando a una precoce e bisbetica senilità. Poi divagherà sulle ultime imprese dei politici, sul rincaro della vita, sparirà per poi riapparire col suo giornale in mano, mi abbraccerà di nuovo e mi dirà: «Fai tutto quello che vuoi, non sentirti in dovere di fare compagnia a noi vecchi».

Sottotesto: non so come farti compagnia, Nicole.

Io ritroverò la mia infanzia.

E come allora, mi sentirò sola.

Improvvisamente l'idea della conversazione con la mia vicina di viaggio non mi sembra così sgradevole. Apro gli occhi, mi giro verso di lei.

«Stava facendo un brutto sogno, vero?» mi dice lei sorridendo. Ha gli occhi nocciola circondati da rughe grinzose. Le rughe di una persona che ha sorriso molto.

«Stavo prevedendo il futuro.»

«Oh! Che brutta abitudine» ride lei scuotendo la testa. I suoi capelli sono candidi, trattenuti in uno chignon da due pettini di tartaruga. «Quando avrà la mia età si renderà conto che è fatica sprecata. Nasciamo senza sapere quando e perché, moriamo senza sapere quando e perché e nonostante questo ci sforziamo per tutta la vita di controllare gli eventi. Addirittura di *prevederli*» fa una risata bonariamente divertita.

«Va a trovare i suoi nipoti?»

«No. Vado a sposarmi» mi guarda maliziosa ma i suoi occhi sono allegri e senza la minima ombra di sfida.

«Che meraviglia» commento io ammirata.

«Che pazzia, dicono tutti i miei figli e nipoti. Ho settantasette anni fra tre giorni. Gualtiero ne ha ottanta. Ci conosciamo da tre mesi. Vedovo lui, divorziata io» ride ancora, «sono stata una delle prime» dichiara soddisfatta, «mio marito era un cretino.» Rovista nella borsa. Le sue mani sono eleganti e morbide, appena solcate da vene azzurrine e impalpabili come i veli delle fate. Tira fuori una fotografia e me la porge. So già che non ritrae uno dei suoi nipoti. «Ecco il mio ragazzo» dice con voce morbida e i suoi occhi nocciola si fanno immediatamente seri e teneri.

Guardo il viso grave di un vecchio signore alto e magro seduto al tavolino di un bar con un libro aperto sulle ginocchia, che guarda verso l'obiettivo con un'aria vagamente stupita. Dietro alle lenti si indovinano due grandi occhi azzurri.

«È un bellissimo uomo» commento con voce sincera restituendole la fotografia.

«È il mio uomo» dice lei con semplicità, stabilendo un *fait accompli*. «Lo è sempre stato. Mi rendo conto che la vita mi ha fatto un regalo meraviglioso. Anche se me lo ha fatto aspettare per un secolo» sorride riponendo con amore la foto nella borsa. «Ma non ha molta importanza, vero? L'importante è che i regali arrivino. Anche se il più delle volte accade quando meno ce lo aspettiamo. Quando ho conosciuto Gualtiero ho pensato che finalmente *ero tornata a casa*. Anche se fino a quel momento non avevo mai saputo dove fosse la mia casa. Accade così, sa? Nella tua vita arriva una persona e tu senti che è l'altra parte di te, quella che ti mancava. Potrebbe essere giovane, vecchio, potrebbe essere una persona del tuo stesso sesso o di cinquanta colori diversi. È la tua casa. E tu improvvisamente ti senti completa. Intera.» Ride a bassa voce, come per alleggerire la serietà delle sue parole. «Per fortuna hanno messo l'anima di Gualtiero nel corpo di un uomo. Ma se quell'anima fosse stata racchiusa in un gabbiano, o in un orso, o in una donna, me ne sarei innamorata lo stesso.»

La guardo in silenzio. I suoi occhi nocciola hanno delle pagliuzze dorate che sembrano danzare. Riesco a spianare quelle rughe e a vedere il suo viso a quindici anni. Mi sembra molto più bella e felice ora, con un corredo di vita vissuta inciso sul viso.

«E così ci sposiamo subito. Alla faccia di figli e nipoti. Non abbiamo tempo da perdere. Ma non perché siamo praticamente alla fine della terza età» ride di nuovo, facendo danzare le pagliuzze dorate, «è che sarebbe da stupidi lasciare questo regalo impacchettato sul tavolo senza aprirlo invece che affondarci dentro le mani.» Si guarda le sue, comprendendo e assolvendo gli anni disegnati dalla ragnatela azzurra.

«Le auguro tutta la felicità del mondo. Mi chiamo Nicole» le dico allungando la mia.

«Io mi chiamo Sole. Non Maria Sole, per carità, solo Sole. È una vita che tutti sbagliano il mio nome» ride stringendo la mia mano.

«È un nome che le sta benissimo. Destinato a illuminare.»

«È quello che mi sono ripetuta in tutti gli anni di buio» mi dice socchiudendo appena gli occhi. «Credo che farò un pisolino, ora. L'aria dei treni stressa tremendamente la pelle del viso.»

Sorrido e guardo fuori dal finestrino.

E improvvisamente so perché non ho avvertito i miei genitori.

Arrivata a Nizza scenderò dal treno. Prenderò il primo taxi libero.

L'autista mi guarderà interrogativo.

Niente Cap d'Antibes, scusami mamma.

Niente Juan-les-Pins, scusami papà.

La prossima volta sarà per voi. Ma adesso no.

«Mi porti a Saint Tropez» dirò al tassista con voce sicura.

Hotel Byblos. Scandalosamente caro.

Oliva corre nei paraggi, si allontana, ma resta sempre intorno a me, sembra che abbia paura di perdermi. Corre e si agita, ha fretta di arrivare al parco.

Oggi è mercoledì. Oggi sono tre giorni che è partita.

«Oliva ferma! Torna qua!»

Scatta il verde e io sono quasi arrivato.

Se Oliva non torna vuol dire che Nicole non mi sta pensando.

Ma Oliva ubbidisce come sempre quando riconosce questo mio tono di voce.

Mi stai pensando, Nicole?

Attraversiamo la strada. L'orologio all'ingresso del parco segna le dodici e quarantacinque. Uno e due fa tre, e quattro sette, e cinque dodici. Uno più due, tre.

Tre è un buon numero.

Il tris è un buon punto.

Perciò afferro il telefono e compongo il suo numero, solo che la somma delle sue cifre fa sette e sette porta sfiga.

Dopo poco una voce elettronica mi dice in francese qualcosa che non comprendo.

Ma qualcosa comprendo: che sette porta male, che Nicole se ne è andata e che se n'è fregata di te, Sasha. Nicole è sparita. Nicole è partita. Non più una telefonata. Non più un messaggio. Niente. Fine.

Tu avevi l'asma e lei non si è fermata. Tu eri là, immobile, e lei è corsa via. Tu avevi bisogno di lei e lei non c'era. Punto.

Io ti cancello, Nicole.

Come si chiama quello stato in cui uno ha sempre sonno e non ha mai voglia di fare un cazzo? Febbre? No. Ignavia? Boh. Depressione? Forse. Stanchezza? Sì. Convalescenza? Non lo so. Ho solo sonno.

Ormai ho sonno agli orari più assurdi, faccio colazione alle due di pomeriggio e mi riposo alle sette di sera.

Ancora sento l'odore di alcol sulla mia maglietta, l'odore di quel locale e il mal di testa non accenna a mollarmi.

Abbiamo ballato fino alle cinque del mattino. Ci siamo ubriacati, drogati, e abbiamo fatto tutto il contrario di quello che volevamo fare. Volevamo scopare e abbiamo flirtato, volevamo litigare, ma abbiamo scherzato. Volevamo insultarci, ma siamo stati complici. La gelosia è un sentimento che con lei non posso permettermi. Proprio non posso. E non perché non mi fido, ma perché fa parte di noi.

Fino a dove vuoi spingermi?

Le nostre provocazioni sono prove d'amore. È un gioco al massacro che ci diverte. Sfiorare ogni volta l'autodistruzione per poi sceglierci di nuovo. Ogni volta a un passo dal burrone e ogni volta una riconferma. Ogni volta un gioco tra noi due. Noi due e gli altri, marionette per il nostro passatempo.

Benedetta dispensava sorrisi a tutti gli uomini che la avvicinavano. Lei giocava con i loro ormoni e da lontano mi guardava orgogliosa e divertita. I suoi occhi dicevano "sono tua" mentre seducevano quelli degli altri. E io da lontano mi rendevo invisibile, lei non mi trovava ma sapeva che la stavo guardando. Ci tradivamo a ogni sguardo e ogni istante ci giuravamo fedeltà.

La sua amica già al secondo vodka tonic strusciava il suo

corpo contro il mio. Come si chiamava? Lucrezia? Sì, mi pare di sì. Lei lo sapeva e voleva vedere fino a dove riuscivamo a spingerci.

Mi ami? Fino a che punto? Fino a quando?

Era un continuo spingerci al limite.

Quando mi lascerai? Quando mi farai cadere?

Ci amavamo come trapezisti. E tanto più pericolosa era l'evoluzione in aria tanto più forte era la presa. Erano salti senza rete, erano salti nel vuoto, occhi bendati e mani che cercavano quelle dell'altro. E a ogni salto la stessa domanda: «Mi prenderà anche stavolta?».

Non lo so più.

Che ora è? Il sole sta tramontando di nuovo.

Steso nel letto con la bocca impastata fatico ad alzarmi, e lei non è accanto a me. Forse ho sonno perché sono stanco di saltare da un trapezio a un altro, stanco di cercare la sua mano. A volte penso che vorrei semplicemente sapere che lei c'è, che comunque vada mi prenderà e io la stringerò a me fino a che ne avrò bisogno. Ma lei non c'è.

Mi alzo dal letto, mi infilo i jeans e mi trascino fino al bagno.

Benedetta è davanti allo specchio. Ha i capelli raccolti e si sta passando la matita sugli occhi.

È lontana, è distante e distratta.

Dov'è ora la tua mano?

«Ma perché ti trucchi anche quando non devi fare un cazzo?»

Benedetta si dà un'ultima occhiata. «Per essere bella per me.»

La osservo attentamente. Mi avvicino a lei, i nostri occhi si incrociano in quello specchio dove si sta compiendo la fiera della sua vanità.

Poi mi siedo sulla tazza del cesso.

Lei di spalle davanti a me.

Mi appoggio contro la parete e reclino indietro la testa. Improvvisamente sento il calore di un'altra mano vicino alla mia.

«Rendi bello anche me» le dico serio sperando di ritrovarmi dentro quello stesso abbraccio.

Benedetta non capisce, non sa se ridere oppure no. «Che cosa? Vuoi che ti trucchi?»

«Sì» le ripeto serio.

Il sorriso di Benedetta si apre sul suo viso, è un sorriso che crede di sapere ma non sa. «Ok, vieni qua» mi dice.

No, sbagliato. «Vieni tu qua.» Poi abbandono la testa all'indietro. Passivo. Silenzioso.

Benedetta mi si avvicina con la sua matita nera. Mi guarda incuriosita, incerta, poi dà il suo ordine. «Guarda in alto.»

Bene. Giusto.

Alzo gli occhi e lascio che quel nero duro e fastidioso scivoli dentro le mie ciglia.

È un dolore che ricordo.

È un fastidio che conosco.

È una mano calda e aperta.

È difficile?

Solo la prima volta...

Come l'amore?

Come il non amore, poi ti ci abitui.

La sua mano scivola su di me. Attenta a non ferirmi.

Che ne dici?

... Ora ti assomiglio.

I miei occhi sono docili e respiro il suo respiro.

Non ho mai truccato un uomo...

La sua voce era una mano che mi teneva stretto, come lo erano i suoi occhi attenti a ogni mio battito.

Le nostre immagini allo specchio erano davvero simili.

Ora ho gli occhi di Nicole.

«Sono contento di essere la tua prima volta.» Questa volta non penso. Parlo. Fiato e voce che escono dalla mia bocca.

Benedetta mi guarda spiazzata. «Cosa?» mi chiede.

Chiudo gli occhi. Non penso e non parlo. Meglio non pensare.

La mia bocca vola su quella di Benedetta. Le nostre labbra si stringono feroci. È un bacio senza un perché.

Benedetta lascia cadere la matita. Benedetta cade all'indietro, Benedetta mi stringe con passione. Benedetta, Benedetta, Benedetta. Per la prima volta questo nome non mi sembra così familiare e immediato. Steso sul pavimento del bagno mi sfilo la maglietta. Le tolgo il reggiseno e affondo a occhi chiusi nel suo seno. Affondo la bocca sui suoi capezzoli e aspetto solo il momento in cui affonderò completamente dentro di lei.

Ma quel momento non arriva. Non ci riesco. Non adesso.

Il suo corpo, i suoi occhi mi guardano interrogativi e violentati.

Fino a dove possiamo spingerci, Benedetta? Come vorrei che tu potessi rispondermi. Dimmelo tu. Ma lei non è su quel trapezio e non mi prenderà stavolta. Lei è stesa e immobile sul pavimento freddo del bagno. E io non ho voglia di scoparla.

«Che c'è?» mi chiede preoccupata.

Abbasso gli occhi. Non c'è molto da dire. Mi alzo in piedi di scatto e senza guardarmi allo specchio mi rinfilo la maglietta.

«Niente. È solo che truccato così mi sento un coglione.»

Tiro fuori dalla tasca un nuovo mazzo di carte appena comprato.

Lo sfilo via dal suo leggero involucro di plastica trasparente e lo annuso.

Riconosco questo odore. È quello che Riccardo aveva sempre sulle mani. Lo respiravo ogni volta che mi passava la sua grande mano in testa.

Prendo le carte, le mischio, velocemente. A una a una le faccio respirare. Poi le dispongo davanti a me. Aperte a ventaglio.

Se prenderò una carta rossa vorrà dire che mi dimenticherò presto di Nicole.

Nera.

Esaltante. Pericoloso ed esaltante.

È tremendamente fuori moda scrivere una lettera, vero Sasha? In questo albergo c'è una bellissima sala dotata di tavoli lucidi e poltroncine di cuoio dove puoi sederti davanti allo schermo di un computer e digitare via e-mail. Ma a sorpresa, in camera, nel cassetto della scrivania dove troneggia un vaso di cristallo pieno di girasoli che vengono cambiati ogni giorno, ho trovato questa carta monogrammata e delle buste. Come se l'efficiente personale di questo albergo avesse voluto dire: «Se non ce la fate, se siete demodé, over sessanta, o se semplicemente desiderate che la vita scorra pigra, eccovi accontentati». E io esigo pigrizia, in questo momento. Agogno lentezza.

Esaltante. Pericoloso ed esaltante.

Mi sveglio pigramente. A orari impossibili e irragionevoli. Il tempo è quasi sempre bello, nonostante la stagione. Faccio un'interminabile doccia, una lunga colazione sul terrazzo della mia camera che sovrasta la piscina, leggo i giornali, fumo anche di mattina, penso pochissimo. La notte dormo. Non tutte le notti, e non sempre sonni continuati, ma dormo. Riesci a immaginarlo? E poi le giornate scorrono lente. Esattamente come voglio io. Alcune volte non esco neanche dall'albergo. Mi fermo in piscina, a guardare l'acqua azzurra che s'increspa sotto il vento. Vado a farmi fare un massaggio. Chiacchiero con il concierge, che ha trent'anni e di notte suona il piano in un locale jazz. Anche lui adora Chet. Ed Ella, e Billie e Fats e Luis, e Frank. Ha i capelli rossi a spazzola e gli occhiali. Dietro alle lenti due incredibili occhi verdi malinconici e scintillanti. Si è innamorato per la prima volta cinque mesi fa e soffre quotidianamente perché lei lo considera solo un amico. A lui non ho detto che non esiste una donna che non possa essere conquistata. I miei segreti li riservo a te.

Esaltante. Pericoloso ed esaltante.

Ho noleggiato una macchina. Molti anni fa avevo una Peugeot rossa sempre sporca da fare schifo e disseminata di cd e cassette senza etichetta. Una notte me l'hanno rubata, forse per via dei cd, erano sicuramente la cosa più preziosa. L'ho amata come si può amare una persona. Insomma, l'ho amata come amo io le cose. Cioè a volte più delle persone. Per questo ne ho noleggiata una uguale. L'impiegato non voleva crederci, ero la prima cliente che esigeva uno scassone. Non è sporca come la mia e non sa di olio solare, ma mi piace lo stesso. Alcuni giorni, quando sono stanca del turchese della piscina o il mio amico concierge non è di turno, me ne vado in giro. Imbocco l'autostrada o qualche strada provinciale e guido. Visito piccoli paesi, compro orribili oggetti nei mercatini, mangio frutta mentre guardo le vetrine, entro nelle chiese e accendo candele senza esprimere desideri. Non sono ancora stata al mare. Non ancora. C'è un motivo. C'è sempre un motivo.

Esaltante. Pericoloso ed esaltante.

Mi perdo in continuazione. Svolto l'angolo sbagliato, prendo l'uscita che mi porta nella direzione opposta a quella che avevo programmato, vago disorientata per dedali e viuzze sconosciute e diverse da quelle che volevo imboccare. Il tempo si dilata, chiedo informazioni che non ascolto e che non m'interessano, mi fermo a chiacchierare con vecchi pescatori che attorcigliano cime mentre il museo che volevo visitare chiude definitivamente le porte, capito in ristoranti da pochi soldi quando volevo concedermi una cena lussuosa o in locali da abito da sera quando sono in jeans e maglietta. È così rilassante. È così liberatorio. Le feroci tabelle di marcia scandite dalla puntualità e precisione di Lorenzo, la sua voce seccata che mi impartisce istruzioni – svolta qui, ora a destra, possibile che tu non abbia ancora memorizzato questa strada? – sono un vago ricordo mentre alzo le spalle e imbocco l'ennesima uscita sbagliata, che mi porterà chissà dove dopo chissà quanto tempo.

Non ho fretta. Il mio orologio è diventato anarchico. Le lancette indicano solo un suggerimento.

Ho due appuntamenti. Anzi, uno, se non contiamo quello col mare.

Ma non ancora.

Una sera, in un ristorante, trafitta dal silenzio di Lorenzo, col tuo giaccone verde sulle spalle, ho sognato il mio solito sogno. Quello di perdermi e di non tornare più indietro. Quello di scavalcare con un unico, lunghissimo balzo le convenzioni, le apparenze, la logica comune, la decenza, e perdermi sotto i ponti, lasciarmi crescere i capelli senza forma, dormire sulle panchine, leggere la mano ai passanti facendomi cacciare dai gradini delle chiese. Annullare le regole per diventare l'essenza di me stessa. È quello che mi sto permettendo di fare in questi giorni. Sono una clochard di lusso e a tempo determinato. Sono una donna di parola, allo scadere di questi quindici giorni la mia anima e il mio corpo smetteranno di vagabondare e io tornerò a casa. La distanza che sto prendendo da tutto è il mio lasciapassare verso la libertà. Sto studiando per ritrovarmi. Mi applico con allegria e pigrizia. Mi perdo per imparare a non avere paura. Vivo il momento, e la preoccupazione è scarsa per non dire inesistente.

Esaltante. Pericoloso ed esaltante.

Ho avuto un amante. Per una notte. Un uomo pallido e alto, elegante e severo. La sua immagine si è riflessa sul turchese increspato della piscina. Scriveva alacremente su un blocco di fogli, senza alzare gli occhi, indifferente a tutto quello che lo circondava. Ha continuato a scrivere anche a pranzo, nella sala semivuota a parte noi due e quattro turisti tedeschi. Lui non smetteva di riempire fogli, senza rendersi conto di quello che gli accadeva intorno. Quando si è alzato, ero convinta che avrebbe superato il mio tavolo continuando a scrivere e si sarebbe perso nelle sue parole scomparendo come Alice nello specchio. Invece arrivato davanti a me si è fermato. Mi ha guardato esitante. Ha sorriso.

«Se non parlo con qualcuno probabilmente impazzisco. Posso?» mi ha chiesto indicando una delle tre inutili sedie che tentavano di farmi compagnia. Gli ho detto che facevo la ricercatrice marina e che vivevo in un'isola dove curavamo i bambini autistici attraverso i delfini. Che ero italiana, vedova. Che mi chiamavo Benedetta. Un omaggio a te, Sasha. Lui mi ha raccontato di una meravigliosa vacanza a Santo Domingo dove aveva ballato per le strade per tutta la notte. Da vicino il suo viso non era severo come appariva dall'altro lato della piscina. Quando parlava il labbro superiore aveva come un'impercettibile, involontaria contrazione verso l'alto. Come un tentativo di sorriso represso. Aveva occhi scuri e intelligenti. Un po' distratti. La sera, a cena in un piccolo ristorante sul porto, gli ho detto che avevo riportato un trauma alla schiena che mi aveva lasciata paralizzata per molti anni e che solo da poco avevo ritrovato l'uso delle gambe. Lui mi ha fatto vedere, dopo essersi fatto portare due fogli e una penna dal cameriere, che sapeva disegnare con una mano e scrivere con l'altra simultaneamente mentre continuava a conversare con me. Ha fatto un discorso complicato sui due emisferi del nostro cervello. Io mi sentivo forte della mia leggera abbronzatura, del profumo ai fiori di Provenza che avevo comprato quel pomeriggio e delle mie bugie. Ho ripescato dalla mia memoria la pagina dedicata al verbo "flirtare" e ho obbedito alle regole.

Quando ci siamo ritrovati davanti al banco del concierge, lui mi ha preso la mano. Era calda e seria come il suo viso. Abbiamo chiesto una sola chiave. Mentre mi spogliava, mi sono chiesta senza molto interesse cosa avrei dovuto provare restando nuda davanti a un uomo dopo dieci anni di monogamia. Stavo tradendo mio marito. Il pensiero, come tutti i pensieri in questi giorni, è sgusciato via dalla mia testa mentre lui con un gesto urgente ha spazzato via i fogli dal letto e mi ha fatto sdraiare con una dolcezza che non avevo preventivato. È stato solo allora che ci siamo baciati. Mi sono comportata da amante viziata ed esigente, prendendo tutto quello che lui, generosamente, mi dava. Ho provato un piacere totale e incontaminato dai sentimenti, pur amando totalmente e con tutta me stessa il corpo di quello sconosciuto che faceva l'amore con me guardandomi negli occhi.

«Parto domani mattina» mi ha detto con la sua voce profonda, dopo. Le sue prime parole da quando eravamo entrati in quella stanza.

«Assolutamente perfetto» ho mormorato sorridendo.

Abbiamo dormito abbracciati. Non gli ho chiesto cosa scriveva. So il suo nome ma non credo che avrò bisogno di pronunciarlo. Ci siamo salutati davanti alla piscina. Il suo viso era tornato grave. La sua mano si è appoggiata un attimo sul mio braccio. Nessuna parola.

Assolutamente perfetto.

Esaltante. Pericoloso ed esaltante.

Ho iniziato a scriverti di notte, e ora è mattina. Spero che il tuo tempo scorra anarchico come il mio. Che la vera Benedetta continui a farti sognare. Che tu abbia perdonato il mio messaggio che ti avvertiva che avrei lasciato il telefono staccato. E che di conseguenza abbia perdonato il mio telefono staccato. Spero che anche Lorenzo abbia assolto la mia fuga dalla realtà e il mio silenzio. Lo saprò solo tornando. Al momento non mi preoccupo. Perdonatemi. Non mi preoccupo di nessuno di voi. Il quadrante del mio orologio è troppo fumoso per leggere l'ora. Ma ho già in tasca il biglietto di ritorno. Sono una donna di parola. E troppo attaccata alla vita per sedermi sui gradini delle chiese a leggere la mano.

Ho solo due appuntamenti da rispettare.

Poi torno a casa.

Non ricordo il tuo indirizzo. E sai una cosa assurda? Non ho mai saputo il tuo cognome. Per me sei Sasha e basta. Il tuo nome, corto e rotondo, mi riempie già abbastanza.

Spedirò lo stesso questa lettera. Affidandola a una busta bianca. Sono sicura che qualcuno prima o poi la leggerà. E probabilmente capirà.

Vivi, Sasha. Io sto vivendo.

Con amore,

Nicole

Mi sento un po' emozionata. Come se fossimo al nostro primo appuntamento. Ma un appuntamento dopo più di dieci anni in fondo è come se fosse il primo. La sua voce al telefono ha tradito appena una nota di piacevole sorpresa. Forse l'ho colta perché lo conosco così bene. O forse ho voluto avvertirla per sentire che la mia lontananza aveva lasciato un vuoto nella sua vita. In fondo ero una delle sue allieve più promettenti. Così mi diceva. E la mia psiche era nelle sue mani. Insieme alla mia anima.

Guardo il quadrante del mio orologio. Non è più fumoso. Il mio treno mi riporterà a casa fra due giorni esatti e io ho fatto in modo che queste lancette tornassero a scandire nitide i minuti e i secondi. Ho due appuntamenti da rispettare.

E questo è il primo.

La stanza è calda e confortevole. Come la ricordavo. Il candelabro sulla scrivania, le pesanti tende tirate – al di fuori delle quali si affaccia la campagna della Provenza – le due poltrone a fiori scuri, una di fronte all'altra. Su una di queste è seduto lui, grande, bianco, rassicurante come il ritratto di Freud appeso alla parete fra un acquerello e una crocifissione. Ha il sorriso tranquillo e le mani abbandonate in grembo, in attesa. Mi siedo, lo guardo negli occhi. So che non parlerà. So che mi aspetterà, che forse l'ora che abbiamo a disposizione si consumerà nel silenzio se non sarò io a cominciare. Ma a questo punto...

«È da tanto che non ci vediamo» la mia voce è incerta. «Io sono...» mi esce un suono rauco, strozzato. Comincio a tossire. "La tosse dell'analista" la chiama lui. Continua a guardarmi, sorridendo. Non si irrita ma nemmeno mi porge un bicchiere d'acqua. Si può analizzare anche quella tosse.

«Sto per lasciare mio marito. Credo. Ci sono ancora tante cose da capire. Ma forse non ho più voglia di *capire*.»

Faccio un lungo respiro. Lui mi aspetta.

«Dieci anni fa ho lasciato la vita. E poi l'ho sposato. Ho lasciato la vita come ho lasciato questa professione. Lei ricorda quello che...»

Lui annuisce piano, mi risparmia la pena di continuare.

«Ho cominciato a insegnare in una scuola di lingue. Mi sono sposata con Lorenzo. Ho smesso di dormire. Ho iniziato a fumare. Lorenzo è forte, integerrimo, stabile, prevedibile. Mi ha fatto sentire al sicuro. Per dieci anni la mia esistenza mi è sembrata perfetta. Mi sentivo forte e al sicuro. L'ho già detto, vero?» rido amara. «La sicurezza per me è importante. Avere qualcuno che ti tiene stretta e non ti fa cadere. Guardare in basso e vedere che c'è una rete di protezione.»

Mi piacerebbe che dicesse qualcosa, che facesse un cenno con il capo, che mi abbracciasse.

«Per dieci anni mi sono guardata intorno ripetendomi che la mia vita era finalmente come la volevo. Le cene con gli amici, il braccio di Lorenzo intorno alle mie spalle, le giornate cadenzate dagli orari delle lezioni, tutti quei mobili antichi e rassicuranti che popolavano la casa...»

Socchiudo gli occhi, faccio un respiro profondo. E lui mi appare dietro alle palpebre, e sento quel leggero capogiro, e lo stomaco mi si contrae come quando si è davanti a una grande emozione.

«Poi ho incontrato Sasha.»

La spiaggia ha tutti i colori del mondo.

Non potevo ricordare che qui, nell'ora del tramonto, a due passi dalle insegne e dalle vetrine, a poche ore dalle grida delle discoteche e dei ristoranti affollati, fosse tutto sospeso in un silenzio profumato di acqua salata. Non potevo ricordare queste pietre bianche e lisce, questa sabbia colorata d'ambra, questa calma azzurra e viola che sembra possa durare per sempre.

È il mio ultimo appuntamento.

«È il posto dove gli dèi vengono a riposare dopo le battaglie. È qui che il dio Caos è stato sconfitto e che hanno creato la Calma» mi aveva detto Thierry la prima volta che mi ci aveva condotto. «È il posto dove il silenzio non parla. È il posto dove Venere ritorna nelle acque, dove Mercurio smette di volare, dove tutti i folletti della notte riposano. È qui che diventi l'equilibrio del mondo.»

È stato qui che io e Thierry abbiamo fatto l'amore per la prima volta. Qui dove veniva quando tutto dentro di lui gridava troppo forte, e i suoi colori erano troppo accesi, e lui aveva bisogno di respirare e di trovare quella quiete che né io né gli altri riuscivamo a dargli con le nostre pillole grigie.

«Quelle mi tolgono pezzi d'anima. Io ho solo bisogno di silenzio. Il silenzio che mi dà questa spiaggia. Ho solo bisogno di silenzio, Nicole. E di te.»

È stato in questa insenatura che Thierry ha voluto che tutti lo salutassero, un freddo tramonto di febbraio, mentre le sue ceneri volavano leggere sul mare. Io non c'ero. Io volevo conservare dentro di me il ricordo del sole che tramontava sui nostri corpi nudi sdraiati su questa sabbia d'ambra. Del golf blu di Thierry annodato sulle mie spalle mentre lui mi teneva stretta e mi diceva ridendo che qui non si poteva avere freddo. Dei suoi occhi chiari e fermi che guardavano questo spicchio di mare mentre mi stringeva la mano e mi raccontava del giorno in cui gli dèi avevano avuto bisogno di silenzio.

Non avevo voluto salutarlo mentre danzava via da me sull'oceano.

Mi tolgo piano scarpe e calze, lascio che i miei piedi affondino nella sabbia fredda.

Non ho paura. Non provo dolore.

Forse avevi ragione, Thierry. In questo posto è stata creata la Calma.

Mi guardo intorno, cercando di trovare un brandello di lui. Un ricordo. Una sensazione. Un simbolo della sua presenza. Del nostro passaggio.

Dove sei, gli domando muta. Sei in mezzo alla sabbia? Sei fra le increspature del mare? Sei intorno a questi sassi bianchi, sei dentro il guscio di quel granchio che si sta scavando la strada davanti ai miei occhi, sei nelle conchiglie, sei in fondo al tramonto?

Forse avevi ragione, Thierry. In questo posto il silenzio è muto.

È per questo che esistono i cimiteri. Per dare un luogo, un nome, un punto di riferimento al nostro dolore. Per permetterci di inginocchiarci e piangere e pregare davanti a una lapide bianca che ci faccia sentire in compagnia di chi cerchiamo di trattenere. Per darci la possibilità di trovare consolazione davanti a un blocco di marmo freddo e indistruttibile che ci conceda di tenere in vita il nostro dolore in un luogo geograficamente circoscritto e definito.

Mi lascio cadere sulla sabbia. L'aria si è fatta più livida, il sole è lontano ma non ho ancora freddo. E non provo dolore. Solo una grande calma.

Thierry è dappertutto. E per questo lo posso lasciare andare.

Non mi sono mai piaciuti gli addii. E non sono mai piaciuti neanche a Thierry. «C'è tutto questo amore... tutto questo amore...» ha lasciato scritto nel suo biglietto. E basta.

Guardo con amore il mare violetto. Guardo con amore la sabbia, e i sassi bianchi, e il granchio che sta scomparendo nei solchi del bagnasciuga. Guardo Venere che torna fra le acque, guardo Mercurio che riposa, guardo i folletti della notte che spengono la luce.

Abbraccio con forza le mie gambe, le tiro contro il petto, abbasso il viso, sorrido. Sento un leggero calore sulle spalle. So che è un golf blu. E che sa di Thierry.

Non provo dolore.

Premo la fronte contro le mie ginocchia. I piedi affondano di più nella sabbia. Sorrido.

Calma e pace profonda in questi ampi spazi,
in queste foglie che cadono arrossate
e nel mio cuore, che se è tutto calmo
o ha un po' di calma, è calma disperata.

Calma sui mari e sonno d'argento
e onde che frusciano quiete
e calma piena in quel nobile cuore
che solo palpita del palpito del mare.

Nella stanza i corpi sono nudi e sudati. Dal cuscino li osservo ma mi sembrano così lontani e pesanti.

La luce gialla del comò da terra illumina il lungo parquet e le nostre sagome.

Ombre si allungano sul muro della stanza deformando i nostri corpi.

Benedetta sotto le coperte. Il fumo che le esce dalla bocca, le annebbia la vista come una lente distorta. I suoi occhi rossi ora sono piccoli e vuoti e ridono insieme ai miei.

La mia bocca è storta e sgraziata e si allarga per riempirsi di assenzio.

Non ricordo più da quanto tempo sono fermo in questo letto, dentro questa camera.

Neanche Benedetta se lo ricorda, continua a fare giochi stupidi con l'accendino.

«Vai, a chi resiste di più!» La fiamma che brucia sotto la mano risveglia i nostri sensi assopiti e questo la diverte.

«Dov'è il popper?» chiedo.

La mano sinistra di Benedetta si schiude rilasciando una boccetta blu di vetro. Rotola sulle lenzuola e scivola fino alle mie dita.

La stappo e inalo.

Defibrillatore! Una botta e per pochi secondi sento il mio corpo risvegliarsi dallo stato di torpore. 180 battiti cardiaci. I muscoli che si tendono. Nervi che si allungano e i miei polmoni che si allargano. Poi come il risucchio di un'onda che si scaglia violenta sul bagnasciuga la calma ritorna lenta nel mio corpo.

«Una volta voglio scopare e nel momento in cui stiamo per venire ci dobbiamo fare il popper, ok?»

Mi senti, Benedetta?

Benedetta sorride e fa cenno di sì con la testa.

«Davvero, lo voglio fare...»

Ma lei non mi ascolta. Forse perché parlo troppo lento.

Rivolgo i miei occhi al soffitto. Le sue crepe mi parlano più degli occhi di Benedetta.

«Sai, sto leggendo un libro. *Zelter*, si chiama. Parla di un vecchio che quando era giovane aveva conosciuto una donna bellissima, di nome Ludmilla, e se ne era innamorato perdutamente. Quando Ludmilla gli aveva svelato la propria natura, Zelter era rimasto senza fiato per la paura ma la voleva sopra ogni cosa e per lei aveva rinunciato a tutto. Lei in cambio gli aveva promesso la vita eterna. Perché Ludmilla era una vampira.»

A poco a poco sento gli occhi di Benedetta poggiarsi su di me.

«Poi lei era rimasta incinta. E durante la gravidanza era toccato a Zelter procurarle sangue fresco...»

Gli occhi di Benedetta sono attenti ora.

«Ma non c'era degradazione che Zelter non fosse pronto ad accettare per Ludmilla. Per lei e per quella promessa di vita eterna...»

Gli occhi di Benedetta sono eccitati ora.

«Appena il figlio nacque, Zelter – in un barlume di coscienza – lo allontanò, perché non crescesse accanto a quella madre mostruosa. Intanto gli anni passavano e Ludmilla non manteneva la promessa di regalargli la vita eterna. "Sono vecchio" disse Zelter una notte, guardando la sua Ludmilla, che invece era giovane come il giorno che si erano incontrati. "Fidati e abbi pazienza" gli rispose la vampira. "Chi ci accudirà quando saremo entrambi vampiri? Chi prenderà il tuo posto, mio guardiano?" Poi lo aveva fissato con quei suoi occhi feroci e suadenti e aveva concluso: "Sto istruendo un sostituto guardiano". Infine era uscita nella notte. Zelter l'aveva seguita, temendo che il sostituto fosse un nuovo amante. E l'aveva vista incontrare un giovane che gli sembrava familiare, l'aveva vista abbracciarlo e baciarlo. E aveva visto negli occhi di quel giovane lo stesso sguardo che aveva avuto lui, tanti anni prima. Lo sguardo di chi era pronto a rinunciare a tutto per Ludmilla. E solo allora aveva riconosciuto il giovane. Era suo figlio. Il loro figlio. E improvvisamente comprese. Ricordò che suo padre lo aveva allontanato, appena nato. E seppe che suo padre era stato allontanato da suo nonno. E seppe che suo figlio si sarebbe dannato come tutti loro. I guardiani di Ludmilla. Padri e fratelli fra loro. Nello stesso tempo figli e amanti di Ludmilla...»

I suoi occhi hanno una luce buia.

«Cazzo!» biascica con tono incredulo. «E poi che succede?»

«Non lo so. Non l'ho ancora finito. So solo che questo libro in realtà parla di me, di mio padre e di mia madre.»

Le crepe sopra di me sembrano muoversi sul soffitto ingrigito di questa casa. Sembrano muoversi lentamente, come i miei pensieri.

«Perché?»

Sento che Benedetta vorrebbe farsi largo nella mia testa come una di queste crepe.

«Perché quella donna, in realtà è la nostra malattia. È una malattia che passa dai miei genitori a me. È il loro sangue malato che ora scorre dentro di me e che forse passerà in quello di mio figlio.»

Le crepe davanti ai miei occhi iniziano a disegnare un dedalo intrecciato, un labirinto dal quale non so uscire e sembra quasi che il soffitto si stia abbassando sopra di noi.

«C'è sangue malato dentro di me. A volte mi chiedo se anch'io sono destinato a finire come loro.»

Il labirinto di crepe striscia come un serpente sul soffitto e invade lentamente tutte le pareti.

Questa casa sta cadendo a pezzi.

«Tu ci credi nella predestinazione, Bene?»

Benedetta si sporge verso di me e mi dà un bacio. Poi mi guarda serpentina. «Hai mai desiderato di bucarti?» la sua voce apre dolcemente una crepa dentro di me.

Io sto cadendo a pezzi.

«Ho sempre pensato che facesse male il buco.»

I miei occhi si fissano in quelli di Benedetta, non posso più guardare intorno a me. Il labirinto si infittisce e io non so come uscire. Sono chiuso dentro questo labirinto.

Perso.

Mi scopro l'avambraccio e lo avvicino al bordo spigoloso della testiera del letto. Lentamente inizio a strusciare e a far scivolare la mia pelle su quella superficie di legno ruvido e secco.

«Una volta quand'ero piccolo ho visto mio padre in crisi d'astinenza da giorni correre come un pazzo in infermeria...»

La pressione del mio braccio nudo su quel mobile ruvido inizia a essere dolorosa.

«... l'ho visto mentre disperato cercava del metadone e metteva completamente a soqquadro l'infermeria. Era talmente violento che i medici avevano paura ad avvicinarsi. E l'ho visto quando disperato ha preso un ago qualunque e se lo è infilato lo stesso in vena. In quell'attimo il suo viso si è rilassato in una smorfia di piacere. E sembrava che quel dolore acuto gli stesse dando sollievo...»

Esistono volte in cui un dolore superficiale può portare a un piacere profondo.

Ora a una a una sento le schegge di quel mobile marcio infilarsi nel mio avambraccio.

Benedetta mi osserva immobile mentre continuo a raccontare e a strofinare il mio arto su quel mobile che si sta tingendo di rosso. Quelle schegge aprono crepe nel mio corpo, altre crepe che formano altri labirinti dai quali non riesco più a uscire. La stanza intera ora si sta rimpicciolendo intorno a me.

E la ferita sanguina.

«... adesso mi rendo conto che a volte il dolore è talmente grande che devi poterlo vedere, che quando è fuori fa meno male di quando sta dentro.»

Il sangue dal mio braccio scivola sulla testiera del letto e inizia a gocciolare sul cuscino.

Il sangue. Il mio sangue. Il labirinto intorno e io che non riesco a respirare.

Rivolgo i miei occhi alla finestra.

Dove sei, Nicole?

«Sono tornata»

Silenzio.

«Sasha?»

«Credi che questo basti? Tre settimane di silenzio e poi "sono tornata"?» Voce fredda e rabbiosa. «Ai nostri figli non ci pensi?» aggiunge con tono drammatico.

Scoppiamo a ridere insieme. Mi sento sollevata.

«Sei un cretino.»

«E tu sei una stronza. La mia vita si è fermata, senza di te» tono teatrale.

«Immagino. Come stai?»

«E tu?»

«Con Benedetta?»

«Con Lorenzo?»

«Proviamo a fare delle affermazioni e non delle domande.»

«Oggi alle quattro.»

«Alla panchina.»

Lo vedo da lontano, mentre i tacchi dei miei stivali affondano nelle zolle di terra morbide e umide di Villa Borghese.

Oliva sta scorrazzando eccitata insieme a un cane enorme che ogni tanto si butta a pancia per aria lasciando che lei gli ringhi addosso felice. Sasha è in piedi, sta facendo su e giù davanti alla panchina come un futuro padre chiuso fuori dalla sala parto. Lo guardo da lontano e lo sento lontano. So che sarà come quando rivedi un vecchio film che dentro non ti suscita più l'emozione che ricordavi. È solo un ragazzo. Uno dei tanti che passeggiano per Villa Borghese con un cane al guinzaglio. O con una ragazza da baciare prima che il sole tramonti. Cammino verso di lui, che mi volta le spalle. Ha i capelli lunghi, penso guardandogli la nuca. Più lunghi di quando sono partita. Come se avessero approfittato della mia assenza per crescere a tradimento.

«Dovresti provare a farti la coda» gli dico arrivandogli dietro.

Lui si volta di scatto. Sorride.

È un film che non ti fa più l'effetto della prima volta.

I suoi occhi sono bui. Il viso tirato. Ha messo su quel sorriso solo per me.

La voglia di affondare le dita fra i suoi capelli e abbracciarlo è così forte e improvvisa che mi fa traballare. Devo dire qualcosa. Subito.

«Cos'hai?» gli chiedo.

Lui fa un passo verso di me. Ha due occhiaie profonde.

Credo stia per abbracciarmi. Devo parlare. Subito.

«Cos'è successo, Sasha?»

È solo un ragazzo. Uno dei tanti.

La sua intenzione di abbraccio si ferma a metà. Fa una risata aspra.

Non credo di aver già visto questo film.

«Sono innamorato, no?» Si lascia cadere sulla panchina. Mi guarda di traverso, di sotto in su, batte leggermente sul legno verde col palmo della mano invitandomi. «Bentornata, comunque» mi dice sorridendo mentre mi siedo accanto a lui.

Vorrei che smettesse di fare quel sorriso. Guardo Oliva che ancora non si è accorta di me, troppo occupata ad assalire la sua enorme vittima consenziente. Mi guardo la punta degli stivali.

«Belle scarpe» dice lui.

Alzo gli occhi. I suoi scintillano divertiti. Adesso il sorriso che sorride è quello che conosco.

«Le ho comprate in Francia.»

«E che altro hai comprato?»

«Due libri, un vestito da sera, una tovaglia e un fermaporte di ferro battuto.»

«Che te ne fai di un fermaporte?»

«Non lo so. Era a forma di delfino.»

Lui annuisce. Il suo viso si sta rilassando, e io comincio a riconoscere i fotogrammi.

«Hai comprato anche un profumo. Non è quello che usavi quando sei partita» mi dice annusando l'aria.

«Dovresti lavarti i capelli» gli dico irritata dal suo olfatto infallibile.

«E tu non dovevi partire» mi dice brusco.

Mi metto a ridere. È solo un ragazzo.

«Perché non riusciamo mai a parlare come la gente normale? In questi casi si dice: "Ciao, come stai, che bello vederti, raccontami tutto quello che hai fatto".»

«Mi sei mancata.»

«Anche tu.»

Ci guardiamo. Arriva Oliva.

Sasha allunga il braccio per accarezzarla. La manica della sua giacca di pelle marrone – un altro fotogramma sconosciuto – sale mettendo in mostra un largo cerotto che gli copre l'avambraccio.

«Che ti sei fatto?»

«Ho donato un lembo di pelle per un trapianto.»

«Sasha...»

«Sono stato rapito dagli extraterrestri che hanno fatto esperimenti orribili sul mio corpo.»

«Mi dici cosa ti sei fatto?» gli chiedo esasperata.

«Mi hanno morso i vampiri, Benedetta mi ha legato al letto

col filo spinato, ho fatto karate sui mattoni taglienti, ma che ti frega cosa mi sono fatto, Nicole? Sono caduto col motorino, va bene?» mi fissa ostile.

«Tu non hai il motorino.»

«E adesso ce l'ho! "Che ti sei fatto?", "Lavati i capelli", "Cosa ti è successo?"... sparisci, mi tagli fuori, ti fai i cazzi tuoi e poi vuoi riprendere il controllo su tutto in cinque minuti? Ma vaffanculo, Nicole» mi dice con rabbia alzandosi in piedi. Si accende una sigaretta, aspira avidamente, tira un bastone a Oliva, si risiede accanto a me.

«Vaffanculo anche tu» gli dico senza lasciarmi provocare dalla sua rabbia esagerata. Mi sta punendo. Sono andata via. È solo un ragazzo. «Aspetto che parli.»

«Tu sai tutto, vero?» mi chiede sferzante.

«Se tu ti puoi accorgere che ho cambiato profumo, io mi posso accorgere di quello che hai dentro.»

«Col profumo è più facile» mi dice mentre un angolo della sua bocca si piega all'insù.

«Ma io sono più abile» gli dico sorridendo.

Si mette a ridere. Oliva ci scodinzola intorno.

«È per Benedetta? Le cose non vanno?»

«Le cose vanno benissimo. La scopo, mi scopa, ci amiamo, ridiamo, ci divertiamo, è uno spasso. Era come avevi detto tu» la sua voce è di nuovo sferzante. Attraverso quella sua altalena emotiva sta cercando di chiedermi qualcosa.

Non capisco, Sasha. Parlami.

«Non guardarmi così» dice piano. Lo dice a occhi bassi, dandomi il suo profilo ostile, la testa incassata nel giubbotto di pelle marrone, le mani in tasca.

Eva contro Eva. Il padrino. Che fine ha fatto Baby Jane. Un uomo da marciapiede. La conversazione. Ultimo tango a Parigi.

Sono tantissimi i film che ho rivisto e che a distanza di anni hanno suscitato in me emozioni ancora più forti.

Harold e Maude, Chi ha paura di Virginia Woolf, L'ultimo spettacolo, Il posto delle fragole, Jules e Jim.

Un uomo, una donna.

Certo. *Un uomo, una donna*. In un cinema d'essai pieno di spifferi, con il giaccone verde di Sasha sulle spalle.

È solo un ragazzo.

La rabbia mi assale a tradimento. Improvvisamente odio le sue occhiaie e quel viso adulto e affilato, odio il suo sorriso tirato, i suoi occhi cupi, odio il mio inutile viaggio in Francia e il suo capire tutti i perché.

«Questo non è l'amore di cui parlavo io. Ti sei visto? Sasha, ti sei visto? Questo non è amore» gli dico con voce dura, detestandolo.

Lui si volta di scatto verso di me. «Ma non ti stanchi mai, Nicole? Non sei mai stufa di giudicare, pontificare, insegnare? "Vivi, Sasha", "Non così, Sasha", "Puoi fare meglio, Sasha", "Questo non è amore, Sasha".» Trae un profondo respiro. Sento un sibilo sottile arrivare dai suoi polmoni.

Mi alzo dalla panchina. «Tu hai scambiato l'amore per una specie di gara al massacro per poeti dilettanti. Sei patetico» gli volto le spalle e comincio a camminare.

«Non provarci» mi grida lui.

Non mi fermo. Sento con orrore le lacrime pungermi gli occhi. Non era così che doveva essere. Non era questo che avevo immaginato. Il nostro incontro doveva essere gioioso e tranquillo. Pieno di racconti di giorni non vissuti insieme, di risate e di calmo piacere regolato dalla distanza che doveva aver guarito tutto. Nicole aveva ripreso il controllo della sua vita e Sasha avrebbe salutato con gioia questo avvenimento e il suo ritorno.

Sento i suoi passi dietro di me, il campanellino del collare di Oliva, poi la sua mano che mi afferra il braccio con forza costringendomi a fermarmi.

«Sai qual è la verità? Che tu non capisci un cazzo dell'amore. Un cazzo, Nicole!» Ora sta gridando, la sua faccia è stravolta dalla rabbia. «Te ne stai arroccata nella tua torre d'avorio e agiti la bacchetta magica per far ballare noi poveri umani. Sei la dea della Regola, la vestale del Controllo, la tutrice del Non Detto.»

«Non sai neanche di cosa stai parlando... io...»

«Sei un'ipocrita che se ne sta alla finestra ordinando agli altri di andare in battaglia. Ti sei mai sporcata le mani, Nicole? Hai mai avuto una reazione in vita tua? Benedetta non è una come te. Lei perde il controllo, lei è carne e sangue, lei ti porta in posti pericolosi ma non si tira indietro lasciandoti solo.»

«Per te sporcarsi le mani è questo?» gli chiedo sarcastica mentre l'ira mi fa tremare la voce. «Ma ti sei visto? Fai schifo, sei pallido, sei disperato. Non so da dove vengano i tuoi vestiti nuovi o la tua macchina "presa in prestito" e non me ne frega niente, non so da dove vengano le tue occhiaie e quel cerotto del cazzo che hai sul braccio. Non voglio risposte. Ma se fossi in te, mi farei qualche domanda.»

«E tu? Quando comincerai a farti delle domande?» Non ho mai visto il suo viso così pallido.

«È una vita che non faccio altro che farmi domande!»

«È una vita che non fai altro che piangere su te stessa. Il fatto di aver amato una volta non ti ha garantito nessun posto in paradiso, né all'inferno. Non sei la vedova inconsolabile di un martire che non ce l'ha fatta a vivere, sei solo una donnetta che ha troppa paura di tutto per uscire allo scoperto, e che si rintana dentro a un lutto perenne pur di sfuggire alla vita. Sai cosa penso? Che quel poveraccio ti ha fatto un gran favore a togliersi di mezzo!»

La mia mano si alza con violenza, e con violenza colpisce la sua guancia. Non l'ho mai fatto, mai fatto nella mia vita. Lui mi guarda stupito. Il palmo della mia mano brucia. La rabbia sbollisce di colpo di fronte alla meraviglia e alla vergogna per il mio gesto. Mi sento stanchissima. Svuotata.

Restiamo lì, uno di fronte all'altra. A guardarci sbalorditi.

«Porca miseria, Nicole» mi dice a voce bassa, massaggiandosi la guancia.

«Ti ho dato uno schiaffo» gli annuncio stupidamente, senza riuscire a crederci.

Lui annuisce. Continuiamo a guardarci senza sapere cosa fare.

«Forse ti preferisco controllata.»

«Sto per mettermi a piangere.»

Lui fa un passo verso di me.

«Se ti abbraccio, è meglio o peggio?»

«Non lo so.»

Mi prende fra le braccia. La pelle del suo giaccone scricchiola. Io non piango.

«Com'era la Francia?» chiede piano, fra i miei capelli.

«Sono tornata» gli dico affondando il naso nella sua spalla.

«Sia ringraziato il cielo, Nicole.»

Ho finito il mio lavoro.

Sono sempre di più le persone che affollano questa casa.

Entrano dall'ingresso principale e si disperdono per il salotto. Mi circondano confondendo il loro odore con quello dell'ultima mano di vernice, calpestando con i loro piedi la cera che ancora protegge il parquet e portando la strada dentro le mie mura.

Ho finito il mio lavoro?

Quelle persone che riempiono le stanze non danno importanza, non prestano attenzione, ma si muovono per quegli spazi scoprendo e nascondendo con i loro corpi tutti i miei sbagli. Quella macchia sul pavimento vicino alle scale non mi piace, domani la devo assolutamente sistemare. E quel tavolino a tre piedi che ho restaurato in fretta e furia per la festa di stasera, ora traballa sotto il peso di quelle due ragazze che bevono e non si sono accorte del vino rosso che stanno facendo cadere.

Se intervenissi subito, forse...

E quella sbavatura di colore in salotto ha bisogno di un'altra mano.

Non ho ancora finito il mio lavoro.

Ci sono ancora troppe cose che devo correggere. Troppe cose da verificare. Riccardo alle volte rimaneva per mesi immobile davanti ai suoi quadri a chiedersi se fossero davvero conclusi.

Nicole direbbe che sto cercando delle scuse per prolungare. Direbbe che non sono capace di chiudere, di voltare pagina e forse è così. Ma quelle tare che scopro tra la gente sono imperfezioni che rimarranno per sempre come problemi irrisolti e sospesi a testimonianza del mio fallimento, come quel mobile all'ingresso. Quel mobile vecchio e malconcio alle spalle di Benedetta.

Lei sosta in piedi vicino alla porta per accogliere i suoi amici. La sua camicia bianca le sta diversamente da come le stava la prima volta che l'ho vista. Le stringe di più sui fianchi scoprendo appena sotto l'ombelico la sua pancia meno piatta. Il suo sorriso invece è esattamente come allora, sempre lo stesso. Sempre lo stesso per chiunque. Non accetterò mai più da lei quel sorriso.

Dove lo hai comprato, Benedetta? Li fanno in serie?

Quei sorrisi sono continue provocazioni e il più delle volte chiosano una qualche battuta a sfondo erotico. Ma sono sempre lo stesso film e ormai non li sopporto più.

Esattamente come noto le tare della casa, vedo quelle di Benedetta.

Solo che lei non la posso mettere a posto.

La osservo come osservavo quella macchia di umidità sul parquet e mi infastidisce la sua insaziabile voglia di sedurre qualunque essere le si avvicini.

Ma non ti stanchi mai?

Lucrezia, intanto, mi passa davanti con due birre in mano. Lucrezia, si chiama, se non sbaglio.

Mi sporgo verso di lei e la fermo. «Una è per me, vero?» le chiedo afferrando una birra.

Benedetta è lontana e continua a sorridere.

Lo so io e lo sa anche lei.

«Tutto è per te» mi risponde complice.

Do un sorso alla birra, le tolgo la sua dalle mani e appoggio le due bottiglie sul tavolo. Poi in un movimento che è unico e inarrestabile la prendo per mano e la porto via con me. Attraversiamo il salone.

Sul corridoio giro a destra e imbocco la prima porta a sinistra. Lucrezia mi segue senza fiatare ed entra con me in una stanza neanche troppo lontana da Lei che dispensa sorrisi.

Non ho voglia di nascondermi.

Dentro la stanza non ci sono luci accese. Chiudo la porta, poi mi volto e spingo Lucrezia contro la parete. Le mie mani sulle sue spalle le impediscono di guardarmi. Col viso mi cerca, ma lo fa solo per sentirsi meno sporca. Le alzo il vestito, mentre affondo i miei denti sulla sua nuca. Le sue mani da dietro cercano un contatto con le mie che slacciano la cintura. Mi abbasso i pantaloni. Le scosto le mutande e affondando le mie mani nella sua schiena la penetro ripiegandomi su di lei. Affondo una, due, tre, quattro, cinque volte.

«Nicole» sussurra la mia bocca.

Poi ancora una, due, tre volte e ancora.

«Nicole, Nicole» continuo a pronunciare.

E poi una, due.

Sto liberando la mia voglia.

Tre, quattro.

«Nicole.»

Cinque volte. E poi. I miei denti che si serrano, le mie mani che si stringono e i miei muscoli che si contraggono. La ragazza tiene le sue mani contro il muro. Scivolo via dal suo corpo. In quell'istante si volta per cercare ancora un contatto ma sono già lontano. La ragazza resta ferma immobile sul muro senza dire una parola e mi guarda con un'aria bolsa-bovina, con l'aria di chi non ha capito. Non ha capito un cazzo.

Mi abbottono i pantaloni e rientro nel salotto che si continua a riempire di esseri senza volto e mi rendo conto che sono solo comparse. Benedetta è ancora vicino all'ingresso e continua a sorridere. Ma sono controfigure, penso, solo controfigure. Per la prima volta mi dico tutto quello che non mi sono mai detto. E con lucidità fredda e cinica schiarisco i miei pensieri e torno a mischiarmi tra quelle persone di cui non mi frega un cazzo. Sul tavolo dov'ero seduto noto l'impronta delle due birre che ho lasciato e che non andrà via, ma non mi sento in colpa. L'ho appena tradita e non mi sento in colpa.

Benedetta continua a sorridere e io non mi sento in colpa. Se una colpa c'è è quella di aver cercato troppo a lungo delle controfigure che riempissero un buco più grande. Benedetta era una controfigura.

Le vado vicino, la stringo, le appoggio la mia guancia contro la sua e le dico: «Scusami».

Benedetta si volta di scatto. «Di cosa?» chiede confusa.

Di tutto, controfigura, le vorrei dire.

E poi: «Mi dispiace».

Punto.

I nostri corpi su questo letto sono isole nascoste dall'ombra.

La voce di Benedetta è un sussurro che rompe il silenzio. «Perché mi stai facendo questo?»

La sua voce trema soffocata. È rabbiosa, ma non le rispondo. Non so cosa voglia dire. Anzi, lo so e per questo non le rispondo. Siamo sdraiati sul letto da due ore. Senza parlare. Senza scopare. Navigando nelle nostre rispettive solitudini. Come due sconosciuti. Per una volta, le nostre lenzuola sono stropicciate dalla noia e non dal nostro desiderio. Dalla sua paura e dalla mia disperazione.

Benedetta si alza di scatto e si dirige verso il bagno. Con sollievo sento scorrere l'acqua della doccia.

Ma quella domanda torna a svegliarmi dal mio torpore. «Perché mi stai facendo questo?»

È riapparsa nella stanza. Mi fissa rabbiosa. Con un tremito nella voce che non avevo mai sentito. L'acqua continua a scorrere.

«Chiudi quel cazzo di rubinetto. Ho mal di testa, non lo sopporto.»

Lei ignora la mia richiesta e mi si avvicina. China il suo viso sul mio, minacciosa. Ripete la domanda sillabando come se non parlassi la sua lingua, come se fossi un bambino ritardato, come se volesse imprimermi dentro quelle parole. «Perché-mi-stai-facendo-questo?»

Con aria debole e apparentemente onesta cerco una confortevole bugia, non ho voglia di parlare. «Benedetta... la testa mi sta scoppiando. La mia vita mi fa venire il vomito. Mi faccio schifo. E non sto facendo niente a nessuno. Semplicemente non ho voglia di parlarne. Non è il momento.»

Sei un bugiardo, Sasha. Sei un bugiardo.

Affondo le mani sotto il cuscino e lo spingo contro il mio viso. Quel sonno malato torna a farmi visita come la mano di un amico, come una indolore via d'uscita, ma lei non ha intenzione di lasciarmi andare.

Si siede accanto a me. Resta in silenzio. Poi: «Se sei troppo stanco per parlare, puoi almeno ascoltare?» mi dice.

E io resto spiazzato dalla sua voce che improvvisamente è bassa e vulnerabile. E non rispondo.

«Non è una strana coincidenza che quel giorno a casa di mio padre c'ero anch'io?» mi dice bruscamente, senza guardarmi.

La mia attenzione improvvisamente cambia e i miei occhi tornano a poggiarsi su di lei, come la mia memoria su quel momento.

«Sasha, io non sono capace di...» Benedetta è nuda e per la prima volta sembra parlarmi senza più nessuna maschera. Sento tutta la sua fatica e tutta la sua vergogna in quel lamento supplichevole. «Cazzo, Sasha, aiutami! Io non sono una che parla» mi dice alzando la voce.

Ma non riesco ad aiutarla, congelato come sono dentro il mio silenzio. Resto immobile su quel letto, con il corpo raccolto in posizione fetale e la mente in apnea che cerca ossigeno fuori da quella stanza.

Benedetta si sdraia lentamente accanto a me. Si stende su un fianco. Sento la sua schiena aderire alla mia e la sua voce farsi piccola. Piccola come è lei in questo momento.

«Ti ricordi quando facevamo finta di essere morti?»

Non posso guardarla, ma sento le sue ciglia battere lentamente e il suo sguardo farsi lontano.

«Facciamolo ancora» mi dice cercando di trovare il fiato per quelle parole. Benedetta respira lenta, lenta e profonda, come se avesse paura della mia risposta.

Ma visti dall'alto sembriamo già quei due bambini.

Così chiudo gli occhi.

E insieme a lei torno per l'ultima volta su quella rupe.

«Sai perché non sono più tornata a Borgo Fiorito? Perché ero fidanzata. Lui aveva quarant'anni e lavorava con mio padre. E adesso io ti amo.»

Ha parlato senza prendere fiato. Ha parlato senza muoversi. Ha parlato lasciando me dilaniato dalla voglia di stringerla e quella di non sentire.

Ma la mia testa si volta appena, incerta. Perché è pietà, perché è dolore, perché è un inspiegabile senso di colpa quello che la muove.

«Benedetta...»

Ma lei mi interrompe. «Sasha ti prego, aiutami. Portami via da tutta questa morte.»

E con la stessa violenza di una coltellata, quella supplica mi sfonda il petto.

«Io ho bisogno di te.»

La voce di Benedetta.

La voce di mia madre.

La voce di mio padre.

La voce dei miei amici.

La mia stessa voce e quella di tutto il mio passato.

Il bambino del miracolo.

Quelle voci come sirene mi chiamano e mi tirano giù verso il fondo, dentro i miei abissi, dentro caverne dove non c'è luce, dentro quel mondo dal quale stavo scappando.

Vivi, Sasha. Vivi.

Ma non c'è vita nel fondo di quegli abissi, Nicole. Ci sono solo incubi, incubi che non riesco a trasformare in sogni, anime troppo dannate che non so salvare e colpe che non riesco a perdonare.

Io non sono capace, io non sono forte abbastanza.

Ti prego, non chiedermi di seguirti.

Ma la mia principessa mi guarda dal ciglio di quello strapiombo, in attesa di vedere se sceglierò la chiave bianca o quella nera.

Le metto una mano sulla bocca. «No, non dirlo, non servirebbe a niente.» E di scatto mi alzo dal letto. In silenzio comincio a vestirmi.

«Dove cazzo vai? Eh?» la voce di Benedetta improvvisamente si strappa. «Dove cazzo pensi di andare, eh? Pezzo di merda! Sei un fallito!» inizia a gridare sempre più forte.

Anche senza guardarla so com'è il suo viso adesso. Furia e rabbia. Dolore e impotenza.

«Sai una cosa, Sasha? Hai ragione tu, il tuo sangue è marcio. Non avrai mai niente di meglio di me dalla vita. Hai capito?!»

Le sirene iniziano a cantare sempre più forte mentre cerco di risalire dal fondo dei miei abissi.

«Noi due siamo uguali, Sasha, siamo due sopravvissuti e questo è il meglio che possiamo avere. Hai capito!?»

Mi infilo la maglietta e mi avvio verso la porta. Devo andarmene via subito, penso. Sono circondato da tutti i miei fantasmi e se non esco da questa stanza ora non ne uscirò mai più.

Non respiro.

«Scendi dalla Rupe, Benedetta, io l'ho già fatto» le dico

mentre mi avvio verso la porta, ma la sua furia esplode. Afferra l'abatjour e me lo lancia contro con tutta la forza che ha.

«'Fanculo Sasha! Su quella rupe io mi annoiavo a morte! Torna qui! Tu non sei niente senza di me!»

La stanza sprofonda nel buio più pesto e io mi inchiodo sulla porta senza voltarmi continuando a darle le spalle.

Benedetta ha il fiatone e la sua voce ora è un sibilo. «Quelli come me, Sasha, devono avere la memoria corta. Se esci da quella porta fra un'ora mi sarò dimenticata di te.»

Ora ho paura, ho paura di andare e di lasciarmi quella frase alle spalle.

Vivi, Sasha. Vivi.

Ma la paura di restare è ancora più grande, così afferro la porta e nel momento esatto in cui la apro capisco che rimane solo una piccola chiave luminosa tra le mie mani.

L'istante dopo sono già fuori.

Il ronzio di un SMS. "Ti ricordi di domani, vero? Te lo ricordi? Te lo ricordi? Ti mando di nuovo l'indirizzo. Alle cinque. Nicole. P.S. Sono troppo angosciante? P.S. Te lo ricorderai, vero?"

Cazzo Nicole, sto perdendo. Per la prima volta dopo mesi io sto perdendo. Lasciami in pace.

Le carte non mi parlano più e io sono sotto di più di cinquemila euro.

E poi fuori c'è il mondo che sta andando avanti e io qui, a casa di qualche amico di Tancredi.

Dov'è il mio cuba libre? Il mio bicchiere è ancora vuoto.

È vuoto ancora. E ancora e ancora.

E io non riesco a essere credibile. Il mio bluff è scoperto e io continuo a perdere.

Ma io sono un vero giocatore, vero Riccardo?

Perché i veri giocatori sono quelli che amano perdere, tu me lo hai detto, ricordi?

E io non ho più una lira con me.

Potrebbe bastare per il mio castigo?

I miei pensieri sono sconnessi.

Potrei barare, ma ubriaco come sono non ne sarei capace.

«Basta, mi sono stancato.» Bestemmia lo scimmione accanto a me.

«No, io no. Aspetta dobbiamo chiamare l'ultimo giro» dico con voce quasi supplichevole.

«L'abbiamo già chiamato e tu non hai più fiches» insiste quella merda di pusher rimescolando le carte tra le sue mani.

Dammene ancora.

«Ne prendo altre, e dài» continuo sorridendo.

Ma lui non ride insieme a me.

E in un istante ripenso alle parole di mio cugino su quella porta. *Lo stesso sangue e la stessa fame.*

Ed eccomi, finalmente anch'io nel nostro ridente album di famiglia.

«È un bello spettacolo?» gli dico ridendo, ma lo scimmione non capisce cosa voglio dire e guardandosi con gli altri giocatori decide di rimandarmi a casa.

Le mie mani si serrano su quel mazzo di carte come quelle di mio cugino sul mio braccio e la mia voce adesso è rabbiosa. «E dài, cazzo, ripuliscimi fino in fondo almeno, ti ho dato tutto! Un'altra cazzo di mano me la devi!»

«Dài, mi sono rotto i coglioni di stare a discutere, è tardi, facciamo questa mano e mandiamolo a casa» dice il ragazzo alla mia destra guardandomi con superiorità.

Lo scimmione fa scivolare le carte da sotto le mie mani e le dispone rapidamente sul tavolo. «Ok. Tira fuori i soldi» mi dice frettoloso.

Le mie tasche sono vuote e a parte i miei vestiti ho solo Oliva con me. Oliva che respira sulle mie gambe e che siede alla mia destra. Ma è tutto quello che mi rimane, perciò «Questo basta?» chiedo mettendo il guinzaglio sul tavolo.

I ragazzi si guardano divertiti, sgomenti e non riescono a trattenere le risate.

«Che cazzo c'è da ridere?» chiedo con aria scocciata, ma la fame mi fa tremare la voce.

«Che me ne faccio di un cane?» mi chiede il bestione, mentre raduna le sue cose e fa per alzarsi.

«Non ho altro» dico a bassa voce, ma la fame che mi sta divorando deve trasparire dai miei occhi e dalle mie mani instabili, e lui mi guarda incerto. «E poi mi ha sempre portato fortuna» aggiungo in fretta. Lui mi guarda eloquente. «Tranne stasera» ridacchio tentando di fare dello spirito.

Il bestione si risiede. E io respiro. So cosa sta vedendo mentre prende in mano le carte e mischia. So che la mia fame mi siede accanto. E che i miei occhi sono bassi come quelli di Fabrizio quando si trasforma in un mendicante.

Le carte mi scivolano in mano.

Guardo Oliva. Le sorrido. E smetto di pensare.

Non riesco a respirare bene. Ho contato le pulsazioni del mio cuore. Cento al minuto. Si chiama tachicardia. Le mie mani formicolano, ho la sensazione che da un momento all'altro si paralizzeranno. Ho un nodo allo stomaco. C'è un mostro lì dentro, e so che fra pochi secondi salirà a mangiarmi il cuore. Che comunque batte troppo veloce, per cui se il mostro lo divora poco male. Ho freddo. Ma nello stesso tempo sto sudando.

Se solo riuscissi a respirare.

Quando cerco di fare un respiro profondo la cassa toracica si blocca, come se qualcuno ci avesse appoggiato sopra un ferro da stiro e stesse premendo con forza. Il collo e le spalle non formicolano, ma ho comunque la sensazione che si stiano per paralizzare come le mani.

Invoco mentalmente il mostro annidato nel mio plesso solare perché si sbrighi e mi mangi il cuore. Non ho intenzione di restare viva con collo, spalle e mani paralizzate. E con un ferro da stiro sul torace.

Ansia anticipatoria. L'ho ripetuto centinaia di volte ai miei pazienti. Non si muore, non si soffoca, non si ha un infarto. Non si sviene, non s'impazzisce, non si perde il controllo. Si sta solo male.

Fra esattamente un'ora e cinquantasette minuti salirò su quel maledetto palco. Sono andata a controllare: al Centro Culturale i megalomani hanno un vero e proprio palco con microfono da dove i loro ospiti possono declamare il loro discorso. Un palco. Come quello della mia scuola di suore.

Eccomi qui. Quarant'anni, aspetto impeccabile, trucco impeccabile. Lo specchio mi rimanda l'immagine di una donna matura, posata, responsabile. Peccato quelle pupille dilatate. Quel colorito verdognolo illuminato pateticamente da due macchie di fard rosato. E quell'aria da condannata a morte. Peccato queste gambe di gelatina e queste mani semiparalizzate.

Era una donna così carina. L'infarto l'ha colpita appena è salita sul palco. Sono in molti a piangerla.

Perché ho accettato? mi chiedo mentre controllo il contenuto della borsa. Perché sembrava che non sarebbe mai accaduto. Perché mi sentivo fortissima. Perché avevo deciso di diventare grande e di non restare su quel palco delle suore con i crampi alla pancia. Perché mentre parlavo in quella piazzetta davanti a Sasha e ai due avvinazzati mi ero sentita esaltata. Mi era *piaciuto*.

Ma ora è arrivato il momento. Niente piazzetta, niente avvinazzati. Solo tanti sconosciuti con gli occhi fissi su di me. Con le orecchie sintonizzate sulla mia voce. Solo tanti sconosciuti e Sasha. Grazie al Cielo. Sasha in prima fila che mi guarderà e non mi lascerà cadere. Grazie papà, ma ora non ho più bisogno di te. Lui verrà. Anche se in questi giorni non ci vediamo spesso come prima. Anche se è così occupato con il suo amore sbagliato o con la sua vita che corre. Lui verrà. Lui non mi farà aspettare da sola.

Posso farcela.

Credo.

Compongo velocemente il numero di Sasha. Il suo telefono è staccato. Gli scrivo un SMS.

"Sto uscendo di casa. Ci vediamo lì alle sei. Ti ricordi l'indirizzo, vero? Cercami in mezzo alla gente, sarò l'unica con la faccia verde."

Ho bevuto quattro tisane al tiglio. Ingoiato otto pillole di valeriana. Preso i betabloccanti.

Mi sudano le mani.

Era una donna così carina. Purtroppo si è paralizzata completamente appena si è trovata davanti al microfono. Non guarirà più. I paramedici che l'hanno soccorsa hanno detto che aveva le mani sudate. Orribile.

Lorenzo mi ha guardato stupito quando stamattina alle sette si è svegliato e mi ha trovata già in terrazza che annaffiavo le piante, perfettamente vestita e truccata. Mi ha chiesto se stavo bene e non ha aggiunto altro. Non so se abbia notato la mia aria stralunata ma ha fatto comunque finta di niente. Da quando sono tornata dalla Francia mi tratta come se fossi malata. Con una cautela mista a sospetto. Non parla. Aspetta che lo faccia io. Io rispetto la sua tiepida vigliaccheria. Il suo rimanere in fondo alla fila. Rispetto i suoi nascondigli, i suoi angoli bui e silenziosi. Il suo terrore delle parole definitive. Parlerò io. Quando troverò il coraggio. Quando avrò capito fino in fondo che non si può tornare indietro. Quando avrò smesso di rispettare la *mia* tiepida vigliaccheria. Mi siederò accanto a lui e parlerò per ore, scandagliando gli anni sbagliati del nostro matrimonio, dissezionando la nostra non-vita in comune, spogliandomi di fronte a lui che resterà vestito, ancora una volta vestito, senza tentare. Intuirò quel dolore che non mi mostrerà. Mi perdonerò perché sarà più forte del mio. E alla fine, dopo che i muri della nostra stanza avranno assecondato per tre volte la danza del sole cambiando colore, accenderò l'abatjour verde, quello che abbiamo comprato insieme in un mercato quando ancora ci tenevamo per mano, e finalmente riassumerò con due semplici parole la diagnosi del nostro matrimonio. «È finita.»

Se solo il mio cuore rallentasse i battiti. Li conto di nuovo. Sono saliti a centodieci. Complimenti, betabloccanti, gran bel lavoro. Sono già in ritardo. Il ferro da stiro preme malignamente contro la mia cassa toracica mentre guardo con concupiscenza il telefono. Sarebbe così facile.

Sono desolata, non posso partecipare. Mi dispiace avvertirvi all'ultimo minuto ma il medico sospetta che si tratti di un raro caso di vaiolo. Sono completamente deturpata e infetta. Sarà per la prossima volta.

La risata di Sasha, tre giorni prima.

«Li stenderai tutti. Smettila di fare la mammoletta, tu sei una dura.»

«Ma tu vieni sicuro, vero? Giurami che vieni.»

«Neanche il Giudizio Universale mi potrà impedire di esserci. Ti fidi di me?»

«Sì.»

Lo stupore nel rendermi conto che era vero. Meravigliosamente vero.

«E allora piantala di preoccuparti. Mi riconoscerai fra la gente perché avrò un'espressione orgogliosa stampata in faccia.»

Grazie, Sasha.

Vai al diavolo, ferro da stiro. Vai al diavolo, mostro mangiacuore. Vai al diavolo papà, vai al diavolo suor Michela, vai al diavolo paralisi, vai al diavolo infarto, vai al diavolo infanzia.

So che lui ci sarà.

Era una donna così sensibile. Ha perso conoscenza nel momento in cui iniziava a parlare. È entrata subito in un coma irreversibile. Poveretta. C'era un ragazzo biondo che piangeva tenendole la mano.

Afferro la maniglia della porta.

Io ce la faccio.

La apro con forza, respiro profondamente.

Io li stendo.

Esco sul pianerottolo con passo determinato e chiudo con forza la porta alle mie spalle, lasciandomi dietro tutto.

Aspettami, Sasha. Sto arrivando.

Oliva corre sul bagnasciuga avanti e indietro.

Corre come se vedesse il mare per la prima volta.

Speriamo che non beva ancora l'acqua del mare, perché altrimenti inizia a fare la pipì dal culo ed è una cosa che non si sopporta, penso.

La prima volta che mi è capitato di vederla fare quella strana acrobazia ero in spiaggia con Nicole e lei ridendo si è appoggiata alla mia spalla, per non cadere a terra.

Lei continua a fare avanti e indietro per il bagnasciuga. E io non mi stanco di guardarla.

Uno, due, tre, quattro, cinque, ci sono ancora cinque sedie vuote, mamma sta tenendo il posto per papà, stavolta viene, lo so che viene, non come le altre due volte che se l'è dimenticato perché deve sempre lavorare troppo, stavolta gli ho scritto dei biglietti e glieli ho messi dappertutto, vicino al suo pennello da barba, sul cuscino, sullo specchio, sul tavolino dove tiene sempre il suo giornale, alla fine lui si è messo a ridere e mi ha detto: «Sei la mia perla rara» ha detto proprio così, «Sei la mia perla rara e non potrei mancare neanche se ci fosse il Diluvio Universale». Tutti, sono arrivati tutti e la maestra sta facendo segno a suor Michela di abbassare le luci. Io guardo verso la porta, la pancia mi fa male e sto sudando, speriamo che il velo non si bagni, ho tutta la fronte sudata e magari poi si vede, stavolta deve venire, viene sicuro, un bigliettino gliel'ho messo anche nella tasca della giacca, ci ho scritto sopra pure l'indirizzo, anche se so che lo conosce, viene sicuro, io continuo a guardare quella porta e so che adesso lui entra e mi sorride e si siede davanti a tutti e mi guarda e pensa che sono bellissima con il velo azzurro della Madonna del Biancospino che adesso mi si sta proprio bagnando intorno alla fronte, ecco, adesso chiudo gli occhi e conto fino a cinque e quando li riapro lui è seduto lì e mi sta guardando, adesso conto con gli occhi chiusi e poi si avvera la magia, uno, due, tre, quattro, cinque, apro gli occhi e lui non c'è, non c'è, non c'è, e suor Michela mi sta facendo segno di uscire sul palco, lui non c'è e il mio stomaco fa dei rumori strani, lui non c'è ma la maestra mette la musica sul giradischi e adesso la recita inizia e io esco con in mano il cesto con i pannolini di Gesù e tutta la gente applaude.

Lui non è venuto.

La ciotola, cazzo. Devo riempire la ciotola di Oliva, penso mentre barcollo per la stanza stordito da uno dei più violenti dopsbronza della mia vita. Entro in cucina cercando di riparare i miei occhi dalla luce e il mal di testa mi fa avanzare a fatica in quella stanza che non riconosco immediatamente.

La ciotola, dove cazzo sta la ciotola?

Al solito posto, Sasha.

La afferro e la appoggio sul tavolo. Mi accendo una sigaretta e affondo le mie mani nella carne in scatola di Oliva che solo Dio sa quanto puzza.

«Oliva!» chiamo ad alta voce, poi ripongo la ciotola per terra, vicino alla porta, al solito posto.

Apro il rubinetto dell'acqua e mi sciacquo le mani come faccio sempre. Poi afferro un bicchiere, lo riempio, frugo tra i cassetti dei medicinali e finalmente trovo quello che mi serve. Mi ficco un pasticcone in bocca e butto giù.

Infine mi volto verso la porta, ma Oliva non è ancora venuta a mangiare.

Forse non ha sentito.

«Oliva! Vieni!» Persino la mia voce mi dà fastidio.

Poi un barlume di reminescenza.

«Oliva!» grido ancora, ma la mia voce vibra diversamente stavolta. E dal petto sale fino in gola un sapore acido e nauseante, che sa di ansia.

«Oliva!» continuo a gridare uscendo dalla cucina, in salotto.

No, cazzo, no. Non è possibile.

Le mie mani si raffreddano. Inizio a capire cos'è quel senso di vomito che si fa sempre più forte dentro di me.

«Olivaaaa!» ma ancora lei non risponde e in quella casa dove mi agito confuso non vedo nessuno.

Inizio a ricordare. Il vomito che sale lentamente fino in gola.

Il mio sorriso. Gli occhi di Oliva e poi Sasha che ha smesso di pensare.

E adesso sento tutto l'acido dei succhi gastrici infiammarmi il corpo.

Esco di casa. E corro verso una via del centro che ricordo ancora. Una volta lì mi muovo trafelato cercando un portone che mi sia familiare.

E infine lo trovo. Salgo le scale a due a due. Il fiatone mi strozza la gola e la paura mi azzanna gli occhi, come il morso di un animale feroce.

Busso violentemente contro la porta. Dando uno, due, tre, quattro pugni violenti.

«Oliva, apri» mi ripeto a bassa voce quasi fosse una preghiera. Ma lei non si sente dietro quella porta.

Poi finalmente un rumore di catenacci e la porta che si apre appena. Una figura di uomo in mutande e maglietta mi si para davanti, e dalla puzza riconosco il bestione che mi ha ripulito.

«Che cazzo vuoi?» mi chiede con voce impastata, lui, il pusher, guardandomi con disprezzo.

Ormai non ho più niente da perdere, neanche le lacrime che a stento rimangono aggrappate ai miei occhi.

«Oliva, ti prego, dimmi dov'è Oliva!»

Il bestione spalanca la porta e mi lascia entrare.

«Sta là quel cazzo di cane» mi dice indicandomi un angolo della sua casa. Sembra quella di *Scarface*. Il trionfo del pacchiano. E nascosto dietro una porta vedo il muso di Oliva. «Non ha fatto altro che pisciare tutta la notte» mi grida, «quindi fa' il favore, portatela via.»

Oliva mi riconosce e lentamente senza fare gesti inconsulti si mette in piedi. Le sue gambe tremano. La sua coda scodinzola appena e i suoi occhi si gonfiano.

La stringo con tutta la forza che ho e la sento tremare tra le mie braccia come un bambino che ha preso paura. Il suo muso si agita contro di me e come in una dissonante sinfonia cresce la sua gioia insieme alla mia vergogna. Oliva si scioglie lentamente dentro a quell'abbraccio. Mentre si agita a piccoli passi intorno a me, cercando le mie mani, trema incapace di controllare l'emozione e bagna il pavimento con una pipì improvvisa che straripa dal suo corpo come la sua felicità.

La continuo a stringere a me, mentre il calore di quella pipì mi scivola sui piedi e mi sento soffocare dai sensi di colpa.

Dovresti sputarmi in faccia invece di leccarmi la mano.

La stringo sempre più forte.

«Ora ti porto al mare» le dico mentre le carezzo la pancia ancora bagnata.

Oliva mi guarda felice.

«I soldi comunque te li do» mormoro con aria certa al ragazzo che in mutande mi aspetta sulla porta, ma a lui non interessa quello né tanto meno lo spettacolo pietoso che si sta compiendo davanti ai suoi occhi.

«Sì, va bene, basta che te ne vai» mi risponde.

In silenzio scivolo via dall'appartamento continuando ad accarezzare Oliva. In silenzio. Non mi importa di rispondere, non mi importa della mia dignità perduta. In silenzio. Pensando solo a me e a lei.

Uno due tre quattro cinque. Cinque taxi al posteggio. Uno due tre quattro cinque. Cinque persone che entrano nei taxi. Uno due tre quattro cinque. Cinque passi e io mi sto allontanando da lì. Cinque passi e se mi concentro sui numeri riesco a non pensare. Se cinque persone salgono su cinque taxi e poi tre scendono a piazza Esedra e poi ne risalgono otto distribuendosi per sesso sui taxi e alla fine ci sono dodici persone sui taxi, di che sesso sono gli ultimi arrivati? La matematica non è il mio forte, non riesco neanche a formulare un postulato decente. Meglio così, mi aiuta a non pensare.

Uno due tre quattro cinque.

Mi sto allontanando dal Centro Francese a cinque passi per volta. Li conterò fino a quando sarò arrivata a casa, non sono salita su nessuno di quei taxi, non ho fretta, non devo andare da nessuna parte, solo a casa.

Che tu sia maledetto, Sasha, mi azzardo cautamente a pensare, per vedere l'effetto che fa. Interrompo per un secondo le mie cinquine, mi fermo, concentro tutta l' attenzione sulla mia reazione emotiva a questa frase. Che tu sia maledetto, Sasha, ripeto mentalmente, e ascolto.

Niente. Non provo niente. Sono solo lettere messe insieme a formare delle parole. Solo parole messe insieme a formare un periodo. Cinque parole, per l'esattezza. Come i taxi. Come i miei passi. Non sono più importanti di questo.

«Che tu sia maledetto, Sasha» pronuncio a bassa voce, per verificare se la vibrazione delle mie corde vocali suscita qualcosa di analogo nelle mie corde emotive.

«Come ha detto, scusi?» mi chiede gentile una signora che mi sta passando accanto.

«Che tu sia maledetto, Sasha» dico a voce più alta, guardandola. Lei mi getta un'occhiata strana e riprende a camminare in fretta.

Uno due tre quattro cinque. Riprendo a camminare anch'io.

Mi sento anestetizzata. Le mie terminazioni nervose sono deboli e molli. Il mio cervello può elencare numeri ma non formulare pensieri. E di sicuro non può comunicare con la mia anima.

Uno due tre quattro cinque. Il mio cellulare squilla cinque volte. Premo senza fretta il pulsante che interrompe la suoneria infilando la mano nella giacca. Sono anestetizzata. Non posso parlare con nessuno. Sto aspettando che spengano le luci in sala operatoria. E che mi lascino dormire.

Uno due tre quattro cinque. Ancora. Lo lascio squillare. Forse posso smetterla di concentrarmi sui numeri. Sono anestetizzata.

Sei sempre stata una bambina troppo sensibile, Nicole.

E ora sono anestetizzata, mamma. Chi se ne frega della tua voce.

Uno due tre quattro cinque. Lo so che sei tu. Che tu sia maledetto, Sasha. Te lo dico mentre mi dispiego contro il cielo con la mia anestesia in corpo. Te lo dico mentre conto i miei passi. Te lo dico senza cattiveria. Da lontano.

Uno due tre quattro cinque. Cerco di accordare i miei passi al ritmo degli squilli.

Sensibile, e anche ingiusta. Questo sei, Nicole. Quel povero ragazzo si è solo dimenticato di un appuntamento.

No, mamma. È la rottura di un patto.

Uno due tre quattro cinque.

La mia mano torna a fermare la suoneria. Non voglio che gli squilli superino il numero cinque.

E sempre con la testa fra le nuvole. Sempre a fantasticare. Cosa pensavi di essere per lui? Cosa pensavi che foste, voi due?

Sono anestetizzata, mamma. Non sento.

Uno due tre quattro cinque.

Che tu sia maledetto, Sasha.

Il mio dito sul pulsante.

Uno due tre quattro cinque.

Che tu sia maledetto, Sasha.

La mia mano stretta intorno al cellulare. Fredda.

Uno due tre quattro cinque.

Porto il cellulare all'orecchio. Non smetto di camminare.

Le tue reazioni sono sempre eccessive, Nicole.

Ti sei tenuta per trent'anni un marito che ti tradiva, mamma.

Uno due tre quattro cinque.

Un dito anestetizzato preme il tasto verde.

«Pronto» la mia voce, da lontano.

«Nicole...»

Che tu sia maledetto, Sasha.

«Nicole, ti prego... lascia che ti spieghi. Ti assicuro che capirai...»

Che tu sia maledetto, Sasha.

Scappare è da vigliacchi, Nicole. Sono rimasta per te.

Ego te absolvo, mamma. Ma non lui.

«Nicole... per favore... dove sei? Vengo da te, devi ascoltarmi...»

«Non chiamarmi più.»

Continuo a camminare. Passi anestetizzati.

Che tu sia maledetto, Sasha.

Che tu sia maledetto, Sasha.

Che tu sia maledetto, Sasha.

«Ti auguro buona fortuna, Sasha.»

Oliva continua a portarmi tutti i pezzetti di legno che trova sulla spiaggia. Scodinzola eccitata e mi abbaia forte mentre cerca di afferrare il ramo che tengo in mano.

E io corro. Corro senza sentire alcun fischio. Il mio respiro è pulito. Forse è merito dello iodio. Il dottore me lo diceva sempre.

Quest'aria soffia sui miei capelli e salvifica ripulisce i miei occhi, cancellando a poco a poco i brutti pensieri e i vecchi incubi di una giornata che sembra ormai lontana. Passata.

Corro verso la macchina.

Oliva arriva prima di me e quando le apro il portabagagli lei si infila con un salto al posto suo. La osservo per pochi istanti. Illuminata dal sole del tramonto. «Dài, Oliva, in fondo non è stato niente. La gente si trova e si perde. E alla fine ci siamo ritrovati, no?» le dico mascherando la mia vergogna con un sorriso.

Ma quelle parole dette per scherzo mi risuonano dentro come un terribile presagio, come l'inizio di un requiem e improvvisamente ritorno con i piedi per terra.

Che ore sono?

Mentre fisso Oliva, sento di nuovo il vomito salirmi alla gola e un altro treno schiantarsi contro di me.

No. Non è ancora passata, penso, e il ricordo di una partita a poker si mischia con quello di un messaggio.

“Ti ricordi di domani, vero? Te lo ricordi? Te lo ricordi? Ti mando di nuovo l’indirizzo. Alle cinque. Nicole. P.S. Sono troppo angosciante? P.S. Te lo ricorderai, vero?”

L’orologio in macchina segna le sei passate.

Tutto mi era passato di mente.

Tutto stavo cercando di cancellare.

Prima me, poi Oliva e ora Nicole.

E dal momento in cui su quel tavolo verde ho smesso di pensare ho iniziato a rotolare sempre più in basso e a mietere vittime. Stavo cercando di distruggere tutto. Ma perché?

Entro di corsa in macchina.

Perché?

Afferro il cellulare e compongo il suo numero. Mi attacco alla cornetta mentre con le labbra inizio a recitare una preghiera silenziosa.

Dio mio, ti prego, fa’ che io sia ancora in tempo.

Primo squillo.

Metto in moto la macchina, non è troppo tardi.

Secondo squillo.

Esco velocemente dal parcheggio. Sono le sei, forse non ha ancora parlato.

Terzo squillo.

Dio ti prego, Dio ti prego, fa’ che non sia troppo tardi. Ti prego.

Quarto squillo.

Ma è troppo tardi, me lo sento. Sta parlando e io non ci sono.

Quinto squillo.

Le avevo promesso che ci sarei stato.

Poi d’improvviso la comunicazione cade.

No. È Nicole che non vuole rispondermi.

«Merda! Come cazzo ho fatto a dimenticarmi?! Come cazzo ho fatto?!» esplodo gonfio di odio verso me stesso.

Come hai potuto, Sasha?

«Come ho potuto?!» grido isterico. Ma non voglio ascoltarmi, ancora no. Quindi ricompongo il suo numero.

Ma lei rifiuta ancora la mia chiamata e lentamente sento il panico, che striscia dentro di me gelido e silenzioso.

Dio mio no, ti prego, questo no.

Nicole mi rifiuta un'altra volta. Stringo forte il cellulare e cerco di controllare la mia ansia.

Dio mio, ti prego non farmi questo.

Ma lei continua a non rispondere e io a tremare.

No! No! No! Dio no!

Poi, finalmente, la sua voce.

«Ti prego, perdonami Nicole...» le dico, ma le mie parole si impastano caoticamente una sull'altra.

Cerco di non sentirla, di non farla parlare, di spiegarle tutto, ma in quel casino solo la sua voce scandisce chiaramente tre parole.

«Buona fortuna, Sasha» e l'istante dopo Nicole già non c'è più.

Solo: «Buona fortuna Sasha».

Sento un buco aprirsi piano piano dentro di me, che si allarga e ingoia le mie emozioni.

Abbandono la testa tra le mani. E così rimango. Fermo. Incredulo e in silenzio. Appoggiato al volante sul ciglio di una strada. E mi sento scivolare dentro quel buco scuro e scopro che lì dentro non si prova dolore, ma solo un assurdo distacco, una fredda e inspiegabile assenza di dolore.

Oliva gratta con le zampe contro il sedile posteriore.

Com'è che le avevo detto?

«Le persone si perdono e si trovano, vero?»

Ma la mia voce è debole, lontana come la mia anima e ha paura di dire qualcosa di cui potrei pentirmi.

Nicole non c'è più.

Entro piano nel mio salotto. Mi siedo lentamente sul divano. Accendo l'abatjour col paralume di seta verde. Non ho freddo, non ho caldo.

Aspetto.

Si chiama *folie à deux*. Io e Lorenzo intrappolati in una patologia elegante, gentile. Francese come me.

Tengo la testa dritta, le spalle erette.

Aspetto.

Non so che ore siano. Solo che la stanza sarebbe troppo buia senza l'ovattata luce verde di questa lampada. Non so che ore siano e non m'importa. Non ho fretta.

Aspetto.

Un rumore metallico nella serratura. Sento la porta di casa che si apre. Aspetto il familiare rumore delle chiavi che piovono nella ciotola d'argento poggiata sul tavolo dell'ingresso. Fratino. Autentico. Sobrio ed elegante. Come Lorenzo.

Il fruscio di buste che vengono esaminate distrattamente.

Il rumore dei passi di Lorenzo.

«Nicole?»

Non rispondo. La luce verde dell'abatjour segnalerà la mia presenza.

Passi che si avvicinano.

Intuisco il suo viso che appare nell'arco della porta. So che mi sta guardando, anche se io continuo a fissare il muro davanti a me. Resta fermo lì. Mi sembra che anche il suo respiro si sia immobilizzato.

«Nicole?» non c'è traccia di preoccupazione nella sua voce. Sa già.

Non ci sono spiegazioni da dare. Non ci sono anni da ripercorrere per salvare qualcosa. Non c'è niente da dissezionare. Non ci sono colpe da attribuire. Non c'è pace da cercare.

Non nel nostro matrimonio.

Mi giro verso di lui. Lo guardo.

Fra noi potrebbe durare per sempre. E potrebbe non essere mai iniziata.

Non ci sono altre parole per spiegare.

Siamo due statue. Siamo due manichini. Siamo due estranei.

Siamo quello che siamo sempre stati.

La mia voce esce bassa e sicura quando, finalmente, lo dico.

«È finita.»

No. Non è finita. Non è ancora finita, mi dico inserendo le chiavi nella toppa della serratura.

Apro la porta e in quello stesso istante un odore sconosciuto mi investe. Resto paralizzato.

Nicole?

No. Non è l'odore di Nicole.

È semplicemente un odore qualunque. Inutile.

Così faccio ancora qualche passo, ma quell'odore continua a seguirmi in quella casa che all'improvviso non sento più mia.

Salgo le scale.

Non è nemmeno l'odore di Benedetta. No.

È semplicemente un altro odore.

Silenziosamente arrivo fino alla porta della mia camera da letto e lì mi fermo.

È semplicemente un altro odore.

È semplicemente l'odore di un altro uomo.

Semplicemente un altro dopobarba.

Semplicemente un altro uomo che verrà dopo di me.

Dalla porta semiaperta vedo i loro corpi nudi che si muovono sul nostro letto. Benedetta tiene le gambe aperte e giace come una carcassa senza anima su quel letto mentre quel corpo estraneo si agita su di lei.

Quell'odore dovrebbe violentarmi, ma non fa uscire neanche una goccia del mio sangue.

Rimango un secondo ancora su quella porta, immobile, dietro quella fessura a guardare il mio spettacolo.

È per me questo spettacolo, vero Benedetta?

Lei si rotola in quel letto. Il suo viso ora è schiacciato contro il materasso ed è coperto dai suoi capelli biondi. Lentamente si aprono sul suo viso e scoprono i suoi occhi.

Vuoti e pieni di odio per me si voltano in silenzio verso la porta e mi guardano.

Cercando rabbia.

Mi continuano a guardare, mentre fingono il loro piacere.

Cercando amore.

Ma non c'è più nulla.

«Stai benissimo» mi dice Gia sedendosi dietro alla sua scrivania e lasciando cadere sul piano scuro e lucido un voluminoso pacco di cartelle.

«Non è possibile, io non mi sento come una che sta benissimo.»

Lei mi guarda a lungo, i suoi occhi esprimono una via di mezzo tra l'affettuosa commiserazione e l'ironia. «Non sei tu quella che dovrebbe spiegare alla gente che il corpo soffre insieme all'anima?» mi chiede giocherellando con la sua penna.

Mi alzo in piedi di scatto, infastidita dal suo tono paternalistico. «Perciò va tutto bene, eh?» chiedo con rabbia indicando l'inutile ammasso di fogli che testimoniano il mio perfetto stato di salute. «Io ho un mal di stomaco perenne, non riesco a mangiare, ho il cuore che fa le capriole...»

«Hai mandato a monte un matrimonio solo da un mese...» m'interrompe lei cercando di farmi ragionare.

«... mi sento sempre stanca, mi gira la testa...»

«... hai rivoluzionato la tua vita...» la sua voce s'insinua nuovamente nella mia ostinata litania di sintomi.

«... non riesco a concentrarmi, mi fanno male tutte le ossa, ho emicranie continue...» insisto imperterrita, ignorandola.

«Sasha l'hai più sentito?»

Arresto il mio flusso di parole. La guardo. «Questo che c'entra?» le chiedo ostile.

«Niente» risponde lei sostenendo il mio sguardo.

Quel nome resta sospeso fra di noi per un secondo, insieme al silenzio.

Agguanto la borsa, m'impossesso del pacco di cartelle. «Grazie per la diagnosi, queste però le voglio far vedere a un altro medico» le dico dirigendomi verso la porta.

«Ti sei infilata in un'altra delle tue battaglie perse in partenza, Nicole.»

Sbatto la porta alle mie spalle. La segretaria alza la testa dal giornale scandalistico che sta leggendo, mi guarda.

«Ho già regolato con la dottoressa» le dico bruscamente passandole davanti. «Cosa guarda? Sono sana come un pesce.»

Soave sia il vento
tranquilla sia l'onda
ed ogni elemento
benigno risponda
ai nostri desir.

Inspira. Espira. Rilassa i piedi, le gambe, l'addome, il plesso solare. Ascolta la musica di Mozart e lasciati cullare dalla sua voce.

Soave sia il vento

Le mie cartelle mediche sono sparpagliate per terra. Lì dove le ho scagliate appena sono tornata a casa.

Tranquilla sia l'onda

Rilassa le spalle, il collo, la mascella. Volta la testa a destra e a sinistra finché riesci a sentirla completamente rilassata.

Questo divano sa ancora di Sasha.

Ti stai di nuovo tendendo. Ricomincia da capo. Inspira. Espira.

Ed ogni elemento

Il mio salotto è invaso da scatole di cartone. Devo finire di riempirle in fretta. Lorenzo non vive senza i suoi libri.

Benigno risponda

Ora di nuovo, dai piedi. E poi le gambe. Rilassale. L'addome adesso.

Ai nostri desir

Quali sono i nostri desideri? Quali sono i miei desideri? Quattro scatole di cartone in attesa di venire riempite e un letto vuoto? Adesso sei libera. Adesso hai fatto piazza pulita. Adesso puoi toglierti l'orologio per tutto il tempo che vuoi. Adesso sei padrona della tua vita.

L'addome. Senti i muscoli che cedono, si rilassano, si scaldano. Il plesso solare.

Sasha seduto su questo divano dove sono inutilmente sdraiata da mezz'ora in attesa di far ammorbidire il mio corpo di legno. La sua mano che prende la mia. Che la porta verso il suo plesso solare. Il calore morbido del suo golf grigio. La pelle del suo palmo, un po' ruvida, che preme.

«L'amore parte da qui, vero? Perché ogni volta che vedo Benedetta sento qualcosa che si muove, qui. E che si riscalda.»

«Forse hai un po' di gastrite.»

Il suo sorriso storto. «Fai la dura o sei gelosa?»

Un mese, cinque giorni e qualche ora.

La rabbia, la solitudine, il dolore.

Niente Thierry, niente Lorenzo, niente Sasha.

Niente Sasha.

La rabbia.

«Davvero non esiste una donna che non possa essere conquistata, Nicole?»

Capelli biondi. Occhi all'ingiù, pieni di luce. Sorriso un po' storto.

Davvero, Sasha. Davvero.

La sopresa. La rabbia. L'impotenza.

Basterebbe che tu componessi quel numero.

E poi cosa?

Metti sul piatto le fiches e vai a vedere.

E poi cosa?

Il vuoto. Il dolore. L'amputazione.

Inspira. Espira. Rilassa lo stomaco. Si è contratto di nuovo.

La voce della donna sul treno. Non Maria Sole. Sole e basta.

«Per fortuna hanno messo l'anima di Gualtiero nel corpo di un uomo. Ma se quell'anima fosse stata racchiusa in un gabbiano, o in un orso, o in una donna, me ne sarei innamorata lo stesso.»

Chiudi gli occhi. Rilassa le palpebre.

«Davvero non esiste una donna che non possa essere conquistata, Nicole?»

Dovrei sentire la mancanza di Lorenzo. Non la tua.

«Ma se quell'anima fosse stata racchiusa in un gabbiano, o in un orso, o in una donna, me ne sarei innamorata lo stesso.»

Non è possibile che io non sia malata. Mi fa male lo stomaco. La testa. Mi sento stanca. Ho solo voglia di dormire. Ho la nausea.

Le luci verdi della sala d'aspetto di un veterinario.

«Belle scarpe.»

Un giaccone verde. Quello sguardo spaventato e canzonatorio.

Sentirò un altro medico. Deve per forza esserci qualcosa che non va.

«Ho dovuto seguire il tuo passo, adattarmi al tuo ritmo, ai tuoi tempi. Ogni volta che provavo a infrangere le tue regole ti irrigidivi e mi facevi capire che ti stavo tradendo.»

Oh Dio, grazie, Lorenzo. La tua voce mi dà sollievo, resta con noi.

«Tu e quel ragazzo siete già diventati noi?»

No, non così, non così. Inspira, espira, inspira, espira, senti le gambe farsi pesanti.

«Sei pronta per la Regina delle Verità, per la verità più scomoda di tutte, Nicole? Vuoi che ti dica io come si chiama?»

Non così, Lorenzo, non così, ti prego. Credevo fossi venuto per aiutarmi. Lascia cadere i fondali. Voglio sentire quel rumore coprire tutto il resto.

«Si chiama Sasha. E tu hai perso la testa per lui.»

No.

«*Davvero non esiste una donna che non possa essere conquistata, Nicole?*»

No.

«*Ti sei infilata in un'altra delle tue battaglie perse in partenza, Nicole.*»

No.

«*Ma se quell'anima fosse stata racchiusa in un gabbiano, o in un orso, o in una donna, me ne sarei innamorata lo stesso.*»

No.

No.

No.

I piedi, le gambe, l'addome, il plesso solare, le spalle, il collo, la testa, un inutile groviglio di nervi doloranti. Mi tiro su a sedere sul divano, mi prendo la testa fra le mani. Non riesco a respirare. Mi fa male tutto.

«*Vivi, Sasha. Vivi.*»

E lascia vivere me.

Ti odio, Benedetta. E odio Nicole e le sue ricette facili. Odio quella gran puttana di mia madre e quel fallito di mio padre. Odio Riccardo e la sua vigliaccheria, odio tutti quelli che mi sono morti intorno, drogati di merda, incapaci di affrontare la vita, odio gli inservienti che mi passavano le sigarette di nascosto, odio i visitatori che ci facevano l'elemosina della loro presenza, odio tutti i dottori che mi hanno detto che non potevo correre, odio i miei polmoni marci, odio la mia faccia, odio i sogni che ho fatto, odio la galera che ho vissuto in ogni momento, anche fuori da quel posto di merda, fuori da quel ricovero per rottami, fuori da quel Borgo Fiorito che di profumato aveva solo il nome.

Morto in mezzo ai morti. Sono stato solo questo.

Accelero il passo. Perché corri, Sasha? Accelero. Non riesco più a camminare. Il mio corpo corre, scappa. Si ribella. Ribellati quanto vuoi, corpo. Vuoi crepare? Non mi fai paura. Forza, sibilo, vienimi a prendere, portati via quello che è rimasto, ti assicuro che non è poi tanto.

Io... corro. Sto correndo.

Io corro, ho sei anni e sto correndo per le stanze della comunità. Corro perché non mi fido, corro perché non ci credo. Mia madre non tornerà. Lo so. Esco all'aperto e corro fino a trovarmi in ginocchio. In ginocchio con le mani giunte. In ginocchio con le mani giunte e il laccio rosso di mia madre tra le mani. Lì in quel campo per la prima volta ho pregato e ho chiesto che tornasse a prendermi per portarmi con lei. Fuori. Lei era nel mondo fuori.

Sussurro a bassa voce la mia preghiera, e in quel momento, per la prima volta, sento un'altra voce venire fuori da me, una voce dolorosa e sibilante che grida silenziosa dentro i miei polmoni. Lì per la prima volta ho conosciuto l'amica che non avrei più perso, l'asma.

Io corro. Continuo a correre.

Ho sei anni e sono steso sul letto di un ambulatorio, i medici stanno testando su di me qualunque tipo di cura, ma la mia nuova voce, quel mostro spaventoso che si nasconde dentro di me, aveva cambiato la mia vita. Io ero rimasto dentro ed ero diventato malato, malato come gli altri malati.

Osservo il mio corpo esile e bianco, e vedo aghi, aghi sparsi su tutto il mio corpo. Aghi come quelli con cui i medici usavano calmare i ragazzi in crisi d'astinenza. Aghi che mi bucavano la pelle e che mi imprigionavano dentro quella stanza. Dentro.

Nemmeno l'agopuntura avrebbe risolto il mio problema. Per me era solo un altro tipo di prigione.

Perché corri così, Sasha? Da dove scappi?

Fuori. Fuori. Fuori. Voglio andare. Gli aghi mi prudono, e io non sopporto di non potermi grattare. Perché non potevo venire fuori con te, mamma, perché non posso correre fuori, perché?

Perché ti fa male, perché ti fa venire l'asma. È meglio se non esci, Sasha.

Tanto sto male comunque. I miei occhi si arrossano e le mie mani iniziano a grattare.

Un ago si stacca.

Lo osservo rotolare sul mio petto e poi cadere per terra. Forse posso liberarmi. Forse sì. Un altro ago rotola per terra, e poi ancora un altro. Fuori voglio andare e fuori sto andando. Mi libero delle mie lame ed esco senza farmi vedere. La primavera è letale per me, ma io corro, corro lo stesso.

Il medico mi vede e inizia a inseguirmi. Ma io corro.

E ora dove devi andare, Sasha? Dove?

L'asma è una bestia che ti strappa via i polmoni. È così che ti senti quando corri, quando il tuo cuore chiede ossigeno e tu sei vuoto. Ma in quel momento mi sarei fatto strappare via anche l'anima. E quindi corro e continuo a correre, cerco di non sentire quelle fitte sul petto, ma sono viola. Mi allontano sempre meno veloce, ma sempre più mi sembra di avvicinarmi a quel mondo dove si nasconde la mia mamma. Sempre meno veloce, il mio corpo non mi segue.

Poi nero. Solo nero e silenzio.

Quella corsa insensata mi aveva fatto svenire.

Perché? Quando mi sono svegliato Riccardo mi ha risposto: «Perché non sei abbastanza forte per stare fuori».

Continuo a correre e risento dentro il petto l'animale agitarsi, ma stavolta io non sverrò.

Io non pagherò per le tue colpe, papà, non me ne frega un cazzo se sei morto.

La tua vita non è la mia e io non pagherò per le tue colpe.

Non riesco più a fermarmi. Sono un fiume in piena che vomita rancore.

Io non pagherò per il vostro passato.

Ma non ho il fiato per gridare e il mio cuore sta per esplodere. Sento che dovrei accasciarmi, i miei polmoni non reggono.

La mia vecchia amica torna a farmi compagnia, il mio è un affanno di cui non riesco proprio a fare a meno.

Ma continuo.

Non mi frega più un cazzo di me e di quello che sono stato.

Voglio chiudere con il mio passato.

Ora voglio andare avanti. Decido di correre sul ponte più vicino. Accelero il passo, non riesco a fermarmi e mentre corro tiro fuori dalla mia tasca quella cazzo di bomboletta che mi porto sempre appresso.

Voglio chiudere con il mio passato.

E con tutta la forza che ho in corpo lancio il Ventolin il più lontano possibile.

Voglio chiudere con la mia cazzo di asma.

E voglio chiudere con me.

Muori, Sasha. Muori.

Il campanello squilla lungo e perentorio. Lascio perdere la scatola ricolma di libri che sto finendo di riempire e apro la porta.

«Ho chiesto l'indirizzo alla scuola. Mi hanno detto che dovevi passare a prendere il tuo assegno, ma volevo darti una cosa e non mi andava di lasciartela lì.» Angela è davanti a me, un po' impacciata, senza fiato, irriconoscibile senza i suoi jeans e la sua giacca di pelle. Ha un improbabile abito premaman di tela grigia lungo fino ai piedi. Oltre l'orlo, come a difendere un'identità, si affacciano le punte dei suoi camperos. «Posso?» mi dice afferrando da terra un voluminoso involto e indicando col mento oltre le mie spalle.

«Scusami, non mi aspettavo di... entra, certo. Dammi, questo lo porto io» le dico cercando di prendere il pacco.

Angela lo stringe a sé. «Ce la faccio, ce la faccio» dice brusca.

Le faccio strada fino al salotto.

Lei depone l'involto contro il muro e si lascia cadere su una poltrona. Respira faticosamente. «Il tuo ascensore non è mica normale. Si è fermato due volte. Sono entrata in paranoia e mi sono fatta gli ultimi tre piani a piedi» sbuffa e si dà un colpetto sulla pancia, ormai enorme. «Lui-lei pesa parecchio. E scalcia come un ossesso.»

«Non ti sei fatta ancora dire di che sesso è?» le chiedo sedendomi sul divano davanti a lei. Non so se questa visita inaspettata di Angela mi faccia piacere. Un'improvvisa invasione nel mio sudario di dolore di duecento metri quadri. Non credo di amare le sorprese.

«Non lo voglio sapere. Mi piacciono le sorprese» ghigna lei affondando la mano nella borsa ed estraendone un lecca-lecca. «Sto cercando di non fumare» spiega scartandolo. Si guarda intorno annuendo. «Così questa è casa tua, eh?» il suo sguardo si sofferma sugli scatoloni aperti, sui segni lasciati sul muro dai quadri che ho staccato e riconsegnato al legittimo proprietario. Mi guarda interrogativa. «Traslochi?»

«No. Trasloca mio marito» dico brevemente accendendomi una sigaretta.

«Ah. Per questo sei così pallida?»

«Non credo. Avrebbe dovuto accadere parecchio tempo fa.»

«Quindi non soffri?»

«Non particolarmente.»

«Io sì» mi dice indicando la mia sigaretta e il suo lecca-lecca.

«Scusa» le dico e la spengo velocemente. Dovrei offrirle qualcosa, essere ospitale, ma ho fretta di riprendere a impacchettare il mio matrimonio e non voglio che la sua visita si prolunghi. «Tu invece sei in gran forma» mi complimento gentile per tacitare il mio senso di colpa.

«Sono un pachiderma che non riesce più a dormire sdraiata» mi dice attaccando il suo lecca-lecca. «E questo meraviglioso premaman mi fa sentire ancora più stupida. L'ho visto, sai, che quasi non mi riconoscevi impaludata così. Ma non entro più in nessun paio di jeans» conclude torva.

«Quanto manca?»

«Poco» sospira. Si alza a fatica, si ferma davanti alla parete con le tele mancanti. «Certo fa proprio tristezza» commenta scuotendo la testa.

«Prima o poi rimedierò.»

Angela si volta a guardarmi, mi sorride, prende il pacco che aveva abbandonato contro il muro e me lo appoggia davanti. «Questo può aiutare» mi dice un po' imbarazzata, «è per te, nel caso non l'avessi capito» aggiunge brusca sprofondando di nuovo nella poltrona.

«Per me?» chiedo stupidamente scattando in piedi eccitata. Dalla pesante carta marrone che strappo con mani impazienti emerge una tela color sabbia. Occhi. Cinque paia d'occhi e la mia poesia preferita. «Angela...» mormoro sorpresa e felice. «È bellissimo... io... io non posso...»

«Ti piace?» mi interrompe brusca.

«Lo sai quanto mi piace» le dico accarezzando la superficie ruvida.

«E allora puoi» borbotta.

«Grazie» le dico sentendo le lacrime pungermi gli occhi. Dovrei abbracciarla. Vorrei abbracciarla. Ma da un mese, sette giorni e qualche ora non abbraccio più nessuno. So che cadrei in pezzi. So che mi disferei come un lavoro a maglia sbagliato.

Nicole è rientrata nel suo stato d'animo preferito. Il lutto.

«Grazie» ripeto guardandola.

«Almeno hai qualcosa per coprire quegli orrendi buchi» mi dice indicando le tre finestre cieche incorniciate di polvere.

Lo appoggio con delicatezza contro il muro. A Sasha sarebbe piaciuto.

A Nicole piace parlare al passato di quelli che ama.

«Ti preparo un tè?» E improvvisamente non voglio che Angela se ne vada. Non è vero che non mi piacciono le sorprese.

Lei scuote la testa. «Non faccio altro che mangiare e bere. Tu continua a fare quello che stavi facendo. Io prendo fiato per altri cinque minuti e poi me ne vado» dice abbandonando la testa contro lo schienale della poltrona.

«Resta quanto vuoi. Mi fa piacere. Davvero» le dico inginocchiandomi davanti allo scatolone numero otto e riprendendo il mio lavoro.

Angela butta con aria schifata il lecca-lecca nel portacenere, afferra il mio pacchetto di sigarette, ne accende una. «Me ne concedo tre al giorno» si difende.

Io mi metto a ridere.

«È finita, sai?» mi dice a bassa voce. «Dopo settimane e settimane di elucubrazioni ho parlato con lo stronzo e gli ho detto che per me poteva andarsene al diavolo. Che andasse a farsi curare le ferite da qualcun'altra.» Aspira avidamente. «Dio, quant'è buona» commenta socchiudendo gli occhi ed esalando il fumo. «Gli ho detto che non sono sicura che il bambino sia suo.» Mi guarda. I suoi grandi occhi neri sono determinati. «Così me lo sono tolto definitivamente dai piedi» ridacchia senza allegria.

«Credo che tu abbia fatto la cosa giusta.»

«Ne sono certa. E sai una cosa? Quella sera che sei venuta a vedere i miei quadri... quelle due ore che abbiamo passato a parlare... non puoi neanche immaginare quanto mi hanno aiutato le cose che hai detto.»

«Non ho detto poi molto» faccio imbarazzata, attraversando la stanza carica di volumi.

«Lo so. È quello il punto. Te ne stavi lì, seduta davanti a me, in silenzio, e per me improvvisamente è stato facile tirare fuori tutto quello che avevo dentro da secoli. Ti ho subissata di parole piene di ragnatele. E mi ha fatto bene. Alla fine è stato come se tu mi avessi aiutato a tirarle via, quelle ragnatele. E prima di andartene mi hai fatto una domanda cretina – scusa, senza offesa – che però mi è rimasta piantata in testa. Mi hai chiesto: "Tu cosa vuoi veramente?".»

Appoggio lentamente i libri per terra. Mi siedo sul tappeto a gambe incrociate, davanti a lei.

«E io ho continuato a ripensarci, sai? E adesso ti dico una di quelle frasi patetiche che mi fanno venire l'orticaria, ma chi se ne frega, la dico lo stesso.» Tira un'ultima boccata dalla sigaretta, la spegne con rammarico. «Io fino a ora non è che abbia avuto granché dalla vita.» Ride. «Troppo patetica?»

Scuoto la testa.

«Tutte le cose che volevo – o che pensavo di volere – non le ho mai avute. Volevo essere bionda» si tocca rabbiosa il groviglio di capelli neri, «volevo gli occhi chiari. Volevo che il ragazzo che mi ha sverginata non mi passasse subito dopo ai suoi amici. Volevo che i miei mi accettassero per come sono. Volevo bruciare quel paesino di merda dove vivevo. Volevo una voce melodiosa. Volevo l'amore. Volevo le tette grosse. Volevo che mio padre non mi desse della puttana ogni volta che gli dicevo che avrei fatto la pittrice. E che la piantasse di mettermi le mani addosso» mi guarda e poi distoglie subito gli occhi. «Che cazzo. L'ho detto» fa una risata tremante. «Lo vedi l'effetto che mi fai? Comunque» riprende più sicura, «dopo attento esame, alla tua domanda ho trovato solo tre risposte: voglio questo figlio, voglio dipingere, e *non* voglio più essere trattata come merce andata a male. Quindi decidere di fare fuori quella testa di cazzo a quel punto è stato facile» si riappropria del lecca-lecca, tira via un po' di cenere rimasta appiccicata sopra, riprende a succhiarlo.

Vorrei abbracciarti, Angela. Vorrei abbracciare il tuo pancione, il tuo coraggio, la tua aria bisbetica, le tue difese. E vorrei farmi abbracciare da te. Ma non voglio disfarmi.

La guardo. Le sorrido. E riprendo a spostare libri.

«Tu a scuola non ci torni più?» mi chiede alzandosi e massaggiandosi la schiena con aria stanca.

«Non lo so. Non credo. Per ora sono in vacanza.»

«Tanto io fra quindici giorni smetto. Il tuo sostituto ha un alito tremendo e poi il francese ormai lo so. *J'étais plutôt pas mal comme étudiante, non*?»

«*Tu es plutôt pas mal comme femme... Angela.*»

«Se lo dici tu...» Ma quel complimento le è piaciuto, il suo viso si illumina. «Dài, ti aiuto. Tu passameli e io li metto dentro» mi dice togliendomi dalle mani alcuni volumi.

«Non credo ti faccia bene...» obietto.

«Mi fa benissimo, non mi muovo mai.» Si china sullo scatolone disponendo i libri. «No, perché se a scuola non torni... e se hai un po' di tempo libero... visto l'effetto che hai avuto su di me... quello è troppo grosso, non c'entra» si alza e solleva una pila di libri più maneggevoli. «Io ho un'amica... lavora in quel ristorante cinese dove ci siamo incontrate, quella con le farfalline sul cerchietto, hai presente?»

«Ho presente e tu dovresti sederti a guardarmi e basta» le dico.

«Non mi fare la chioccia, per favore. Insomma, ha una storia tremenda con il marito. Lui beve, va a letto con tutte, credo che ogni tanto alzi anche le mani. Insomma, lei non sa più dove sbattere la testa. Potresti farla venire qui e parlarle?»

«Io? Ma Angela, non credo che...»

«Come hai fatto con me» mi dice senza lasciarmi finire. «Tu sei brava a far parlare la gente.»

La sua barba sale e pepe. I suoi occhi seri dietro alle lenti cerchiate di metallo. «Tu sei brava a entrare in empatia con le persone, Nicole. Le sai far parlare. È un dono prezioso per chi fa il nostro lavoro, non esiste libro che lo possa insegnare. Non smettere. La gente ha bisogno di te.»

Mi guardo intorno. Lorenzo mi ha signorilmente lasciato la casa. Una casa grande. Talmente grande che sarebbe facile ricavare uno studio.

«E sai qual è la ficata, Nicole? Che mi basta sedermi su questo divano e guardarti e mi viene facile parlare.»

«Tu parleresti di Benedetta anche con le pietre.»

«Ma tu mi fai parlare di me stesso.»

È vero, sono brava a far parlare gli altri.

È il mio alibi per restare in silenzio.

Ricominciare a sedermi davanti alle persone. Ascoltarle. Spazzare le ragnatele. Anche le mie. Ricominciare.

Ricominciare?

Be', da qualche parte dovrò pur riprendere in mano la mia vita.

«Dille di telefonarmi» dico ad Angela in fretta, prima di pentirmene.

«Grazie» mi dice lei sorridendomi felice e chinandosi a sollevare una pesante pila di volumi. «Ma quanti libri ha tuo marito? Non pensavo che...» la sua voce si spezza. Mi guarda con un'espressione stupita, mentre lascia cadere i libri e si piega su se stessa portandosi una mano all'addome.

«Angela!» esclamo andandole vicino. «Cos'hai?»

«Duecento coltelli infuocati mi stanno trapassando la pancia...» mi dice cercando di scherzare. Ha il viso pallidissimo.

La conduco al divano, l'aiuto a sdraiarsi. «Respira» le dico prendendole la mano.

Lei inspira ed espira obbediente. «Va meglio. Va meglio, va meglio, va meglio, va meglio» cantilena. Il suo viso si spiana lentamente in un'espressione di sollievo.

«Te l'avevo detto di lasciare perdere i libri» le dico preoccupata.

«Figurati. Stamattina appena sveglia ho issato una tela di quattro metri per tre.» Si tira su a sedere. «Io provo ad andare in bagno. Mi sento strana.»

L'aiuto ad alzarsi. «Vengo con te» le dico decisa.

«A tenermi la mano mentre faccio pipì? Scordatelo.» Libera il braccio dalla mia stretta con il suo solito fare brusco ma ha gli occhi spaventati. Muove qualche passo, poi la sua faccia si contrae in un'espressione di dolore e prima che possa sorreggerla cade in ginocchio piegandosi su se stessa. «Oddio» dice con voce strozzata. «Oddio, Nicole, sto morendo.» Vedo che il davanti del suo premaman grigio si sta tingendo di scuro. Lei ha di nuovo un'espressione sorpresa. «Peggio. Sto facendo la pipì sul tuo parquet» geme disperata.

No. Signore no, per favore. Fa' che non accada. Non qui. Questo no.

L'aiuto ad alzarsi e guardo con orrore e impotenza il lago limpido e vischioso sotto i suoi piedi. La sua pancia è meno prominente.

Poco, eh? Cioè oggi.

Il mio cuore inizia a martellare ma cerco di avere una voce tranquilla. «Non hai fatto la pipì. Vieni, sdraiati e dammi il numero del tuo ginecologo.»

«Sto morendo?» mi chiede arrancando verso il divano.

«No. Stai per diventare mamma. Dammi il numero.»

«Non è possibile! Non sono pronta, è troppo presto!» I suoi occhi sono un lago di panico.

«Be', hai ancora qualche ora per prepararti. Il numero» ripeto afferrando il telefono e tentando di mantenere la calma.

Quanto tempo dalla rottura delle acque al parto? Lo devo aver studiato.

Non lo farai succedere qui, vero Signore? Smetterò di fumare per una settimana ma non la fare partorire ora, ti prego, ti prego, ti prego...

«Il numero del ginecologo non ce l'ho» mi dice lei.

La guardo con orrore misto a incredulità.

Smetto di fumare e non ascolto Chet Baker per un mese. Ti prego.

Il suo viso si contrae di nuovo in una smorfia di dolore. «Nicole!» grida impaurita.

Le prendo la mano. «Stai tranquilla. Respira come ti hanno insegnato» le dico con voce calmissima.

E non ascolterò Beethoven per due mesi. Ti supplico.

«Non ho fatto la preparazione al parto.»

La guardo sbalordita. Vorrei ucciderla. «Però almeno lo sai come nascono i bambini, vero?»

Lei si mette a ridere. «Confusamente.» La risata si spegne subito. Si porta le mani alla pancia e pronuncia la frase che in assoluto non avrei voluto sentire. «Ho come un peso che preme.»

Pochissimo. Manca pochissimo.

Smetto di fumare per sempre. E non ascolterò mai più musica.

«Quello è tuo figlio. Tu non spingere, qualunque cosa succeda. Andiamo» le dico decisa cercando di farla alzare.

«Non voglio camminare. Sto troppo male. E voglio spingere. Andiamo dove?»

«In ospedale. Avanti, alzati. Se spingi, brucio tutti i tuoi quadri.» La tiro su di peso, lei mi si appoggia contro. Muoviamo qualche passo, lei si ferma gemendo.

«Non ce la faccio.»

«Sì che ce la fai.» Ancora quattro passi. La porta di casa non mi è mai sembrata più lontana. Sto sudando quasi più di lei. E certamente ho più paura.

Si ferma di nuovo. «Non voglio partorire» mi dice. Le lacrime gonfiano i suoi occhi terrorizzati. «Ho paura» bisbiglia.

Anch'io.

«Andrà tutto benissimo. Tu non spingere, andrà tutto benissimo.» Ancora tre passi e siamo fuori. Senza smettere di sorreggerla afferro la borsa e le chiavi della macchina. Apro la porta.

«Non voglio partorire» ripete lei.

«E questo può essere un problema. Ma possiamo discuterne in macchina.» La piloto dolcemente fuori dalla porta.

Lei si piega di nuovo. Gridando, questa volta.

E non mi comprerò mai più golf di cachemire.

Smetterò di truccarmi.

Brucerò tutti i miei libri.

Mi farò monaca di clausura.

Andrò a meditare sull'Himalaya.

Ti prego.

Ti prego, Signore. Sono arrivata alla fine delle offerte.

«Mica prenderemo l'ascensore?» Angela sta guardando terrorizzata il mio dito che preme il pulsante.

«Non possiamo scendere a piedi» le dico sorridendo serena.

Lo stai per scodellare qui, cretina. Smettila di sindacare.

«Io l'ascensore non lo prendo. Questo si ferma un'altra volta. E se il bambino nasce mentre siamo bloccate in ascensore?» Mi guarda stravolta dal panico, il viso pallido e sudato.

«Non si fermerà.» Apro la pesante porta di ferro battuto.

«Nicole ho paura. Voglio scendere a piedi, ti prego...»

«Angela, l'ascensore non si fermerà e tu non partorirai adesso. Manca ancora tantissimo» mento, «fidati di me.»

Va bene, Signore. Che sia fatta la tua volontà.

Lei si pianta fra le porte dell'ascensore. «Io spingo, non ne posso più. E non entro in ascensore.»

La guardo esasperata. «Se spingi giuro che ti ammazzo. E do il bambino in adozione.»

Riesco a tirarla dentro, chiudo le porte. Schiaccio il pulsante.

Cinque piani.

«Oddio, si fermerà di nuovo. E io non riesco a non spingere...» Angela comincia a piangere. Vorrei abbracciarla. Dovrei abbracciarla. Ma questo non è il momento giusto per cadere in pezzi.

L'ultima risorsa. La mia ultima risorsa.

«Se restiamo chiuse qui lo faccio nascere io. Sono un medico» le dico accarezzandole i capelli.

«È una cazzata?» Lo stupore la distrae per un attimo.

«No. Giuro.»

«Che tipo di medico?»

Ancora quattro piani.

«Psicanalista.»

«Ah. Quindi eventualmente lo puoi convincere a tornare indietro?» Nonostante la paura e il dolore il suo solito ghigno le si affaccia sulle labbra.

«Ci proverò.»

Tre piani.

«Non ce la faccio.»

«Giuro che nascerà in ospedale, Angela. E che andrà tutto benissimo.»

«Tu mi starai vicina, vero?»

«Non ti mollerò neanche un secondo.»
Due piani.
«Come si dice "partorire" in francese?»
«Siamo a Roma, non ci serve.»
«È vero. Ma come si dice?»
Un piano.
«Non me lo ricordo più.»
«Mi sa che la tua carriera di insegnante è finita.»
Piano terra.
«Lo credo anch'io.»

È quasi l'ora.

Sono passati quattordici giorni, sedici ore e quarantatré minuti dal momento in cui ho rovesciato le chiavi della macchina sul tavolo di Tancredi.

«Questa non è la mia macchina» gli avevo detto. Poi avevo tirato fuori circa cinquecento euro dal portafoglio. «Questi non sono i miei soldi e adesso ho capito che questa non è la mia vita. Io non gioco più.»

Tancredi mi continuava a soppesare, come se fossi roba sua. La sua voce era arrogante. «Non è che puoi smettere così. Ti ho dato i soldi per il tuo cane e tu ora me li restituisci con un'ultima partita.»

È quasi l'ora.

«Poi farai il cazzo che ti pare, ma un'altra partita la devi giocare. Vinci, paghi il debito e te ne vai.»

Sono passati quattordici giorni da quella volta, e il momento di quella partita è arrivato.

Quattordici giorni sono passati da quando ho lasciato Benedetta su quel letto e me ne sono andato in silenzio. Quattordici giorni sono passati dall'ultima volta che ho sentito la voce di Nicole.

E il tempo che è seguito l'ho vissuto in attesa di quest'ultima partita, abitando dentro nuove pensioni, dentro nuove stanze e dentro nuovi letti.

Ho vissuto questo tempo in silenzio, riflettendo sulla mia vera "malattia", ascoltando solo i miei bisogni e condannandomi a una dipendenza che non è cattiva, ma fa soffrire.

Sono giorni che non vivo d'altro, di quella droga che potrebbe chiamarsi Nicole e di quella fame che potrebbe chiamarsi amore. Ho cercato di combatterla, ma il mio corpo non ha armatura e osserva impotente, come davanti a questa tormenta di polline, la disfatta.

Semplicemente si è arreso.

La "chamade" avrebbe detto Nicole.

Controllo l'orologio. È quasi l'ora.

«Andiamo Oliva. Ci siamo.»

Quando la partita sarà finita andrà a casa, prenderà Oliva, insieme saliranno sulla loro vecchia Saab e partiranno per un lungo viaggio.

Quando la partita sarà finita, Sasha non avrà più debiti con nessuno e sarà libero di partire e di lasciarsi tutto alle spalle.

I soldi che vincerà gli permetteranno di saldare il suo debito e di vivere sereno per un po'.

Andrà in un'altra città, forse a Parigi, andrà il più lontano possibile da Borgo Fiorito. Andrà in un posto dove potrà seppellire definitivamente i suoi ricordi. Strapperà le foto, cancellerà i numeri e gli odori, cambierà identità e sarà di nuovo felice.

Sasha cancellerà il suo passato per fare posto alle persone nuove che incontrerà.

E dimenticherà.

Sasha è seduto al tavolo verde. Mischia le carte e attende il suo avversario. Guarda la sedia vuota avanti a sé e non vede l'ora che tutto questo sia finito. Vincerà, lo sa. Chiuderà in bellezza.

E farà di tutto per dimenticare.

Tancredi guarda l'orologio. Si agita silenzioso all'interno del suo salotto e guarda continuamente l'orologio, poi si avvicina a Sasha. «Dovrebbe essere qui a minuti» dice eccitato.

Tancredi aspetta da molto tempo quella partita, come se fosse una sua rivincita personale. Quel giocatore era il responsabile di grosse perdite di soldi e secondo Tancredi la doveva pagare, e il modo migliore per far sì che due giocatori si scannino per bene è organizzare un tavolo di uno contro uno.

Per Tancredi è una vendetta, per Sasha, invece, è solo una lenta ed estenuante attesa prima della fine. Il doppio suono del citofono riporta adrenalina negli occhi di Sasha.

«Ci siamo, cazzo!» esclama Tancredi fiondandosi alla porta.

Sasha ripone attentamente il suo mazzo sul tavolo e incrocia le mani.

I suoi occhi restano concentrati sul tavolo verde, e aspettano.

Questo posto è orribile. Mi sento sporca, sudata, stanca. Mi sento come se qualcuno avesse preso a bastonate tutte le ossa del mio corpo. La testa mi pesa. Mi fa male. Gli occhi mi bruciano.

Questa sedia è scomoda. Il tavolo di legno dozzinale è graffiato e maleodorante, strabordante di carte e di bicchieri di carta rovesciati sporchi di caffè. I muri verdini, macchiati d'unto, mi accerchiano dandomi un senso di soffocamento. In alto, una piccola finestra maligna che non lascia passare un filo d'aria.

Lui rientra nella stanza asciugandosi il viso con un fazzoletto. La sua divisa d'ordinanza è lisa sui polsi. Fuori, nel corridoio, un ragazzo urla frasi incomprensibili.

«O lo ricoverate o lo faccio sbattere dentro!» grida lui mentre si siede davanti a me. Il suo viso molle e lucido ha un'espressione irritata. Mi porge un foglio scritto a macchina. Ha le dita grosse, con le unghie rosicchiate. La fede gli strangola il grasso anulare. «Questo è il verbale. Legga e poi firmi qui.» Il suo alito sa di cibo stantio, mi ritraggo sentendo un odore pungente di sudore. Raccoglie alcune carte, mi avvicina il telefono. «Se fossi in lei chiamerei qualcuno che la venga a prendere. È meglio che non guidi, nelle sue condizioni» mi dice girandomi dietro alle spalle. L'odore acre si allontana da me e io capisco che se n'è andato.

Strano che si fidi a lasciare sola una pericolosa criminale come me. Una persona *nelle mie condizioni.*

I miei occhi si posano sul foglio. Le parole descrivono il mio comportamento verbalmente e fisicamente violento nei confronti del Professor Giuseppe Liberi, primario di oncologia, eccetera eccetera eccetera. Smetto di leggere perché gli occhi mi bruciano. Ho la testa trafitta da mille aghi e mi sembra che le mie ossa siano state spezzate e poi rimesse insieme in un ordine raffazzonato.

Sono caduta in pezzi. Mi sono disfatta. Sbriciolata. E poi qualche goffo samaritano mi ha ricomposta in un ordine impreciso.

Se fossi in lei chiamerei qualcuno che la venga a prendere.

Invece non mi muoverò di qui, agente. Non ho nessuno da chiamare. Resterò qui per il resto della mia vita, farò ordine sulla tua scrivania, ti laverò quella camicia che sa di sudore, rammenderò i tuoi polsini lisi e controllerò la tua dieta.

Adesso però lasciami riposare. Sono stanca. E non so dove andare.

Ero arrivata in quell'ospedale con Angela attaccata a me come un koala spaventato e dolorante. L'avevo abbandonata fra le braccia dei medici in un misto di sollievo e di apprensione.

«Ma tu resti qui, vero Nicole? Tu resti qui fino alla fine, vero?» mi aveva chiesto aggrappandosi alla mia mano, mentre la barella la portava verso la sala parto.

L'avevo rassicurata, seguita con gli occhi fino a quando era sparita dietro alle due grandi porte a molla e poi mi ero seduta nella squallida sala d'aspetto, in mezzo a un continuo viavai di persone.

Allora hai spinto, carogna, avevo pensato sorridendo quando l'infermiera, a cui avevo consegnato una preventiva mancia per avere notizie, mi aveva comunicato che le cose sarebbero andate per le lunghe perché il parto si era fermato.

Mi ero disposta a una paziente attesa. Anche se dentro di

me non c'era niente che somigliasse alla calma. In passato ero stata vicina alla morte, ma non ero mai stata così vicina alla vita. Quando Angela aveva macchiato il mio parquet con le sue acque benedette, mi era sembrato per un momento, *solo per un momento*, di intravedere la forma di suo figlio dietro quella pancia che aveva improvvisamente perso turgore. E quell'immagine era rimasta impressa nella mia retina, come una testimonianza. E in macchina, mentre correvamo verso l'ospedale cantando *Acqua azzurra, acqua chiara* perché Angela aveva paura e io non avevo più doni da offrire per scongiurare quello che mi appariva sempre più imminente, le avevo appoggiato la mano sul ventre per assicurarmi che ci fosse vita. E l'avevo sentita. Forte, prepotente, impaziente. Una piccola vita che cercava spazio e aria. Avevo ritratto la mano spaventata ed emozionata. Non volevo piangere, non volevo abbracciare, non volevo sentire, non volevo cadere in pezzi. Ma quei movimenti che arrivavano da un mondo eterno erano stati memorizzati dalla mia mano. Che continuava a pulsare e a vibrare, contagiata.

E mentre il tempo scorreva in quella sala d'aspetto, dove davanti a me sfilavano visi spianati dal sollievo o contratti dalla disperazione, sentivo la mia mano trattenere quel calore che avevo accarezzato. E farlo scorrere veloce per il mio corpo, ammorbidendo spigoli e abbattendo difese. Percorrendo l'itinerario delle mie vene e dei miei pensieri fino a entrare profondamente dentro di me. Rendendomi più vulnerabile di quel bambino che avevo toccato ancora prima che sfondasse la barriera del mistero. Rendendomi così simile a lui da farmi provare uno sgomento mai conosciuto. Si viene al mondo gridando. E io mi stavo di nuovo allontanando dal mondo in silenzio.

Un rumore improvviso mi aveva fatto alzare la testa e abbandonare quello stato di trance che aveva come oggetto la mia mano palpitante. Poco più in là, una donnina vecchia, magrissima, con addosso un logoro vestito nero, stava raccogliendo affannata il contenuto di una busta di plastica che si era sparpagliato per terra. Mi aveva guardato piena di vergogna e aveva sussurrato "scusi" come se il rumore della sua busta strappata avesse potuto sovrastare la voce dei due barellieri che litigavano o della massa di persone che ci circondava e disturbarmi. Occupava pochissimo spazio. Come se il suo compito nella vita fosse rendersi invisibile per non dare fastidio agli altri. Le ero andata vicina e l'avevo aiutata a raccogliere le sue poche cose. Un pigiama blu, misero e perfettamente stirato. Un paio di pantofole rosse ancora sigillate nella busta di plastica. Tre album di fumetti. Un rasoio elettrico con il filo aggiustato con del nastro isolante. Una busta di caramelle alla menta. Due saponette strette insieme da una fascetta che recitava "due al prezzo di una". Avevo stilato il mio freddo inventario mentre la donna, con la sua vocina sottile dal marcato accento straniero, mi ringraziava offrendomi un sorriso macchiato di lacrime e mi diceva di non disturbarmi. Quell'elenco asettico mi serviva per tenermi a un passo da lei. Per non chiederle a chi appartenessero quelle cose. Per non dirle di non preoccuparsi. Per non farmi raccontare la sua vita e quella del proprietario di quegli squallidi beni. Per non abbracciarla. Per non cadere in pezzi.

La donna si era rannicchiata al suo posto lanciandomi un'ultima occhiata piena di gratitudine, mentre l'infermiera mi si avvicinava per annunciarmi che Angela aveva dato alla luce una bambina di tre chili e quattrocento grammi, che entrambe stavano bene, che la madre era ancora in sala parto ma che se volevo potevo andare alla nursery a vedere la neonata.

Lassù, all'ultimo piano, separati da me da un vetro, c'erano cinque neonati tutti uguali. Ma da una culla pendeva il cartellino con il nome di Angela e io mi ero fermata a guardare quella bambina dai capelli neri come la mamma che avevo già conosciuto attraverso la mia mano. Mi sembrava bellissima e bruttissima nel suo essere corrucciata, minuscola e piena di segreti.

«Gia» avevo detto piano, sapendo che Angela avrebbe mantenuto la promessa fatta quella sera al ristorante cinese. Avrei voluto oltrepassare il vetro e liberarla dall'involto di copertine per poterla prendere in braccio, respirare i suoi radi capelli fra i quali si scorgevano ancora residui di crosta lattea, chiederle cosa aveva visto durante quei nove lunghi mesi di buio o di luce intensa, chiederle cosa si provava a cambiare dimensione, pregarla di tenere con sé qualche ricordo di quel posto caldo e scuro che l'aveva nutrita, dirle che sua madre le avrebbe sicuramente insegnato a essere coraggiosa. E a parlare in francese. Con un orribile accento.

Ma non potevo farlo. C'era il vetro. E io non volevo avere niente fra le mie braccia. Non volevo cadere in pezzi.

Quando ero tornata al primo piano era molto tardi e la sala d'attesa era quasi vuota. Non avevo intenzione di muovermi di lì finché non avessi potuto vedere Angela e un'ulteriore mancia aveva reso l'infermiera molto disponibile. La vecchina vestita di nero era ancora al suo posto. Teneva la sua busta strappata stretta al petto, per non rischiare più di disturbare qualcuno, e mormorava a bassa voce, come quando si sgrana un rosario. Le avevo sorriso, lei mi aveva guardato con i suoi occhi arrossati e aveva ricambiato il mio sorriso con uno stanco tentativo tremolante. Ero rimasta a osservarla mentre chiudeva le palpebre e ricominciava la sua silenziosa litania.

Poi, la mia vittima aveva fatto il suo ingresso in scena. Alto, grosso, con una testa leonina di capelli bianchi e un incedere da re. Camminava con una falcata lenta e sicura, aveva un viso borioso e abbronzato e il suo camice bianco aperto sul davanti svolazzava maestoso a ogni passo, mentre parlava senza voltare la testa a due giovani medici che lo seguivano rispettosi e intimoriti, come due mogli orientali generosamente dispensate dal chador. Il sultano e il suo sparuto harem si erano fermati a pochi passi da me. Un altro giovane medico – più importante dei due al seguito, a giudicare dallo sguardo ammirato con cui ora lo guardavano – si era fermato a parlare con il sultano. Avevo spiato la vecchina alzare la testa e tirarsi faticosamente su in piedi. Era rimasta per un attimo indecisa su cosa fare, torcendosi le mani, poi si era avvicinata al piccolo gruppo con passi esitanti.

«Professore...» aveva detto con la sua voce sottile e straniera rivolgendosi a quello dalla testa leonina.

«Non ora, signora» le aveva detto lui infastidito dopo averle gettato una rapida occhiata.

La donna aveva fatto un passo indietro, ritornando piccolissima e imbarazzata come quando la sua busta si era rotta rovesciando il contenuto in terra. I due medici avevano ripreso a parlare, mentre quelli del seguito avevano assunto un ridicolo atteggiamento da guardie del corpo guardando minacciosi la donna. Dalle poche parole che riuscivo a sentire mi sembrava che stessero discutendo di un torneo di calcetto del quale non si conosceva ancora la sede. La donna aveva aspettato qualche minuto, poi si era avvicinata di nuovo al sultano mormorando: «Professore, per favore...». Lui questa volta non si era neanche voltato, mentre uno dei giovani cortigiani in camice bianco le aveva detto con sgarbata impazienza: «Non vede che il professore è impegnato?». La donna si era ritratta di nuovo, ma era rimasta lì accanto con dolorosa pazienza.

Io guardavo la scena con un misto di incredulità e orrore. Avevo visto il sultano dismettere i due del seguito che si erano accomiatati quasi inchinandosi, mentre lui riprendeva a parlare con l'amico.

La donna aveva mosso un passo disperato verso di lui e si era attaccata al suo braccio. «La prego professore... volevo sapere di mio figlio...» aveva supplicato con il suo strano accento.

Il sultano si era liberato della sua mano rugosa con gesto brusco e imperioso e aveva gridato con voce tonante. «Signora, la smetta! Le ho già detto che suo figlio ha il cancro! Con tutte quelle metastasi neanche il Padreterno può farci qualcosa!» e le aveva voltato le spalle.

La donna non si era ribellata a quello stupro verbale. Semplicemente, si era accartocciata su se stessa, assumendo lo stesso aspetto della sua busta di plastica rotta abbandonata sulla sedia. Poi si era allontanata, aveva girato le spalle ai due medici e silenziosamente, per non causare disturbo, aveva cominciato a piangere.

Io mi ero alzata e, senza dire una parola, l'avevo abbracciata. E al primo contatto con quel corpo minuto e tremante, i miei pezzi avevano iniziato a scollarsi. A velocità frenetica la mia mente aveva messo insieme il collage della mia emotività martoriata e l'aveva fatto esplodere.

Si viene al mondo gridando. E io avevo cominciato a gridare.

E mentre inveivo contro quel sultano immondo, mentre gli dicevo che gente come lui non aveva il diritto di vivere, che mi faceva schifo, che l'avrei fatto radiare, che gli auguravo di soffrire come ora stava soffrendo quella donna, mentre lo maledicevo e insultavo e la vecchina diceva «no, no» impaurita e sconvolta, avevo cominciato a singhiozzare. Perché tutto il dolore del mondo era entrato dentro di me e ora mi stava dilaniando senza pietà, sgretolando tutte quelle parti di Nicole che fino a quel momento avevo cercato di tenere insieme con la forza di volontà.

«Io spero che tu a casa abbia qualcuno che ami» avevo urlato piangendo, «e che un giorno anche tu ti trovi davanti a uno stronzo in camice bianco che distrugge la tua vita con due parole.»

«Questa donna è pazza, chiamate qualcuno» aveva detto lui mascherando il suo imbarazzo e la sua ira con un'aria di disprezzo superiore, e si era girato per andarsene.

Io l'avevo agguantato per una manica e per un momento avevo visto un lampo di timore nei suoi occhi. «Tu non te ne vai, stronzo. Tu ora parli con questa donna come se fosse un essere umano» gli avevo gridato cercando di trascinarlo verso di lei. Il suo collega si era messo in mezzo tentando di fermarmi, io avevo sgomitato e l'avevo inavvertitamente colpito al labbro, spaccandoglielo.

A quel punto era avvenuto tutto velocemente. Erano arrivati due infermieri che mi avevano immobilizzata, era arrivato il poliziotto di guardia, e il sultano si era allontanato insieme al suo collega col labbro sanguinante gridandomi che ero un pericolo, che mi avrebbe denunciata e fatta rinchiudere.

Così mi hanno portata qui. Davanti a un poliziotto che beve troppi caffè e che non butta i bicchierini. Qui, di fronte alla firma di Giuseppe Limberi, primario di oncologia. Che mi ha denunciata per aggressione.

Te l'avevo detto di non abbracciare nessuno. Sei troppo fragile.

No. Sono solo esausta. E stanca di combattere una battaglia senza senso.

Suo figlio ha il cancro. Nemmeno il Padreterno lo può salvare.

Anche quella donna un giorno deve aver guardato il suo bambino appena uscito dal mistero. Con la crosta lattea fra i capelli e i pugni chiusi a difendere i ricordi di quel mondo.

Sarebbe stato più intelligente esserle d'aiuto in un altro modo. Pensi di averle fatto del bene?

Non lo so. Non sono intelligente. Solo stanca.

Stanca di combattere una battaglia senza senso.

Ricomincio a piangere. Senza singhiozzi. In silenzio, come quella donna.

Ho il corpo pesto, il viso gonfio, la voce rauca e le palpebre così pesanti che quasi non riesco a tenere gli occhi aperti.

Non m'importa che mi veda così.

C'è solo lui. E io non ne posso più.

Farebbe bene a chiamare qualcuno che la venga a prendere.

C'è solo lui.

Afferro il ricevitore del telefono con mani tremanti e compongo il numero di un cellulare che ho sempre saputo a memoria.

«Sasha» dico con voce afona appena si aggancia la comunicazione.

Uno squillo. Due, tre, quattro.

«Sasha» singhiozzo a bassa voce, mentre mi cola il naso e le lacrime mi inondano gli occhi e poi scendono a riscaldarmi le guance.

Gli squilli si rincorrono all'infinito.

«Sasha» ripeto mentre nessuno mi risponde.

E dire quel nome per me è già una preghiera.

In due ore sarò fuori di qua. Me lo sento.

La porta all'ingresso si apre, la voce di Tancredi si mischia a quella di un altro uomo. I loro passi avanzano per il corridoio che porta alla stanza dove mi trovo. Io resto seduto, aspiro lentamente gli ultimi tiri della mia sigaretta e ascolto quelle voci farsi sempre più vicine.

Lo farò fuori nella seconda ora, mi dico. Prima lo porto in alto e poi lo bastono.

Non importa quello che hai, ma quello che potresti avere.

E io sono il migliore a far credere agli altri quello che non sono. Ti ricordi, Sasha? Se ami quello che non sei, sei un vincitore.

E io sono un vincitore.

Io sono un re.

Tancredi entra nella stanza per primo, apre la porta e fa entrare il mio avversario.

I suoi occhi neri, coraggiosi. La sua bocca stretta dentro due labbra sottilissime. I suoi capelli grigi e la sua barba corta e morbida. Avanza verso di me. Il suo incedere è faticoso. La sua leggera zoppia a sinistra.

Una caduta da cavallo. Lo so.

Quell'uomo viene da me sorridendo e senza dire una parola.

Non usa più il bastone, penso, ma rimango pietrificato nel vedere quella sagoma avvicinarsi a me.

Non riesco a spiccicare parola e resto immobile, paralizzato sulla mia sedia, mentre ritorno a essere investito dai ricordi.

Il mio cuore si ferma. Lui si ferma. Mi tende la mano e mi guarda dentro, mi guarda paterno con i suoi occhi coraggiosi. Mi guarda, quel bastardo, e mi fa sentire nudo.

«Ciao, Sasha» mi dice gentile.

«Ciao, Riccardo.»

La mia voce trema e rivela tutta la mia paura di ritrovarmelo ancora più vicino, la voglia di scomparire e quella di ucciderlo.

Lui invece no, lui non ha paura. La sua mano avanza verso di me, in cerca della mia, ma non sono pronto per toccarlo, così stringo i pugni dentro la tasca dei pantaloni e rinforzo la voce.

«Sei ancora vivo...»

Muore il suo gesto e si spegne il suo sorriso, ma non perde il controllo, lui.

«E tu?» mi chiede col tono di chi sa già la risposta.

Non provare a darmi lezioni di vita, pezzo di merda, non ci provare.

Ma non lo faccio. Non ci riesco.

Riccardo si sfila la giacca e con un gesto elegante e sicuro la ripiega sulla sedia accanto alla sua. Ora il suo viso è serio e tirato.

Gli sorrido strafottente mentre mi siedo davanti a lui. «È buffo che a chiederlo sia una persona che si alzerà in fin di vita da questo tavolo, non è vero?»

Riccardo resta impassibile come sempre, e compie il solito rito prima di ogni partita: estrae una sigaretta e la accende. Gli darà tre tirate e la appoggerà al portacenere per poi dimenticarsene e lascerà che si consumi lentamente.

«Vediamo se hai imparato a giocare» mi dice mettendo i soldi sul tavolo.

Il suo tono accondiscendente urta i miei nervi come poche altre cose al mondo, ma d'altronde lui mi conosce e sa come farmi incazzare.

Cerco di restituirgli solamente uno sguardo eloquente.

Non parlarmi come se fossi tuo figlio.

Ma i suoi occhi mi ghiacciano come quelli di un padre e la sua presenza mi fa scivolare dentro dei panni che avevo abbandonato da tempo.

No, Sasha, non lasciargli fare questo.

Ma ogni volta che poggio i miei occhi su di lui non riesco a non vedermi riflesso come in uno specchio maledetto. E quello che vedo è esattamente ciò che Riccardo pensa di me, vedo un ragazzino impaurito e inesperto che crede di sapere tutto della vita ma che non sa ancora pulirsi il culo da solo.

«Ogni posta sono mille euro» dice il croupier mentre raccoglie i soldi e sistema le carte sul tavolo. «Giocate senza resti e senza vele. Si apre solo con figure e la puntata minima sono cento euro. Buona fortuna.»

Ma io non sono più quel ragazzino impaurito.

La sua sigaretta si consuma come incenso all'angolo del tavolo e Riccardo mi guarda come un prete venuto per ascoltare i miei peccati.

Un rigurgito di ricordi.

Sasha non riuscirà a dimenticare.

La vena sul dorso della mia mano pulsa appena e so che ora non posso più fuggire.

Noi possiamo chiudere col nostro passato, ma il nostro passato non può chiudere con noi.

Una carta coperta e una scoperta.

E io sono sopra di novemila euro dopo un'ora e mezza.

Per paura di parlare resto in silenzio e cerco di scordarmi che sono di fronte a lui. Mano dopo mano mi nascondo dietro le carte e cerco di non lasciarmi toccare dal sapore conosciuto delle sue parole, dei suoi respiri. Il suo modo di spizzare le carte e di provocarmi non è cambiato. Riccardo sorride quando gli strappo una mano, sorride orgoglioso ogni volta che gli rubo il piatto, esattamente come quando ero bambino.

Sa che non ci sto a perdere.

Non ci sono mai stato.

Avevo nove anni la prima volta che mi ha fatto accarezzare le carte. «Facciamo che una volta vinco io e una volta perdi tu» gli avevo detto.

E ora come allora Riccardo ride, anche quando perde.

«Duecento» dice.

Ma io non vado.

Una coperta e due scoperte sul tavolo e a lui il punto più alto, una coppia di nove.

Passo la mano e gli lascio il piatto.

Riccardo si accende una sigaretta e con aria fredda e distaccata inizia a divertirsi un po' con me. «Veronica è morta» mi dice lasciando cadere una fiche al centro del tavolo.

Ora mi alzo, gli rovescio il tavolo addosso, poi gli infilo un bastone in gola e glielo spingo dentro fino a bucargli il cranio.

«Come?» chiedo io.

I suoi occhi sono bassi, sulle fiches al centro del tavolo.

Una carta a me e una lui.

«C'è scritto overdose sul rapporto» e rilancia di altre cinquecento.

Ti sei lavato la coscienza, vero?

«Cazzate. Secondo me l'hanno ammazzata» dico deponendo le mie cinquecento sul piatto.

I suoi occhi cambiano improvvisamente luce e smettono di soppesarmi con sufficienza. Mi fulminano severi come ad avvertirmi che mi sto spingendo oltre il limite. «Troppo comodo, Sasha.» Poi, facendo finta di niente, si rivolge al croupier e dice: «Carte».

Ora ti strappo gli occhi dalle orbite del tuo cranio di merda e ci piscio dentro, figlio di puttana.

Riccardo mi ha cancellato.

Quando disobbedivo, quando rispondevo male, quando esageravo è così che mi puniva. Semplicemente smettevo di esistere.

E il modo in cui mi ha appena eliminato dalla sua visuale significa fine, il discorso è concluso.

Sei in punizione, Sasha.

Hai esagerato.

Ficcatelo nel culo, stronzo.

Un sette e una coppia di nove per lui, un dieci e una coppia di jack per me.

«Troppo comodo per chi? Per te o per lei?» dico rilanciando di altre cinquecento.

Non esita a seguirmi. E mi guarda mostrandomi quanto disprezzo ha in corpo. «Era pronta, Sasha. Ma si è cagata addosso e ha preferito ammazzarsi.»

Questa volta non potrai rifiutarti di ascoltarmi. Non mi metterai all'angolo.

«Non era pronta. Ma te ne sei fregato ugualmente, perché la tua vita non poteva aspettare. Vero?»

Avanti picchiami, stronzo. Fallo!

Ma Riccardo non si scompone, resta in silenzio e aspetta le nostre carte.

Un sette a me e una donna a lui, ma non gli serve a niente. Il piatto è mio.

«Non è colpa mia se non ce l'ha fatta» mi dice con tono stanco. «Prima o poi sarebbe dovuta uscire» conclude innervosito mentre si vede sfilare tutti i soldi da davanti.

Che effetto ti fa perdere?

Ma la mia rabbia non sente vittorie. «Egoista di merda.» Trema la mia voce. «Non le dovevi permettere di uscire» gli dico sparecchiando il tavolo.

Ma lui non accenna a piegarsi. «Se rimaneva là dentro era morta comunque, non lo capisci? Quella non è vita.»

Ti sto facendo incazzare?

Finalmente la sua voce non è più tanto calma, si è indurita e si è fatta più grossa, ma io voglio di più.

Io voglio vederti in ginocchio.

«Non venire a dirmi stronzate! Se una persona è malata, è malata e non può essere sbattuta fuori! Perché non ce la fa!» le mie parole tuonano nella stanza.

Ma non dentro di lui. Riccardo è tornato calmo e mi studia attentamente. Poi, scuotendo appena la testa in segno di disapprovazione, mi guarda e dice: «Noi siamo quello che scegliamo di essere, Sasha. È questo che ti fa tanta paura, vero?».

Il croupier aspetta a bordo tavolo un cenno che gli dia il permesso per continuare a dare le carte.

Io resto in silenzio.

Riccardo fa scivolare un'altra fiche verso di me, accompagnandola con un gesto lento e determinato. «Tutti facciamo delle scelte. È che non ci stai a rischiare, non ci stai a perdere, tu. E per paura di cadere preferisci pensare che non sei capace» sentenzia.

Poi dà una rapida occhiata al croupier che subito serve una carta coperta a me e una a lui.

Ora ti porto via pure l'anima, bastardo.

Lancio la mia fiche e rilancio di mille.

«Io ho già rischiato e sono già caduto» gli rispondo.

Carte.

«E perché non ti rialzi allora?»

I miei occhi gli dicono che voglio solo farlo a pezzi.

Altri mille euro e ancora carte.

I suoi invece si trasformano davanti ai miei e si gonfiano d'amore imprimendosi dentro di me e facendo tremare le mie dita mentre afferro altri soldi.

«Tu non sei come loro, Sasha.» La sua voce è piena d'amore. «Non sei come loro. Quando la smetterai di punirti?»

'Fanculo, Riccardo, sta' zitto.

Tu hai una coppia di donne scoperte e io una coppia di jack sotto la coperta, ma posso ancora batterti.

«Non ti sto neanche a sentire. Cinquemila.»

Ma il bastardo insiste. «Non è stata colpa tua.» Poi raccogliendo un pugno di fiches: «Rilancio di altre cinque».

Pensi di spaventarmi? Tu, brutto figlio di puttana, la devi pagare per il male che mi hai fatto.

«Ok. Carta.»

La dovete pagare tutti.

In mano ora stringo un tris di jack coperto e lui un tris di donne scoperto, ma le carte mi parlano. Io me lo mangio. Lo so.

Riccardo continua a parlare e io vorrei solo strappargli via le corde vocali. «Non è stata colpa tua se hanno preferito ammazzarsi anziché restarti accanto, Sasha. Non è stata colpa tua.»

Vai a farti fottere, stronzo! Smettila di prendermi per il culo! Sono stanco di essere preso per il culo da tutti.

«All in» dico.

È l'ultima carta, la quinta.

«Non è stata colpa tua» conclude.

D'improvviso un buco, un vuoto, quella ferita mai aperta si sforma e si slabbra all'altezza del mio cuore, lasciando uscire da quella sacca tutta la bile che fino a quel momento mi ingorgava le vene. All'improvviso mi sento vuoto e debole e la voce di Riccardo si sovrappone a quella dei tanti dottori che l'hanno preceduto.

Il ragazzo soffre di crisi di panico, paura dell'abbandono e... si sommano l'una all'altra... *si racconta di non valere niente, perché così può giustificarli per averlo lasciato...* una all'altra come in un confuso concerto... *per dimostrarsi che non è una persona amabile, che uno come lui merita di essere lasciato... non è riuscito a trattenerli, ma non è colpa sua. Ha solo paura.*

Ma non è colpa sua.

«Lo so» gli rispondo sputando fuori a fatica quelle ultime due parole e sperando che tutte quelle voci la smettano di ossessionarmi. Lo so, mi dico e senza rendermene conto quelle due semplici paroline sorgono dentro di me come una piccola alba. Lentamente quelle due paroline che non mi ero mai detto rischiarano una stanza che per troppo tempo è stata chiusa, al buio.

Lo so.

Bastava così poco per la resa?

Eppure, come una piaga che smette di scavare, così il mio cuore smette di pesare e riscopre una lontana leggerezza.

Riccardo spinge tutte le sue fiches al centro del tavolo. «Ok. Vengo» dice tra sé.

Io invece resto semplicemente in silenzio, non ho più voci dentro di me. Solo un'assurda convinzione che dà conforto alle mie ferite: *non è colpa mia.*

L'ultima carta scivola sotto la mia mano.

«Io mi sono perdonato, Sasha. Perché non provi a farlo anche tu? Non li potevi salvare. Puoi salvare solo te stesso.»

Lo so, Riccardo.

Guardo la carta sotto di me. Il quarto jack. Lo sapevo. Lo sentivo. Guardo il mio punto. Guardo il mio poker di jack.

Sarebbe bellissimo portargli via tutti quei soldi, sarebbe bellissimo dirgli "non ti perdonerò mai" e vendicarmi. Uscirei da qui come un re.

Sarei veramente un re.

Ma non me ne frega più niente di essere un re, non me ne frega più niente di stare qui e di dimostrare qualcosa a qualcuno. E soprattutto sono stanco di essere morto facendo finta di vivere.

Sto solamente perdendo tempo.

Perciò lasciatemi solo, fantasmi.

Lasciatemi libero, incubi.

Lasciatemi in pace. Tutti.

Mamma, papà, Fabrizio, Sara, Elisabetta, Graziano, Gregorio, Veronica, Adele, Caterina, Michele, Giovanni.

Lasciatemi libero di vivere la mia vita.

Lasciatemi tutti.

Lasciatemi in pace.

Tutti tranne una.

Tutti tranne te. Ho bisogno che tu resti con me.

Riccardo scopre il suo tris di donne.

E io lo guardo con amore, con vero amore.

Poi rimettendo le carte nel mazzo, senza mostrargli il mio punto mi alzo dalla sedia e gli dico solamente: «Tuo».

Io ho chiuso.

Il mio sorriso in quel momento parla più di ogni parola.

Significa grazie.

Significa scusa.

Significa prego.

E significa addio.

La casa è fredda. Non accendo la luce, non credo che i miei occhi ce la farebbero a sopportare quella violenza. Dovrei andare a letto. Dovrei farmi una doccia, lavare via l'odore di quell'ospedale, di quella stanzetta coi muri verdi, di quei visi disperati o sollevati, della grandezza di Angela, di quella donna che continuerà a piangere, dell'agente che mi ha accompagnato al taxi in un impeto di gentilezza, nonostante le sue ascelle chiazzate di sudore, la sua aria stanca, la sua divisa senza forma che da molto tempo non riceve le attenzioni di nessuno.

A tentoni arrivo in corridoio, apro un armadio, rovisto sul fondo. Mi basta toccarlo per riconoscerlo. Lo annuso, grata, premendolo contro le narici e inspirando con forza. Nel buio riconosco il colore – verde scuro – mentre le mie mani accarezzano la trama un po' ruvida e lisa. Sasha l'ha dimenticato qui e io non gliel'ho mai restituito. L'ho nascosto in questo armadio e gli ho detto che doveva averlo perso chissà dove. Non so perché l'ho fatto. Ma adesso tutto ha un senso.

Nel buio, mi muovo con cautela. Raggiungo il divano, afferro il telefono. Compongo di nuovo il suo numero. Durante il tragitto fino a casa, nel taxi, mentre l'autista sbadigliava, avrò fatto quel numero mille volte. E mille volte lui non mi ha risposto. Anche ora gli squilli si ripetono a vuoto, all'infinito.

Mi rannicchio sui cuscini in posizione fetale. Avvolgo il golf di Sasha intorno a me come se fosse la coperta che abbraccia un naufrago. Finalmente mi permetto di provare uno stupore doloroso nel riconoscere che l'ho perso.

E che è vero. Non esiste nessuna donna che non possa essere conquistata.

Il primo pugno mi spacca il labbro. È come se avessi sentito le nocche spingere il labbro sui denti, i denti infilarsi nella carne, il sangue schizzarmi in gola e annebbiarmi la vista.

Sono per terra.

Non so ancora chi, cosa e perché.

Ma mi rialzo.

E un'altra scarica di cazzotti mi investe e si abbatte sul mio orecchio scoperto, sulla mia schiena e sulle costole.

Un calcio in pancia e sono di nuovo a terra.

Dal basso di quel marciapiede quelle ombre sembrano tutte uguali, ma i fari di una macchina lontana fanno brillare vicino a me gli occhi di Tancredi e dei suoi amici.

I loro calci contro le mie braccia intente a parare i colpi al viso.

Sento il dolore fischiare forte dentro la mia testa e l'asfalto premere contro la mia faccia.

Ma mi rialzo.

Che cazzo è?

È la vendetta di un torto subito.

È la punizione per aver fregato Tancredi.

È il prezzo per avere fatto delle scelte.

Ma mi rialzo.

Tre auto grigie mi circondano impedendomi di scappare. E in quell'angolo di strada la rabbia di quei ragazzi continua a farmi sputare sangue.

E rialzarsi ora è più difficile. Resto in ginocchio. Piegato su me stesso. Spezzato e rotto. L'odore dolciastro del mio sangue mi sporca naso e bocca e il rosso di quel siero appiccicoso mi impedisce di aprire del tutto gli occhi, ma riesco ancora a vedere.

Tancredi che fuma appoggiato al cofano dell'auto.

I suoi amici che rifiatano intorno a me.

E dietro quel finestrino lei.

In mezzo a tutte quelle botte sono riuscito a sentirla e a trovarla.

Lei è là, nascosta dietro il finestrino di quella Mercedes.

Lei è là, nascosta dietro le sue lacrime preziose.

È là e non si muove, non interviene e non parla.

Lei piange, come si fa davanti a un cadavere e mi guarda con la stessa impotenza. E con lo stesso odio.

È venuta per dirmi addio.

Io e Benedetta incrociamo i nostri sguardi solo per pochi istanti, solo per quel piccolo lasso di tempo che è intercorso tra un calcio in pancia e uno alla nuca. Poi quel cazzo di dolore improvviso mi rende inerme e cieco.

E resto immobile. Immobile come un arto spezzato e senza più terminazioni sensibili. Chiuso dentro dolori ovattati. E non riesco più a rialzarmi.

Chiudo gli occhi aspettando in silenzio il prossimo colpo, ma per fortuna non arriva, sento solo il rumore di passi, di motori accesi e di ruote che sgommano sull'asfalto.

È finita?

Mi metto a ridere. Ad alta voce, disteso sull'asfalto, a braccia aperte.

Dovevi dirmelo tu, Nicole. Sei tu quella che sa tutto.

Rido più forte, senza ancora sapere se posso rialzarmi.

Dovevi dirmelo tu già quella notte, mentre le nostre macchine erano fuse insieme. Ma eri troppo occupata a esplodermi dentro.

E ora non c'è più tempo per contare i danni. Per chiedersi come e perché. Non c'è tempo per fare progetti, per sapere se riuscirò a muovermi da qui o se passerò la vita a ridere sdraiato in mezzo a questo incrocio.

Ma non è finita.

È appena cominciata, mi dico.

Apro gli occhi e mi rialzo.

Lo squillo del citofono mi raggiunge nel dormiveglia. È lungo, perentorio. Apro gli occhi e la tenue luce dell'alba è abbastanza comprensiva da non ferirli. Mi alzo lentamente, sentendo ogni singola fitta di dolore che il corpo mi rimanda. Di nuovo lo squillo. Urgente. Determinato. Il mio cervello non ha la forza di formulare ipotesi, premo il pulsante e chiedo chi è. Dall'altra parte solo il fruscio dell'aria e il rumore di un motorino che passa.

«Chi è?» ripeto.

«Sono Sasha.»

Il mio respiro s'immobilizza. Premo con forza il pulsante.

E non sono già più qui. Sono sul pianerottolo, con il fiato corto e il cuore impazzito. La spia rossa dell'ascensore è accesa, Dio, forse è rimasto fermo fra due piani come al solito e io non posso aspettare, spingo freneticamente il bottone, batto sulla porta di ferro, ma non posso aspettare, ho aspettato troppo, e allora comincio a scendere a precipizio le scale, per abbreviare la distanza, perché non posso più aspettare, Signore, ho aspettato così tanto, un mese, sette giorni e venti ore, anzi no, sei mesi, anzi no, dieci anni, anzi no, una vita, tutta la vita, ho aspettato per sempre, mi ripeto, mentre non c'è più dolore nel mio corpo, non c'è più pesantezza, non c'è più ricordo di vita o di morte, non c'è più niente, niente, solo aria, e luce e occhi da guardare. L'ascensore ora si è messo in movimento e sta salendo, ci incrociamo mentre inciampo in un gradino e le mie dita si serrano forte al corrimano, impedendomi di cadere. Attraverso i vetri della cabina lo vedo. Lui appoggia una mano contro lo spessore trasparente che ci sta dividendo e mi chiama. E io inverto la mia corsa e comincio a salire.

«Cosa hai fatto?» gli grido, perché in quella frazione di secondo ho visto i suoi vestiti strappati e stazzonati, i suoi capelli scomposti, il suo sopracciglio sanguinante. L'ascensore è più veloce di me, mi precede di un piano e io aumento la corsa, salendo i gradini due a due, mentre sento la sua voce che rimbomba per le scale gridando con rabbia: «Me lo dovevi dire, Nicole!» e poi sento l'ascensore che si ferma e io sono solo a due gradini di distanza e mi trovo davanti alla pesante porta di ferro prima ancora che si sia spento l'ultimo cigolio di assestamento.

E finalmente mi fermo. Perché lui è davanti a me.

Ha il viso stravolto e so che non è solo quel taglio che sanguina a farlo apparire così disperato.

E poi ognuno di noi apre la sua porta. E ora non ci sono più cancelli di ferro o ante di legno e vetro a separarci. Siamo nudi, l'una di fronte all'altro. Io sulla terraferma e lui sospeso nel vuoto.

«Me lo dovevi dire, Nicole» ripete senza più rabbia, con voce bassa e tremante. «Eri tu quella che doveva saperlo.»

I suoi occhi sono fissi nei miei. Due naufraghi che si guardano con lo stesso dolore e con lo stesso sollievo. Con le stesse ferite e lo stesso rimedio. Con lo stesso principio e la stessa fine.

Dalla terraferma allungo una mano e gli sfioro piano il sopracciglio.

«Io ti amo» gli dico fiera e dolorante.

Poi faccio un passo, varco il confine e mi trovo insieme a lui, sospesa nel vuoto.

E poi, finalmente, le nostre labbra.

Caldo caldo occhi labbra barba ruvida barba eccitante lingua caldo barba contro la guancia barba sui miei seni barba contro il mio stomaco lento più giù barba che sfiora barba che solletica barba che punge barba fra le mie gambe e poi solo caldo caldo caldo con lentezza con perizia con passione mani che sfiorano mani che accarezzano mani che esigono mani che penetrano caldo più caldo dita contro le mie dita dita sulla mia bocca dita dentro di me caldo caldo fianchi che danzano fianchi affamati fianchi contro i fianchi bocca contro bocca caldo contro caldo silenzio respiri silenzio respiri occhi spalancati occhi chiusi occhi meravigliati occhi affamati occhi assetati labbra contro labbra rosso mani che si aggrappano alle mani rosso mani che cercano che esplorano che frugano che desiderano rosso il rosso della bocca il rosso dei respiri il rosso dei pensieri e poi ancora fra le gambe il caldo il tuo caldo il mio caldo le gambe allacciate le gambe distese le gambe senza fine e il respiro e le parole parole ansimanti parole soffocate frasi non compiute respiri respiri sete e fame e mani e labbra e lingua e occhi e adesso e adesso adesso adesso il mare e il vento e l'acqua e il fuoco la terra e il frutto il principio e la fine sospiri respiri mani che tengono mani che allacciano occhi che si chiudono bocca che grida ancora e ancora e ancora e ancora i fianchi ancora le mani ancora la lingua ancora le parole ancora il silenzio ancora noi ancora noi e tu e io e i corpi e il cuore uno solo il cuore uno solo veloce più veloce più veloce aspettami i denti che mordono le labbra aspettami le dita che afferrano i capelli aspettami le mani che graffiano aspettami lasciati guardare lasciati guardare più veloce più veloce le labbra contro la spalla i denti contro la carne il respiro il sospiro il grido

Ti amo
Il cuore i battiti il buio
Ti amo
Il silenzio la musica il tempo
Ti amo

Più lento
Ti amo
Più lento
Ti amo
Più lento

Lei si sveglierà e sentirà accanto a sé il tepore del corpo di lui. Non aprirà subito gli occhi. Sorriderà. E avrà voglia di non smettere più di sorridere. Si stiracchierà pigramente e socchiuderà le palpebre, lasciando filtrare la luce morbida del primo pomeriggio. Non avrà voglia di guardarlo subito. Prima riporterà la memoria al ritmo della voce di lui, ai suoi "ti amo" ansimati, al colore della sua pelle, a tutte quelle zone misteriose che lei ha esplorato per la prima volta. Ripenserà a quando si sono conosciuti. Farà finta che la loro storia si sia fermata lì. Cambierà luoghi e avvenimenti fingendo di averlo perso prima ancora di averlo trovato. Farà il gioco di tutti gli amanti, lo perderà per sentire ancora più forte l'intensa felicità di averlo accanto. Sentirà il cuore accelerare i battiti. Si conoscerà intera. E poi, finalmente, quando la sua mente sarà sazia di immagini e di sapori, di giochi e di verità, si girerà di fianco. Con la sapienza degli amanti, anche senza aprire gli occhi, saprà che lui sta ancora dormendo. E allora si muoverà piano, per non svegliarlo. Perché vuole essere la prima. La prima a vedere, la prima a sorridere di più, la prima a sentire quel tuffo in mezzo al petto. La prima a volerlo. E quando sentirà il sapore caldo e umido del suo respiro sfiorarle il mento, solo allora aprirà gli occhi. E conterà le tre piccole linee orizzontali che gli si formano in mezzo alla fronte. Imparerà a memoria il disegno delle sue sopracciglia. Osserverà il taglio che ora non sanguina più, il livido sopra la guancia. Si dirà che più tardi ci sarà tempo per le parole e le spiegazioni. Più tardi. C'è tempo. Ora loro hanno tutto il tempo del mondo. Percorrerà con lo sguardo il corpo di lui. Memorizzerà ogni piega, ogni avvallamento, ogni curva, ogni spigolo. Proverà gratitudine verso la vita. Verso di lui. Verso se stessa. Si girerà di nuovo, mettendosi supina. Guarderà la porzione che riesce a vedere dei loro corpi. Stenderà un braccio in modo che la sua mano sia perfettamente vicina a quella di lui. Si preparerà a restare così per sempre.

Dalla strada, una sirena romperà il silenzio perfetto. Il pianto di un bambino, il rumore di una moto che passa, la voce di una canzone stonata riporteranno la realtà in quella stanza. Di colpo. Troppo velocemente. Senza preavviso.

Lei guarderà le loro due mani appaiate. La sua, con due sottili vene azzurrine che tagliano la superficie e quelle macchioline marroni che le sembrano nuove. E quella di lui, liscia, perfetta, ancora inviolata dal tempo. Distoglierà gli occhi in fretta, cercando riparo a quel pensiero, ma il suo sguardo inciamperà sul viso di lui. Sulla sua pelle tesa, la sua barba sottile, su quella totale assenza di segni. A parte le tre linee orizzontali in mezzo alla fronte. Sentirà di riconoscere solo quelle, nella totale estraneità del viso perfetto di lui. Si porterà una mano alla fronte e premerà con forza, grata di quel gemellaggio ristoratore. Ma poi le sue dita scenderanno, leggere e un po' maligne, attratte dall'irresistibile forza di gravità di un'inutile verifica. E sentiranno i piccoli segni intorno agli occhi, l'impercettibile pesantezza delle guance, le due parentesi incise verticalmente intorno alla bocca. E si sentirà diversa e sbagliata di fronte alla tesa immobilità di quel viso immerso nel sonno. Allora cercherà sollievo abbandonando tutto di lui. Fisserà le pareti, il soffitto, i mobili. Vedrà i suoi calzini sul pavimento. Quelli con Mickey Mouse che fa la linguaccia. E accanto i suoi jeans stinti e sformati. Con ansia crescente odierà il golf di cachemire così morbido e perbene che stride scomposto accanto a quei jeans. Odierà tutti i suoi vestiti perbene riposti nell'armadio, odierà i suoi pantaloni ben stirati, odierà tutti i libri che ha letto, la musica che ha ascoltato e la vita che ha conosciuto e che ha inciso il segno del tempo sul suo viso. E sui suoi seni, la sua pancia, le sue cosce, la sua fica.

Un clacson suonerà violento, rabbioso, ostile, come una perfetta colonna sonora, facendola sobbalzare. E lei sentirà fame. E sete. E la vita quotidiana entrerà di prepotenza in quella stanza come un serpente velenoso. Striscerà sul letto disfatto e separerà con il suo corpo umido le due metà di quel letto. Allora lei non sopporterà di essere sola sul suo iceberg amputato e dovrà alzarsi. Si vestirà in silenzio, in fretta, con rabbia, con dolore. Le cadranno le chiavi e quel rumore lo sveglierà mentre lei è sulla porta. Si fermerà come un ladro colto in fallo. Come un assassino che ha appena ucciso. Lo guarderà. Vedrà gli occhi scomposti dal sonno, i capelli arruffati, il sorriso lento e sazio di quelli che si svegliano dopo l'amore. Avrà voglia di lui fino a sentirsi già sfinita. E si odierà.

«Nicole...»

«Continua a dormire.»

«Dove vai?»

«A comprare qualcosa. Il frigo è vuoto.»

«Vengo con te?»

«No.»

«Vengo con te.»

«No.»

«Nicole.»

«Cosa?»

«Niente. Solo Nicole.»

«Dormi.»

«Ma tu torni, vero?»

«Sì.»

Sento la porta di casa chiudersi piano. Con delicatezza, com'è delicata Nicole. Apro gli occhi che fino a quel momento ho tenuto chiusi per permetterle di esaminare a fondo il mio corpo, la mia anima, i nostri sensi pacificati da una fame finalmente appagata.

Non ho paura.

Perché ora so cosa c'è dietro la porta numero 4.

C'è vita, c'è amore, c'è il per sempre, c'è un solo attimo, c'è la meravigliosa certezza di non sapere.

Dietro alla mia porta numero 4 c'è Nicole.

Il cuore accelera i battiti. Il mio corpo è caldo, caldo come l'ha reso lei con le sue mani, con la sua lingua, con il suo buio pieno di luce.

Il cuore accelera i battiti perché so cosa sta pensando adesso, mentre cammina in fretta o lentamente sul marciapiede.

Aspettami. Ti prego, aspettami. Torniamo a casa insieme.

Salto giù dal letto, mi vesto in fretta e furia, jeans, maglietta, i calzini... dove sono i miei calzini? Ma chi se ne frega, le scarpe, l'acqua gelata sul viso. Affondo la faccia nell'accappatoio di Nicole, aspiro l'odore della mia donna.

Tu non sei stata capace di dirmelo. E io ti amo anche per la tua paura.

Ma io non ne ho più. Non ho più paura, e forse, per questa strada scomoda e piena di futuro, ti devo condurre io.

Afferro il mio cellulare, apro la porta, lascio che sbatta alle mie spalle perché io sto già correndo giù per le scale, mentre compongo il suo numero.

Buona fortuna, Nicole. Buona fortuna, Sasha.

Non so che ore siano. Ho dimenticato l'orologio sul comodino, ho dimenticato di guardare l'ora, ho dimenticato di lavarmi, ho dimenticato anche come si fa a camminare, a giudicare dalla lentezza e incertezza con la quale sto trascinando i piedi su questo marciapiede inondato di gente. Anche se è tutto uguale a prima – le vetrine, i negozi, gli alberi rigogliosi, perfino l'astio che leggo negli occhi dell'edicolante che come al solito non mi saluta perché parcheggio sempre la macchina di fronte alla sua rivendita colorata.

Sto camminando con una lentezza esasperante. Sto scappando come una tartaruga che si è lasciata dietro il guscio e che non è convinta di riuscire a vivere senza. Sto fluttuando in una irrealtà esasperata dove tutto è uguale a prima e tutto è sconosciuto, soprattutto me stessa.

E poi, Nicole? Poi cosa ci sarà? Andrai in discoteca con lui, giocherai alla Playstation con i suoi amici, lo accompagnerai a fare spese fino a quando un commesso ti dirà "suo figlio è in quel camerino"?

Io e Sasha siamo solo un uomo e una donna. Per questo non so affrettare il passo. E per questo non so dove andare.

E poi, Nicole? Poi cosa? Passerete le vostre serate con i tuoi amici? Ad ascoltare le lacrime di Gia e le volgari risatine di tutti gli altri? Lo terrai per mano facendogli ammirare le tue tette che precipitano inesorabilmente verso sud? Quanto tempo prima che tu senta la noia, quanto tempo prima che lui si volti a cercare qualcos'altro? Quanto tempo prima della sofferenza?

Non abbiamo amici. Siamo due principianti in un gioco misterioso. Due stranieri in una terra inesplorata. Siamo un uomo e una donna. Siamo due che si amano.

Stai camminando troppo lentamente, se vuoi scappare.

Lo so.

Ti stai allontanando troppo, se vuoi rimanere.

Lo so.

Non so come potrò raccogliere i pezzi quando finirà.

Se finirà.

Voce, non so più da che parte stai. L'unica cosa che so è che se fossi una persona ragionevole relegherei questa notte in una bacheca di cristallo fatta di perfetta felicità e la userei per nutrirmi negli anni a venire. Senza rischiare.

L'hai detto.

Senza rischiare.

Spero che ci sia un posto libero, nel sarcofago del tuo passato.

Da che parte stai?

Nicole, fai solo domande assurde.

Sento il mio cellulare vibrare nella tasca. Questo non l'ho dimenticato. Vedo il suo nome sul display, e gli occhi mi si riempiono di lacrime.

«Sasha.»

«Dove stai andando?» Non c'è ansia, nella sua voce.

«Non lo so.»

«Fermati, Nicole.»

«Non funzionerà.»

«Chi lo dice?»

«La mia voce interna.»

«Mandala a fare in culo.»

Riesco a sorridere. E poi le lacrime, di nuovo.

Nicole la lagna.

Vai a fare in culo, voce.

«Dove sei?» gli chiedo.

«Sono qui.»

I miei piedi si inchiodano sul marciapiede. Li guardo. La faccia di Mickey Mouse che sta facendo una pernacchia mi sorride. Mi sono messa i calzini di Sasha. Senza accorgermene. O forse sì.

Mi guardo intorno. Solo gente. Solo facce. Solo il niente.

«Non ti vedo.»

«Perché non stai guardando dalla parte giusta.»

Mi volto. Sposto lo sguardo. Mi alzo sulla punta dei piedi. Capelli biondi spettinati. Occhi all'ingiù. Inverto il mio senso di marcia e comincio a camminare. Sento le ginocchia deboli. Ma cammino.

«Sei bellissima.»

«Sei lontano.»

«Guarda solo i miei occhi.»

«Stai sorridendo» e sorrido anch'io. Solo pochi metri, e la gente sta scomparendo per magia.

«Parlami d'amore, Nicole.»

«Io e te» gli dico piano, e spengo il telefono perché ora sono davanti a lui, e le sue braccia si stanno aprendo, e io sto abbandonando tutta me stessa dentro quel cerchio caldo che ora si serra intorno a me.

E sono felice.

Lo guardo. Mi guarda. Poi appoggia la guancia contro la mia tempia. Sento il suo cuore battere veloce contro il mio. Sento le sue mani. Sento le sue labbra muoversi piano contro i miei capelli.

«Nicole» e il mio nome all'improvviso ha un sapore nuovo, «è vero che non esiste una donna che non si possa conquistare?»

Sento che sta sorridendo. Sorrido anch'io. E appoggio la testa contro la sua spalla mentre tutti i nodi si sciolgono.

E poi è resa incondizionata.

Ringraziamenti

Silvio:

Vorrei ringraziare innanzitutto le 15.30 del 10 novembre 2004 perché in quel momento qualcosa è cambiato. I miei genitori per il loro amore incondizionato, mio fratello che per primo mi ha saputo vedere per quello che sono e mia sorella che ha sempre creduto così tanto in me. Ringrazio Niccolò Messina perché quando gli hanno chiesto di schierarsi non l'ha fatto e ha scelto con la sua testa. Ringrazio inoltre Giulia Ciccone per essere la splendida amica che è, Arnaldo Catinari, Luca Piccaro, Filippo Lauretti, Alice Buttafava, Martina Veltroni e tutti gli altri amici per avermi sopportato e aiutato durante tutto il periodo di scrittura, Carlo Verdone per i suoi consigli e Aurelio de Laurentiis per avermi fatto crescere. L'avvocato Roberto Minutillo per avermi dato la possibilità di scegliere la strada da prendere. Francesca Longardi, Riccardo Tozzi e Marco Chimenz per avermi sostenuto durante la scrittura di questo libro. Ringrazio inoltre i Marchi per la loro disponibilità e pazienza, Domenico Procacci per la sua generosità.

Marisa Scognamilio per avermi fatto amare Dante e Nicola Deorsola per avermi fatto amare Sid. La mia asma per il semplice fatto che mi fa essere felice di ogni respiro che faccio.

E infine vorrei ringraziare Luca Di Fulvio per aver scritto

Zelter e per come riesce a farmi alzare la testa quando mi chiudo in me stesso e non voglio più vedere.

Carla:

Vorrei ringraziare innanzitutto Francesca Longardi che con la sua amicizia, la sua professionalità e il suo incessante appoggio mi ha guidato fin dall'inizio del viaggio. Senza di te non ce l'avrei fatta, grazie Francesca. Sole Ferlisi, che mi è stata vicina con pazienza e amore leggendo le mie pagine e sedando le mie paure. Teresa Ciabatti che ha sempre creduto in me. Antonella Cappuccio e Luigi Muccino, i due angeli custodi che mi hanno sostenuta a ogni passo. Gary Oldman che mi ha insegnato che niente è impossibile e mi ha fatto sorridere nei momenti difficili. L'avvocato Roberto Minutillo che ha intessuto intorno a me una rete di protezione con la sua pazienza e sensibilità. Riccardo Tozzi e Marco Chimenz per il loro entusiasmo e la loro fiducia. Martha Judith Navarro Moreno che con il suo lavoro e il suo calore rende più facile la mia vita e che spesso è stata un esempio per me. Walter Di Fulvio che non ha mai smesso di guardarmi. Marco Marini per la sua affettuosa attenzione al mio futuro, Marco Meloni che ha riempito le mie giornate di musica. Cloe per il suo amore incondizionato. Il dottor Giovanni Dattilo che mi ha condotto per mano in un mondo misterioso e affascinante. Roberto Fornara che ha guidato i miei primi passi e ha reso possibile tutto quello che sto facendo. Victorian perché con il suo ingresso nella mia vita ha strappato i veli. Mio figlio Luca semplicemente perché esiste. E i miei genitori, per la stessa ragione.

Ringrazio anche Stefania Rossi e tutti gli amici che, pur non avendo partecipato attivamente a questo progetto, mi sono sempre stati vicini con il loro amore.

Ringrazio Chet Baker e Ludwig Van Beethoven per essere nati. E Giana Anguissola per aver fatto nascere in una bambina l'amore per la lettura.

E infine grazie a Luca Di Fulvio. Senza il quale non sarei niente.

I versi della canzone di Leo Ferré *Avec le temps* sono tratti dal disco omonimo.
I versi della canzone di Chet Baker *Every time we say goodbye* sono tratti dal disco *Chet Baker & Crew*.

Nel romanzo compaiono inoltre brevi citazioni tratte dalle opere seguenti:

Così fan tutte di Lorenzo Da Ponte e Wolfgang Amadeus Mozart;
I colchici di Guillaume Apollinaire;
In memoriam di Alfred Tennyson;
Los ojos porque suspiras di Antonio Machado;
Romeo e Giulietta di William Shakespeare.